La déchirure

DU MÊME AUTEUR AUX ÉDITIONS MIRA

Le piège
En lettres de sang
Pluie de sang

MEG O'BRIEN

La déchirure

Roman

MIRA

Titre original :
CRASHING DOWN
publié par MIRA®

Traduction de l'américain par KATIA NOVET

Mira® est une marque déposée par le groupe Harlequin

Photo de couverture
Femme : © BEAUTY ARCHIV / AGENCE IMAGES

83/85 boulevard Vincent Auriol 75646 PARIS CEDEX 13.
ISBN 2-280-85549-6 — ISSN 1765-7792

Pour mes enfants...
Kevin, Katherine, Amy, Greg, Robin

Et pour ma grand-mère Ethel Corson Fisher,
et pour ma nièce dont je viens de découvrir l'existence
— un cadeau inattendu...
Peggy Fisher Gosha

PREMIÈRE PARTIE

1.

Holly Beach, New Jersey, 1971

L'homme approchait. Carrie savait ce qui l'attendait. C'était déjà arrivé une fois. Depuis, chaque dimanche, elle essayait désespérément de se tenir à l'écart, de se transformer en une petite chose invisible.

Dehors, on entendait les voix et les rires des autres enfants, qui approchaient de l'église. Mais dans le sous-sol froid et sombre où elle se tenait, en dehors de l'écoulement régulier d'un tuyau rouillé et de la respiration lente et délibérée de l'homme qui s'avançait vers elle, lui bloquant la sortie, le silence régnait.

— Tu es revenue, dit-il avec un sourire.

Il se trompait. Elle n'était pas revenue. En tout cas pas exprès. C'était une erreur. Les larmes montèrent à la gorge de Carrie, et y restèrent bloquées.

— J'avais oublié ma poupée, dit-elle en déglutissant péniblement.

— Celle-ci ?

Il lui montra Christy, sa poupée... Sa chère Christy, sa meilleure amie, la seule à qui elle pouvait parler des choses qu'il lui avait faites.

— Je l'ai trouvée pour toi, Carrie, reprit l'homme.

— Merci.

Il tenait la poupée hors de portée des petits bras tendus de Carrie. Il riait. Et soudain, il l'attira vers lui, posant une main parfumée à l'after-shave sur la tête de l'enfant.

Carrie était raide de peur. Sa nuque crispée résistait à la pression de l'homme. Mais elle ne pouvait pas lutter longtemps. Il était tellement plus fort.

— Donne-moi un petit baiser, dit-il d'une drôle de voix, un peu épaisse. Ici... et je te rendrai ta poupée.

Christy tomba sur le sol, car il venait de prendre la tête de Carrie entre ses deux mains et frottait les joues de l'enfant sur le tissu sombre et rêche de son pantalon. Carrie voulut encore se dégager, mais il la retint.

— Oh, oui, gémit-il.

Carrie pleura de plus belle, sans faire de bruit, les larmes coulant à présent abondamment sur ses joues. Elle ne pouvait plus respirer. Elle tremblait tellement qu'elle perdit l'équilibre et, instinctivement, s'accrocha aux cuisses de son bourreau pour ne pas tomber.

Le souffle de l'homme s'accéléra. Ses mains la serrèrent plus fort.

— C'est ça, Carrie. C'est ça.

Carrie était aussi immobile qu'une statue, une petite statue de six ans avec des cheveux blonds et une frange, vêtue de sa plus jolie robe du dimanche. Seules les larmes qui roulaient sur ses joues trahissaient sa souffrance. Elle entendit glisser la fermeture Eclair, puis la voix de l'homme résonna, de nouveau :

— Tu es une gentille fille, Carrie. Une gentille fille. Les mêmes mots que son père, lorsqu'elle avait bien suivi sa leçon de piano.

Quand il eut terminé, il lui dit de ne surtout rien répéter à son papa, car ce dernier serait très mécontent et il ne la croirait pas. Il la mena à la petite fontaine prévue pour les enfants, celle qu'elle pouvait atteindre, et dès qu'elle se fut rincé le visage et la bouche, il les lui essuya avec un mouchoir en papier.

— Il vaut mieux que tu remontes, maintenant, reprit-il en lissant ses propres cheveux et en essuyant les taches de larmes sur son complet.

Il avait l'air d'un autre homme, tout d'un coup. Son visage était un peu rouge, mais il se comportait comme si rien ne s'était passé, comme la maman de Carrie, quand elle venait de lui donner une fessée.

— Pour l'amour du ciel, Carrie, il n'y a pas de quoi pleurer, disait-elle toujours dans ces cas-là, comme si, la fessée donnée, il ne devait plus rien en rester.

Carrie ramassa Christy et recula d'un pas. Puis, faisant volte-face, elle trébucha sur les marches qui menaient aux salles de catéchisme. Dehors, les cloches sonnaient dans la tour. Les salles de cours étant vides, Carrie courut le long du couloir pour rejoindre la grande église, oubliant qu'il ne fallait pas faire de bruit quand on était en retard. Depuis la porte, elle vit ses camarades de catéchisme, debout, leur missel à la main. Elle vit son papa assis à l'orgue et entendit les premiers accords de la chanson qui encourageait tout un chacun à être comme Daniel. Carrie ne savait pas qui était Daniel, mais elle aurait bien voulu être comme lui : courageuse.

Au lieu de ça, elle se sentait sale et malade. Surtout quand elle se comparait à ses camarades. Elle n'avait rien à faire au milieu d'eux.

Alors, pivotant sur ses talons, elle s'enfuit et dévala Atlantic Avenue à toutes jambes. En chemin, elle se heurta à Mme Baker, dont elle nota aussitôt le visage outragé. Mais elle n'en continua pas moins de courir, comme si elle avait le diable aux trousses. Mme Baker ne manquerait pas de le rapporter à Alice, la mère de Carrie, après la messe. Elle l'appellerait exprès au téléphone, puisque Alice n'allait pas à l'église, et le ton de Mme Baker trahirait ce qu'elle pensait : que tout le mal qui arrivait à la famille Holder venait justement de là, de l'impiété d'Alice.

— Vous avez intérêt à vous occuper de cette petite, madame Holder, ou, croyez-moi, elle tournera mal. Six ans, et elle est là, à courir dans les rues au lieu d'être au catéchisme. A voir ce pauvre M. Holder qui donne tout ce temps à l'église, on pourrait croire qu'un peu de discipline règne chez vous. Elle a carrément failli me renverser. Et elle ne s'est même pas arrêtée pour s'excuser... On aurait dit qu'elle avait le diable aux trousses !

Carrie recevrait la fessée. Pour avoir fâché Mme Baker et humilié sa mère. Et surtout, pour n'être pas allée au catéchisme.

— C'est la deuxième fois, lui dirait Alice. Tu as intérêt à ce que ce soit la dernière.

Mais peu importait, maintenant. Elle courait, courait vers la maison, courait vers l'endroit où elle pourrait se réfugier dans les bras de sa maman, à l'abri du monde extérieur. Elle ne s'arrêta qu'une seule fois, devant la grande maison au coin de la dix-neuvième rue, pour se servir de l'arrosoir qui était toujours là, enroulé, dans le jardin. Elle avait besoin de se rincer la bouche, encore et encore et encore. Même si cela ne servait à rien. Si seulement l'eau était une vague, une vague qui surgirait de la plage et qui l'emporterait, la noierait, afin que cela n'arrive plus jamais.

Mais la vague ne vint pas et Carrie ne se noya pas. Et l'homme recommença. Encore. Et encore. Et encore. A tel point que lorsqu'elle eut dix ans, et qu'il s'approchait d'elle par-derrière, se pressant contre son corps maigre, glissant une main dans sa petite robe d'été pour toucher, agacer la pointe de ses seins naissants, Carrie ne sentait presque plus rien.

Elle en avait déduit que la vie était ainsi. Et il se passa encore de très longues années avant qu'elle se pose la question de savoir pourquoi.

2.

Philadelphie, 1999

« C'est de la folie, se dit Carrie, installée au fond d'un fauteuil de maquillage, dans les studios de la chaîne de télévision WPPH-TV, à Philadelphie. Je suis complètement folle. »

Elle avait les yeux fixés sur son reflet dans le miroir brillamment éclairé. Un coiffeur donnait du volume à ses cheveux à grands coups de peigne, de brosse et de nuages de laque, et elle avait du mal à se reconnaître. Son image lui semblait être un faux, une illusion. Avant de s'attaquer à sa coiffure, Randy avait travaillé l'éclat de son visage, dissimulant les ridules autour de ses yeux et peignant sa bouche avec du rouge à lèvres gras et très foncé.

— Vous avez des yeux fantastiques, lui disait-il à présent. Il faudra qu'on les voie, à l'écran. Et ces cheveux blonds ! Seigneur, qu'est-ce que je ne donnerais pas pour avoir les mêmes.

Carrie sourit.

Elle avait écrit un roman intitulé *La Fin de l'hiver*, et lorsque, comme par miracle, l'ouvrage avait fait son entrée sur la liste nationale des best-sellers, sa maison d'édition l'avait envoyée en tournée de promotion. Partie de San Francisco, où elle habitait, Carrie avait traversé les Etats-Unis d'ouest en est, allant de ville en ville, de librairie en librairie, couvrant parfois jusqu'à trois cités dans la même journée. Philadelphie était son dernier arrêt : une interview télévisée de vingt minutes.

C'était merveilleux, bien sûr. Plus il y avait de publicité autour de son livre, mieux il se vendrait, songeait-elle. Et s'il lui arrivait d'éprouver de la fatigue et de regretter son appartement et sa petite existence tranquille — ses pantoufles, sa robe de chambre, son ordinateur — ,elle était également consciente de vivre une fabuleuse aventure. Elle avait travaillé dur pour en arriver là et le succès de *La Fin de l'hiver* était un triomphe personnel autant que professionnel. C'est dire qu'elle avait toutes les raisons de flotter sur un nuage.

L'assistante de Teddi Marx, l'animatrice de l'émission Aujourd'hui, était passée en coup de vent, quelques minutes plus tôt.

— Tout va bien ? avait-elle demandé en glissant la tête dans l'entrebâillement de la porte. Oui ? Bon.

C'était elle, Sharon Smith, qui s'était occupée de l'interview préliminaire. Vive, pétillante, elle avait le don de mettre les gens à l'aise. Elle avait immédiatement complimenté Carrie sur son travail.

— J'ai dévoré votre livre, lui avait-elle dit avec enthousiasme. Il est vraiment super.

Un autre miracle, avait songé Carrie. La plupart des personnes qu'elle rencontrait depuis le début de cette tournée, y compris celles qui l'avaient interviewée, savaient souvent à peine de quoi parlait le roman.

— Et ne vous inquiétez pas pour l'interview, avait enchaîné Sharon. Teddi vous adore. Elle a lu tous les articles que vous avez écrits depuis 1988. Elle avait particulièrement aimé votre billet humoristique sur les difficultés de la vie amoureuse, il y a plusieurs années.

Carrie se rappelait cet article. A l'époque, elle avait vingt-six ans et, après plusieurs relations désastreuses, elle avait fini par s'enchaîner à son ordinateur portable en jurant de ne plus se laisser approcher par un homme. Mieux valait concentrer ses forces et son énergie sur ce qu'elle connaissait, avait-elle décidé. Après tout, la population masculine étant composée de quatre-vingts pour cent d'hommes mariés et de vingt pour cent d'homosexuels ou presque, il ne restait plus aux femmes qu'une seule ressource : apprendre à vivre le mieux possible sans hommes. L'article, drôle et mordant, était paru dans un magazine national et lui avait valu une certaine renommée. Mais la satire ou l'humour l'intéressaient moins que les questions plus graves et, au cours des années suivantes, Carrie s'était consacrée à des thèmes sérieux, tout en continuant de parler des femmes et de s'adresser à elles : l'aide sociale, le Sida, les garderies d'enfants, etc.

Soucieuse de prendre quelque distance avec son passé, elle avait changé son nom, préférant Holt à Holder, et soigneusement évité d'aborder le sujet des abus sexuels sur les enfants. Quand il lui arrivait de penser à ce qu'elle avait subi, elle se disait que ce n'était pas si terrible, qu'il y avait pire. On lisait des histoires affreuses dans les journaux, où il était question de bébés violés ou abandonnés dans des décharges publiques. Et si elle souffrait pour tous ces petits malheureux, Carrie ne se sentait pas encore capable d'aborder le sujet dans ses écrits.

Elle allait pourtant devoir affronter ce passé. Six mois plus tôt, elle avait été invitée à participer à un festival des arts destiné aux enfants, dans sa ville natale de Holly Beach. On lui demandait de bien vouloir parler de son parcours aux enfants ; comment elle était devenue écrivain, quels conseils elle pouvait leur donner qui leur serviraient d'inspiration.

Carrie avait d'abord hésité. Oh, elle était déjà retournée à Holly Beach. Depuis un an, elle s'y rendait même régulièrement pour voir sa grand-mère, installée dans une maison de repos à l'extrême pointe de l'île. Mais c'était toujours des séjours éclairs. Carrie veillait à franchir rapidement, en taxi, la distance qui séparait l'aéroport de la Résidence des Pins, prenant bien soin d'éviter la ville.

Holly Beach était rattachée dans son esprit à trop de mauvais souvenirs et elle n'avait aucune envie de revoir ses anciens habitants ni même de rencontrer ceux qui s'y étaient installés depuis son départ.

Or le festival devait se dérouler à Anglesea, l'église où avaient eu lieu tant d'événements douloureux. Se sentait-elle capable d'y retourner ?

Encore aujourd'hui, alors qu'elle avait accepté l'invitation du comité directeur du festival, et que la manifestation commençait dans quatre jours, elle ignorait la réponse à cette question.

L'église était devenue un centre de conférences, ce qui la rassurait un peu. Et puis, vingt-deux ans avaient passé depuis la dernière fois qu'elle s'était rendue sur les lieux. Il était peu probable que les vieux fantômes de son enfance continuent de les hanter. Enfin, son agent, Molly Blair, avait beaucoup insisté, faisant valoir tous les avantages qu'elle pouvait tirer de cette participation pour promouvoir le livre :

— Ce festival a été organisé à la demande du Président des Etats-Unis. Tu sais que c'est son grand dada : créer une génération d'enfants sûrs d'eux, de leurs valeurs, et de leurs capacités. Il y aura des personnalités importantes, des politiciens... Les médias s'intéresseront forcément à toi ; tu es l'enfant du pays qui a réussi. Tu ne peux pas laisser passer une occasion pareille, Carrie.

Et Carrie s'était laissé convaincre — sans trop de difficultés, d'ailleurs. Elle aimait assez l'idée de retourner dans sa ville natale, auréolée de son succès. Pour une fois, au lieu de ployer sous le poids d'un terrible sentiment d'échec, elle serait celle qui a vaincu les épreuves d'une enfance difficile et fait son chemin dans le monde. Toute seule. Sans l'aide de quiconque.

« Si seulement ma mère était encore vivante... Si seulement elle pouvait voir comment les choses ont tourné », songeait-elle à présent, en lissant la jupe soyeuse de son tailleur. Alice serait fière. Tellement fière.

Mais Carrie n'avait plus que sa grand-mère. Et Elizabeth n'était pas en état d'assister au festival.

Une technicienne passa la tête par la porte et dit précipitamment :

— Plus que dix minutes !

Elle aurait déjà dû être sur le plateau. Carrie sentit son ventre se nouer. Les premiers instants devant la caméra étaient toujours difficiles.

Elle respira profondément, pour se donner une contenance face au trac et au stress. Elle était passée maître dans l'art de « faire semblant ». Au début, elle était terrifiée, chaque fois qu'elle devait prendre la parole en public. Maintenant, elle pouvait se tenir sur un podium, parler dans le micro et même serrer les mains après une de ses prestations, aussi à l'aise que n'importe quel politicien.

Elle considéra son reflet dans le miroir, ses yeux verts, ses dents blanches bien alignées, et sourit. Ses cheveux tombaient sur ses épaules en vagues lisses et dorées. Pas une mèche ne dépassait. « Hé, je suis douée, se dit-elle en dressant le menton. Non ! Je suis géniale ! »

— Deux minutes ! s'écria le coiffeur en agitant la bombe de laque autour de la tête de Carrie. Il me faut encore deux minutes !

— Votre roman, *La Fin de l'hiver,* a été accueilli par d'excellentes critiques, déclara Teddi Marx en consultant ses fiches. Il a fait une entrée fulgurante sur la liste des best-sellers en se plaçant d'emblée à la cinquième place, et il continue de grimper.

— En effet, répondit Carrie.

Elle se pencha légèrement en avant, comme on le lui avait appris. Il fallait aussi que son visage soit toujours mobile ; il fallait sourire, lever les sourcils. Pourvu qu'elle n'ait pas l'air d'un clown.

— Vous devez être folle de joie, commenta son interlocutrice.

Teddi Marx n'animait cette émission que depuis peu et, d'après Sharon, elle était nerveuse à l'idée de rencontrer son premier auteur. L'équipe technique était tendue, également. L'atmosphère générale s'en ressentait dans le studio, et l'air devenait irrespirable.

— Je suis surtout heureuse que *La Fin de l'hiver* touche autant de gens, répondit Carrie. Ce livre compte beaucoup pour moi.

Elle enchaîna sur l'histoire, inspirée d'une vie réelle : son héroïne, Hannah, avait échappé à l'esclavage, en Virginie, avant de devenir une des propriétaires les plus puissantes et les plus riches de l'Etat de Pennsylvanie. Ce destin singulier avait accaparé Carrie tous les soirs pendant cinq ans, tandis qu'elle continuait d'écrire des articles de magazine pour gagner sa vie. Elle se sentait comme poussée, portée par la force d'Hannah, par sa volonté farouche de vaincre l'adversité et de forger son propre destin.

— C'est ce qui me paraît le plus important, conclut Carrie. Bien plus que le fait qu'elle soit devenue riche et puissante.

Teddi Marx hocha la tête et sourit.

— C'est formidable, dit-elle, en mouillant ses lèvres.

D'une main tremblante, elle consulta encore la liste de questions qu'elle avait préparées et poursuivit vaillamment l'interview. Carrie les connaissait par cœur. C'étaient toujours les mêmes, d'une ville à l'autre, d'un studio de télévision à l'autre. « Quand avez-vous commencé à écrire ? Comment vous est venu ce désir, cette vocation ? Combien de temps vous a-t-il fallu pour être publiée ?... »

Carrie répondit à chacune des questions, d'une voix claire et douce, faisant de son mieux pour essayer de calmer la nervosité de son interlocutrice. En vain. Heureusement, elle connaissait un moyen infaillible de rompre la glace. Il lui suffisait d'attendre la question qui n'allait pas manquer d'arriver.

Et en effet :

— Ecrire est une occupation solitaire, dit Teddi Marx. Que faites-vous pour vous détendre ?

Carrie sourit et prit sous sa chaise un grand sac en papier ; à son arrivée, elle avait demandé à un assistant de le placer là. Puis, devant l'air curieux de Teddi Marx, elle en tira une grande batte de base-ball en plastique rouge, comme celles qu'on fabrique pour les enfants, et une balle de soft-ball un peu molle.

— Voilà ce que je fais, déclara-t-elle en se levant.

Elle brandit la balle creuse et lui donna un grand coup de batte, l'envoyant à travers le studio, par-dessus la tête des techniciens abasourdis — dont certains se baissèrent instinctivement. Le missile de plastique blanc atterrit contre un mur et tomba sourdement sur la moquette.

Carrie se tourna vers l'animatrice, qui était restée bouche bée.

— Vous devriez essayer, dit-elle en lui tendant la batte. Quelqu'un peut me rapporter la balle ? ajouta-t-elle à haute voix en direction du fond du studio.

Il y eut encore quelques instants de flottement, durant lesquels chacun faisait visiblement un effort pour se remettre du choc. Puis, la tension qui régnait dans la pièce disparut brusquement, comme par enchantement. Teddi partit d'un grand éclat de rire et tout le monde l'imita.

— Je n'ai jamais reçu quelqu'un comme vous, dit-elle en s'essuyant les yeux.

Carrie sourit. Elle avait utilisé le même stratagème lors d'une interview sur le câble, en Californie, et l'émission avait gagné un prix. On avait sans doute apprécié que, pour une fois, deux personnes rient et s'amusent sur un plateau, plutôt que de se perdre en palabres inutiles.

— Quand j'étais au lycée, ici, à Philadelphie, nous jouions beaucoup au soft-ball, reprit Carrie.

Teddi reposa la batte en plastique sur le sol, à côté d'elle. Elle n'avait pas l'intention d'imiter l'exploit de Carrie, mais peu importait, désormais. La surprise et le rire avaient produit l'effet désiré. Elles étaient détendues, l'une comme l'autre. L'interview pouvait reprendre.

— Je sais, effectivement, que vous avez vécu dans notre bonne ville de Philadelphie. Vous habitiez la ville même ou les environs ?

— La ville, répondit Carrie. Nous étions à quelques rues d'ici.

Elle ajouta qu'elle était venue s'installer à Philadelphie à douze ans, et qu'elle aimait alors assister à l'arrivée des bateaux, depuis les quais.

— Vous viviez avec vos parents ? s'enquit Teddi.

— Seulement ma mère...

Et, comme elle continuait à parler, son esprit se scinda en deux, une partie demeurant dans le présent, tandis que l'autre allait se perdre dans le passé.

« L'appartement de Philadelphie n'a rien d'extraordinaire », lui avait dit Alice, alors qu'elles faisaient précipitamment leurs valises.

Il fallait qu'elles soient parties avant le retour du père de Carrie.

Et pas la peine de revenir en arrière, s'était dit Carrie avec cet humour dont elle ne s'était pas départie tout au long des années difficiles qui avaient suivi. Dès le premier été, elles avaient essuyé une vague de canicule, de longues semaines d'une chaleur insupportable. Leur logement n'était pas climatisé et la température dépassait souvent les quarante degrés. Sans compter l'humidité qui rendait l'air lourd et poisseux. Finies les brises marines rafraîchissantes, comme à Holly Beach. Finies les baignades dans l'océan et les longues journées paresseuses sur la plage. Comme Alice Holder s'était mise à travailler, Carrie avait pris la responsabilité des corvées ménagères. Elle se revoyait dans la cuisine, en train de pousser des piles de linge mouillé dans l'essoreuse à rouleaux, un livre à la main, les cheveux entortillés autour de canettes de jus d'orange, afin de leur donner du bouffant, des gouttes de sueur roulant sur ses joues.

— Pour l'amour du ciel, Carrie, ne te coince pas les doigts dans l'essoreuse ! s'exclamait sa mère, horrifiée, en la voyant plongée dans sa lecture.

Carrie dévorait tout ce qui lui tombait sous la main — des romans à l'eau de rose, essentiellement, même si elle aimait aussi les polars que lisait Alice.

La lecture, c'était ce qu'il y avait de mieux, pour s'échapper.

— La vie n'est pas comme dans les romans, lui disait parfois sa mère. Il est temps que tu en prennes conscience.

Comme si elle ne le savait pas ! La vie à Philadelphie était jalonnée d'écueils inconnus jusque-là. Par exemple, Carrie brûlait les vêtements en les repassant avec le vieux fer. Ou bien, au moment de le brancher, le cordon électrique tout usé prenait feu. Et la chaudière qu'il fallait allumer en faisant craquer une allumette, et veiller ensuite à éteindre avant qu'elle ne devienne trop chaude et n'explose !

Elle devait affronter toute une panoplie de nouvelles peurs, aussi. « Ne sors pas seule la nuit. Ne traîne pas dans la rue. Ne te baigne pas dans la piscine publique — tu vas attraper des microbes. Et pour l'amour du ciel, ne parle pas aux inconnus ! »

Les inconnus, il était un peu tard pour s'en inquiéter, songeait Carrie.

Du reste, elle n'avait plus à s'inquiéter de la présence d'un homme dans la maison, quel qu'il soit — d'une présence continue en tout cas.

De temps en temps, Alice revenait du bar voisin en compagnie. Carrie l'entendait glousser, un peu éméchée, tandis qu'elle gravissait les marches de bois menant à leur appartement. Quelques minutes plus tard, la porte de sa chambre s'ouvrait et le plafonnier s'allumait. Toute rougissante, Carrie remontait son drap jusqu'à son menton, pendant que sa mère déclarait :

— Je te présente ma petite fille, Carrie. Carrie, dis bonjour à Tom (ou Bob, ou Charlie...)

S'il arrivait que Carrie se plaigne de ces intrusions nocturnes, Alice lui répondait :

— C'est le seul moyen de se débarrasser d'eux, ma chérie. Tu sais, quand ils t'offrent un verre, ils attendent que tu les remercies et les payes en nature. Puis ils apprennent que j'ai un enfant, et ils me laissent tranquille. Mais il faut le leur prouver, tu comprends ?

Carrie avait treize ans quand ce petit manège avait commencé. Elle était assez grande pour comprendre le message implicite contenu dans ces paroles ; sa mère ne voulait pas que des hommes passent la nuit chez elle, mais cela ne se faisait pas de dire « non ».

Cette même année, Alice lui avait demandé de se teindre les cheveux en plus clair.

— Nous sommes dans un quartier italien, chérie. Les Italiens adorent les blondes.

Et Carrie avait continué de recevoir des messages contradictoires. D'un côté, il fallait se rendre le plus attirante possible, afin de plaire aux hommes et de s'en faire aimer, voire désirer. Et de l'autre, il ne fallait surtout pas se laisser toucher.

Heureusement, il y avait aussi ces moments où Alice riait et chantait des vieilles chansons, ceux où elle lui racontait des histoires du passé, ou encore ses rêves pour l'avenir.

— Nous aurons une jolie maison blanche avec des volets bleus et un jardin plein de roses. Et une piscine. Et un cheval.

Enfant, et même adolescente, Carrie, elle, ne nourrissait guère de rêves personnels. Elle ne s'était jamais imaginée dans le rôle d'une femme engagée dans une carrière professionnelle, par exemple. Elle ne se croyait pas suffisamment intelligente pour se lancer dans une carrière. Ce genre d'ambition, c'était bon pour les autres. Il avait fallu attendre la parution de son premier article, dans le journal du lycée...

Carrie revint à la réalité, juste comme Teddi Marx la remerciait. Un large sourire éclairait son visage et elle lui serra la main avec chaleur.

— Vous avez été merveilleuse, dit-elle.

« Je m'en suis tirée, songea Carrie, avec soulagement. Ouf ! C'est fini. »

Le coiffeur regardait Carrie d'un air déçu et fâché, tandis qu'elle se brossait vigoureusement les cheveux pour en ôter toute la laque.

— Je ne comprends vraiment pas pourquoi vous ruinez ainsi tous mes efforts, marmonna-t-il.

— Je n'ai rien contre votre coiffure, répondit Carrie avec gentillesse. Mais au quotidien, je préfère quand c'est plus naturel.

Il fit claquer sa langue et lui tourna le dos pour tapoter sur la télécommande d'un petit poste de télévision installé sur la coiffeuse. Carrie finit de se brosser les cheveux et mordit dans son sandwich. Sharon venait de le lui apporter avec une tasse de thé, avant de s'éclipser.

— Je voulais faire quelque chose pour vous. Je... Votre histoire m'a beaucoup touchée, lui avait-elle dit en souriant. Et puis, c'était tellement sympa, cette mise en scène. Ça a bien détendu Teddi.

Stupéfaite, mais touchée, Carrie avait accepté l'en-cas avec gratitude. Elle but une gorgée du thé parfumé à la bergamote et demanda à Randy s'il avait une crème démaquillante pour le visage.

Il leva les yeux au plafond et lui désigna un pot, sur la coiffeuse.

— Servez-vous.

— Merci, dit Carrie en se retenant de sourire.

En temps normal, elle se serait sans doute éclipsée discrètement, sans faire de vague. Mais la réussite de l'interview lui donnait des ailes.

Elle prit une autre bouchée du sandwich et passa de la crème démaquillante sur son visage, tout en jetant un coup d'œil distrait à l'écran de télévision. Dans le cadre d'une publicité pour le service public, deux petites filles encourageaient les téléspectateurs à se montrer gentils avec tous les êtres vivants. Carrie, qui avait rarement le temps de regarder la télévision, mordit encore dans son sandwich, juste comme un générique d'émission annonçait le Christopher Show.

Randy poussa un soupir excédé.

— Oh non, pas lui. Ça suffit !

Il appuya sur le bouton de la télécommande pour changer de chaîne, mais Carrie l'arrêta.

— Non, attendez !

Il marqua une pause, lui jeta un regard oblique et revint sur la chaîne précédente.

Une chanson accompagnait le déroulement du générique — une chanson que Carrie se rappelait avoir fredonnée quand elle était petite, mais ce n'était pas ce qui l'intéressait. L'homme qui se tenait au milieu de l'estrade lui paraissait étrangement familier. Il était entouré d'enfants, dont les visages levés vers lui exprimaient une adoration sans bornes. Il devait avoir une trentaine d'années, peut-être, et ses cheveux blonds étaient légèrement emmêlés. Un éclairage astucieux créait une sorte de halo autour de sa tête, lui donnant l'air d'un Peter Pan angélique.

Puis la caméra se rapprocha, et Carrie put constater qu'il était plus vieux qu'elle l'avait cru de prime abord. Des cernes profonds ourlaient ses yeux et ses cheveux blonds avaient été coiffés de manière à masquer une calvitie naissante.

L'homme se pencha vers une petite fille blonde appuyée contre son genou et lui chuchota quelques mots. L'enfant pouvait avoir sept ans. Puis une voix annonça :

— Et maintenant, le Christopher Show, avec Christopher Jameson Breen.

Carrie pâlit et un bout de sandwich se logea en travers de sa gorge. Elle dut boire une gorgée de thé pour ne pas s'étouffer. Ses mains tremblaient quand elle reposa la tasse sur la soucoupe.

— Ce type est en train de devenir la coqueluche de toute la côte Est, s'exclama Randy, d'un ton sarcastique. Son émission bat des records d'audience. C'est encore plus spectaculaire que La Rue Sésame, à ses débuts. Franchement, quelle bonne blague !

Carrie considéra le coiffeur sans rien dire et il poursuivit :

— Tenez, vous allez le rencontrer à ce festival où vous vous rendez, à Holly Beach. Il en est le président, je crois. C'est dingue. Il les a tous embobinés, je vous dis.

La musique avait cessé. A présent, l'homme parlait, d'une voix douce et mélodieuse, une voix dont Carrie se rappelait fort bien le pouvoir ensorceleur.

— « N'oubliez jamais, mes amis, qu'un petit enfant sera leur guide... »

Il attira les gosses plus près de lui, touchant affectueusement la tête de l'un, l'épaule de l'autre, la joue du troisième...

— A une époque où l'avidité, la quête du pouvoir et des richesses matérielles causent tant de guerres et de confusion, les enfants portent tout notre espoir. Joignez-vous à moi...

Mais Carrie n'écoutait plus. Un rugissement assourdissant grondait à ses oreilles.

Il était plus vieux.

Et il ne portait plus ses lunettes cerclées de fer.

Mais c'était bien lui !

Elle le revoyait, tel qu'elle l'avait vu, quelque vingt années plus tôt. Elle l'entendait lui dire, de cette même voix si douce :

— Oh, oui, Carrie, oui, tu es une gentille fille, Carrie.

Puis, tout en rajustant ses vêtements et en se recomposant un visage, avant d'aller retrouver les autres, comme si rien ne s'était passé :

— Tu peux remonter, maintenant.

Il donnait des cours de catéchisme à l'école de la paroisse, et tout le monde s'extasiait sur son habileté extraordinaire à s'occuper des enfants. La main qu'il posait maintenant sur la tête de la petite fille blonde était celle qu'il avait posée sur la sienne, à l'école, sous les regards et les sourires approbateurs des uns et des autres. Devant un tel vote de confiance de la part des adultes, Carrie pouvait-elle douter du bien-fondé de ce qu'il lui demandait de faire ? Difficilement. Pourtant, au fond d'elle, tout au fond, elle sentait que c'était mal.

D'un coup, toute la colère et la souffrance qu'elle avait refoulées durant des années surgirent à sa conscience, libérant les souvenirs qu'elle avait tant voulu oublier, réveillant l'horreur de ce qu'elle avait dû subir — les humiliations, le viol de sa personne, de son innocence.

Soudain, elle n'avait plus qu'une idée en tête.

Le briser.

Le briser et le détruire.

DEUXIÈME PARTIE

3.

Holly Beach, New Jersey, 1999

Nicky D'Amico s'arracha à la contemplation de la jeune femme blonde qui était entrée dans le bar, un moment plus tôt. Il lui avait trouvé l'air de quelqu'un qui vient d'échapper à une meute de chiens enragés. Mais bon, il était là pour se détendre, après une longue journée de travail. S'il y avait un endroit, à Holly Beach, où il pouvait oublier un peu les tensions de sa profession, c'était bien la taverne de Neal's.

A l'abri de ses fenêtres de verre teinté, l'endroit était sombre et tranquille ; de plus, il était fréquenté presque exclusivement par une clientèle d'habitués. Il y avait une télé, au-dessus du comptoir, qu'on mettait en sourdine jusqu'à 16 heures, chaque jour. Puis la radio prenait le relais, déversant des rythmes de jazz lent venus d'Atlantic City. Pour Nicky D'Amico, c'était le fond sonore idéal pour oublier ses idées noires.

Nicky aimait passer un moment seul, après le boulot. C'était sa façon à lui de faire le bilan de la journée, avant de rentrer chez lui.

Il avala une gorgée de bière et se tourna à demi pour s'accouder au comptoir. Une violente douleur le saisit lorsque son bras heurta la rampe de cuivre. Il avait reçu un coup, cet après-midi, en se portant au secours d'un policier qui se débattait avec un ivrogne. L'homme n'était pas vraiment violent ; il avait plutôt l'air d'un pauvre type qui ne sait plus où il est. Il avait juste besoin d'une nuit de sommeil et d'un bon repas.

Avant de quitter le poste, Nicky avait troqué son uniforme — jean, T-shirt blanc et blouson léger — contre un autre jean, plus fatigué, et un T-shirt noir usé. Depuis dix ans qu'il était au département de police de Holly Beach, il avait travaillé dur pour développer une réputation de flic différent de ceux qu'on voit à la télévision ou dans les grandes villes. Il n'utilisait presque jamais la force et ne se servait de son arme que lorsqu'il y était contraint, préférant adopter une attitude calme, un air d'autorité sereine, et forcer ainsi le respect. Après tout, à l'origine, les flics étaient des officiers de paix.

Il y avait eu un article sur lui, dans l'hebdomadaire local, quelques années plus tôt. Il venait alors de démanteler un cartel de drogues qui essayait de s'installer à Holly Beach et, au grand embarras de Nicky, le journaliste l'avait décrit comme « un homme dont le regard se porte au-delà de ce que les autres peuvent voir — un homme qui a une vision très personnelle des choses et de ce qu'elles devraient être. »

« Du haut de son mètre quatre-vingt-dix, poursuivait l'article, avec sa carrure solide et ses yeux gris clair hérités de sa grand-mère italienne, Nicky D'Amico ne semble pas guidé par la notion du bien ou du mal, mais plutôt par un besoin personnel de voir régner l'ordre — quelle que soit la signification exacte qu'il donne à ce mot. D'Amico suit rarement la procédure habituelle, dans l'exercice de ses fonctions de policier. Il a plutôt tendance à aborder les situations de crise avec une apparente désinvolture et, sans qu'on sache comment, elles finissent par s'arranger. »

Nul doute que ce journaliste aurait changé d'avis s'il avait été dans les parages, une certaine nuit de juin, songea Nicky. L'année précédente, calme et sérénité lui avaient cruellement manqué, et il avait fallu l'intervention de sa mère, de son père et même de son oncle Mike, pour arriver à le maîtriser. Sa rage l'avait transformé en un monstre animé par la seule volonté de tuer.

La colère le reprenait parfois, quand il était seul. Normal, lui avait-on dit. C'est de la refouler qui détruit les gens et les pousse à l'autodestruction.

Et de cela, Nicky était convaincu. Après tout, il était bien placé pour le savoir. Il avait même commencé à chercher des signes de cette colère rentrée chez les gens qu'il croisait au quotidien. Car il avait également découvert que, lorsqu'on ignore ces signes, ils finissent, tôt ou tard, par vous causer des ennuis.

C'était la raison pour laquelle il avait tant de mal à ne pas regarder la jeune femme agitée qui était entrée dans la taverne, un moment plus tôt.

Elle était jolie, songea-t-il instinctivement. Mais elle avait les traits tirés et semblait la proie d'un grand trouble intérieur. Elle avait des cheveux blonds mi-longs, un visage intelligent et des yeux qui, de loin, paraissaient verts.

Nicky avait l'impression de l'avoir déjà vue. Et pourtant, il était sûr qu'elle venait d'arriver à Holly Beach. Ses vêtements en attestaient. Beaucoup de citadins arrivaient ainsi, en tailleur, ou en costume-cravate ; ils ne tardaient guère à adopter la tenue décontractée des estivants.

Avec un soupir, Nicky fit tourner sa bière entre ses mains, décidant que ce que faisait cette femme, et qui elle était, ne le concernait pas.

Il se percha sur un tabouret et se mit à contempler les touristes qui passaient, à travers une des vitres teintées de la taverne. Il y avait encore plus de monde que d'habitude, cette année, et c'était tant mieux. Tout petit, il avait lui-même fait partie de ces vagues de visiteurs qui débarquent chaque été. Il était venu là en vacances jusqu'à ce que ses parents quittent Philadelphie pour s'installer définitivement à Holly Beach.

A l'époque, beaucoup de nouveaux entrepreneurs venaient s'établir dans la ville. Presque tous d'extraction italienne, ils n'étaient pas toujours très bien accueillis par la population locale. Les préjugés avaient la vie dure. Mais nul ne pouvait arrêter le boum qui devait transformer Holly Beach en une station balnéaire réputée, et très vite, Irlandais, Anglais, Français et peut-être même un ou deux Huguenots réincarnés — quiconque pouvait encore payer le logement au prix fort — vinrent s'établir là à leur tour.

La ville, connue pour ses très belles plages, mais plus petite et plus conventionnelle qu'Atlantic City, attirait une clientèle familiale depuis la fin du XIXe siècle. Il s'agissait en fait d'une île, attachée au continent par deux ponts, un à chaque extrémité, et les gens y venaient de New York, de Pennsylvanie, de Washington D.C. et de Baltimore. L'hiver, des vagues glacées se brisaient sur la promenade de bois qui longeait la mer, engloutissant les stands abandonnés, et Holly Beach se transformait en ville morte.

A une époque bien révolue, les estivants s'installaient dans des cottages, des villas ou des chambres d'hôtes. Aujourd'hui, il y avait des motels partout : les uns étaient d'un standing élevé, comme le Bahia, d'autres offraient un confort minimum, pour les bourses légères. Entre ces deux extrêmes, il y avait toute une gamme de logements, parmi lesquels on comptait le petit hôtel de la famille de Nicky. Le Crest Inn existait depuis les années 30 et réunissait, sur une large pelouse, plusieurs petits cottages blancs avec des volets verts. Il était situé à quelques pâtés de maisons de la plage, mais ses clients ne venaient pas pour jouer dans le sable. Dès leur arrivée, le père et la mère de Nicky avaient investi un créneau encore peu développé, en s'adressant plus particulièrement à une clientèle de personnes âgées, des femmes en majorité. Certaines passaient l'été ou leurs autres vacances à Holly Beach depuis quarante ou cinquante ans — des femmes qui portaient des chapeaux à large bord et des longues robes d'été, qui marchaient le long de la promenade en fin de journée, quand il fait plus frais, et qui allaient déguster une glace ou assister au concert, le dimanche après-midi. La plupart étaient à la retraite et leurs revenus s'étaient réduits comme une peau de chagrin, avec l'inflation. C'était le cas, notamment, de la pauvre Dottie

Corson, l'institutrice à la retraite qui venait d'annuler sa réservation, à la suite du décès de sa sœur.

Le père et la mère de Nicky savaient les sacrifices financiers auxquels consentaient leurs clients, pour continuer à venir à Holly Beach, chaque année. Ils savaient aussi combien étaient précieuses leurs petites habitudes, et tous les souvenirs rattachés à ce lieu. Ils veillaient donc à augmenter leurs prix le moins possible, ce qui les obligeait à exécuter eux-mêmes la plupart des travaux d'entretien et de rénovation du Crest Inn. Il y avait toujours quelque chose à peindre ou à réparer, la pelouse à tondre ou un massif de fleurs à désherber, et Nicky en avait souvent par-dessus la tête d'être réquisitionné pour une raison ou pour une autre. Il lui était même arrivé de se demander comment serait sa vie, s'il avait son propre logement. Il imaginait des murs blancs, une superbe chaîne stéréo et un répondeur-enregistreur qui déclinerait, chaque jour, à son retour, des appels de femmes sollicitant des rendez-vous.

Et puis, un jour, il avait cessé de se poser la question et décidé d'agir. Aussitôt dit, aussitôt fait. Il avait trouvé un terrain, sur la plage, et commencé à construire sa propre maison.

Il n'y avait qu'un petit problème : il n'avait pas encore déménagé, et sa famille lui manquait déjà !

Son oncle Mike, surtout, avec ses quatre-vingt-deux ans et sa manie de faire cuire du foie et des oignons pour le déjeuner, un jour sur deux ; il faut dire qu'il se rattrapait en fabriquant un vin maison qu'aucun vignoble de la région ne pouvait égaler. Nicky adorait s'installer avec lui à la table de la cuisine, le dimanche soir, et tremper des biscuits aux amandes dans son verre de vin, en l'écoutant raconter des histoires de saints.

Evidemment, il y avait eu quelques périodes difficiles, comme celle où les pantalons étaient devenus à la mode, car dès lors oncle Mike n'avait cessé d'affirmer que toutes les femmes qui en portaient étaient des filles perdues. Aucun argument n'aurait pu lui faire changer d'avis. Les saints ne portaient pas de pantalons. La Vierge Marie non plus. Point final.

Plus tard, devenu jeune homme, Nicky avait imputé l'intransigeance de son vieil oncle au regret qu'il avait de ne plus pouvoir admirer les jambes des femmes. Preuve en était que, lorsqu'il amenait ses petites amies à la maison, l'oncle Mike approuvait toujours ses choix, de son air bougon, qu'elles portent ou non un pantalon.

— C'est une gentille fille, Nicky, disait-il. Tu penses l'épouser ?

— Je ne sais pas, mon oncle, répondait Nicky. Elle veut porter un pantalon au mariage.

— Pfft. Sois correct avec elle, Nicky. Elle changera d'avis, tu verras.

Mais Nicky n'avait jamais pu se résoudre à faire ladite proposition. En fait, sa vie, telle qu'elle était, lui convenait très bien. Et même s'il se faisait construire une maison, il aimait toujours être dans sa famille, avec les statues de son oncle sur le manteau de la cheminée, l'odeur des cierges, la famille qui se réunissait une fois par mois pour faire de la sauce maison avec des boulettes de viande aux raisins secs, des côtes de porc et du poulet. Surtout, il aimait aider son père, qui n'était pas aussi démodé et religieux que son oncle, mais qui n'en pensait pas moins que les femmes ont besoin d'être protégées. C'est ainsi que, lorsque son épouse était enceinte de Nicky, et beaucoup plus tard de Sally Anne, il avait fait le ménage et la cuisine durant les neuf mois qu'avait duré chaque grossesse.

Nicky aimait aussi prendre le café avec sa mère, le matin. Helen D'Amico était une petite femme vive et encore jeune — pas du tout la mamma italienne stéréotypée, mais une artiste peintre qui préférait passer ses soirées devant son chevalet plutôt qu'à préparer des pâtes.

Ils formaient une bonne famille. La meilleure, pensait Nicky. Quelqu'un lui aurait posé la question, il aurait répondu qu'il était béni des dieux. Jusqu'à l'été précédent, où il avait bien failli tout gâcher.

— Dure journée, Nicky ? lui demanda le barman, en essuyant le comptoir.

Il s'arracha à sa rêverie et répondit :

— Pas trop, non. On a vu pire.

Il finit sa bière et se redressa, non sans envelopper la jeune femme blonde d'un long regard. Elle était en train de se frotter les tempes.

Même perdu dans ses pensées, Nicky n'avait pas manqué de remarquer qu'elle avait fait plusieurs allers-retours entre la cabine téléphonique et sa place, au cours du dernier quart d'heure. Chaque fois, elle paraissait plus abattue.

Soudain, comme elle dépliait un journal, elle fit tomber son stylo, qui roula sur le sol. Elle ne parut même pas s'en apercevoir.

Nicky devait se dire, quelque temps plus tard, qu'il aurait très bien pu laisser un pourboire sur le bar et s'en aller. Il aurait pu... aurait dû... Comment le savoir ?

Il était ainsi, toujours prêt à sauter sur son destrier pour courir au secours d'une dame blonde. Parfois, c'était bien. D'autres fois...

Il glissa de son tabouret et s'approcha de la femme.

— Vous avez fait tomber ceci, dit-il en se penchant pour ramasser le stylo.

Indiquant du menton le journal, il sourit et enchaîna :

— Vous faites les petites annonces ?

Elle sursauta et, dans ce premier regard, Nicky vit de la peur. Elle se voûta légèrement, comme pour se protéger. Puis, au prix d'un effort évident, elle se redressa et tendit la main.

— Merci, fit-elle en prenant le stylo.

Comme elle détournait les yeux, Nicky se sentit congédié, mais il ne bougea pas. Il se demandait brusquement si sa première impression au sujet de cette femme n'était pas la bonne. Il venait de ressentir un drôle de frisson au niveau de la nuque — le genre de frisson qui annonçait toujours des problèmes.

— Vous désirez quelque chose ? reprit-elle froidement.

Elle affectait un air détaché, mais sa nervosité était évidente, presque palpable, et Nicky secoua la tête en souriant.

— J'ai pensé que vous aviez peut-être besoin d'aide. Vous ne voyez pas d'inconvénient à ce que je m'assoie ?

— Eh bien, si..., commença la jeune femme, tandis qu'il s'installait dans le box en face d'elle.

Nicky s'appuya contre la banquette, espérant la mettre à l'aise.

— J'ai l'impression de vous avoir déjà vue, reprit-il.

Elle poussa un soupir, croisa les mains sur la table et redressa le dos, à la manière d'une institutrice, ou d'un témoin appelé à la barre — quelqu'un, en somme, qui serait déterminé à raconter son histoire. Puis, elle se courba de nouveau, comme si cet effort avait usé le peu d'énergie qui lui restait.

— Je ne pense pas, non, murmura-t-elle simplement.

Elle était fatiguée. En fait, elle paraissait sur le point de craquer. Nicky se dit qu'elle devait traverser une mauvaise passe et qu'il aurait dû la laisser tranquille.

C'était ça, le problème des chevaliers toujours prompts à se lancer au secours des blondes damoiselles en détresse : comment être sûr que leur détresse était réelle ?

Nicky s'était déjà heurté à cette question, bien des années plus tôt, quand il était encore à l'école primaire. Un garçon avait pris le blouson tout neuf de Babs, la plus jolie fille de la classe. Sans plus réfléchir, Nicky s'était jeté à la poursuite de l'affreux, sans se rendre compte que la jolie Babs participait activement à ce petit jeu de chapardage.

N'écoutant que son courage, Nicky s'était jeté sur le vaurien, et il lui faisait mordre la poussière lorsque Babs lui avait collé un coup de poing qui l'avait envoyé contre les barres en fer de la cage à poules ; Nicky s'était ouvert l'arcade sourcilière et, en plus, il avait déchiré le blouson de Babs.

Furieuse, elle l'avait remercié à coups de pied, avant de lui porter l'estocade, dix ans plus tard, en épousant Turkey Bowen, qui n'était autre que le fameux chapardeur.

Nicky avait tiré la leçon de cet incident cuisant. Il se retenait désormais de voler systématiquement au secours de toutes les jolies femmes — surtout les blondes. Mais c'est le genre d'instinct qu'on n'étouffe jamais tout à fait.

— Pas facile de trouver à se loger, à cette époque, reprit-il. Je vois que vous avez entouré des petites annonces pour des chambres à louer.

— Je vais me débrouiller, répliqua-t-elle froidement.

— Vous avez dû essayer les motels sans succès, n'est-ce pas ? Tout est réservé, souvent des mois à l'avance. La saison estivale est courte et les touristes nombreux.

Elle le regarda fixement, sans rien dire.

— Je m'appelle Nicky D'Amico, poursuivit-il en lui tendant la main.

Elle l'ignora et Nicky se dit qu'elle avait bien raison. Il n'avait aucun droit de s'imposer ainsi.

Il commençait à se lever quand la page des petites annonces glissa, révélant la une du journal. La photo de la jeune femme était là, parmi d'autres participants au festival des arts...

— Ça y est, je me souviens ! s'exclama Nicky. Voilà où je vous ai déjà vue. Carrie Holt. Vous faites partie des personnes invitées au festival, ce week-end.

— En effet, murmura-t-elle avec un soupir.

— Cela promet d'être une grosse affaire, cette année. Christopher Breen en est le président. Vous le connaissez ?

— Non.

Nicky écarquilla les yeux.

— Vous voulez rire ? Vous n'avez jamais entendu parler du fameux Christopher Breen ?

— Evidemment, j'ai entendu parler de lui, répondit-elle d'un air excédé. Je pensais que vous me demandiez si je le connaissais personnellement.

— Et ce n'est pas le cas ?

— Non. Pourquoi le connaîtrais-je ?

— Je ne sais pas. Je pensais que les gens qui participent à ce genre de manifestations se connaissent tous.

— Eh bien, vous vous trompiez.

Nicky hocha la tête.

— Ouais. En tout cas, on peut dire que ce Christopher Breen a fait une ascension fulgurante.

Elle ne répondit pas, mais Nicky crut surprendre une lueur d'intérêt dans son regard.

— Le plus drôle, c'est qu'il a fait ses débuts ici même, à Holly Beach. Il donnait des cours de catéchisme dans une des paroisses locales. Et puis, il a disparu un moment. On ne sait pas trop où. Et le voilà qui réapparaît du jour au lendemain, avec ce programme de télévision pour les enfants. Au début, c'était une petite émission sur une chaîne locale. Mais il ne lui a pas fallu longtemps pour devenir une star.

— Oh.

— Vous êtes sûre que vous ne le connaissez pas ?

La jeune femme fronça les sourcils.

— Je vous ai déjà répondu non. Qu'est-ce que vous voulez, à la fin ?

Nicky haussa les épaules.

— Rien, juste vous aider. Mais vous n'avez sûrement pas besoin d'une chambre. On a dû vous loger au centre de conférences d'Anglesea, non ? C'est là qu'ils descendent tous.

— Non. Je me suis inscrite trop tard et ils sont complets.

— Et tous les motels de la ville aussi, n'est-ce pas ?

— En effet.

— Ecoutez, reprit Nicky, en tirant une carte de visite de son portefeuille. Ma famille possède le Crest Inn et il leur reste une chambre libre — sans doute la seule que vous trouverez pour un prix raisonnable, ce week-end. Une de nos clientes vient de perdre sa sœur et elle a annulé au dernier moment.

La jeune femme prit la carte de visite et la fit tourner entre ses doigts. Finalement, elle leva les yeux vers lui.

— C'est une drôle de coïncidence. Vous avez une chambre à louer... et j'en cherche une.

Nicky haussa encore les épaules, tandis qu'elle continuait de le fixer.

— Je vais vous laisser, maintenant, dit-il enfin. Si vous voulez la chambre, appelez ce numéro et demandez à parler à ma mère. Helen D'Amico. Dites-lui que vous venez de ma part.

— Votre mère ?

— Oui. Comme je vous l'ai dit, mes parents sont les propriétaires de l'hôtel.

La jeune femme eut un léger sourire — trop léger pour vraiment changer l'expression de son visage. Ses yeux demeurèrent tristes.

— Excusez-moi si j'ai été désagréable, dit-elle sur un ton las. J'ai appelé des dizaines d'endroits, sans succès. Je suis venue ici parce que c'était sombre... et tranquille. J'avais besoin de m'asseoir et de réfléchir un moment.

— Je vous comprends tout à fait, répondit Nicky. J'ai horreur des bars où tout le monde se retrouve pour bavarder. Je dois déjà supporter ça au boulot.

Il lui tendit la main et, cette fois, elle la prit — non sans une pointe d'hésitation, cependant.

— Merci pour le tuyau, reprit-elle. Je vais appeler tout de suite.

— Dites juste que c'est moi qui vous envoie. Nicky, ajouta-t-il, au cas où elle n'aurait pas retenu son nom.

— Oui. Nicky. Je n'y manquerai pas.

Nicky alla déposer un pourboire sur le bar et se dirigea vers la sortie. La cicatrice qui barrait son arcade sourcilière se mit alors à le démanger — celle que lui avait laissée son échauffourée avec Turkey Bowen. Etait-ce un augure ? Il la toucha et, pris d'un drôle de pressentiment, il se tourna encore pour regarder Carrie Holt.

Elle avait repris la une du journal et la fixait sans bouger.

4.

Carrie leva les yeux du journal au moment où Nicky ouvrait la porte de la taverne pour sortir.

Elle était fatiguée, à bout de nerfs, et il l'avait prise au dépourvu. Enfin ! il avait l'air inoffensif. Et puis, il était fort probable qu'elle n'allait plus jamais le revoir.

Car elle avait décidé de ne plus participer au festival. Elle allait commencer par rendre visite à sa grand-mère, comme elle le lui avait promis. Puis elle appellerait Molly pour la prévenir qu'elle annulait tout. On était lundi et il restait quatre jours aux organisateurs du festival pour lui trouver un remplaçant. C'était peu. Mais tant pis.

Elle reporta son attention sur le journal et considéra la photo de Christopher Breen, juste au-dessus de la sienne. Apparemment, le fait qu'il préside le festival était le résultat d'un changement de dernière minute. En effet, son nom n'était mentionné nulle part dans la brochure que Carrie avait reçue, quelques mois plus tôt. C'était le sénateur Alan Weiss qui devait remplir cette fonction. Weiss travaillait à créer des programmes d'art, d'écriture et de musique pour les enfants, dans les quartiers défavorisés des grandes villes. Ce thème fondait sa campagne ; il avait promis de remplacer ou de rétablir bon nombre des programmes dont l'administration précédente avait tronqué le budget.

Alors, où était passé Weiss ? Et comment diable Breen avait-il pris sa place ?

Carrie se frotta les yeux. Une chose était sûre ; Breen serait logé au centre de conférences. Il n'était donc plus question, pour elle, de s'en approcher. Les sentiments de colère et d'outrage qu'elle avait d'abord ressentis, à Philadelphie, en le voyant avec tous ces enfants, s'étaient dissipés peu à peu, durant le trajet en voiture jusqu'à Holly Beach, laissant place à une sorte de dépression. Elle n'avait plus tant envie de le détruire que de prendre ses jambes à son cou et de s'enfuir très très loin.

Malgré tout, il était hors de question qu'elle fasse faux bond à sa grand-mère. Depuis qu'Elizabeth s'était fracturé la hanche, un an plus tôt, Carrie venait la voir aussi souvent qu'elle le pouvait. Et, cette fois encore, entre son émission télévisée du lundi et le début du festival, elle avait veillé à s'octroyer trois jours de congé durant lesquels elle comptait bien passer le plus de temps possible avec son aïeule.

Cela dit, elle n'était même pas sûre qu'Elizabeth se rendrait compte de sa présence. Non seulement sa hanche n'avait pas guéri, mais la vieille dame avait sombré, des mois plus tôt, dans une profonde dépression. Rien n'était plus déchirant que de voir cette femme de soixante-seize ans, si active avant l'accident, enfermée aujourd'hui dans un mutisme presque total.

Pourtant, Nan Martin, la directrice de la maison de repos, persistait à affirmer que les visites de Carrie étaient bénéfiques.

— Nous n'avons aucun moyen de savoir ce qu'elle entend, ni ce qu'elle sent, répétait-elle inlassablement. En revanche, elle donne toujours l'impression d'aller mieux, quand vous venez.

Carrie poussa un soupir et regarda de nouveau la carte de visite du Crest Inn. Elle avait menti à Nicky D'Amico ; elle avait une chambre dûment réservée au centre de conférences, mais il n'était plus question qu'elle s'y installe. Christopher Breen vivait toujours dans les parages, et la pensée de se retrouver nez à nez avec cet homme lui était insupportable. Comment un monstre pareil avait-il pu devenir une telle célébrité ? Les gens ne voyaient-ils donc pas clair ?

Manifestement pas.

Comme elle, autrefois. Comme ses parents et tous les adultes qui l'avaient connu, quand il était jeune. N'était-il pas alors considéré comme un homme calme et doux, un homme qui savait vraiment s'y prendre avec les enfants ?

Seigneur !

Carrie prit une des pièces de monnaie qu'elle avait laissées sur la table et retourna dans la cabine téléphonique.

— Allô, madame D'Amico ? Oui, bonjour, je... Votre fils m'a donné votre carte de visite. Nicky, oui. Il paraît que vous avez une chambre à louer.

— En effet, répondit la femme au bout du fil. Une de nos clientes a dû annuler sa réservation.

— C'est ce qu'il m'a dit. Pourrais-je la voir ? Je suis en ville.

— Certainement. Vous savez comment nous trouver ?

Elle lui indiqua le chemin, puis elles abordèrent la question du prix, qui était tout à fait raisonnable. Carrie raccrocha et, après avoir payé son café, sortit.

La voiture de location était garée au coin de la rue et elle s'y engouffra. Comme il faisait chaud, elle commença par baisser les vitres. De plus, l'épuisement la gagnait. Elle n'avait qu'une envie : se déshabiller et s'allonger quelque part, à l'ombre, et au frais.

Le Crest Inn était situé au sud de la ville, non loin du centre.

Carrie n'eut aucun mal à le trouver. Elle se gara dans le petit parking ombragé que Mme D'Amico lui avait décrit au téléphone. Puis, suivant toujours ses instructions, elle traversa une large pelouse et parvint à l'arrière d'une grande maison blanche à volets verts. Composée d'un rez-de-chaussée et d'un étage, la bâtisse était flanquée de deux ailes qui avaient dû être rajoutées au fil des ans. L'ensemble était coquet, mais sans prétention.

Mme D'Amico vint lui ouvrir avec un sourire d'excuse.

— Pardon de vous avoir indiqué l'entrée de la cuisine, dit-elle en frottant ses mains tachées de peinture sur son jean qui ne l'était pas moins. Quand vous avez appelé, je travaillais dans mon atelier et, de là, je n'entends pas toujours la sonnette de la porte principale.

C'était une femme de petite taille dont le visage était encadré de courtes boucles brunes. Amicale, elle paraissait néanmoins pressée de retourner à sa peinture.

— Je suis désolée de vous déranger, répondit Carrie avec un sourire, en acceptant la poignée de main de son hôtesse.

— La chambre est à l'étage, reprit aimablement Helen D'Amico.

Elle prit une clé sur un panneau accroché près de la porte et guida Carrie vers un escalier extérieur de bois blanc. En haut des marches, un vaste palier les attendait, avec deux portes séparées. Une brise salée soufflait de l'océan.

— J'espère que Nicky vous a prévenue qu'il ne s'agissait pas d'un des cottages. Nous avons deux chambres comme celle-ci, une de chaque côté du bâtiment principal. Vous avez votre entrée et votre salle de bains, mais cette autre porte, là, mène à la chambre de ma fille, Sally, fit Mme D'Amico, en indiquant du menton l'extrémité du palier. Elle a seize ans et il lui arrive de mettre la musique un peu trop fort. Frappez au mur, si vous voulez qu'elle baisse le volume, ou faites-le-moi savoir et je lui parlerai aussitôt.

Carrie entra dans la chambre et regarda autour d'elle. Des fenêtres donnaient du côté de l'océan et l'air qui s'engouffrait dans la pièce faisait danser les rideaux de voile blanc.

— C'est très joli, dit-elle. Et le prix que vous m'avez annoncé au téléphone me convient tout à fait. Je la prends.

Mme D'Amico hocha la tête.

— Bien. Nous sommes au rez-de-chaussée, si vous avez besoin de quoi que ce soit. Sinon, personne ne viendra vous déranger, ici.

— Merci, répondit Carrie, prenant la clé que lui tendait son hôtesse. Je vais vous faire un chèque tout de suite... pour le cas où je partirais à un moment où vous n'êtes pas disponible. Si cela vous convient, je vais vous payer quatre jours d'avance. Jusqu'à vendredi.

— Très bien. Tout ce que je vous demande, c'est de me prévenir le plus vite possible si vous décidez de prolonger votre séjour.

— D'accord.

Carrie remplit un chèque sur la tablette d'un ravissant petit secrétaire ancien et le tendit à Helen D'Amico, qui le prit avec un sourire, avant de s'éclipser.

Elle était gentille, songea Carrie. Et quelle chance d'avoir trouvé cette chambre ! Malgré tout, elle aurait préféré être chez elle. Très loin d'ici. A l'abri. Cette pensée en réveilla une autre, qui s'était tournée et retournée dans sa tête, telle une armée de serpents, depuis le moment où elle avait vu Christopher Breen avec la petite fille blonde, à la télévision.

« Tue-le. Tu en as toujours eu envie. Tue-le et qu'on en finisse, une fois pour toutes. »

5.

Avant de défaire sa valise, Carrie appela son agent à New York.

— Molly ? C'est Carrie à l'appareil. Ecoute, je suis à Holly Beach et j'ai besoin de ton aide. Il faut que tu me libères de ce festival au plus tôt.

— Le festival d'Anglesea ? Carrie, tu es devenue folle ? Ce n'est pas du tout le moment. Ecoute, tu fais bien de m'appeler ; je viens juste d'avoir ton éditeur au téléphone. Ils sont en train d'organiser une autre tournée de promotion, maintenant que *La Fin de l'hiver* a encore grimpé sur la liste des best-sellers. Tu as vu ? Evidemment que tu as vu. Tu es numéro deux sur la liste du *New York Times* !

Carrie n'avait rien vu du tout. La veille, elle avait juste eu le temps de sauter dans un avion pour un vol Chicago-Philadelphie. Puis elle s'était écroulée de fatigue, à l'hôtel, et ce matin, après l'interview, sa vie semblait avoir basculé dans une sorte de brouillard opaque. Tous les gestes qu'elle avait accomplis, depuis le moment où elle avait vu Christopher Breen à la télévision — louer une voiture, conduire jusqu'à Holly Beach, essayer de trouver une chambre — tous ces gestes avaient été accomplis machinalement, comme si elle était sur pilote automatique.

Elle se demanda, brusquement, comment elle avait pu se détacher ainsi de sa vie. Pourquoi ne ressentait-elle aucune joie, aucune excitation, à l'annonce d'une nouvelle qui l'aurait encore remplie de bonheur la veille ?

— Grâce à la tournée, tu vas connaître un tas de nouvelles villes, poursuivait Molly Blair. Boston, Atlanta, La Nouvelle-Orléans...

Carrie sentit son cœur chavirer. Elle était accablée.

— Je ne peux pas, murmura-t-elle.

— Qu'est-ce que tu racontes ? s'exclama Molly à l'autre bout du fil. Carrie, tu te rends compte de ce que ça signifie ? Cette fois, ça y est, tu as réussi ! Ce pour quoi tu travailles comme une brute, depuis dix ans, est enfin arrivé. Tu tiens la chance de ta carrière et tu as intérêt à ne pas louper le coche ou tu auras fait tout ça pour rien. Ecoute-moi, je ne voulais pas t'en parler tant que ce ne serait pas écrit noir sur blanc, mais ton éditeur parle de t'offrir un contrat pour trois romans, et ils sont prêts à payer beaucoup, beaucoup d'argent. Tu ne peux pas les laisser tomber maintenant !

Carrie se frotta les tempes. Elle avait beau faire un effort, rien de ce que lui disait Molly ne l'atteignait vraiment. Des promesses de contrats mirobolants, des tournées de promotion... Quelle importance tout cela pouvait-il avoir, dans un monde où les enfants se voient privés de leur innocence, où ils sont condamnés à se sentir sales et remplis de honte ? Comment pouvait-elle retourner dans l'autre monde, celui des sessions de photos, des émissions de télévision et des cocktails littéraires où on sert du saké, du caviar et des hors-d'œuvre indonésiens ?

Ces dernières semaines, son avenir lui avait pourtant semblé clairement tracé, du moins pour les six, dix, douze prochains mois : « Bientôt, très bientôt, se disait-elle, je pourrai rentrer chez moi et me cacher derrière mon ordinateur. »

Mais c'était avant d'être assaillie par un flot de souvenirs resurgis d'un passé qu'elle avait voulu, sinon oublier — c'était impossible — , du moins reléguer au second plan.

Elle se mit à pleurer doucement, comme si toutes ses blessures intérieures s'étaient rouvertes d'un coup. Elle avait l'impression d'être à vif.

— Ecoute, Molly, laisse-moi te rappeler, d'accord ? s'entendit-elle dire. Je suis dans une cabine et il y a quelqu'un qui attend pour téléphoner.

— Où est-ce que je peux te joindre, si je veux t'appeler plus tard ? demanda vivement Molly.

Carrie lui donna le numéro du Crest Inn.

— Réfléchis bien à ce que je t'ai dit, d'accord ? enchaîna l'agent.

— Parlons-en demain, s'il te plaît, répondit Carrie avec lassitude.

Il y eut une pause, puis Molly reprit :

— Carrie, est-ce que ça va ?

Carrie eut un rire tendu qui sonnait affreusement faux — un rire qui trahissait son profond désarroi. Elle se sentait au bord du désastre et ne savait que faire.

— Ça va, mentit-elle cependant. Il faut vraiment que je raccroche, maintenant. On s'appelle demain.

Elle reposa le combiné et se mit à se balancer doucement sur le lit, d'avant en arrière, laissant la souffrance la submerger entièrement. Toutes les choses qu'elle avait cru pouvoir pousser sous un tapis, toutes ces années...

Comme elle s'était trompée.

Elle pensa à Esther Gordon, une psychothérapeute qui habitait dans le même immeuble qu'elle, à San Francisco. Carrie était souvent allée lui rendre visite, au cours de l'année qui venait de s'écouler. Dans son esprit, c'était juste pour entretenir une bonne relation de voisinage. Elle aimait bien cette femme douce et un peu maternelle, son vaste appartement gai et plein de couleurs, avec vue imprenable sur le Golden Gate Bridge, et le thé au jasmin qu'Esther servait dans des tasses en porcelaine de Chine. En sa présence, surtout au début, Carrie éprouvait toujours un merveilleux sentiment de calme.

Mais, peu à peu, Esther avait commencé à lui poser des questions — des questions suffisamment précises pour que Carrie en vienne à se demander si elle n'avait pas laissé échapper, au cours de leurs précédentes conversations, des indices sur son triste passé. Avec une insistance pleine de tact, la psychothérapeute avait fini par la faire parler de ce qu'elle aurait tant voulu oublier : l'alcoolisme de son père et sa mortelle maladie du foie, le décès récent d'Alice, atteinte d'un cancer, et même certains épisodes — pas tous — avec Christopher Breen. Jusqu'au moment où Carrie s'était sentie envahie, comme toujours lorsqu'on cherchait à l'approcher d'un peu trop près.

Elle était assez lucide pour admettre qu'elle allait voir Esther en grande partie parce qu'elle était psychothérapeute, pour parler justement de cette époque si sombre de sa vie. Toutefois, la souffrance réveillée par tous ces souvenirs était plus qu'elle ne pouvait tolérer et elle n'avait pas tardé à espacer ses visites, puis à les interrompre tout à fait. Les excuses ne manquaient pas : « Désolée, j'étais en déplacement... Je dois terminer un travail... J'ai eu la grippe... »

Carrie poussa un soupir et fit un effort pour se redresser. Surprenant son reflet dans le miroir de la commode, elle fut choquée par l'image de la femme que lui renvoyait son reflet. Ses cheveux, d'ordinaire si clairs, lisses et brillants, étaient tout emmêlés et collés par les restes de laque, et son visage était crispé, ses yeux dénués de toute expression.

Elle allait devoir se reprendre, avant d'aller voir sa grand-mère.

De plus en plus fatiguée, elle se déshabilla et prit une douche. Mais cela ne l'aida pas. Au contraire. Elle se sentait énervée, à présent. « J'ai besoin d'une petite minute de repos, se dit-elle. Juste une minute ou deux. »

Elle enfila un peignoir en éponge et s'allongea sur le lit. Une brise douce et salée soufflait depuis l'océan, s'engouffrant par les fenêtres ouvertes, mais c'est à peine si elle la sentait. La colère la consumait. Elle imaginait ce qu'elle ferait si Christopher Breen se tenait devant elle à cet instant. Elle se voyait serrant de ses mains rageuses le cou de l'infâme — serrant, serrant... Mais aussitôt, la colère se transformait en une peur panique. Breen se moquait d'elle et Carrie se retrouvait paralysée, impuissante à se défendre, comme autrefois, lorsqu'elle était petite fille.

Alors, de nouveau, s'imposait le besoin de rentrer chez elle, de se réfugier dans son cocon, à l'autre bout du continent.

Puis elle repensa à la petite fille blonde qu'elle avait vue à la télévision, le matin même, avec Breen. N'avait-elle pas l'obligation morale de rester ? N'était-il pas grand temps de briser le silence et d'avancer à découvert ? N'était-il pas temps de crier la vérité haut et fort, afin d'empêcher ce monstre de commettre ses actes abominables sur des petites filles innocentes ?

Mais Christopher Breen avait peut-être changé. N'aurait-il pas été pris, dénoncé, s'il continuait à abuser d'enfants, après toutes ces années ?

Elle entendit alors la voix d'Esther Gordon répondant précisément à cette question, quelques mois plus tôt. « Ils peuvent agir ainsi pendant des générations sans être jamais pris, Carrie. Et même si on les arrête, même si on les enferme, il y a peu de chances de les voir se réhabiliter. La plupart finissent par sortir et, aussitôt, ils recommencent. »

Carrie déglutit péniblement.

Hélas, que pouvait-elle faire ? Même si elle le dénonçait à la police, personne ne la croirait. Christopher Breen était adulé comme un saint. Il suffisait de lire l'article qui lui était consacré dans le journal du matin. Tout le monde aimait Christopher Breen, les enfants comme les adultes. Politiciens et célébrités de tous bords étalaient leur admiration pour lui. Depuis le moment où il était retourné à Holly Beach, avec sa « petite émission » — selon ses propres termes —, son ascension avait été fulgurante, et la liste de ses amis et de ses fans ne cessait de s'allonger. Le Christopher Show battait les records d'audience sur toute la côte Est et jusqu'à Chicago et St-Louis. Breen, toujours d'après l'article, était sur le point de devenir une idole nationale.

Il inculquait aux enfants des principes de morale et de civisme en leur racontant des histoires ou en montant des spectacles de marionnettes, de danse ou de musique. Les parents eux-mêmes poussaient leur progéniture à le regarder et, par conséquent, à lui faire confiance.

Plus que tout, cette pensée alimentait la colère de Carrie. On lui faisait confiance !

Si seulement elle avait pu en parler avec sa grand-mère. Tout comme son grand-père, Elizabeth avait bien connu Christopher Breen. Ils fréquentaient tous la même paroisse et formaient alors une petite communauté. Hélas ! Comme tous les autres, ses aïeux lui avaient toujours fait confiance.

Elizabeth la croirait-elle, aujourd'hui, si Carrie lui racontait ce qu'elle n'avait pu confier à personne, autrefois ?

La jeune femme poussa un soupir et, avec un effort certain, elle se leva pour enfiler un short et un T-shirt. Elle avait l'impression de n'avoir pas dormi depuis des semaines. De plus, cette journée paraissait ne jamais devoir finir ; et il était à peine 17 heures !

Les nerfs à vif, oscillant sans cesse entre la rage et la déprime, elle quitta sa chambre.

La Résidence des Pins était située à la pointe sud de l'île, à cinq kilomètres à peine du Crest Inn. Carrie décida de rejoindre la plage et de franchir la distance à pied.

Quelle ne fut sa surprise de constater à quel point le simple fait de longer ainsi ces quelques rues de sa ville natale réveillait ses souvenirs d'enfance. Elle se revoyait marchant, ici et là, dans la chaleur des journées d'été : les bras chargés de provisions, les yeux toujours baissés, elle était alors terrifiée à l'idée de rencontrer quelqu'un qu'elle connaissait et qui pourrait deviner son secret, comme si celui-ci était tatoué sur son visage et sur son corps, comme si elle portait une pancarte clamant qu'elle était victime de sévices sexuels.

Evidemment, elle n'aurait pas employé de tels mots, à l'époque. Elle savait seulement qu'elle se sentait laide, sale et pleine de honte.

Et parce qu'elle avait toujours les yeux baissés, elle ne voyait jamais que les herbes qui poussaient entre les crevasses des trottoirs, ou encore le dessin des bulles de goudron sur Surf Avenue. Ces bulles, on pouvait les écraser, les faire crever et fourrer son doigt dans le trou pour toucher la matière noire qui en suintait.

Mais il fallait être prudente, car si elle salissait ses chaussures de tennis toutes neuves, elle était sûre d'être punie : privée de promenade sur les planches de bois, le vendredi soir. Privée de glace et de montagnes russes.

Du temps de son enfance, il y avait des dizaines de terrains vagues, dans le quartier. Des roses sauvages poussaient alors le long des trottoirs, ainsi que des laiterons et des houblons. Et il y avait des mantes religieuses partout.

Avec le boum immobilier, le paysage avait changé. Il restait encore des hortensias çà et là, avec leurs grosses fleurs bleues et roses, rondes comme des ballons, et lourdement parfumées. Poussant devant les anciennes maisons, certains avaient plus de cinquante ans. En revanche, les roses sauvages avaient disparu, remplacées par des motels que flanquaient une piscine et l'inévitable parking.

De temps en temps, Carrie passait devant une de ces maisons qui avaient tant captivé son imagination, quand elle était enfant. Des maisons de contes de fées, songeait-elle à cinq ans, en contemplant leurs façades composées de pierre et de mosaïque de verre coloré.

Comme elle avançait sur la promenade, elle se rappela aussi l'injonction maternelle de ne pas quitter le chemin de planches pour aller jouer dans le sable, un peu plus bas.

— On ne sait jamais ce qui peut arriver, déclarait Alice en agitant l'index.

Bien sûr, Carrie avait bravé cet interdit, par curiosité, et aussi parce qu'elle adorait fouiller le sable à la recherche des pièces de monnaie tombées des poches des passants. Et, bien sûr, elle avait découvert ce qui pouvait arriver, le jour où un inconnu avait baissé son pantalon, brusquement, avant de lui montrer son membre turgescent, puis de s'enfuir en courant.

« C'est tout ? » s'était-elle dit. Comparé à ce qu'elle vivait avec Breen, il n'y avait pas de quoi fouetter un chat.

L'été, elle passait tout son temps sur la plage. Les marches, à l'arrière de sa maison, donnaient directement sur le sable et, dès l'âge de sept ou huit ans, elle s'en allait jouer au bord de la mer, chaque matin, avec une grande bouteille Thermos qu'elle avait remplie de limonade et quelques sandwichs au beurre de cacahuète.

— Ne t'éloigne pas trop des maîtres nageurs, lui disait Alice. Et regarde la fenêtre de temps en temps. Si je trouve que tu t'en vas trop loin, j'accrocherai une taie d'oreiller pour te faire signe. Et ne viens pas me dire que tu ne l'as pas vue. Ce genre d'excuse ne marche pas.

Mais Carrie ne comprenait pas la nécessité de toutes ces recommandations. Elle savait qu'elle n'avait rien à craindre de l'océan.

Comme elle aimait le premier choc de l'eau froide contre sa peau, et la bataille qu'elle devait livrer contre les vagues ! Elle gagnait toujours, en passant dessous, en les contournant, en calculant l'arrivée de la prochaine lame. Elle pouvait rester des heures dans l'eau, s'astreignant seulement à vérifier, à intervalles réguliers, qu'elle ne s'était pas trop éloignée de son pâté de maisons. Parfois, un courant de retour l'emportait jusqu'à la dix-neuvième rue, là où commençait la promenade, et elle revenait à toutes jambes sur le sable mouillé.

Ils n'avaient pas beaucoup d'argent pour acheter des vêtements mais, chaque été, Alice lui confectionnait plusieurs maillots de bain, afin qu'elle puisse se changer régulièrement. Une année, elle lui avait fait un deux pièces avec un tissu hawaïen. Mais l'ourlet de la jupette qui couvrait la culotte était trop large et, un jour qu'il s'était rempli de sable et que Carrie sortait de l'eau, le bas lui était tombé sur les genoux.

Elle s'était aussitôt accroupie pour vider tout le sable qui s'était accumulé dans l'ourlet, mais elle n'oublierait jamais les rires et les railleries des autres enfants, sur la plage. Après cet incident, elle n'était plus sortie pendant plusieurs jours, et même ensuite, elle se montrait seulement le soir, quand tout le monde était parti.

En y repensant, Carrie ressentit une bouffée de tendresse pour sa mère, qui avait travaillé, souvent tard le soir, penchée sur sa machine à coudre, pour lui confectionner ces petits maillots de bain. Alice n'avait pas eu la vie facile, entre un mari alcoolique et sa petite fille, pour laquelle elle s'efforçait d'être une bonne mère malgré tout.

Carrie ôta ses sandales et descendit les marches menant à la plage, pour gagner le bord de l'eau. Des nuages lourds couraient à travers le ciel et l'océan avait pris une couleur d'ardoise. Les quelques estivants qui s'étaient attardés là commençaient à rassembler leurs affaires, à rouler leur parasol et à rappeler leurs enfants.

De nouveau, les souvenirs affluèrent. Carrie adorait les orages d'été. L'eau paraissait toujours plus chaude quand il pleuvait, et elle aimait nager sous les éclairs en respirant l'imperceptible odeur de soufre que dégageait alors l'océan. Par-dessus tout, elle aimait braver l'interdit formel de ses parents — elle qui leur désobéissait si peu.

Elle n'avait jamais eu peur des fureurs de la nature. C'étaient les humains qui lui faisaient peur. Les hommes. Les femmes. Les professeurs. Les voisins. Les vendeurs dans les magasins. Et ce qu'elle appréciait justement, quand il pleuvait à Holly Beach, c'est que plus personne ou presque ne s'aventurait dehors.

6.

La Résidence des Pins était séparée de la plage par une superbe pelouse. Quittant le bord de l'eau, Carrie traversa la bande de sable fin, en direction de la vaste demeure de style victorien assortie de sa véranda blanche. Sur la pelouse, des chaises longues étaient éparpillées çà et là, face à la mer et, dans les jardins environnant la propriété, des pins et des palmiers importés agrémentaient le paysage.

Les Pins avaient la réputation d'être la meilleure maison de repos, sur l'île. La plus chère aussi.

Le grand-père de Carrie était décédé cinq ans plus tôt, ne laissant à sa femme qu'un maigre pécule. Le couple avait toujours bénéficié de rentrées substantielles mais, la retraite venant, leurs économies avaient fondu peu à peu. L'année précédente, Elizabeth s'était fracturé la hanche. La mairie du comté avait aussitôt essayé de lui faire vendre sa maison afin de l'installer dans un centre de convalescence municipal, un établissement abordable mais ne jouissant pas d'une excellente réputation. Aussi, Carrie avait-elle proposé d'engager à ses frais une infirmière qui s'occuperait de sa grand-mère à demeure. Elizabeth était toute la famille qui lui restait, et elle se sentait responsable d'elle — une responsabilité qu'elle assumait volontiers, sa grand-mère étant la seule personne qui, depuis l'enfance, éveillait en elle une affection totale. Mais Elizabeth avait décliné sa proposition, déclarant qu'elle ne voyait pas d'inconvénient à vendre leur maison en ville, et même la ferme.

— A mon âge, il n'est pas bon de s'accrocher à des choses matérielles. C'est un poids trop lourd à porter. C'est mauvais pour la santé.

Alors Carrie avait proposé une autre solution : elle couvrirait au moins une partie des frais qu'entraînerait l'installation d'Elizabeth dans une bonne maison de repos, le reste étant couvert par l'argent de la vente de la ferme. Après avoir mené son enquête, elle avait choisi la Résidence des Pins, où elle était sûre que les besoins physiques et émotionnels de sa grand-mère seraient comblés.

Sa surprise fut grande quand on lui annonça que ce fardeau financier serait allégé, grâce à un bienfaiteur anonyme qui faisait don d'importantes sommes d'argent à la Résidence des Pins. La mère de ce philanthrope était morte dans la misère, quand il était petit, et sans pouvoir bénéficier des soins dont elle aurait eu tant besoin. C'était sa façon de lui rendre hommage.

Ainsi, Carrie n'avait plus à assumer qu'un tiers du coût des soins prodigués à sa grand-mère. Pour cela, elle avait quand même dû augmenter sa charge de travail, acceptant des contrats ponctuels pour des travaux de réécriture, de relecture, de critique, etc. Un surcroît d'activité qui ne la dérangeait guère. Au contraire, elle avait l'impression de se rendre utile, même s'il lui arrivait de se demander si elle n'aurait pas dû quitter San Francisco pour revenir s'installer à Holly Beach et s'occuper de sa grand-mère. La solitude n'avait-elle pas causé ou aggravé l'état d'Elizabeth ?

Dans les semaines qui avaient suivi son installation à la maison de repos, la vieille dame avait sombré dans une profonde dépression qu'aucun traitement ne paraissait pouvoir soigner. Les médecins avaient d'abord parlé de traumatisme post-chirurgical. Mais les mois passaient et, non seulement Elizabeth n'allait pas mieux, mais sa mémoire commençait à la trahir. Les dernières fois où Carrie lui avait rendu visite, elle ne l'avait même pas reconnue.

Cependant, les infirmières et les aides-soignantes affirmaient qu'il n'y avait rien à faire et, prise dans le tourbillon de ses activités, Carrie avait accepté leurs explications avec gratitude.

Mais maintenant, alors qu'elle regardait sa grand-mère, Carrie se demandait si elle n'avait pas commis une erreur. Elizabeth était assise dans son fauteuil, devant la grande fenêtre de sa chambre par laquelle on voyait la pelouse, et plus loin, à perte de vue, l'océan. Elle portait un châle rouge corail que Carrie lui avait offert pour Noël, et son visage, encadré de cheveux blancs, était plus beau que jamais.

Elizabeth avait toujours été une très jolie femme mais, avec l'âge, ses traits étaient devenus plus doux, son teint presque translucide. Ses yeux bleus avaient perdu de leur éclat, mais pas cette belle couleur pervenche qui les caractérisait.

— Elle a maigri, remarqua Carrie sur un ton plus sec qu'elle ne l'aurait voulu. Elle ne mange donc pas ?

La propriétaire de la maison de repos, Nan Martin, qui dirigeait l'institution depuis plus de dix ans, l'attira gentiment dans le couloir.

— Elle n'a pas beaucoup d'appétit, répondit-elle. Après tout, votre grand-mère a soixante-seize ans. A cet âge, surtout quand on n'est plus très actif, le corps ne réclame pas des repas copieux. Mais nous veillons à ce qu'elle mange de manière équilibrée : des légumes, des fruits, des petites portions de viande. Je lui ferais bien servir du tofu, mais nous veillons à donner à nos patients ce dont ils ont l'habitude et ce qu'ils aiment.

Nan secoua la tête et sourit.

— Ne soyez pas alarmée par son apparence fragile. Elizabeth a plusieurs séances de kinésithérapie par semaine, et elle marche de mieux en mieux — si on l'aide, bien sûr. Il faut la cajoler un peu pour qu'elle accepte de bouger, mais on y arrive.

— Je suis désolée, murmura Carrie, je n'insinue pas que vous ne vous occupez pas bien d'elle.

En réalité, elle faisait entièrement confiance au personnel de la maison de repos. Si elle s'était montrée agressive, c'était surtout parce qu'elle se sentait coupable de n'être pas venue depuis plusieurs mois.

— Sa santé est bonne, dans l'ensemble ? enchaîna-t-elle.

— Son taux de glycémie demeure un peu élevé, mais rien de très inquiétant. Nous surveillons cela de près, bien entendu.

— Et sa mémoire ?

— Pour être tout à fait franche, j'hésite. Comme vous le savez, ces choses sont difficiles à mesurer. Je vous encourage à continuer à lui parler du passé, à essayer de stimuler sa mémoire, comme vous l'avez fait jusqu'à présent. Mais sans forcer. Si elle refuse de se souvenir, il ne faut pas...

— Attendez, l'interrompit Carrie. Vous avez bien dit : si elle refuse ?

Nan eut un haussement d'épaules.

— J'ai passé beaucoup de temps avec Elizabeth. Je l'aime vraiment. Elle est tellement douce. Mais il arrive qu'elle me prenne de court. Elle dit un mot, ou un nom, et elle a l'air tellement lucide, d'un seul coup. Je pourrais jurer qu'elle se rappelle quelque chose. Et puis la voilà repartie — comme si elle avait volontairement claqué une porte à l'intérieur de son esprit.

— C'est plutôt bon signe, non ? demanda Carrie d'un ton plein d'espoir. Après tout, si elle est capable de claquer cette porte délibérément, elle devrait pouvoir la rouvrir de la même façon, non ?

— Tout est possible, bien sûr, mais je ne suis pas la personne la mieux placée pour vous parler de cela. Allez savoir si je ne tire pas des conclusions hâtives, simplement parce que j'aimerais voir Elizabeth se rétablir — pour elle, mais aussi pour vous. Je ne veux pas vous donner de faux espoirs, Carrie. Vous devriez en parler au Dr Esmond.

Carrie leva les yeux au plafond.

— La dernière fois que je lui ai parlé, il a déclaré que l'état de ma grand-mère était désespéré. S'il n'était pas son plus vieil ami encore en vie, je l'aurais renvoyé il y a bien longtemps.

Nan rit.

— Ce n'est pas un mauvais médecin. Son diagnostic manque juste un peu de précision. Un bon diagnostic est une qualité tellement rare. Quoi qu'il en soit, c'est votre grand-mère, à son arrivée ici, qui a refusé de se laisser soigner par qui que ce soit d'autre.

— Je suis au courant. J'ai bien essayé de la convaincre de consulter un autre médecin, mais elle n'a rien voulu entendre. Dites-moi, est-ce qu'elle a encore cherché à s'en aller ?

— Pas depuis la dernière fois. Nous avons renforcé la sécurité et pris les empreintes digitales de tous nos patients, au cas où nous perdrions quelqu'un — ce qu'à Dieu ne plaise.

— C'est une bonne idée. Quelle a été la réaction de ma grand-mère quand on a pris ses empreintes ?

— Elle n'a rien dit, mais il m'a semblé voir dans ses yeux une lueur de rébellion.

Carrie eut un rire attendri.

— Ma grand-mère a toujours été ce qu'autrefois on appelait « une dame ». Si quelqu'un avait tenté de prendre ses empreintes digitales, il y a seulement quelques années, elle l'aurait sans doute assigné devant un tribunal.

— J'imagine très bien.

Nan consulta sa montre.

— Ecoutez, je dois passer quelques coups de téléphone. Venez me voir à mon bureau, après votre visite. Nous pourrons bavarder plus longtemps.

— D'accord, répondit Carrie.

Carrie entra dans la chambre. Avant de se diriger vers sa grand-mère, elle s'arrêta près du lit, ouvrit le tiroir de la table de nuit et y glissa un billet de vingt dollars. Elle envoyait régulièrement un peu d'argent à Elizabeth. Nan le conservait dans le coffre-fort. Ces petites sommes permettaient d'acheter les bains moussants, l'eau de Cologne et les objets personnels divers dont Elizabeth pouvait avoir envie ou besoin. Puis, chaque fois qu'elle venait en visite, Carrie glissait quelques dollars supplémentaires dans le tiroir de la table de nuit, pour le cas où Nan ne serait pas immédiatement disponible quand ces envies ou ces besoins se feraient sentir.

Hélas, à en croire la directrice et les aides-soignantes, Elizabeth n'avait pas manifesté le moindre désir d'acheter quoi que ce soit depuis bien longtemps. Et en effet, dans le tiroir, Carrie ne vit rien d'autre qu'une boîte de Kleenex, un calepin et... un stylo en or.

Le stylo n'était pas là, lors de sa dernière visite, cependant, et Carrie se demanda s'il ne fallait pas se réjouir de sa présence aujourd'hui. Sa grand-mère avait-elle demandé qu'on lui en achète un ? S'était-elle rappelé qu'elle avait occupé une certaine place dans la société ? Avait-elle voulu retrouver le souvenir de ce temps passé, en acquérant cet objet sophistiqué ? Comment savoir...

Réprimant un soupir, Carrie s'approcha de la fenêtre et s'installa face à sa grand-mère, en essayant de s'armer contre la douleur et la déception, toujours plus grandes à chaque visite. Elizabeth était la dernière personne qui lui restait au monde. C'était surtout celle à qui étaient rattachés les seuls souvenirs heureux de son enfance. C'était elle qui, autrefois, lui avait appris à découper des poupées dans du papier ; elle qui l'emmenait se promener et lui achetait des glaces ; elle encore, que Carrie réussissait parfois à entraîner dans un cinéma pour voir un film un peu trop violent. Elizabeth fronçait les sourcils quand une scène dépassait ses pires attentes, mais elle lui pardonnait toujours, déclarant avec le sourire qu'il ne fallait plus jamais la tromper comme ça. Elle était ainsi, sa grand-mère, douce, patiente, disponible, et si Carrie avait connu un peu d'amour durant les premières années de sa vie, c'était surtout grâce à elle. S'il lui restait quelques bons souvenirs de cette époque, c'était grâce à Elizabeth — et non à ses parents.

Elle se pencha en avant et prit les mains de la vieille dame entre les siennes.

— Grand-mère... c'est moi, Carrie. Comment te sens-tu ?

Elle ne s'attendait pas à recevoir une réponse et, en effet, elle n'en reçut guère. Elle continua pourtant à parler, de tout et de rien. Elle lui raconta les derniers mois, le succès de son roman, la tournée de promotion qu'elle venait de terminer... Elle lui apprit aussi qu'elle s'était rendue à l'opéra de San Francisco pour la première fois.

Elizabeth avait toujours adoré l'opéra. Elle était issue d'un milieu aisé, cultivé, et elle avait fréquenté une institution de jeunes filles. Il émanait d'elle une grâce et une distinction que Carrie avait toujours admirées. D'ailleurs, elle ne se rappelait pas l'avoir jamais entendue hausser le ton ou prononcer un seul gros mot. Elle se demandait même si Elizabeth percevait les paroles indécentes ou douteuses, quand on en prononçait en sa présence. Sa grand-mère avait sa manière à elle de faire semblant de ne rien voir, dès qu'une personne se comportait de manière inappropriée. En fait, elle paraissait flotter au-dessus des autres, dans un monde qui n'appartenait qu'à elle, plus doux et tellement plus agréable.

Avec le temps, Carrie avait appris à l'imiter. Quand le souvenir des agressions qu'elle avait subies menaçait de la submerger, elle dressait le menton, à la façon de sa grand-mère, et avançait comme si de rien n'était. Rien ne lui était arrivé, à elle. C'était une autre personne, une autre petite fille, qui était concernée.

Comme elle tenait la main froide et frêle de sa grand-mère, Carrie se demanda brusquement ce qui se serait passé si Elizabeth avait été le genre de grand-mère à qui on peut parler de tout, même des choses peu avouables — si elle avait pu lui raconter ce que Breen lui faisait ?

Hélas, Elizabeth, mais aussi Alice, lui avaient appris qu'on ne parlait jamais de ses problèmes personnels. Alice n'avait-elle pas tout fait pour cacher que Jack, son propre mari, était alcoolique, pour dissimuler cette honte à la face du monde ? Les parents de Jack eux-mêmes ne devaient se douter de rien. C'est ainsi qu'on n'avait jamais abordé la question devant Elizabeth et Sam ; ils ne l'auraient pas supporté.

Carrie poussa un soupir. L'espace d'un long moment, elle demeura immobile et silencieuse, formant un étrange tableau avec sa grand-mère — deux femmes assises face à face, chacune perdue dans son propre univers.

Carrie repensait aux événements de la journée. Qu'arriverait-il si elle prononçait le nom de Christopher Breen ? Elizabeth réagirait-elle ? Se rappellerait-elle qui il était ? Il y avait si longtemps. Vingt-huit ans depuis le jour où tout avait commencé ; vingt-deux depuis que cela avait cessé, après leur départ vers Philadelphie. Elizabeth n'avait pas les mêmes raisons qu'elle de se souvenir de Christopher Breen.

Les victimes d'abus sexuels ne cessent d'être poursuivis et hantés par les souvenirs de leurs souffrances, jusqu'à ce que le problème soit affronté et résolu, disait-on dans un livre sur le sujet, que Carrie avait lu l'année précédente. Un jour, tôt ou tard, elles doivent en parler, tout dévoiler au grand jour. C'est le seul moyen de se débarrasser d'un tel fardeau.

— Grand-mère, murmura Carrie, d'une voix hésitante. Est-ce que tu te souviens de Christopher Breen ?

Pas de réponse. Elizabeth ne parut pas avoir entendu.

— Il donnait des cours de catéchisme à l'église, quand j'étais petite, insista Carrie.

Toujours rien.

Carrie allait renoncer quand, soudain, elle crut surprendre une lueur dans les yeux de sa grand-mère. Aiguillée par l'espoir, elle reprit :

— C'est lui qui jouait de l'orgue à la messe lorsque papa était...

Elle s'interrompit, incapable de prononcer les mots indécents. Quand papa était trop soûl...

— ... quand papa n'était pas là, le dimanche, reprit-elle. Il jouait de la guitare aussi, et chantait des chansons pour les enfants.

Elizabeth tourna légèrement la tête vers la fenêtre. Ses yeux brillaient d'une lumière étrange, comme si des larmes cherchaient à en jaillir.

— Nous vivions dans le Minnesota, déclara-t-elle brusquement, à la grande stupéfaction de Carrie.

Puis, l'instant d'après, elle n'était plus là. Son corps demeurait immobile, dans le fauteuil, mais son esprit s'était échappé de nouveau, emportant avec lui tous les détails et informations qu'il serrait jalousement, comme un trésor, et peut-être aussi, les précieuses explications que Carrie espérait tant recevoir un jour.

Carrie trouva Nan dans la grande pièce chaleureuse qui lui servait de bureau et qu'elle avait installée comme un salon, avec un canapé et des fauteuils. Elle était en train de préparer du thé, et un parfum fleuri s'échappait de la théière.

Nan était beaucoup plus jeune qu'Esther Gordon, la psychothérapeute de San Francisco, et pourtant, Carrie leur trouvait de nombreux points communs. Comme

Esther, Nan était douce, maternelle. Elle avait toujours du thé ou des petits gâteaux à offrir, ou simplement la possibilité de parler.

— J'ai fait du thé au jasmin, aujourd'hui, dit-elle. C'est excellent pour se détendre. Et j'ai des biscuits.

Carrie s'installa sur le canapé tandis que Nan posait un plateau bien chargé sur la table basse et s'asseyait en face d'elle.

— Vous avez l'air fatigué, commenta-t-elle brièvement. La visite était difficile, aujourd'hui ?

— Pas vraiment, répondit Carrie. Pendant un moment, j'ai cru qu'elle m'avait entendue. Mais quand elle a parlé, c'était de tout autre chose.

— Qu'a-t-elle dit ?

— Juste une phrase : « Nous vivions dans le Minnesota. » Elle devait faire référence à l'année où ils sont allés s'y installer, avec mon grand-père. Elle n'aimait pas du tout. Je me souviens du jour où elle m'a dit qu'elle ne parvenait jamais à se réchauffer là-bas. Elle dormait sous trois couettes et...

Elle s'interrompit, hésita.

— Oui ? insista Nan.

— Je ne sais pas. Quelque chose m'a traversé l'esprit, d'un coup, mais ça m'a échappé aussitôt. Seigneur ! Ne me dites pas que c'est contagieux.

Nan eut un rire amusé.

— Si c'est le cas, je suis fichue. Avec toutes les années que j'ai passées dans cette maison.

Carrie secoua la tête, sourit, et porta la tasse de thé à ses lèvres.

— Ainsi, Elizabeth et votre grand-père ont vécu dans le Minnesota, reprit Nan. Ce n'est pas la porte à côté.

— Mon grand-père avait décroché un poste dans une université, là-bas. C'était peut-être mieux payé, je ne sais pas. On n'en parlait pas beaucoup. Ma mère disait que ce séjour avait presque brisé le mariage d'Elizabeth et de Sam. Ils n'ont d'ailleurs pas été longs à revenir s'installer ici.

— Vous aviez quel âge, à l'époque ?

— Oh, entre huit et dix ans, je crois. Pourquoi ?

Nan haussa les épaules.

— Je me demandais si le fait qu'elle ait évoqué le Minnesota pouvait avoir un rapport avec vous.

— Je ne vois pas comment.

— Quel genre de relation avaient vos grands-parents ? Vous le savez ?

— J'en sais autant qu'un enfant de cet âge peut en savoir sur le sujet. Ils avaient plutôt l'air heureux. En fait, je me souviens...

Carrie se tut et rougit brusquement.

— Quoi donc ? demanda Nan.

— Oh, un truc idiot. Un jour, je les ai surpris en train de... vous comprenez.

Nan éclata de rire.

— En train de faire l'amour ? Et vous pensiez que les grands-parents ne faisaient pas ces choses-là, n'est-ce pas ?

Carrie rougit de plus belle.

— En quelque sorte.

— Si vous saviez tout ce qui se passe, même ici.

— Vous plaisantez !

— Ma chère Carrie, nos patients sont âgés. Ils ne sont pas morts.

— J'entends bien, mais... je veux dire... que... comment réagissez-vous ?

— Cela dépend. Si les deux personnes sont conscientes et en bonne santé, nous faisons semblant de ne rien voir. Nos tourtereaux pensent qu'ils déjouent notre surveillance et cela ajoute sans doute du piment à la chose — vous savez, l'idée qu'ils sont en train de commettre un acte interdit.

Elle considéra Carrie d'un air interloqué.

— On dirait que cela vous étonne.

— Non, pas vraiment. Enfin, je trouve très bien qu'ils aient la possibilité d'avoir une vie aussi normale que possible, même dans un établissement comme le vôtre...

— Mais ?

Carrie se dandina sur le canapé.

— Est-ce que ma grand-mère... ?

— Elizabeth est aussi pure qu'un ange, déclara Nan avec un large sourire. A ma connaissance, du moins. Cela vous ennuierait, si ce n'était pas le cas ?

— Je ne sais pas. Je ne pense pas, mais...

— Mais c'est votre grand-mère et vous n'êtes toujours pas remise du choc que vous avez ressenti en la surprenant au lit avec un homme, n'est-ce pas ? Même s'il s'agissait de votre grand-père.

Carrie eut un rire.

— Oui, c'est un peu ça.

Nan se tapota le menton du bout des doigts.

— Pardonnez-moi si ma question est trop directe, Carrie, mais bon, nous nous connaissons depuis un petit moment, maintenant. Aimez-vous le sexe ?

Carrie la regarda fixement. Aimait-elle le sexe ? Comment répondait-on à une question pareille ? Elle n'était même pas sûre de savoir.

— Eh bien, l'acte en soi est plutôt agréable. Mais le seul homme avec qui j'ai eu un semblant de relation me trouvait trop détachée.

Elle marqua une pause.

— En même temps, c'était loin d'être un amant exceptionnel, alors qui peut dire ?

— Il n'y a pas de femmes frigides, seulement de mauvais amants, c'est ça ? commenta Nan avec un petit rire.

Carrie fronça légèrement les sourcils, l'air moqueur.

— On vous a déjà dit que vous êtes particulièrement irritante, quand vous jouez les psychologues ?

— C'était ma deuxième matière, à l'université, répondit Nan. La psychologie est un domaine qui m'a toujours passionnée.

Elle consulta sa montre et se leva.

— Non pas que je sois toujours très douée, ajouta-t-elle. Par exemple, je ne comprends pas pourquoi une de nos patientes éprouve le besoin de se présenter au réfectoire, chaque midi, entièrement nue. Et justement, puisqu'on en parle, je dois la voir. Il faut que je file.

Carrie se leva à son tour, prit son sac et en tira une carte de visite.

— J'ai écrit mon numéro à Holly Beach, au dos. Au cas où vous auriez besoin de me joindre. Merci pour tout, Nan.

— De rien. Vous êtes là jusqu'à dimanche, n'est-ce pas ? Nous allons vous revoir ?

— Je ne suis pas encore sûre de rester pour le week-end.

Nan la considéra d'un air pensif.

— Ecoutez, il ne m'appartient peut-être pas de vous dire cela, mais tant pis, je prends le risque quand même. Elizabeth semble traverser une période de transition et, à mon avis, elle va s'en sortir. Je pense vraiment que cela l'aiderait, si vous restiez un moment.

L'endroit avait l'air plutôt agréable, songea Elizabeth.

Elle était assise exactement là où Carrie l'avait laissée, un moment plus tôt, le regard perdu du côté de l'océan. Elle ne se rappelait pas toujours comment elle avait atterri ici, ni quand, mais elle était heureuse de pouvoir admirer le ciel et la mer, les nuages et le soleil couchant. Heureuse aussi de sentir la douceur de la brise sur sa peau. Mais pourquoi et comment était-elle devenue si frêle ? On lui voyait pratiquement les os, se dit-elle en considérant ses bras nus. Où était passée la jeune femme qu'elle avait été, celle dont l'image radieuse s'insinuait parfois dans ses rêveries ? Une jeune femme autour de laquelle flottait toujours un parfum de fleurs... Comment s'appelait-il déjà ? White Shoulders ? Estée Lauder ? Un homme ne lui avait-il pas dit, un jour, qu'il adorait son odeur et aussi son rire, ou encore cette façon qu'elle avait de balancer très légèrement les hanches, quand elle marchait ? Rien d'exagéré, bien sûr. Juste un léger mouvement qu'elle ne pouvait contrôler, quand elle portait des talons hauts, et cela en dépit des remontrances de sa mère.

Elizabeth remonta son châle sur ses épaules.

Si cet homme avait existé, elle ne se rappelait plus son visage. Il lui arrivait, parfois, de sentir des mains longues et fortes sur son corps...

A cette pensée, un frisson la parcourut et un sourire s'insinua sur ses lèvres sèches. Oui, elle sentait ces doigts glisser le long de ses cuisses et les écarter doucement, s'attardant sur la peau si tendre...

Elizabeth se mit à trembler dans son fauteuil. Une vague de chaleur l'envahit tout entière et elle retint son souffle. Sa mémoire la trahissait si souvent, ces temps-ci. Mais si elle pouvait se rappeler cela... Peut-être était-ce tout ce dont elle avait besoin. Le feu par lequel toute vie commence et se nourrit.

Qui avait dit cela ? se demanda-t-elle brusquement. Quelque poète, sans doute. Oh, mais qu'importe ! « Allez-vous-en, pensées et questions inopportunes, et laissez-moi avec mes sensations. »

Son esprit partit à la dérive. Au-delà de l'océan, de l'autre côté de l'horizon, serpentait une petite route de campagne. De chaque côté, des fleurs sauvages poussaient en quantité — des hectares de bleuets, de roses et de pissenlits jaunes comme l'or. Là où les fleurs ne poussaient plus, se dressait une forêt, haute et sombre, d'où sortait un homme. Le cœur d'Elizabeth bondit de joie.

Elle espérait qu'il serait là, à l'attendre. Elle s'élançait, tenant son chapeau de paille d'une main pour l'empêcher de s'envoler. L'homme aussi courait vers elle et, soudain, ils étaient dans les bras l'un de l'autre. Ses lèvres étaient sur les siennes, puis contre son cou, ses épaules, ses seins. Le chapeau tombait par terre, oublié, et l'homme écartait les pans de la blouse de dentelle blanche, de ses mains impatientes.

En d'autres temps, Elizabeth n'aurait jamais osé se comporter avec un tel abandon ; elle aurait eu trop honte. Que dirait sa mère, si elle la voyait ? Mais cette pensée ne faisait que traverser son esprit, chassée aussitôt, comme un insecte irritant dont on se débarrasse d'un geste de la main.

Rien ne comptait plus que le corps de cet homme pressé contre le sien, ces bras qui la soutenaient ; de toute façon, sans son appui, elle serait tombée inanimée, emportée par un trop-plein d'émotions et de sensations. Et c'était l'homme, finalement, qui l'entraînait vers la terre, l'allongeant sous lui. Alors, Elizabeth se cambrait afin d'aller à sa rencontre et elle s'ouvrait pour lui, comme jamais elle ne l'avait fait pour personne.

Durant un long moment, Elizabeth demeura immobile dans son fauteuil, les yeux fermés, un sourire flottant sur ses lèvres. Autrefois, elle aurait porté les mains à ses seins, afin de faire durer le rêve, de le garder en vie. Mais cela ne servait plus à rien. Sa poitrine était vide et fripée ; elle ne répondait plus à son toucher.

Elle poussa un soupir et le son rauque qui s'échappa de sa poitrine la ramena brutalement à la réalité.

« Non ! s'écria-t-elle en silence. Ne pars pas. »

Mais le rêve s'était évaporé. Et elle n'avait toujours pas vu le visage de son amant. Seigneur, pourquoi ne voyait-elle jamais son visage ? Hélas, même les visages qu'elle voyait, elle ne les reconnaissait plus, n'était plus capable de leur donner un nom. Pourquoi ? Pourquoi ?

Au bout du compte, Elizabeth se consolait tant bien que mal en se disant que c'était peut-être dans l'oubli que se trouvait son salut.

7.

Carrie quitta la Résidence des Pins à l'instant où une série d'éclairs zébrait l'horizon. La mer se déchaîna et de grosses vagues vinrent s'écraser sur le rivage. Un ouragan avait frappé les Carolines, la veille, et cette partie sud du Jersey en essuyait les conséquences.

Paradoxalement, Carrie accueillit ce déchaînement climatique avec gratitude, heureuse de devoir lutter contre les éléments pour rentrer au Crest Inn. L'effort physique l'aidait à repousser le profond sentiment de défaite et d'impuissance qui la taraudait.

Elle se sentait tellement découragée. De devoir laisser sa grand-mère dans la maison de repos. De ne pouvoir l'aider. En même temps, elle se sentait affreusement seule.

Qu'allait-elle faire, maintenant ?

Elle ne savait même pas quoi penser. Les souvenirs du passé la submergeaient de toutes parts, comme portés par la marée qui battait ses chevilles. Et avec eux, surgissait un sentiment de colère comme elle n'en avait jamais connu. Une partie d'elle voulait tuer Breen, trouver un revolver quelque part, et aller l'affronter, le fixer jusqu'à ce qu'il la reconnaisse et se rappelle ce qu'il lui avait fait, puis, froidement, lui faire sauter la cervelle. Mais bien sûr, c'était de la folie.

Jamais encore elle n'avait éprouvé une telle rage. Cela lui faisait peur. Tout de même, il devait bien exister une autre solution.

Aller trouver la presse et dénoncer l'infâme pour ce qu'il était ? Ce ne serait pas la première fois qu'on apprendrait par les gros titres que tel homme puissant avait abusé du corps d'une femme. Certaines de ces femmes mentaient, bien sûr, dans l'espoir de ramasser un peu d'argent facile. D'autres disaient la vérité. Parfois, elles se battaient seules ; d'autres fois, elles étaient soutenues par des organisations importantes, prêtes à défendre leur cause.

Carrie, elle, serait seule contre le puissant Christopher Breen, l'homme que tous adoraient.

De nouveau, elle se sentit envahie par ce vieux sentiment d'impuissance qui pesait sur sa vie, depuis tant d'années. Pourtant, les circonstances n'étaient plus les mêmes. Elle n'était plus la petite fille incapable de se défendre et de parler.

Elle arriva au Crest Inn trempée jusqu'aux os, et fourra la main dans la poche de son short, pour y prendre la clé de sa chambre. Mais la poche était vide.

Elle se figea sous la pluie. Elle avait dû perdre la clé quelque part sur la plage. Quelle idiote ! Elle allait devoir déranger ses hôtes pour en demander une autre.

Des bruits de voix et des éclats de rire émanaient de la cuisine des D'Amico. Toute la famille avait l'air d'être là.

Carrie poussa un soupir, rejeta les épaules en arrière et frappa à la porte. Quand le battant s'ouvrit, elle fut assaillie par une merveilleuse odeur d'oignons, de céleri et de tomates. Une adolescente se tenait devant la cuisinière, et faisait tourner une cuiller de bois dans une grosse marmite.

Assis autour de la grande table ronde, Nicky D'Amico et deux hommes plus âgés étaient plongés dans une discussion animée. L'un d'eux pouvait avoir soixante-dix ans ; d'allure frêle, il avait la tête couronnée d'épais cheveux blancs. L'autre, un homme de petite taille, trapu et brun, devait être le père de Nicky.

Carrie regarda Helen D'Amico qui venait de lui ouvrir la porte. L'aimable dame avait l'air fort surprise de la découvrir ainsi sur le seuil, les cheveux et les vêtements dégoulinant de pluie, ses chaussures de tennis couvertes de sable mouillé.

Gênée, Carrie essuya son visage d'un revers de main.

— J'ai bien peur d'avoir perdu la clé de ma chambre. Je suis vraiment désolée. Vous n'auriez pas un double ?

— Bien sûr, répondit Helen en tendant la main vers le panneau de bois hérissé de clous. Mais vous êtes trempée. Montez vite vous sécher et revenez donc manger un peu de soupe chaude avec nous.

Mais Carrie n'avait pas envie de soupe. En fait, elle aurait préféré se trouver n'importe où ailleurs. Nicky D'Amico la regardait fixement, sans rien dire, et elle avait l'impression d'être jaugée par un médecin, un psychologue, ou... ou quoi d'autre ? Elle n'aurait su le dire.

— Merci, c'est vraiment gentil, répondit-elle. Mais je ne peux pas ce soir. J'ai... j'ai du travail.

Helen D'Amico hocha la tête et lui donna la clé.

— Est-ce que ça va ? insista-t-elle.

Carrie sourit.

— Oui, tout à fait. Je suis désolée de vous avoir dérangés.

— Pensez-vous. Et ne vous inquiétez pas surtout : cela arrive sans arrêt.

— Et comment ! intervint l'adolescente, toujours devant la cuisinière. La plupart de nos locataires oublient carrément où se trouve leur chambre. Alors, vous pensez, une malheureuse clé !

— Sally Anne ! fit Helen d'un air réprobateur.

— Allons, maman, ne prends pas la mouche. J'ai beau les traiter de broccoloïdes, avec leur tête de chou, tu sais que je les aime bien, tes vieux pensionnaires.

Elle sourit à Carrie, qui songea à une réponse spirituelle à faire, mais elle était épuisée et son esprit semblait s'être vidé.

— Vous êtes sûre que ça va ? renchérit Nicky, sans cesser de la regarder fixement.

— Oui, oui.

Elle afficha un large sourire, murmura un vague merci et s'éloigna sous la pluie. Parvenue à l'escalier, elle gravit les marches deux par deux et courut vite se réfugier dans sa chambre. Puis, dès que la porte fut refermée, elle poussa un soupir de soulagement.

Ici, seule, loin des regards des autres, elle pouvait de nouveau respirer et fonctionner.

8.

A 21 h 30, ce même soir, Carrie se tenait sous les branches d'un érable, à quelques kilomètres du Crest Inn. De l'autre côté de la rue, se dressait l'imposante structure du centre de conférences d'Anglesea, avec, au milieu, l'église que le grand-père de la jeune femme avait tant contribué à construire, plus de cinquante ans plus tôt, non seulement en réunissant des fonds, mais en y travaillant de ses propres mains. Lui et de nombreux paroissiens de l'époque avaient transporté les matériaux dans des brouettes et érigé cette maison de Dieu à la sueur de leur front. Le résultat était un large bâtiment de briques agrémenté de vitraux, à la pointe nord de l'île, tout près de la plage et à quelques rues de l'ancienne maison de Carrie.

Mais les choses avaient changé, ces dernières années, et aucune messe n'était plus célébrée dans l'église d'Anglesea. La fréquentation avait baissé, petit à petit, et le lieu de culte et le terrain sur lequel il se dressait avaient été transformés en un centre de conférences. Beaucoup d'argent avait dû être investi, à en croire les ailes modernes qui avaient été construites, de chaque côté de l'église, ainsi que les petits cottages entourés de jardins qui étaient éparpillés sur la propriété et servaient sans doute à abriter les participants aux conférences. Une barrière assez basse courait jusqu'à la plage et semblait avoir été placée là pour des raisons d'esthétique bien plus que de protection. Un panneau élégant et discret était posté à l'entrée, sur lequel on avait gravé un seul mot. Anglesea.

Christopher Breen se trouvait quelque part, à l'intérieur de ce centre. Carrie avait téléphoné peu avant, et une réceptionniste lui avait répondu qu'il répétait un spectacle pour le festival et ne serait pas disponible avant 22 heures. Comme elle proposait de prendre un message, Carrie avait refusé et raccroché brusquement.

Elle ne savait même pas pourquoi elle avait appelé. Elle avait l'impression de basculer dans le passé — le passé sombre et effrayant qui avait été le sien — sous l'effet d'une force qu'elle ne contrôlait pas.

Que cherchait-elle au juste ? A revoir son visage ? Qu'est-ce que cela lui apporterait ? Après tout, cela faisait bien longtemps qu'il trompait son monde ; c'était un art dans lequel il était passé maître.

Dieu, comme elle le haïssait !

La pluie avait cessé et Carrie se tenait sous son arbre, toute tremblante et plus épuisée que jamais. Elle avait mal aux jambes à force d'avoir marché et souffrait cruellement du manque de sommeil. Mais ce n'était rien, comparé aux brusques sautes d'humeur dont elle était la proie. Tantôt elle devait se retenir pour ne pas faire irruption dans le centre de conférences, attraper Christopher Breen par la peau du cou, le traîner à l'extérieur et le pendre haut et court, devant toute la ville. Tantôt elle se sentait à peine la force de lever le petit doigt.

Elle savait, grâce aux conversations qu'elle avait eues avec Esther Gordon l'année précédente, que toute personne ayant été victime d'abus graves dans son enfance est sujette à de tels changements d'humeur, la colère alternant en elle avec la dépression, qui est une manière déguisée de rediriger cette colère contre soi-même en pensant qu'on est seul coupable.

Jusqu'à présent, la colère de Carrie n'avait transparu que dans les articles qu'elle écrivait sur les femmes, pour dénoncer les nombreuses injustices dont elles sont victimes. A ses débuts, elle était même très dure et particulièrement vindicative. Puis son discours s'était tempéré. Elle avait attribué ce changement au temps qui passe, à la maturité qui s'installe, à la nécessité de renoncer à la colère aussi, de l'ignorer, ne serait-ce qu'un peu. C'était d'ailleurs la raison principale pour laquelle elle avait cessé de fréquenter Esther. Elle ne voyait plus la nécessité de continuer à ressasser le passé. Mieux valait le laisser derrière soi.

Elle s'avisait, et pas pour la première fois, qu'elle avait passé presque toute sa vie d'adulte à tourner prudemment autour de sa propre colère, occupée qu'elle était à jauger les réactions des autres, à guetter les moindres signes de réprobation ou de déplaisir. C'est ainsi qu'elle s'en était sortie.

Il lui fallait bien admettre, cependant, qu'en adoptant cette attitude pusillanime, elle n'avait fait que vivoter, se contenter d'exister, sans jamais prendre véritablement son destin à bras-le-corps. Plus que tout, elle se laissait porter par la vie, qu'elle embrassait du bout des lèvres sans jamais l'étreindre.

Quelques mois plus tôt, elle avait été victime d'une agression, alors qu'elle quittait une conférence, à l'université de Berkeley. Quelqu'un l'avait renversée et lui avait volé son sac. Si l'incident en lui-même n'était pas grave, il ne l'avait pas moins empêchée de dormir durant plusieurs nuits car, au cours de l'année, des viols avaient été commis sur le campus de Berkeley, et Carrie avait fait de terribles cauchemars à la pensée de ce qui aurait pu lui arriver.

Son agression lui avait valu de rencontrer un officier chargé de la sécurité à Berkeley, et Jake Sharley n'avait pas mâché ses mots.

— C'est terrible à dire mais, à l'heure actuelle, Berkeley bat tous les records de criminalité sur campus, au niveau national. Il faudra bien qu'on se décide à installer des lampadaires, par là-haut. En attendant, il n'y a qu'à éviter de s'y balader seul le soir. Avec tous ces ponts et ces arbres, on se croirait au beau milieu de la campagne.

Jake était à la veille de prendre sa retraite et il avait travaillé à Berkeley dans les années soixante et soixante-dix, époque turbulente s'il en fut. Carrie était retournée le voir quelques jours plus tard pour l'interviewer. Elle avait décidé d'écrire un article au sujet de la criminalité sur les campus universitaires. Ils avaient pris le café ensemble et ils avaient sympathisé. Ils s'étaient revus plusieurs fois, juste pour le plaisir de bavarder. C'est ainsi qu'un jour, Jake s'était penché vers Carrie et avait déclaré sur le ton de la confidence :

— Je vais vous dire une chose : je sais d'expérience ce qui se passe quand l'ordre cède le pas au chaos. Peu importe, alors, de quel côté vous vous trouvez. Croyez-moi, c'est la pagaille. Contre un tel phénomène, il n'y a qu'une solution : il faut apprendre à se protéger.

— Je suis beaucoup plus prudente, maintenant, avait répondu Carrie. Je ne me gare pas dans les endroits non éclairés, je sors mes clés de mon sac avant de...

— Ça ne sert à rien, tout ça, l'avait-il interrompu. C'était bon autrefois, mais les temps ont changé. Les rues sont dangereuses. Ce qu'il vous faut, c'est un flingue.

Carrie avait écarquillé les yeux.

— Se promener avec un revolver n'est pas légal, dans cet Etat, avait-elle répondu. Pas sans permis, en tout cas. Et à quoi me servirait-il, si je le laisse dans un tiroir ?

— Oubliez ce qui est légal et ce qui ne l'est pas. Ce qu'il faut, c'est l'avoir toujours dans votre sac à main. Ou sur le siège passager de votre voiture, dissimulé par un vêtement quelconque.

— Et si je me fais arrêter pour excès de vitesse, par exemple ? Qu'est-ce que je dis au flic ? Oh, pardon pour le revolver, il est tombé du ciel.

Jake avait souri.

— Il ne verra pas que vous avez un revolver.

— Ah bon ? Et s'il fouille la voiture ?

— Il n'a pas le droit, avait répondu Jake. Pas sans un mandat. C'est la loi. Maintenant, admettons que vous brûliez un feu rouge et que le gentil policier vous demande si vous avez un revolver dans votre voiture. Que lui répondez-vous ?

— Je réponds oui, pour être sûre qu'il ne me descendra pas quand il découvrira que je lui ai menti.

Jake avait poussé un soupir et repris avec patience :

— Non, vous n'avez pas compris. Il ne peut pas trouver le revolver puisqu'il n'a pas le droit de fouiller votre voiture sans un mandat. Alors, vous souriez et vous répondez : « Non, monsieur l'agent, je n'ai aucune arme dans ma voiture. »

— Jake, c'est...

— Cela s'appelle être futé, mademoiselle Carrie Holt. Des tas de gens ont des armes cachées, de nos jours — des citoyens honnêtes et décents, comme vous. Et vous savez pourquoi ? Parce que les flics ne peuvent pas être partout. Or, c'est là que sont les sales types. Partout. A chaque coin de rue, un couteau à la main, à chaque distributeur de billets, dans votre allée de garage, prêts à vous attaquer au moment où vous rentrez chez vous... Et on ne sait jamais quand l'un d'eux va vous rendre visite en pleine nuit, alors que vous serez toute seule au fond de votre lit.

Durant les semaines suivantes, le sujet était revenu sur le tapis chaque fois qu'ils s'étaient retrouvés à la pâtisserie sur Telegraph Avenue, pour prendre un café. Petit à petit, Jake avait fini par convaincre Carrie de l'accompagner au stand de tir, afin d'apprendre à se servir d'une arme.

Au début, la jeune femme s'était sentie intimidée à la seule idée d'avoir un revolver entre les mains. Surtout quand les cartouches chaudes du semi-automatique lui avaient volé au visage. Elle avait sursauté et s'était réfugiée derrière Jake, sans lâcher l'arme toujours chargée. Une réaction instinctive, bien sûr, mais Jake n'en était pas moins devenu blanc comme un linge. Quant à Carrie, elle avait brusquement pris conscience du pouvoir effrayant qu'elle tenait dans sa main, un pouvoir qui pouvait tuer, par une simple pression de l'index.

Mais Jake avait gardé son calme, lui expliquant simplement qu'il fallait toujours poser son arme avant de se détourner de sa cible. Petit à petit, elle avait maîtrisé sa timidité et appris à ne pas avoir peur de ce qui n'était qu'un morceau de métal, après tout, un objet qui devenait meurtrier uniquement quand il se trouvait entre de mauvaises mains.

Par-dessus tout, elle avait été surprise par son habileté. Oh, elle ne serait jamais tireur d'élite ! Mais elle ne se débrouillait pas mal du tout. Jake était fier d'elle.

Jusqu'au jour où il avait déclaré qu'elle était prête à passer le cap et s'était proposé pour l'accompagner chez le marchand d'armes. Cette fois, Carrie avait refusé, et elle avait tenu bon.

— Vous m'avez dit vous-même qu'il ne servait à rien de posséder une arme si je n'étais pas sûre de pouvoir tirer sur un être vivant.

Il avait répondu qu'elle était entraînée, désormais, et prête à se servir de son revolver, s'il le fallait. Mais Carrie avait secoué la tête.

— Peut-être, mais je ne pourrais plus jamais me regarder dans une glace.

Jake n'avait pas insisté et Carrie n'avait jamais regretté sa décision.

Jusqu'à ce matin, à Philadelphie.

Elle leva un pied, puis l'autre, essayant d'étirer ses jambes douloureuses. Elle claquait des dents, en dépit de la chaleur, et ses mains étaient glacées. Elle avait vu quelques passants, mais tous lui paraissaient lointains, comme si elle ne vivait pas sur la même planète que le reste du monde.

Elle consulta les aiguilles lumineuses de sa montre et vit qu'il était presque 22 heures. « C'est de la folie, se dit-elle brusquement. Je rentre me coucher. »

La brise secoua les feuilles de l'arbre, faisant tomber quelques gouttes d'eau sur son visage. Soudain, elle entendit un bruit de pas derrière elle et une voix s'éleva dans la nuit.

— Bonsoir, Carrie.

Carrie sursauta et fit volte-face, le cœur dans la gorge.

Nicky D'Amico.

Que faisait-il là ? Depuis combien de temps la surveillait-il ? Elle demeura immobile, l'esprit gourd, incapable de prononcer la moindre parole.

— Vous êtes drôlement loin du Crest Inn, reprit Nicky, sur le ton tranquille de la conversation. Vous aviez envie de vous promener ?

Il sourit et ses dents blanches brillèrent dans la nuit. Carrie pensa à un loup, ou un renard — un de ces animaux que croisent les chasseurs. Et elle dut convoquer toutes ses ressources et sa longue pratique de l'art de faire semblant, pour réussir à s'exprimer d'une voix qui ne tremblait pas trop — et même là, elle ne se trouva qu'à moitié convaincante.

— J'ai eu envie de voir à quoi ressemblait le centre de conférences, dit-elle. Prendre des brochures. Voir si j'avais des messages.

— Bonne idée. Mais ils ne sont pas sur le point de fermer ?

Carrie ne répondit pas.

— C'est drôle qu'on se rencontre ainsi, pour la troisième fois, reprit-il finalement, après quelques instants.

— Oui.

— Vous avez fait du chemin, aujourd'hui.

— Et vous, ça vous arrive souvent de vous promener tard, le soir ? demanda-t-elle d'une voix qui se voulait enjouée.

— Non. Mais je suis sur une affaire, et je voulais vérifier quelque chose.

— Une affaire ? demanda Carrie qui ne comprenait pas.

— Je suis flic, répondit Nicky, en la regardant droit dans les yeux. Vous ne le saviez pas ?

Carrie sentit son sang se glacer dans ses veines. Elle déglutit péniblement.

— Non. Comment l'aurais-je su ?

— Je ne sais pas. Ma mère aurait pu le mentionner, comme ça, dans la conversation.

— Nous... nous n'avons pas beaucoup parlé, murmura la jeune femme, qui tremblait de plus en plus.

Elle venait de se rappeler une remarque que Jake lui avait faite au sujet des policiers. « Ils ont une sorte d'instinct, dès qu'il s'agit de reconnaître les gens qui ont quelque chose à cacher. »

« Mais je n'ai rien à cacher, se dit-elle. Pas vraiment. »

Une longue voiture noire vint s'arrêter au coin de la rue, près de l'entrée d'une des nouvelles ailes du bâtiment. Presque au même moment, Christopher Breen sortit de la demeure, son visage éclairé par un lampadaire accroché à la façade. Aussitôt, un chauffeur descendit de la limousine et lui ouvrit la portière arrière. Breen s'engouffra à l'intérieur.

Carrie fit tout son possible pour ne pas avoir l'air de le regarder. Quand la voiture s'éloigna de nouveau, sa bouche était sèche. A côté d'elle, Nicky D'Amico eut un claquement de la langue.

— Je me demande bien où il va, à cette heure.

Carrie fit mine de ne pas comprendre.

— Qui ça ?

— Le très aimé Christopher Breen, répondit Nicky, en indiquant du menton la limousine qui s'éloignait dans la nuit. Mais j'oubliais : vous ne le connaissez pas, n'est-ce pas ?

Elle ne dit rien et il y eut quelques secondes de silence. Finalement, ce fut Nicky qui le brisa.

— Est-ce que vous êtes du coin, Carrie ?

— Je... oui, fit-elle, décidant de ne pas mentir.

Si Nicky D'Amico était dans la police, il avait les moyens de découvrir tout ce qu'il voulait savoir. Mieux valait prétendre que la question, et sa réponse, n'avaient aucune importance.

— Je vivais ici quand j'étais petite, ajouta-t-elle avec naturel.

Puis, étouffant un bâillement :

— Il se fait tard. Je crois que je vais rentrer.

— D'accord.

— Vous ne venez pas ?

— Non. Pas tout de suite.

Carrie hocha la tête et lui sourit.

— Eh bien, à plus tard.

Et elle s'éloigna, le dos bien droit. Arrivée au coin de la rue, sous un lampadaire, elle se tourna une dernière fois et fit un signe de la main.

Nicky la suivit du regard, un peu troublé.

Il ne s'attendait pas à trouver Carrie Holt ici, debout dans la pénombre, le visage figé dans une expression de profonde souffrance. Il aurait voulu l'aider, bien sûr, mais il avait peur de l'effrayer. Il avait senti son embarras pendant quelques instants. Elle avait paru déstabilisée, comme un funambule qui cherche son équilibre sur la corde raide. Puis, en un clin d'œil, tout avait changé, exactement comme cet après-midi, à la taverne. La femme fragile, à deux doigts de craquer, avait disparu pour laisser place à une femme maîtresse d'elle-même et de ses actes.

Mais en cet instant, elle savait qu'il la regardait. Cela se voyait à la raideur de ses épaules. Et elle n'abandonnerait pas sa pose — oui, c'était exactement cela, une pose — tant qu'elle ne serait pas hors de vue.« C'est une comédienne. Elle a appris à faire comme si de rien n'était. » Nicky fronça les sourcils, se demandant où il avait entendu cette remarque ?

Et soudain, il sut.

Quelque chose de terrible était arrivé à Carrie Holt. Une chose si grave qu'elle avait appris à faire semblant, à feindre que cela n'avait pas — ou plus — le pouvoir de la faire souffrir.

Le regard de Nicky glissa vers le centre de conférences et l'église, de l'autre côté de la rue. Un endroit où les gens étaient censés trouver le salut et la paix. Etait-ce ce que Carrie Holt était venue y chercher ?

Eh bien, elle ne les trouverait jamais, Nicky en était sûr. Il en savait trop, désormais, pour croire qu'on pouvait trouver le salut, ici.

Il attrapa une branche basse de l'érable, juste au-dessus de sa tête, et la fit tourner au creux de sa main jusqu'à ce que des morceaux de bois aillent se ficher dans sa paume. Une lueur sombre et farouche brillait au fond de ses yeux, tandis qu'il suivait du regard le chemin emprunté, un moment plus tôt, par la limousine noire et son passager.

— Je finirai par t'avoir, espèce d'enfant de salaud, murmura-t-il. Je le jure devant Dieu. Je finirai par t'avoir.

9.

Une heure plus tard, de retour au Crest Inn, Nicky rejoignit sa mère dans l'atelier où elle était en train de peindre.

Dès qu'elle le vit entrer, Helen se tourna vers lui et sourit.

— Ça va ?

Puis, remarquant l'air pensif de son fils, elle ajouta :

— Je suis à toi dans une seconde. Je voudrais juste apporter quelques touches supplémentaires ici...

Nicky regarda le pinceau courir légèrement sur la toile, à la fois impressionné et intimidé par cette femme exceptionnelle. Sa mère. Il dut se retenir pour ne pas traverser la pièce et planter un baiser sur sa joue, masser ses épaules étroites qui avaient porté un fardeau si lourd au cours de l'année.

Son père avait souffert, aussi. Mais Mario gérait la situation différemment. Il rejetait toute douleur, la niait en quelque sorte, soit en se plongeant dans des travaux de réparation, soit en passant de longues nuits sur ses livres de comptes.

C'était peut-être mieux comme ça, songea Nicky en

considérant sa mère. Les problèmes de Sally les avaient tous tellement affectés.

— Là, déclara soudain Helen. Je suis à toi maintenant. Tu voulais quelque chose ?

Nicky eut un haussement d'épaules.

— J'avais juste envie de parler.

— De Carrie Holt ?

— Comment le sais-tu ? s'exclama-t-il, l'air surpris.

— Je suis une sorcière, répondit sa mère. Je sens les choses.

Elle sourit et poussa un soupir.

— Parfois.

— Je la trouve bizarre, reprit Nicky.

— Oui, moi aussi. Ça m'a sauté aux yeux quand elle est venue chercher le double de sa clé, tout à l'heure. C'est une chance qu'elle n'ait pas été emportée par la tempête. Tu as remarqué comme elle est frêle ? Pas tant physiquement, d'ailleurs — mais ces cernes sous ses yeux... On aurait dit une petite fille de sept ou huit ans.

Nicky s'installa dans un fauteuil en rotin et étala ses longues jambes devant lui.

— Elle est encore ressortie, après. Tu sais si elle est rentrée ?

— Il y a un moment, oui. Je ne l'ai pas vue, mais je l'ai entendue monter l'escalier.

Helen se frotta le front avec un doigt puis, s'avisant qu'il était couvert de peinture, elle l'essuya énergiquement sur son jean.

— Nico, reprit-elle avec douceur, utilisant le diminutif qu'elle lui donnait quand il était petit. Quel que soit son problème, je t'en prie, ne t'en mêle pas.

Nicky fronça les sourcils d'un air impatient et sa mère poussa un nouveau soupir.

— Je sais, reprit-elle en rebouchant un tube de peinture. Tu feras ce que tu juges devoir faire.

— J'aimerais connaître la véritable raison de sa présence ici.

— Je croyais qu'elle était invitée au festival ?

— Officiellement, oui.

— Tu sais, je l'ai vue dans Aujourd'hui, une émission de Philadelphie. Je préparais le café et j'écoutais d'une oreille distraite. Elle est écrivain.

— Oui. Il y avait un article sur elle dans le journal, ce matin, et sur sa participation au festival. Mais je ne peux pas m'empêcher de penser qu'elle est là pour une autre raison.

— Pourquoi ne lui poses-tu pas la question ?

Nicky garda le silence l'espace d'un instant, et les plis qui marquaient son front se creusèrent encore.

— J'ai failli le faire quand je l'ai vue tout à l'heure.

— Tout à l'heure ?

— Oui. A Anglesea.

Helen arqua un sourcil.

— Nico, qu'est-ce que tu faisais là-bas ?

— C'est mon boulot, maman. Tu le sais bien. Avec toutes les célébrités qui débarquent ces jours-ci, je dois garder l'œil ouvert.

— Allons, Nico, ne me raconte pas d'histoires ; le festival ne commence que dans quatre jours. Qu'es-tu allé faire à Anglesea à une heure aussi tardive ?

Nicky se leva et alla se planter devant la fenêtre.

— La question qui se pose ici serait plutôt : que faisait Carrie Holt à Anglesea à une heure aussi tardive ?

— Elle est sûrement allée les prévenir de son arrivée. Est-ce qu'on ne doit pas s'inscrire ou effectuer certaines démarches, dans ces cas-là ?

Peut-être, mais elle n'était pas en train de s'inscrire, songea Nicky. Elle était dehors, sous un arbre et, à la voir regarder le centre de conférences, on n'avait pas l'impression qu'elle était pressée d'y entrer. Au contraire.

Pourquoi ?

Nicky n'en avait pas la moindre idée. Il ne savait pas non plus pourquoi cela le tracassait autant. Ce dont il était sûr, c'est qu'il n'avait pas besoin de ce genre de soucis pour le moment.

— Nico, que se passe-t-il ? reprit Helen. Qu'est-ce qui ne va pas ?

En percevant l'inquiétude dans la voix de sa mère, Nicky se tourna vers elle.

— Je ne peux pas en parler, répondit-il d'un ton qui se voulait apaisant. Je te demande pardon. Je ne voulais pas t'inquiéter.

Helen alla rincer ses pinceaux.

— Non, non, c'est bon, murmura-t-elle, les sourcils froncés.

Aussitôt, Nicky marcha vers elle et entreprit de lui masser les épaules. Pour la première fois, il regarda le tableau qu'elle était en train de peindre et se figea brusquement. C'était un portrait de Carrie Holt !

Un étrange pressentiment le secoua tout entier.

Des ombres effrayantes entouraient le visage de la jeune femme, comme un présage de danger, de quelque terrible événement. Elle avait l'air terrorisée et en proie à une profonde souffrance.

Ce ne serait pas la première fois qu'Helen prédirait quelque chose à travers sa peinture, songea-t-il — quelque chose d'étranger à son univers et dont elle ignorait tout.

Après le départ de Nicky, Helen se remit à peindre jusque tard dans la nuit, ainsi qu'elle le faisait souvent quand elle était troublée. Elle avait entendu Carrie Holt faire les cent pas dans sa chambre, au-dessus de l'atelier, et elle avait dû résister à la tentation d'aller la trouver pour s'assurer que tout allait bien. Elle ne se mêlait plus beaucoup des problèmes des autres. On devenait plus égoïste avec l'âge.

Mais était-ce bien de l'égoïsme ? Trop souvent, les femmes se préoccupaient des autres plus que d'elles-mêmes. Or, ce n'était pas le meilleur moyen de commander le respect. Il n'y avait guère que dans les anciens ouvrages consacrés à la vie des Saints, ces ouvrages qu'oncle Mike appréciait tant, que les femmes étaient portées au pinacle — et encore, ces martyres avaient-elles généralement péri dans d'atroces souffrances.

A cinquante-sept ans, Helen pouvait affirmer qu'elle avait consacré la majeure partie de son existence à sa famille.

Du reste, elle n'en concevait pas l'ombre d'un regret. Bien au contraire. Elle aimait son mari et ses enfants avec une passion qui, parfois, la stupéfiait. Cependant, quelques années plus tôt, elle avait dû se rendre à l'évidence : la vie ne se réduisait pas au bonheur de servir les autres. Il arrivait toujours un moment où il devenait nécessaire de penser à soi.

Programmée, depuis son enfance, à se montrer utile et efficace, elle avait dû attendre de connaître un certain niveau de confort et de sécurité financière pour oser se lancer sérieusement dans la peinture. « Pas encore, pas encore, s'était-elle longtemps dit. Bientôt. Une fois que les enfants auront grandi... Quand nous aurons un peu d'argent à la banque... Quand plus personne n'aura besoin de moi. »

Et puis, quelques années plus tôt, elle s'était réveillée, une nuit, avec la sensation d'étouffer. Pendant d'interminables minutes, elle avait vraiment cru qu'elle était en train de mourir.

— Crise d'anxiété, avait diagnostiqué le médecin. Helen était stupéfaite. Elle avait un bon époux, des enfants merveilleux, une jolie maison et — enfin ! — un petit peu d'argent à la banque. Et voilà qu'elle se mettait à souffrir d'anxiété !

D'autant qu'il ne suffisait pas de reconnaître le mal. Encore fallait-il le soigner. Car elle avait beau s'être vu prescrire des médicaments qui ne l'aidaient pas du tout — bien au contraire —, le mal perdurait et semblait s'installer. Elle en était venue à penser qu'il manquait quelque chose à sa vie, comme si elle portait un vide en elle, un vide qui n'avait jamais été comblé.

Ce fut Mario, qui parlait si peu, mais comprenait tant de choses, qui lui offrit le chevalet, des toiles et des tubes de couleur pour son anniversaire. Trois ans déjà !

— Mais je n'ai pas le temps ! avait protesté Helen.

— Avant le dîner, avait-il répondu à sa manière un peu brusque. Désormais, tu peindras pendant que nous préparerons le repas, Nicky, Sally et moi. Tu nous crois incapables de cuisiner ou quoi ?

Et, ce soir-là, tandis que Mario et les deux enfants s'affairaient aux fourneaux, Helen avait fait ses premiers pas dans la peinture.

Les bénéfices ne s'étaient guère fait attendre. Très vite, elle avait accédé à une sorte de paix intérieure, de joie tranquille, en même temps qu'elle se trouvait un but. Quand elle peignait, elle n'était ni mère, ni épouse, ni l'amie de qui que ce soit, mais simplement Helen, allant en solitaire et en silence à la découverte d'elle-même. Les crises anxieuses avaient disparu ; elle avait cessé de se réveiller au milieu de la nuit, au bord de l'étouffement, le cœur battant, avec l'impression terrifiante qu'elle était en train de tomber dans un abîme. Et même lorsque son travail ne la satisfaisait pas, il lui permettait de mieux se comprendre, et de mieux comprendre le monde autour d'elle.

Elle ajouta une dernière touche de couleur à sa toile et recula d'un pas, afin d'avoir une meilleure perspective sur son travail.

Son portrait de Carrie Holt avait quelque chose d'étrange. Evidemment, Helen travaillait de mémoire. Elle n'avait vu leur nouvelle pensionnaire que deux fois, assez brièvement de surcroît. Mais elle avait été touchée par la détresse de Carrie, et aussitôt éprouvé le besoin de la reproduire sur la toile, peut-être pour exorciser le besoin impérieux qu'elle ressentait de lui venir en aide.

Tout de même, elle ne s'attendait pas au résultat qu'elle avait sous les yeux. Phénomène assez rare, il arrivait que le sujet d'un de ses tableaux se développe sur la toile selon une logique qui lui était propre, comme si la main qui le peignait n'était qu'un intermédiaire, le jouet de forces incontrôlables. C'est ainsi qu'elle avait peint, durant cette affreuse nuit de juin dernier, la toile violente et monstrueuse qui était aujourd'hui exposée à la galerie Arberson de New York. On lui avait offert beaucoup d'argent contre cette toile, mais elle n'avait pas voulu s'en défaire — ce tableau reflétait si parfaitement son état d'âme durant ces terribles semaines.

Elle se revoyait encore, cette nuit-là, debout devant son chevalet, les mains tremblantes. Elle venait de passer des heures à marcher sur la plage, essayant de trouver un repos qui la fuyait, et ses cheveux humides collaient à son visage en sueur. Soudain, elle avait pris son pinceau et commencé à jeter des couleurs sur la toile, comme autant de coups de poignard. Le tableau avait jailli des réserves de désespoir qu'elle ignorait même porter en elle. Helen s'était toujours considérée comme une femme paisible et sans histoire. Tous ces morceaux de bras déchiquetés, noir sur blanc, ces regards désespérés, ces chairs mutilées et enchevêtrées, étaient en fait le reflet de la haine qu'elle ressentait, à ce moment-là, pour l'homme qui avait fait du mal à Sally, sa petite fille.

Le reflet de la haine, mais aussi d'un terrible sentiment de culpabilité. Car jamais elle ne cesserait de se sentir coupable. Coupable, d'abord, de n'avoir pas deviné ce qui arrivait à l'enfant qu'elle avait bercée et élevée, mais aussi d'avoir négligé de la prévenir, de l'armer contre les dangers et les noirceurs de la vie, pensant bêtement que l'ignorance la préserverait mieux.

Dans sa propre enfance, Helen avait connu tout autre chose avec sa mère, qui ne ménageait jamais ses avertissements. « Ne t'attarde pas après l'école. Rentre immédiatement sans parler à personne ! » ordonnait-elle sur un ton chargé d'autorité, en essuyant ses mains pleines de farine sur son tablier.

Elle pinçait la joue de sa fille, sans méchanceté mais avec la fermeté requise, sachant que, plus que tout, Helen craignait de lui déplaire. Puis elle la poussait dehors, avec ses frères et sœurs, les surveillant tous à travers la fenêtre jusqu'à ce qu'ils arrivent au bout de la rue.

— Je veux que vous soyez à la maison dix minutes au plus tard après la sonnerie de la cloche ! criait-elle encore. Ou vous serez privés de sorties pendant un mois.

Et tant pis si leur petite maison était toujours encombrée, pleine d'oncles et de tantes en visite — sans compter les frères et sœurs ; tant pis si Helen n'avait jamais de temps ou d'espace pour elle-même. Elle obéissait toujours à sa mère.

Simplement, quand elle était devenue mère à son tour, elle avait voulu offrir une vie différente à ses enfants. Un peu d'intimité. Leur propre chambre. Et suffisamment d'espace pour grandir.

Helen était convaincue que les humains avaient les mêmes conditions de croissance que les autres organismes vivants. Les ravissants scalaires de Mario, par exemple, grandissaient en fonction de l'aquarium dans lequel ils étaient immergés.

Ainsi, Helen avait-elle voulu donner à sa fille de la place pour s'épanouir. Mais ce faisant, elle avait négligé de l'avertir des dangers que l'on court dans le vaste monde. Encore maintenant, en dépit des séances de psychothérapie qu'ils suivaient en famille depuis un an, elle continuait de se demander jusqu'à quel point elle était responsable de ce qui était arrivé à Sally.

Pourquoi n'avait-elle pas vu les signes qui auraient pu, auraient dû l'alerter ?

C'était le tourment de ses nuits.

Forcément, il avait dû y avoir des signes.

10.

Carrie se tournait et se retournait dans son lit, incapable de trouver le sommeil.

Maudit soit Nicky D'Amico, se répétait-elle sans cesse. Que fabriquait-il à Anglesea, ce soir ?

Maudite soit-elle d'avoir pris cette chambre.

Mais elle ne pouvait pas deviner qu'il habitait encore dans sa famille. Et surtout, elle était loin d'imaginer qu'il était flic. Merde, merde, merde !

C'était complètement irrationnel, mais elle se sentait comme exposée. Depuis l'enfance, elle avait toujours été persuadée que les gens pouvaient lire en elle à livre ouvert, connaître ses moindres pensées. Aussi avait-elle appris à se méfier, à ériger des défenses en permanence, pour prévenir une attaque éventuelle. Autant dire qu'un Nicky D'Amico surgissant de nulle part et s'efforçant de la percer à jour ne la rassurait guère. Surtout qu'elle n'avait pas encore décidé ce qu'elle allait faire au sujet de Breen.

D'un autre côté, elle était intriguée. D'Amico n'avait pas l'air d'apprécier Breen. Carrie se rappelait en quels termes il avait évoqué l'animateur : « le très aimé Christopher Breen », avait-il dit d'un ton méprisant.

Pourquoi ?

Avec un esprit d'analyse digne de l'écrivain et de la journaliste qu'elle était, Carrie échafaudait toutes sortes de théories. Nicky était flic. Et il n'aimait pas Breen. Par conséquent...

Savait-il quelque chose ?

A moins qu'il n'eût des soupçons. Ou davantage encore... Surveillait-il le charismatique animateur de télévision ?

« Allons, calme-toi, se dit-elle. Il le soupçonne peut-être de détourner les fonds d'Anglesea, ou quelque délit du même genre. »

C'était tout ? insista une voix en son for intérieur. Et s'il connaissait le penchant de Breen pour les petites filles ?

Soit. C'était possible. Mais cela ne signifiait pas qu'elle pouvait lui faire confiance. Il lui suffisait d'imaginer la tête qu'il ferait en écoutant son horrible histoire et, aussitôt, elle sentait son estomac se soulever.

En le quittant, elle était rentrée au Crest Inn à pied, en empruntant des petites rues jalonnées de maisons éclairées. Alors qu'elle passait sous une fenêtre, elle avait surpris une femme qui, assise dans un canapé, donnait le biberon à son bébé. Le tableau idyllique de la maternité, une vision merveilleuse du bonheur familial.

Hélas, cela n'augurait pas forcément du bonheur. Et si ce bébé était une fille ? Et si, devenue une jolie petite poupée, elle tombait entre les griffes du célèbre personnage qui officiait à quelques rues de là et que ce dernier, fidèle à son monstrueux penchant, la touchait, la violait ? Et si elle grandissait avec ce terrible sentiment d'impuissance que Carrie avait connu ?

Impuissance.

Ce mot lui rappela sa grand-mère, enfoncée dans ce fauteuil, devant la fenêtre, si seule...

Il n'en avait pas toujours été ainsi. Carrie se rappelait que ses grands-parents aimaient beaucoup être ensemble. Ils faisaient de longues promenades sur la plage, allaient au cinéma voir des films étrangers, recevaient des amis le dimanche après-midi. Holly Beach étant une toute petite ville qui n'offrait guère d'activités en hiver, ses grands-parents avaient créé un cercle d'amis qui se retrouvaient régulièrement après la messe. Ils prenaient ensemble le thé dans le salon, grignotaient des petits gâteaux faits maison, bavardaient. Parfois, quelqu'un s'asseyait au piano, les autres l'entouraient aussitôt, et plusieurs heures se passaient ainsi à chanter. Quand il faisait beau, le soleil pénétrait à flots par les larges fenêtres qui donnaient sur l'océan. Par temps gris, on entendait la pluie battre les carreaux, tandis qu'un bon feu crépitait dans la cheminée. Carrie était parfois autorisée à rester avec les adultes — du moment qu'elle se tenait bien. Elle aimait beaucoup servir le thé, puis se trouver un petit coin tranquille où elle dévorait les gâteaux au gingembre, ne perdant pas une miette des conversations qui se déroulaient autour d'elle. La vie auprès de ses grands-parents était tellement différente du quotidien auquel elle était habituée dans sa maison sur Ocean Avenue.

Sans doute ces moments de paix lui avaient-ils permis de ne pas devenir complètement folle, songeait-elle maintenant. Ils lui prouvaient qu'une autre existence était possible.

Elizabeth avait-elle conscience de lui apporter tant de réconfort ? Savait-elle que son fils buvait et rendait la vie dure aux siens ? L'avait-elle appris en dépit des efforts déployés par sa femme pour le protéger et cacher son vice ?

Carrie voulait croire qu'elle n'en avait pas la moindre idée, que, dans le cas contraire, elle ne serait pas restée les bras croisés, sans rien faire.

Sa conversation avec Nan, ce jour-là, lui revint brusquement à l'esprit, ainsi que l'épisode qu'elle avait évoqué. Elle avait toujours su que ses grands-parents étaient heureux ensemble, y compris sur le plan sexuel. Elle se rappelait très bien ce fameux jour où elle les avait surpris dans leur chambre. Elle devait avoir huit ans environ, et voulait demander la permission de manger de la glace. Comme la porte n'était pas verrouillée, elle était entrée. C'était le printemps et une légère brise soufflait de l'océan, soulevant les rideaux blancs accrochés aux fenêtres. Son grand-père tournait le dos à la porte et il caressait tendrement la peau de porcelaine de sa femme, dont le visage renversé affichait le plus beau des sourires.

Clouée sur place, Carrie les avait regardés comme on regarde une scène de film. Ce n'était plus sa grand-mère qu'elle contemplait, ni même quelqu'un de sa connaissance, mais une étrangère prenant part à un scénario inconnu. Les jambes de cette femme s'étaient enroulées autour des hanches de son partenaire tandis qu'il se collait à elle, si étroitement qu'il ne restait plus aucun espace entre leurs deux corps. Carrie les avait vus bouger en harmonie, comme un seul être, tandis que des soupirs de plaisir s'échappaient de leurs lèvres.

Au bout de quelques instants, reprenant pied dans la réalité, Carrie avait reculé et quitté la pièce sans bruit, avant de descendre lentement les marches de l'escalier. Elle était stupéfaite, comme en état de choc. Elle ignorait que cela pût être ainsi. Jusqu'à ce jour, dans son esprit, lorsqu'un homme et une femme étaient ensemble — ou encore un homme et une petite fille — , c'était... douloureux. Cela faisait pleurer, et non sourire.

Maintenant qu'elle était devenue adulte, elle ne pouvait que remercier sa grand-mère de lui avoir révélé cette autre facette de la vie et de l'amour. Elizabeth lui avait tant donné. Et même si Carrie n'avait pas bien compris, à l'époque, la valeur de ce que lui offrait sa grand-mère, elle avait toujours éprouvé une profonde gratitude à son égard. A tel point que, des années plus tard, alors qu'elle vivait en Californie, elle avait fait le voyage une fois par an au moins pour lui rendre visite. Elle lui téléphonait chaque semaine, aussi. Enfin, quand il était devenu clair qu'Elizabeth n'était plus capable de se prendre en charge, là encore, Carrie avait fait ce qu'elle avait pu.

Non ?

Cette question, ce doute, ne cessaient jamais tout à fait de la tourmenter.

Et Carrie continua de se tourner et de se retourner dans son lit. Quand, finalement, elle parvint à s'endormir, ce fut pour sombrer dans un sommeil agité et troublé par des rêves sombres, angoissés, dont elle ne se rappela pas clairement à son réveil.

11.

S'il y avait une chose dont Carrie était sûre en se réveillant, c'est qu'elle ne pouvait continuer à rester là, immobile, toute frémissante de peur. La nuit, pour agitée qu'elle eût été, semblait lui avoir porté conseil. A présent, tout la poussait à agir. Elle devait défier ses démons. Soit en les arrachant définitivement de son âme... soit en acceptant leur présence à jamais.

Elle comprenait à présent ce qu'elle était allée faire à Anglesea, la veille au soir. Inconsciemment, elle espérait voir, apprendre, découvrir quelque chose, n'importe quoi, qui lui permette de trouver la paix, qui lui montre que le passé était le passé, que rien ne la rattachait plus à ce passé-là, qu'elle avait peut-être même exagéré ses souffrances d'autrefois.

Mais elle n'avait rien trouvé de tel. Et pour cause. Dans le fond, elle savait bien que la paix ne viendrait qu'après, lorsqu'elle aurait enfin franchi le pas. Elle n'avait que trop attendu. Le moment était venu de revisiter le passé.

Elle décrocha le téléphone et appela le centre de conférences. Une réceptionniste lui répondit que Christopher Breen ne serait probablement pas là avant midi. Carrie s'en félicita. Elle disposait d'une ou deux heures pour se rendre à Anglesea — c'était suffisant pour réveiller quelques vieux démons.

Elle prit une douche et s'habilla avec soin. Puis, en dépit de ses mains qui tremblaient, elle parvint à se maquiller. Elle devait être présentable, pour le cas où l'inimaginable se produirait, pour le cas où elle le croiserait. « Je dois avoir l'air d'une adulte, se répétait-elle encore et encore, ne pas laisser voir l'enfant apeurée qui reste au fond de moi. »

Mais Breen ne serait pas là, se rassurait-elle aussitôt. Elle n'avait rien à craindre. Seigneur, voilà qu'elle claquait des dents, maintenant !

Le grondement d'une tondeuse à gazon lui parvenait depuis le jardin et, lorsqu'il cessa, elle entendit claquer des portes dans la maison des D'Amico, de l'autre côté du mur. Il y avait des rires aussi, et elle devina que tout allait bien, que ces portes n'étaient pas claquées sous le coup de la colère. Malgré tout, le bruit suffisait à lui mettre les nerfs à vif, comme autrefois. Son père faisait toujours claquer les portes quand il était ivre, et ce n'était jamais bon signe.

Un moment plus tard, Carrie roulait en direction de la pointe nord de l'île et, tandis qu'elle conduisait, ses pensées continuaient de s'entrechoquer dans son cerveau. Elle se rappela soudain un moyen d'entrer dans l'église par la petite cour de derrière. C'était le chemin qu'empruntait Breen le dimanche matin, afin que les paroissiens ne le voient pas descendre l'escalier menant au sous-sol, celui où il demandait à Carrie de l'attendre.

Cette entrée existait-elle toujours ?

En arrivant devant Anglesea, Carrie vit plusieurs voitures garées dans le parking principal. Sans doute des employés du centre. Elle contourna le bâtiment sur la gauche et s'arrêta dans l'allée qui menait à la cour. De ce côté de l'église, rien n'avait changé. Et la cour était vide.

Elle lâcha le volant et s'aperçut qu'elle avait les mains moites, l'estomac noué. Des frissons lui secouaient tout le corps. En sortant de la voiture, elle chancela et dut s'appuyer contre le capot pour ne pas perdre l'équilibre. Depuis la veille, elle se sentait désorientée, comme dédoublée. Son corps fonctionnait à peu près normalement, malgré la tension qui l'assaillait. Mais le plus grand désordre régnait dans son esprit ; elle avait l'impression étrange d'être scindée en deux ; d'un côté, il y avait l'enfant qu'elle avait été, et de l'autre, la femme qu'elle avait construite, au fil des années. Et les deux avaient du mal à cohabiter.

Carrie respira profondément et se redressa. Traversant la cour pavée, elle gravit les trois marches qui menaient à la lourde double porte de l'église. Une première fois, elle poussa la poignée de métal et, l'espace d'un instant, crut sentir une résistance. Mais lorsqu'elle poussa plus fort, le battant céda. Cette entrée n'avait pas dû être utilisée depuis longtemps.

Sur le seuil de l'église, Carrie s'immobilisa, frappée par une vision. Christopher Breen se trouvait devant elle, tel qu'il était autrefois, sorte de fantôme de Belzébuth figé dans le temps et n'attendant que le moment de se jeter sur elle.

Elle lâcha la poignée et porta la main à sa bouche, comme pour s'empêcher de crier. Aussitôt, la vision disparut.

Elle était seule. Et à l'intérieur, le silence l'accueillit.

*
**

Vingt-cinq ans avaient passé depuis la dernière fois où elle avait mis les pieds dans cette église. A l'époque, elle avait douze ans.

Carrie s'arrêta derrière la nef et laissa le passé l'envelopper. Les senteurs de cire flottaient dans l'air, mêlées à l'imperceptible odeur de moisi provenant des vieux missels et des fleurs fanées.

Rien n'avait changé. Toujours les mêmes rangées de prie-Dieu en chêne, les mêmes supports minuscules dans lesquels on glissait les petits verres pour la communion. Seules les personnes baptisées étaient autorisées à boire le jus de raisin et à manger les petits carrés de pain. Carrie se rappelait un certain jour où elle avait eu très faim, après le catéchisme ; sa grand-mère avait insisté pour qu'elle assiste à la messe, mais lui avait catégoriquement défendu de partager la communion.

A sept ou huit ans, Carrie ne comprenait pas pourquoi Dieu lui en voudrait d'avaler un petit morceau de pain et un peu de jus de raisin sans être baptisée. En quoi était-ce un péché ? Et pourquoi fallait-il attendre l'âge de douze ans pour recevoir ce fameux baptême ? Il lui tardait tant d'atteindre ce grand moment.

Et puis, un matin qu'elle aidait à préparer les petits plateaux d'argent servant à la communion, dans la cuisine de l'église, elle avait profité d'un moment où on ne la regardait pas pour dérober un petit carré de pain et un verre de jus de raisin. Par la suite, elle devait toujours se demander si ses souffrances et ses malheurs n'étaient pas la punition divine de ce péché, ce sacrilège — Sa manière à Lui de dire : « Voilà ce qui arrive aux enfants, quand ils sont méchants. »

L'église était aussi vaste que dans son souvenir, avec son arche imposante et le superbe vitrail qui dominait le bassin baptismal. Le grand-père de Carrie avait contribué à la fondation de cette maison de Dieu, ainsi qu'en témoignait une toute petite plaque en cuivre, sur le mur de droite. Une plaque si discrète qu'on la voyait à peine, surtout quand on la comparait aux autres plaques de l'église.

Un jour que Carrie en faisait la remarque, Elizabeth avait pincé les lèvres d'un air désapprobateur.

— Nous n'avons pas fait don de notre argent, de notre énergie et de notre temps pour être récompensés ou reconnus, Carrie, avait-elle répondu. Les gens qui recueillent leurs lauriers sur terre se les voient rarement attribuer au paradis.

Cette loi métaphysique, parmi d'autres, gouvernait la vie et le psychisme d'Elizabeth, au même titre que les exercices de yoga qu'elle faisait chaque soir, au moment de se coucher. Carrie s'avisait seulement à quel point ce mélange de croyances et de disciplines diverses faisait de sa grand-mère un personnage complexe et même ambivalent. D'un côté, Elizabeth professait une rigueur toute puritaine, résultat probable de sa stricte éducation et, de l'autre, son esprit semblait aspirer à une spiritualité plus profonde, plus vaste.

Perdue dans ses réflexions, Carrie continuait de regarder l'église dans laquelle elle avait passé tant d'heures, enfant.

Au bout de l'allée, devant le bassin baptismal aux rideaux de velours fermés, se dressaient l'estrade avec le pupitre et les rangées de chaises réservées à la chorale. Au-dessus du bassin, les tuyaux de l'orgue couvraient tout un pan de la nef. Et derrière l'orgue, une volée de marches menaient au bureau de l'église. Sept marches exactement. Carrie les avait souvent comptées, quand elle était petite.

Elle longea lentement l'allée et gravit le petit escalier, avant de s'arrêter devant la porte, l'oreille tendue. Elle frappa deux coups, timidement, mais ne reçut aucune réponse. Alors, s'enhardissant, elle tourna la poignée.

La pièce qui servait autrefois de bureau au pasteur Gillam était vide et, tandis qu'elle regardait autour d'elle, un nouveau flot de souvenirs l'assaillit — des bons et des mauvais. Elle revoyait le vieux pasteur se préparant à baptiser des fidèles, sa robe noire enfilée par-dessus son complet du dimanche, les poignets et le col de sa chemise soigneusement amidonnés. Quittant son bureau, il allait vers le bassin, dans lequel il entrait jusqu'à la taille. Puis il se tournait vers les fidèles pour les inviter à le rejoindre, un par un, avec leur branche de rameaux. Enfin, il leur maintenait la tête en arrière et murmurait ses prières. Les baptêmes avaient toujours lieu le dimanche des Rameaux, se rappela Carrie.

Après la cérémonie, il remontait l'escalier vers son bureau, tout dégoulinant d'eau. Puis il passait par une autre porte donnant sur l'extérieur de l'église et courait vite au presbytère pour se changer, avant de revenir prononcer son sermon.

Carrie se souvenait de tous les dimanches où elle avait accompagné son père, venu jouer de l'orgue pendant la messe. Après le service, elle s'asseyait dans un coin, en silence — les enfants pouvaient accompagner les adultes, mais sans broncher — tandis que son père parlait avec le pasteur Gillam de la partition qu'il devrait jouer la semaine suivante. Le bureau était petit, avec des lambris de bois sombre, une table en acajou, des étagères de livres et des fauteuils recouverts de tapisserie. Les gens y venaient pour signer des certificats de mariage et de baptême.

La pièce n'avait guère changé. Un des murs était couvert de reproductions encadrées représentant des scènes bibliques. Sur l'une d'elles, on voyait l'enfant Joseph, que ses frères jaloux jetaient dans une fosse. Sur une autre, on retrouvait le même Joseph, des années plus tard, devenu un homme puissant en Egypte, tandis que ses frères se tenaient devant lui, craintifs et bourrelés de remords, se demandant visiblement s'il se souvenait d'eux et s'il allait les punir pour leur méchanceté. Une légende accompagnait cette photo : « Et Reuben, leur frère, leur parla et dit : “Ne vous ai-je pas dit de ne pas pécher contre l'enfant ?” »

Mais les frères avaient refusé d'écouter Reuben. Ils avaient jeté Joseph dans la fosse et ils l'avaient vendu. Maintenant, devenu adulte et gouverneur de toute l'Egypte, Joseph avait le pouvoir de leur ôter la vie.

Carrie ne s'était jamais considérée comme quelqu'un de vindicatif. C'était un péché, lui avait expliqué Elizabeth, autrefois. Mais elle avait ajouté que même Joseph, qui avait la réputation d'être un homme juste et bon, avait exigé que ses frères soient punis avant de leur pardonner.

Carrie avait souvent souhaité avoir la force et le pouvoir de Joseph.

Elle se rappelait juste un épisode durant lequel elle avait fait preuve d'un peu de force. C'était dans cette pièce, justement. Elle était venue s'y cacher, après le culte, afin d'éviter Breen, qui lui avait demandé de le retrouver au sous-sol. Elle avait ainsi passé des heures dans le placard, au milieu des robes des choristes, avant de rentrer chez elle.

Elle avait sept ans environ, et Christopher Breen abusait d'elle depuis plus d'un an.

L'espace d'un moment, Carrie redevint cette enfant blottie dans le noir, suffoquant dans l'odeur des boules antimites qui lui donnait envie de vomir son petit déjeuner. Elle se revoyait, terrifiée, tandis que les pas de son bourreau résonnaient dans l'église. Elle l'entendait ouvrir la porte du bureau, éprouvait, de nouveau, la peur panique qui l'avait assaillie, une peur si violente qu'elle en avait fait pipi dans sa culotte...

Le souvenir de ce moment était si vivace, si fort, que Carrie se mit à suffoquer de nouveau. Puis, revenant brusquement à la réalité, elle quitta la pièce en courant. La porte claqua derrière elle et le bruit se répercuta à travers la nef, tandis qu'elle retournait vers le couloir sombre menant aux classes où avaient lieu les cours de catéchisme. Là, elle s'arrêta et prit plusieurs inspirations pour essayer de recouvrer son calme.

Cette partie de l'église avait été agrandie et paraissait désormais se fondre dans l'aile gauche du bâtiment. Comme des voix s'élevaient de là, Carrie se dirigea vers elles, d'un pas hésitant. Elle passa devant une classe où elle aperçut des tableaux noirs et plusieurs tables rondes flanquées de chaises. Un jeune homme s'adressait à une douzaine d'enfants vêtus de longues robes blanches assorties d'ailes d'ange dans le dos. Parmi eux, Carrie remarqua une petite fille blonde et maigre. Sa robe était plus courte que celle de ses camarades, ses chaussures, éraflées, et ses chaussettes pendaient sur ses chevilles. Elle avait des bleus sur les jambes et une expression fermée. Elle grattait son bras avec un ongle, l'enfonçant dans sa chair, sans paraître sentir la moindre douleur.

C'était la petite fille que Carrie avait vue à la télévision, à Philadelphie, blottie contre le genou de Christopher Breen.

12.

Carrie s'arrêta sur le seuil et une partie des enfants levèrent les yeux vers elle. S'apercevant à son tour de sa présence, le jeune homme se redressa et lui sourit.

— Je peux vous aider ?

Carrie entra dans la pièce.

— Bonjour, dit-elle. Vous répétez un spectacle ?

— En effet. C'est pour le festival de ce week-end. Etes-vous une des participantes ?

— Oui, répondit Carrie. J'ai une conférence à faire samedi.

— Mon nom est Ron Devereaux, fit le jeune homme en lui tendant la main.

— Carrie Holt.

— Carrie Holt... Mais oui. J'ai lu un article sur vous dans le journal. Vous êtes écrivain, n'est-ce pas ?

— C'est cela.

Il sourit.

— Je m'en souviens parce que je fais un stage avec Chris Breen, tout cet été, et mon travail consiste entre autres missions à faire parler de son émission dans la presse. Vous êtes écrivain et vous participez au spectacle : ce serait bien si vous pouviez écrire un article. Est-ce que cela vous intéresserait ?

— On peut en discuter, répondit Carrie.

Quelques instants plus tard, elle était assise avec les enfants autour d'une des petites tables. Elle n'avait pas l'intention d'écrire le moindre article, mais elle ne pouvait laisser passer l'occasion de faire plus ample connaissance avec l'assistant de Christopher Breen, surtout en l'absence de ce dernier.

Ron Devereaux était un petit bonhomme aux cheveux bruns frisés, affublé d'un drôle de nez crochu qui le rendit immédiatement sympathique à Carrie. En revanche, son appendice devait lui donner, à lui, beaucoup de complexes, car il ne cessait de le gratter avec un doigt, comme s'il cherchait à le cacher. Ron devait mesurer deux ou trois centimètres de moins qu'elle et paraissait à peine plus âgé que les enfants dont il s'occupait.

— Mlle Holt est un écrivain célèbre, déclara-t-il gaiement à la cantonade. Vous pourrez l'entendre ce week-end, au cours du festival. Elle aimerait bien nous connaître un peu mieux et peut-être alors écrira-t-elle un article sur nous dans un magazine.

Les enfants, qui regardaient Carrie avec curiosité, sourirent. Ron entreprit de faire les présentations.

— Carrie, voici Eleanor, Mary, Charlie, Donny, Lee...

Mais Carrie l'écoutait à peine. Elle attendait le dernier nom, celui de la petite fille qui n'avait ni souri ni dit bonjour.

— Et voici Tess, conclut Ron avec un regard entendu, l'air de dire : « Soyez compréhensive, elle est vraiment très timide. »

— Bonjour, les enfants, répondit Carrie avec un sourire à chacun. Bonjour, Tess, ajouta-t-elle en tapotant la chaise vide à côté d'elle. Tess, tu veux venir t'asseoir à côté de moi ?

La petite fille hésita un moment avant de se glisser sur le siège. Mais elle posa seulement la moitié d'une fesse en conservant une distance prudente. A aucun moment elle ne regarda Carrie.

— Nous allions justement faire une pause, reprit Ron. Pas vrai, les enfants ?

Ils hochèrent la tête.

— Mme Lambert est en train de nous préparer des sandwichs dans la cuisine. Si vous preniez des cahiers de coloriage, des crayons et de la pâte à modeler, en attendant ?

Tous se précipitèrent sur les étagères, à l'exception de Tess qui les suivit en traînant le pas. Il y eut quelques disputes bon enfant pour savoir qui allait prendre ceci, ou cela, et Tess attendit que les autres aient fini pour faire son choix.

Ron se tourna vers Carrie.

— Certains des enfants que vous voyez ici font partie de la garderie d'Anglesea. Il y en a qui prennent des cours de catéchisme avec nous, aussi, mais ce n'est pas obligatoire.

— Des cours de catéchisme ? s'étonna Carrie. Je croyais que l'église avait fermé.

— En effet, la fréquentation avait terriblement baissé et le pasteur a pris sa retraite il y a quelques années. Mais nous avons un pasteur qui vient d'une ville voisine, chaque dimanche, et nous essayons de conserver un cours de catéchisme à l'intention des enfants de la communauté.

— Je vois. Comment la garderie est-elle financée ? Vous avez obtenu une aide du gouvernement ?

— Absolument pas, répondit Ron en secouant la tête. En fait, le centre Anglesea est exclusivement financé par des fonds privés. Nous avons la chance de pouvoir compter sur les dons de deux ou trois « anges », si l'on peut dire — tous des membres très anciens de la paroisse. Et puis, Chris reverse une grande partie des revenus qu'il tire du centre dans les programmes sociaux qu'il met en place. C'est lui qui a eu l'idée de cette garderie pour les enfants.

« Comme c'est pratique », songea Carrie.

— C'est une des raisons pour lesquelles j'ai postulé pour faire un stage avec lui, continua Ron, d'une voix où perçait l'admiration. Il y a tellement de programmes gouvernementaux qui sont supprimés ou dont les budgets sont réduits comme des peaux de chagrin — je voulais savoir comment ils font, ici. Je pense que les gens qui s'occupent vraiment des autres vont devenir de plus en plus précieux dans les années à venir. Pas vous ? ajouta-t-il d'un air anxieux, comme s'il craignait de la voir rire.

— Si, je suis tout à fait d'accord avec vous, acquiesça Carrie, se demandant ce que ce jeune stagiaire aux idéaux si purs penserait si elle lui racontait ce qu'elle avait vécu aux côtés de Christopher Breen.

Au même moment, un des garçons, qui chahutait avec un de ses camarades, provoqua un raffut de tous les diables en essayant de dégager ses ailes, coincées entre les barreaux de sa petite chaise. Elles étaient tellement tordues qu'il ne pouvait les libérer sans risquer de les casser. Ron se leva, alla s'accroupir près de lui et, tout en le rassurant d'une voix douce, démêla l'écheveau de fils et de carton pris dans la petite chaise.

— Après tout, tu es un ange, conclut-il avec un sourire. On ne peut pas gronder un ange.

L'enfant écarta une mèche de cheveux de son visage, l'air soulagé.

De son côté, Carrie en profita pour se tourner vers Tess, occupée à faire un dessin et apparemment indifférente à ce qui se déroulait autour d'elle.

— J'aime ton dessin, dit-elle pour engager la conversation. Que représente-t-il ?

La petite fille garda le silence un long moment, son crayon suspendu au-dessus du papier. Puis elle poussa un soupir. On aurait dit que le seul fait de parler exigeait d'elle un effort surhumain.

— C'est une maman, répondit-elle d'une toute petite voix. Et ça, c'est un papa. Ils habitent dans cette maison noire qui fait peur.

— Je vois. C'est ton papa et ta maman ? demanda Carrie.

Tess leva les yeux vers elle et la considéra d'un air inexpressif.

— C'est seulement un papa et une maman.

— Oh. Est-ce qu'ils ont une petite fille ?

— Non. Ils habitent tout seuls. Sauf... Bon... ils ont un chien.

— Est-ce qu'ils l'aiment bien, leur chien ?

Tess secoua la tête avec vigueur. Ses doigts se crispèrent sur le crayon et elle fit plusieurs traits en travers de la feuille, d'un geste rageur.

— Non, ils le détestent ! Ils le mettent dehors et ne lui donnent rien à manger.

— Mais c'est affreux, dit Carrie en ouvrant de grands yeux.

Tess lui jeta un coup d'œil oblique.

— Tu crois ?

— Bien sûr. Pas toi ?

L'enfant eut un haussement d'épaules.

— Si.

— Pourquoi ils n'aiment pas le chien ? demanda Carrie.

Tess ne répondit pas. Elle se leva, marcha vers les étagères et se mit à fourrager dans une boîte de crayons de couleur. Carrie remarqua qu'elle boitait légèrement. Elle avait des plaies à chaque talon, là où l'usure de ses chaussettes ne protégeait plus sa peau, et Carrie tressaillit en se rappelant qu'elle aussi, dans son enfance, portait toujours des chaussures qui lui blessaient les pieds. Elle s'y était tellement habituée qu'elle se contentait chaque fois de poser un petit sparadrap dessus et avait appris à ignorer la douleur.

Une telle passivité l'étonnait, aujourd'hui. De même qu'elle s'étonnait d'éprouver autant de compassion pour la petite Tess. Elle n'avait jamais accordé beaucoup d'attention aux enfants, cultivant une sorte d'indifférence dont elle se demandait brusquement s'il ne s'agissait pas, tout simplement, d'un réflexe de défense. Peut-être craignait-elle de trop s'attacher, d'éprouver des sentiments trop forts. Les enfants sont tellement démunis.

Quand Tess revint s'asseoir, Carrie insista :

— Dis-moi, pourquoi ce papa et cette maman n'aiment pas le chien ?

— Oh...

Tess prit un crayon noir et se mit à dessiner un gros nuage noir.

— Il fait des bêtises.

— Je vois, murmura Carrie.

Elle hésita un instant, avant d'ajouter :

— Est-ce qu'ils le battent ?

— Des fois, répondit Tess, avec un nouveau haussement d'épaules. Des fois, ils disent : « T'es un vilain, vilain chien, tu fais des bêtises et tout le monde le sait, dans le quartier. »

Carrie tressaillit et désigna un autre personnage, dans un coin du dessin.

— Qui est-ce ?

— Une petite fille.

— La fille de qui ?

Tess ne répondit pas et fit des gribouillis sur le petit personnage.

— Est-ce que cette petite fille a des amis ?

Carrie avait le sentiment d'aller trop loin, trop vite, mais elle ne pouvait s'empêcher d'interroger l'enfant.

— Non, répondit Tess.

— Quel dommage. Tu sais pourquoi ?

— Parce qu'elle est affreuse. Elle est très, très vilaine.

Carrie détourna la tête, le cœur dans la gorge. Heureusement, Ron revint à cet instant avec un verre de lait et un sandwich pour Tess. Pendant que Carrie était en train de parler avec la fillette, il avait eu le temps de servir leur déjeuner aux autres enfants.

— Tess, tu veux bien aller t'asseoir avec Mary ? suggéra-t-il gentiment, avant d'ajouter à l'adresse de Carrie : Mary et Tess sont les deux anges qui se tiennent au pied du lit de Lucy, la nuit, pour la protéger.

Il avait expliqué, un peu plus tôt, que les enfants préparaient une pièce dans laquelle des anges gardiens donnaient la réplique à un personnage principal ; celui-ci était interprété par une petite fille un peu plus âgée, Lucy, qui n'était pas présente aujourd'hui.

Tess ne bougea pas. Elle ne paraissait même pas l'avoir entendu. Alors Ron lui toucha doucement l'épaule et dit :

— Mary est toute seule, Tess. Tu veux bien aller lui tenir compagnie ?

Tess prit son verre de lait et son sandwich, et alla s'asseoir quelques tables plus loin, à côté de Mary. Mais elle ne lui parla pas, ne la regarda même pas, se contentant de grignoter son sandwich d'un air indifférent.

Ron secoua la tête.

— Pauvre gosse.

Puis, se tournant vers Carrie, il ajouta :

— J'ai eu l'impression que vous accrochiez bien, toutes les deux. Je ne voulais pas vous interrompre.

— Accrocher, c'est beaucoup dire. Je n'ai pas eu l'impression qu'elle m'entendait vraiment.

— Je comprends tout à fait votre sentiment. Allons nous asseoir à ce bureau, là-bas, nous serons plus à l'aise, proposa-t-il, avant d'enchaîner : J'essaie de passer du temps avec elle, mais je ne sais jamais si cela sert à quelque chose.

— Elle est toujours comme ça ? demanda Carrie en s'installant dans le fauteuil qu'il lui désignait.

Elle prit un quartier d'orange dans l'assiette qu'il lui tendait, mais elle avait beau avoir la bouche sèche, elle trouva au fruit un goût de cendre.

— Elle fait des dessins de ce genre-là depuis la mort de sa sœur, répondit Ron. Pas besoin d'être très versé en psychologie pour comprendre qu'elle est troublée.

— Elle avait une sœur ?

Ron regarda Tess, puis Carrie. Il paraissait hésitant.

— Je ne sais pas si je suis habilité à m'étendre sur le sujet. Chris dit qu'il ne faut pas parler de la vie privée des enfants avec des personnes extérieures à notre organisation.

— Vraiment ? fit Carrie. Vous savez pourquoi ?

— Eh bien, ils sont en garderie, ici. Nous devons respecter certaines règles de confidentialité, vous comprenez.

— Oui, bien sûr.

— Cela dit, si vous promettez que cela restera entre nous...

Carrie fit un effort pour demeurer immobile et silencieuse, pendant que le jeune homme se débattait avec sa conscience.

— Après tout, ce n'est pas vraiment un secret, reprit-il, au bout de quelques instants. Le battage autour de cette affaire s'est un peu calmé, heureusement.

— Le battage ?

— Vous promettez de ne pas mentionner cela dans votre article ?

— Evidemment. Si vous me dites qu'il ne faut pas.

Ron baissa la voix.

— La sœur de Tess, Debra, est morte le mois dernier. Peu de temps après mon arrivée ici, en fait. Je ne la connaissais pas bien, mais ce fut terrible pour Tess.

— J'imagine. Qu'est-il arrivé à Debra ?

— Elle s'est suicidée.

Le cœur de Carrie eut un raté.

— Suicidée ? Quel âge avait-elle donc ?

— Quatorze ans.

— Mon Dieu, murmura Carrie d'une voix étranglée. La pauvre. Et pauvre Tess. Je comprends mieux...

Ron hocha la tête d'un air compatissant.

— La police est venue poser des questions. Ils voulaient savoir qui étaient ses amis.

— Mais, si c'est un suicide...

— Je suppose que cela fait partie de leur travail. Mais Debra était comme Tess. Elle ne paraissait pas avoir beaucoup d'amis. Nous n'avons pas pu leur dire grand-chose.

Carrie regarda du côté de Tess, qui continuait de mordiller son sandwich au lieu de le manger. Son attitude était peut-être due à la souffrance que lui avait causée la perte de sa sœur. En même temps, elle avait tout l'air d'une enfant abusée, ou du moins d'une enfant écrasée par un secret bien trop lourd pour elle...

— Debra fréquentait le centre, elle aussi ? demanda-t-elle.

— Oui, mais pas régulièrement, d'après ce qu'on m'a dit. On ne savait jamais quand elle allait venir ou pas. Leur famille vit à l'ouest de l'île et c'est une petite fille de la classe de Tess qui lui a parlé de nous, la première fois. Puis Tess en a parlé à sa sœur. Nous avons plusieurs enfants, comme ça, dont les parents ne sont pas des membres de la paroisse, mais qui cherchent quelque chose, un esprit de communauté, une sorte de liant qui maintienne ensemble les morceaux de leur vie et leur donne un semblant de cohérence et d'adhésion, je suppose.

Tout en l'écoutant, Carrie se rappelait les paroles qu'Esther lui avait dites, un jour, au sujet de ces hommes qui soumettent les enfants à des abus sexuels : « Ils passent d'une victime à une autre. Quand l'une d'elles grandit, ou s'en va, ils en trouvent une autre. »

Les affaires qui finissaient par éclater au grand jour le prouvaient, en effet. Bien des fois, on avait vu trente, quarante, cinquante victimes, abusées par un professeur, un prêtre, un médecin ou n'importe quelle autre personne au-dessus de tout soupçon, sortir de l'ombre pour témoigner, une fois que leur bourreau avait été découvert et inculpé. Parmi ces victimes, il y avait aussi bon nombre de garçons. D'après certaines statistiques, deux garçons sur quatre subissaient de tels sévices avant l'âge de dix-huit ans. Et trois filles sur quatre. Parfois, le bourreau était une femme. Mais, la plupart du temps, il s'agissait d'un homme.

Breen avait-il commencé par jeter son dévolu sur Debra, avant de se rabattre sur Tess, après le suicide de la première ?

Ron fit pivoter son fauteuil et prit un gobelet en carton dans le distributeur d'eau, à sa portée.

— Vous en voulez ? demanda-t-il à Carrie.

— Avec plaisir.

Il remplit deux gobelets, lui en tendit un et vida le sien d'un trait.

— Ouh, j'avais soif !

Il secoua la tête.

— Je ne pensais pas que la mise en place de ces petits sketches serait aussi fatigante. Je me demande comment Chris se débrouille pour en faire un chaque semaine de l'année. C'est un vrai superman.

« Et tu es si naïf », songea Carrie. A moins que ce jeune homme ne fût pas là depuis assez longtemps pour flairer une situation douteuse. A supposer qu'il se passe encore des événements suspects... Pouvait-elle lui parler de ses soupçons, lui dire sur quoi ils reposaient ? La croirait-il ?

Probablement pas. Il avait trop d'admiration pour celui qu'il semblait considérer comme son mentor.

— Ainsi, vous dites que la police est venue vous voir ? reprit-elle.

— Oui, plus d'une fois. C'est un certain Nicky D'Amico qui était chargé de l'enquête. Un bon flic, paraît-il. S'il avait flairé quelque chose de louche, il serait encore en train de fureter par ici. Mais il n'est plus revenu.

Carrie se garda bien de trahir sa surprise en entendant le nom de Nicky. Puis elle le revit, la veille au soir, lui disant qu'il était sur une affaire.

— Et les parents de Tess et de Debra ? demanda-t-elle encore.

— On fait mieux, j'en ai peur. Le père boit et la mère semble impuissante. C'est pour ça que le Christopher Show est si important. Il n'y a plus de vie communautaire par ici, depuis que le dernier pasteur est parti. L'émission comble ce manque dans la vie de nombre d'enfants.

— Et je suppose que Christopher Breen est particulièrement doué avec les enfants à problèmes ?

— Il est merveilleux. Si vous le voyiez avec Tess, par exemple. Il lui accorde toujours un intérêt particulier.

Carrie déglutit péniblement.

— Je vois. Est-ce que... est-ce qu'il la voit seule ? Je veux dire, en dehors du groupe ? Est-ce qu'il passe du temps en tête à tête avec les enfants ?

Ron lui jeta un curieux regard.

— Quand les gosses ont des problèmes et qu'ils ne trouvent pas chez eux le soutien dont ils auraient besoin, oui. C'est la mission qu'il s'est fixée, après tout : s'occuper des enfants qui nécessitent une attention spéciale. Et il ne le fait pas seulement par le biais de la télévision et de son émission. Il essaie de se rendre utile de toutes sortes de manières.

Carrie fut prise d'une énorme bouffée de colère — d'abord contre elle-même. Si elle avait parlé, à l'époque où Breen lui prodiguait cette « attention spéciale », elle ne serait pas là, aujourd'hui, à faire semblant d'être ce qu'elle n'était pas. Breen, surtout, ne serait plus ici, en train de tourmenter et d'abuser des petites filles innocentes et incapables de se défendre.

Elle était également en colère contre le système, en colère contre la police, et en l'occurrence contre Nicky D'Amico, qui avait été si près de découvrir la vérité et avait trouvé le moyen de passer à côté. Ils ne posaient plus de questions ! Sans doute avaient-ils classé l'affaire ! Et maintenant, Breen était libre de poursuivre ses pratiques monstrueuses ; sans doute avait-il abusé de Debra et, à présent, il jetait son dévolu sur Tess...

Enfin, Carrie était en colère contre Tess. Elle voulait la tirer de sa torpeur, de son obéissance passive, et la forcer à comprendre qu'elle avait des droits, qu'elle devait les défendre. L'enfant représentait une victime trop facile. Elle allait où on lui disait d'aller, faisait ce qu'on lui disait de faire, et acceptait tout, sans rien dire, se réfugiant de plus en plus dans sa coquille, empêchant les gens bien intentionnés de l'aider. Elle se montrait confiante quand elle aurait dû sortir les griffes, et méfiante, quand elle aurait dû, justement, se laisser aller.

Carrie voulait la secouer et la ramener à la vie, la ramener dans le monde des vivants.

En même temps, elle voulait la serrer dans ses bras et ne plus la lâcher, afin que la pauvre petite soit toujours en sécurité.

C'était comme si, durant l'heure qui venait de s'écouler, un miroir effrayant l'avait catapultée dans le passé, lui renvoyant le reflet d'elle-même : Carrie Holder enfant...

— Est-ce que ça va, mademoiselle Holt ?

Ron Devereaux était accroupi devant elle. Quand Carrie cligna des yeux et le regarda, il eut l'air incroyablement soulagé.

— Ça va, répondit-elle machinalement, sans comprendre ce qui lui était arrivé ou ce qu'elle avait fait.

Tout était devenu noir, d'un seul coup.

— J'ai bien cru, un instant, que vous alliez vous évanouir. Tenez, buvez encore un peu d'eau.

Il alla remplir son gobelet et elle le vida d'un trait.

— Je n'ai pas mangé aujourd'hui, murmura-t-elle. Ce quartier d'orange a dû me monter à la tête, si toutefois c'est possible.

— Ne bougez pas. Je vais emmener les enfants au sous-sol. Mme Lambert doit encore s'occuper de leurs costumes. Je vais en profiter pour vous préparer un sandwich, d'accord ?

— Oh, non, je ne veux pas vous déranger ! s'exclama Carrie. Ça va aller, je vous assure.

Mais Ron se redressa et posa la main sur son épaule, insistant pour qu'elle reste assise.

— Je ne vous laisserai pas partir sans que vous ayez avalé quelque chose, déclara-t-il. Ne bougez pas. C'est un ordre, ajouta-t-il avec un sourire.

Carrie lui rendit son sourire et hocha la tête. Puis elle le suivit du regard tandis qu'il faisait sortir les enfants. Elle remarqua qu'il s'occupait bien de Tess, tirant gentiment sur une de ses nattes et lui murmurant un mot amusant, sans doute, car la petite fille eut un rire.

Heureusement qu'il existait de bonnes âmes, songea-t-elle en fermant les yeux. Elle aurait voulu être ailleurs, de retour dans son appartement de San Francisco, avec le soleil qui perçait à travers les lattes des stores et les bandes de brume qui enveloppaient le Golden Gate... Elle aurait presque voulu n'avoir jamais fait cette tournée de promotion, n'être jamais passée dans cette émission, à Philadelphie, n'avoir jamais vu le Christopher Show, et surtout, surtout, n'être jamais revenue ici...

Une voix l'arracha à ses réflexions moroses.

— Tenez, cela devrait vous donner un petit coup de fouet.

Carrie rouvrit les yeux et découvrit devant elle une femme d'une quarantaine d'années, une assiette à la main. Elle avait des cheveux roux coupés court, et son visage, dénué de tout maquillage, était constellé de taches de son.

— Je m'appelle Rosemary Lambert, enchaîna-t-elle avec un sourire. Ron est avec les gosses. Il m'a dit que vous aviez besoin de grignoter. Ça suffira, vous croyez ?

Carrie prit l'assiette qu'elle lui tendait et sur laquelle se dressait un énorme sandwich garni de jambon, de tomate, de laitue et d'une sorte de fromage. Il y avait aussi des chips et plusieurs tranches de fruit.

— Oh, très largement, répondit-elle. C'est merveilleux. Merci beaucoup.

Carrie posa l'assiette sur ses genoux et saisit le sandwich entre ses mains tremblantes.

— Vous êtes sûre que ça va ? demanda Rosemary Lambert avec sollicitude.

Carrie hocha la tête tout en mâchant.

— Je mourais de faim, expliqua-t-elle quand elle eut avalé sa première bouchée. On dirait que vous êtes un ange — tout comme ces enfants.

Rosemary sourit.

— Oh, ce n'est rien. J'ai juste accommodé les restes du déjeuner des petits.

— Merci encore, insista Carrie. C'est délicieux.

Elle se renversa un instant sur sa chaise et reprit :

— Que faites-vous exactement, ici ?

La femme s'installa dans le fauteuil de Ron.

— Oh, disons que je suis la mère poule des enfants. Les miens sont grands, maintenant. Je viens ici passer un peu de temps avec les petits et leur fabriquer les costumes pour les sketches.

— Vous êtes là depuis longtemps ?

— Non, c'est assez récent. En fait, je suis architecte. Mais les affaires tournent un peu au ralenti, ces derniers temps, et je n'aime pas rester inoccupée.

— Architecte, vraiment ? C'est un beau métier.

— Oui. Mais c'est drôle, j'ai l'impression de me rendre bien plus utile ici. Il me semble que les enfants ont vraiment besoin qu'on s'occupe d'eux, de nos jours. Il y a tellement d'horreurs, dans le monde.

— Oui. J'aurais bien aimé que vous...

Carrie hésita.

— Quoi ? s'enquit Rosemary.

— Non, j'allais dire que j'aurais aimé qu'il y ait quelqu'un comme vous, ici, quand j'étais gosse.

— Ici ? Vous voulez dire à Holly Beach, ou à Anglesea ?

— Les deux. Je fréquentais cette paroisse. Et je venais au catéchisme tous les dimanches. Ce n'était pas encore un centre de conférences, à l'époque.

— Chris était déjà là, lui ?

Carrie baissa les yeux sur son assiette et reprit son sandwich.

— Je ne me souviens plus, mentit-elle.

— C'était en quelle année ?

Carrie secoua la tête, sans cesser de manger.

— Je ne sais plus très bien.

Rosemary essaya de poursuivre la conversation, mais Carrie continua d'esquiver ses questions, avant de la remercier de nouveau pour le sandwich. Rosemary finit par prendre congé.

Dès qu'elle fut sortie, Carrie poussa un soupir de soulagement et, fermant les yeux, se renversa contre le dossier de sa chaise.

— Laissez-moi vous débarrasser de cette assiette, dit Ron.

Carrie émergea brusquement du demi-sommeil dans lequel elle avait sombré et, voyant que quelques chips étaient tombées par terre, elle se pencha pour les ramasser.

— Désolée. Je crois que j'étais sur le point de m'assoupir.

Ron posa l'assiette sur le coin de son bureau.

— L'article dans le journal disait que vous étiez en tournée de promotion pour votre livre. Ce ne doit pas être de tout repos.

— En effet. Il va me falloir quelques jours avant de récupérer. Merci pour le sandwich.

— Je vous en prie. Rosemary avait très envie de vous rencontrer, de toute façon. Elle a lu votre livre, *La Fin de l'hiver*, et elle l'a adoré.

— Vraiment ? Elle ne m'a rien dit.

— Sans doute ne voulait-elle pas s'imposer.

— Oh, cela ne m'aurait pas dérangée. Le travail de l'écrivain est tellement solitaire que je suis toujours heureuse de rencontrer mes lecteurs et de savoir qu'ils ont apprécié ce que j'ai souvent mis des mois, et dans ce cas précis des années, à produire.

— C'est merveilleux d'exercer une profession qui touche les gens, n'est-ce pas ? fit Ron, en s'installant de nouveau derrière son bureau.

Carrie l'étudia un instant.

— Et vous, Ron, quels sont vos projets d'avenir ? demanda-t-elle. Je veux dire, après votre stage, ici.

— Eh bien, je devrais finir mes études l'an prochain et j'espère que Chris me prendra à temps plein. Je ne lui en ai pas vraiment parlé mais, si je fais du bon travail cet été, je me dis que j'ai mes chances.

Il rougit légèrement, avant d'ajouter :

— Vous allez peut-être me trouver ridicule, mais j'ai passé l'hiver à prier à genoux, chaque soir, pour que Chris accepte de me prendre en stage. C'était tellement important pour moi.

Carrie garda le silence, ne sachant que répondre à cela, mais déjà le jeune homme poursuivait avec enthousiasme :

— Je vais décrocher mon diplôme de communication et, un jour, j'aimerais créer un projet comme le Christopher Show.

Il y avait dans sa voix une note de fierté, mais aussi une pointe d'humilité, comme s'il s'agissait d'un rêve difficile à réaliser.

— Je suis originaire de Baltimore, vous savez, et là-bas, nous avons des tas de gosses qui auraient besoin d'un programme comme celui-ci, où on les soutient et leur enseigne certaines valeurs.

— Et vous... vous pensez que Christopher Breen y arrive ?

— Oui, bien sûr. Tout le monde l'adore, et apprécie ce qu'il fait pour les enfants. Vous avez l'air sceptique...

— Non, non..., bredouilla Carrie, cherchant ses mots. En fait, je n'ai jamais vraiment vu son émission. Juste quelques minutes, hier, à Philadelphie.

— Vous voulez rire !

— Mais non. Vous savez, avec mon travail, je n'ai pas beaucoup de temps pour regarder la télévision.

— Ça alors ! Il faut absolument qu'on vous montre une de ses émissions ! Les gosses adorent Chris. Les parents aussi. D'ailleurs, ils font tous des pieds et des mains pour que leurs enfants participent au programme.

— Je l'ignorais.

— Voyez-vous, il ne cherche pas seulement à les amuser. Il se sert vraiment de son show comme d'un véhicule pour leur inculquer certaines valeurs, et même un certain art de vivre. Il leur apprend à choisir leurs amis, à bien peser le pour et le contre avant de prendre une décision...

— A se méfier des inconnus ?

Les mots avaient jailli des lèvres de Carrie, sans qu'elle ait pu les retenir, mais Ron ne parut pas s'en formaliser.

— Oui, ça aussi, évidemment. C'est pourquoi les parents aiment tellement son travail. Et c'est ce que je veux faire, moi aussi. Les circonstances me sont favorables car, à partir du moment où Chris va assumer cette mission avec Washington, il aura besoin de quelqu'un pour le seconder.

— Washington ? répéta Carrie.

— Oh, vous n'êtes pas au courant, bien sûr ! Ils ne veulent pas que la rumeur circule tant que l'annonce officielle n'aura pas été faite. Chris a été choisi pour être le porte-parole d'un nouveau programme national, appelé « L'enfant du Millénaire ». Il s'agit d'un programme que le Président a fait concevoir et c'est lui-même qui va annoncer la nomination de Chris à la télévision, dimanche, juste après la clôture du festival. Nous sommes si heureux. Chris va pouvoir toucher tellement plus d'enfants, de cette façon.

Carrie demeura bouche bée, frappée d'horreur.

Mais Ron sourit.

— Alors vraiment, vous n'avez jamais vu l'émission ?

— Non, parvint-elle à murmurer, avant de boire une gorgée d'eau.

— Eh bien ! nous allons combler cette lacune immédiatement, fit-il en se levant.

Il se dirigea vers une immense télévision posée dans un coin de la pièce, et l'alluma. Puis il approcha une chaise et fit signe à Carrie de le rejoindre.

La jeune femme jeta un coup d'œil à la pendule murale, et vit qu'il était presque midi. Breen risquait d'arriver d'une minute à l'autre. Elle n'avait pas du tout envie de se retrouver nez à nez avec lui.

— Je n'ai pas le temps, aujourd'hui, dit-elle. J'ai encore une foule de choses à faire.

— Mais, vous ne pouvez pas écrire un article sur nous si vous n'avez jamais vu l'émission, insista Ron sur un ton persuasif.

Puis, voyant qu'elle hésitait, il ajouta avec un sourire :

— Allons, ce ne sera pas long.

Carrie se sentit prise au piège. Ne sachant comment refuser sans paraître ingrate et impolie, elle finit par hocher la tête et s'assit sur la chaise qu'il lui indiquait. Elle allait regarder quelques minutes de cette maudite émission et s'en aller bien vite.

Ron prit une cassette vidéo sur une pile qui en comptait des dizaines, soigneusement datées sur la tranche.

— Je vais vous montrer un show du mois dernier. Nous l'avons enregistré ici, au centre, pour promouvoir un peu le festival.

— Vous faites ça où, d'habitude ? demanda Carrie, tandis qu'il glissait la cassette dans le magnétoscope.

— Ça dépend. Parfois dans un studio, à New York. Parfois ici, bien que nous n'ayons pas encore tout l'équipement nécessaire pour faire du bon travail. Chris est en train de s'occuper de la question. Il n'aime pas travailler à New York. C'est cher, en plus. Il veut installer un vrai studio dans le centre. Ici, il pourrait avoir un complexe avec des tas de plateaux. Chris est convaincu que plus l'émission sera réussie, plus il pourra toucher d'enfants.

— Et comment fera-t-il pour financer un tel projet ?

— Oh, pas de problème pour ça, répondit Ron. Il y a énormément de gens qui le soutiennent, vous savez. Des sénateurs, des membres du Congrès... Il a même fait une émission à la Maison Blanche, il y a deux ans. Comme je vous le disais, tout le monde l'adore.

Le générique d'entrée était pratiquement le même que la veille mais, cette fois, Carrie reconnut l'estrade de l'église d'Anglesea avec, dans le fond, les tuyaux géants de l'orgue. Puis le titre, The Christopher Show, apparut sur l'écran, en même temps que Breen, filmé avec un groupe d'enfants. Carrie reconnut deux d'entre eux, pour les avoir vus dans la classe, un moment plus tôt. Il y avait Tess, aussi. Elle se tenait juste à côté de Breen et il avait posé une main sur sa tête. Orgue et chœurs accompagnaient joliment le tableau, jusqu'à un superbe crescendo qui arracha un frisson à Carrie. Bien malgré elle, la jeune femme se découvrait incapable de résister à la fascination que ces images exerçaient déjà sur elle.

Les enfants s'installèrent en rond autour de Breen, à même le sol. L'animateur, vêtu d'un jean et d'un pull-over, s'assit en tailleur au milieu d'eux. Il faisait penser au joueur de flûte d'Hameln, attirant les enfants à lui et les charmant avec son instrument. Derrière eux, on avait monté un décor semblable à ceux que l'on voit dans toutes les émissions d'enfants : des arbres aux feuilles d'argent, d'énormes fleurs en carton à la mine souriante ou bougonne, et un grand faux ours qui se tenait le ventre de rire à chaque plaisanterie de l'animateur. Pour faire passer son message, Breen se servait de tout un assortiment de marionnettes qui ressemblaient vaguement à celles de La Rue Sésame ou du Muppet Show.

Mais contrairement à ces programmes, celui de Breen véhiculait des messages ouvertement religieux, suscitant des questions profondes du genre « pourquoi nous avons été créés, et par qui... » auxquelles il était répondu : « Par un Dieu plein d'amour. »

Subjugués, les enfants fixaient les marionnettes qui leur expliquaient qu'« il faut se tourner vers Dieu dans les moments difficiles, et lui demander de nous donner la force ; qu'il faut être bon envers son prochain, pour l'amour de Jésus, mort pour nos péchés ; qu'il faut obéir à ses parents, à ses éducateurs, et se montrer toujours honnête et franc... »

Carrie se demanda comment Breen gérait la contradiction évidente entre le devoir d'obéissance et celui d'honnêteté. Quelle serait sa réaction, par exemple, si Tess, ou une autre enfant qui lui avait obéi comme Carrie l'avait fait des années plus tôt, décidait brusquement d'appliquer ce deuxième commandement et se mettait, par souci d'honnêteté, à dire la vérité à son sujet ?

Mais Tess, en tout cas dans cette émission, paraissait aussi enthousiaste que ses petits camarades ; il fallait la voir suivre d'un air fasciné et parfaitement confiant les mouvements des marionnettes, tandis que Breen les faisait parler, penchées tour à tour vers les enfants pour leur donner des accolades ou de gros baisers.

A tel point que, l'espace d'un moment, Carrie se demanda si elle n'était pas en train de commettre une grosse erreur. N'était-elle pas en train de projeter son propre passé sur cette petite fille ?

Puis elle se souvint qu'elle aussi, au début, regardait Christopher Breen avec ce même air d'adoration aveugle. Encore aujourd'hui, elle avait du mal à se rappeler à quel moment, exactement, le rêve avait basculé dans le cauchemar. Au fil des années, elle avait réussi à situer cela autour de la période de son sixième anniversaire. Auparavant, si ses souvenirs ne la trahissaient pas, Breen s'était montré seulement affectueux, l'apprivoisant avant de passer à l'acte.

Etait-il en train de reproduire le même schéma avec Tess ? Carrie l'espérait presque. En effet, si c'était le cas, il n'était pas trop tard. Elle était arrivée juste à temps.

Tout en réfléchissant, Carrie continuait de regarder l'écran sur lequel défilaient des extraits de films et de spectacles, tous sélectionnés pour le message de sagesse qu'ils véhiculaient. Un comédien, célèbre pour ses prestations dans des films d'enfants, fit une animation qui révélait chez ses jeunes interlocuteurs un véritable talent : tandis qu'il dialoguait avec eux, les adolescents chantaient et dansaient dans un ensemble très étudié. On devinait derrière ces performances des heures et des heures de travail, et il ne faisait pas de doute que l'émission de Christopher Breen ne ressemblait à aucun autre programme télévisé consacré aux enfants. Carrie comprenait à présent l'enthousiasme des parents. Non seulement ils voyaient leurs enfants se produire à la télévision, mais bon nombre de ces pères et de ces mères devaient être de la même génération que les stars qui étaient invitées — des stars encore assez jeunes, assez dynamiques, pour séduire les petits. C'était une manière habile et subtile de créer un lien entre les parents et leurs enfants.

Entre les parents et Christopher Breen, aussi, bien qu'il fût plus vieux que la plupart d'entre eux : en fait, il parvenait à donner l'illusion qu'il n'avait pas d'âge et appartenait à tous les groupes à la fois.

Mais l'heure continuait de tourner et, voyant qu'elle jetait un coup d'œil nerveux à sa montre, Ron coupa la télévision et éjecta la cassette vidéo du magnétoscope. Puis il se tourna vers Carrie.

— Alors, qu'en pensez-vous ? demanda-t-il en se mordillant la lèvre inférieure.

Il accordait manifestement beaucoup d'importance à son opinion. Après tout, elle était censée écrire un article. Le jeune stagiaire tenait vraiment à ce que l'émission et le travail de Breen reçoivent la meilleure publicité possible. Il avait certainement tout fait pour présenter son idole sous son meilleur jour.

— C'est... vraiment très intéressant, dit Carrie, consciente que c'était précisément l'adjectif qu'utilisaient les gens quand ils n'aimaient pas quelque chose mais n'osaient pas l'admettre.

Cependant, pris qu'il était par son propre enthousiasme, Ron parut se satisfaire de cette réponse. A tel point que Carrie s'interrogea sur son passé, et sur l'univers dans lequel il avait grandi. Elle se demanda aussi si Christopher Breen était le seul homme qu'il eût admiré dans son existence.

— Ron, où habitez-vous quand vous n'êtes pas à Holly Beach ? s'enquit-elle.

— Toujours à Baltimore.

— Et vos parents ?

Il eut un haussement d'épaules.

— Mon père est mort il y a quelques années. Et ma mère... on ne se voit plus tellement.

— Oh... je suis désolée.

— Non, ce n'est pas si grave. Elle s'est remariée et son nouveau mari ne m'aime pas beaucoup. On se réunit pour les fêtes, mais c'est un peu tendu. Ça fait bizarre, vous comprenez.

— Oui, répondit Carrie.

Elle se rappelait le malaise qui était né entre elle et Alice, après son départ pour Berkeley. Elle avait commencé à considérer sa mère d'un œil différent, à remarquer ses défauts et à se poser des questions sur certaines décisions qu'Alice avait prises, comme de passer quatorze ans de sa vie avec un alcoolique, par exemple. Pourquoi n'était-elle pas partie plus tôt ?

Encore aujourd'hui, Carrie se demandait si sa mère avait deviné ce qui lui était arrivé. Avait-elle fini par comprendre pourquoi une enfant suppliait ses parents de l'autoriser à rester à la maison, le dimanche matin ? Pourquoi elle pleurait autant, quand on la forçait à aller à l'église ? Etait-ce la raison de leur brusque déménagement pour Philadelphie, quand Carrie avait douze ans ?

L'occasion de poser la question semblait ne s'être jamais présentée. Puis, d'un seul coup, Alice était morte. Il était trop tard, désormais, pour obtenir des réponses.

Carrie reporta son attention sur Ron, qui avait entrepris de ranger les cahiers et les crayons que les enfants avaient abandonnés sur les tables. Elle éprouvait de plus en plus de sympathie pour ce jeune homme ; il avait l'air si seul. Sans doute n'avait-il personne d'autre que Christopher Breen sur qui reporter son affection et son admiration. Cela expliquait peut-être son aveuglement.

— Vous avez une petite amie, Ron ?

Il leva la tête, sourit et rougit.

— Pas vraiment.

— Et que veut dire : « pas vraiment » ? lui demanda-t-elle d'un ton badin.

— Je ne sais pas, répondit-il en regardant les crayons de couleur dans sa main. Je rencontre des filles que j'aime bien, parfois, mais je n'ose jamais les inviter à sortir. Je crois que je ne suis pas très doué avec les femmes.

— Oh, j'ai du mal à le croire.

— C'est pourtant la vérité. Je me sens mal à l'aise, emprunté. Je ne sais jamais quoi dire ni quoi faire. Je finis par renverser des trucs, ou par me prendre les pieds dans le tapis.

Carrie sourit.

— Ça finira par passer.

— Vous croyez ? lui demanda-t-il d'un air plein d'espoir.

— Bien sûr. Dans quelques années...

— Quelques années ? l'interrompit-il avec un grognement. Je serai tellement vieux...

— Vieux ? s'exclama Carrie. Vous aurez quoi, vingt-quatre, vingt-cinq ans ? Ron fronça les sourcils.

— Comment avez-vous deviné ?

Elle secoua la tête en riant.

— Eh bien, vous m'avez dit que vous alliez décrocher votre diplôme l'an prochain, alors j'en ai déduit que vous aviez vingt ou vingt et un ans.

— Oh, murmura-t-il, la mine déconfite. Vous voyez ? Je vous l'ai bien dit. Je suis toujours à côté de la plaque.

Carrie s'en voulut aussitôt de l'avoir taquiné.

— Ron, je voulais juste dire que vous avez encore tout le temps de comprendre les femmes. En attendant, vous allez acquérir de l'expérience dans votre vie professionnelle, votre vie personnelle...

— Apprendre à me prendre les pieds dans le tapis de manière gracieuse et à donner l'impression que la remarque complètement idiote que je viens de débiter était en fait de l'humour...

Elle rit de nouveau.

— Apprendre à être encore plus gentil que vous l'êtes déjà, aussi, fit-elle, avant de reprendre son sérieux. Ron, est-ce que je peux vous donner un petit conseil ?

Il haussa les épaules.

— Pourquoi pas ? De toute évidence, j'en ai besoin.

— Vous devriez appliquer vos propres conseils, dit-elle avec douceur.

— Dans quel sens ?

— Eh bien, vous parlez de l'importance, pour les enfants, de bien choisir les gens avec lesquels ils passent du temps. Vous y croyez ?

— Evidemment, répondit-il, l'air surpris. Sinon, je ne le dirais pas.

— Vous leur apprenez aussi à faire ce que vous dites, pas ce que vous faites ?

— Je ne comprends pas, répliqua-t-il, les sourcils froncés.

Carrie prit une profonde inspiration. N'allait-elle pas trop loin ?

— Christopher Breen... Est-ce que vous le connaissez vraiment ?

— Chris ? Mince, je le vois à la télé depuis des années. Comme je vous l'ai dit, c'est une véritable institution. Comme La Rue Sésame, Captaine Kangourou ou Mister Rogers...

— Certaines institutions, pas forcément parmi celles que vous venez de citer, se révèlent avoir des pieds d'argile.

Ron se rembrunit encore.

— Je ne comprends pas. Vous n'aimez donc pas Chris ?

— Il ne s'agit pas d'aimer ou de ne pas aimer. C'est juste que...

— Que quoi ? demanda-t-il, sur la défensive.

— Je crois que nous avons souvent tendance à faire trop confiance aux personnages publics.

Ron plissa les yeux.

— Vous ne l'aimez pas. Et pourtant, c'était la première fois que vous voyiez son émission. Je continue de ne pas comprendre.

— Il ne s'agit pas de son travail, répondit Carrie, s'efforçant de garder son calme.

Elle appréciait le jeune homme, n'avait aucune envie de se le mettre à dos ; en même temps, elle voulait lui ouvrir les yeux sur Breen. Et puis, elle devait bien admettre qu'elle espérait s'en faire un allié. Si jamais elle décidait d'aller trouver la police, elle aurait besoin de personnes jouissant d'une bonne réputation. Comme lui. Or Ron, qui idolâtrait Breen depuis des années, travaillait avec lui, le servait avec dévotion, serait forcément choqué lorsqu'il apprendrait la vérité — suffisamment en tout cas pour la soutenir dans sa mission. Il représentait le témoin idéal.

— Comme je vous le disais, reprit-elle le plus naturellement possible, je n'aime pas beaucoup l'idée que des enfants aient une confiance aveugle dans des personnages publics, simplement parce qu'ils sont des personnages publics. Mon intention n'était pas d'attaquer Christopher Breen, ou cette émission en particulier. Oublions tout cela, d'accord ?

Ron hésita et parut sur le point de réagir. Puis, soudain, il sourit.

— D'accord.

Carrie étouffa un soupir. La jeunesse. Elle était si pleine de passion. Tellement impulsive. Et si souvent imprudente.

Elle consulta sa montre et, aussitôt, prit son sac et se leva. Le temps passait.

— Merci pour tout, Ron. Je resterai en contact, O.K. ?

— Oui. On se verra sûrement au festival, ce week-end.

— Oui.

Elle se dirigea vers la porte. Puis elle s'arrêta en chemin et se retourna.

— J'ai une idée. Tess, la petite fille avec laquelle je parlais, tout à l'heure... Vous avez dit qu'elle avait besoin de beaucoup d'attention. J'aimerais bien passer un peu de temps avec elle, l'emmener en promenade, par exemple, ou manger une glace à une terrasse. Elle pourrait devenir le point central de mon article. Vous croyez que ses parents y verraient un inconvénient ?

Ron sourit.

— Je ne vois pas pourquoi. Après tout, vous n'êtes pas une inconnue. Pas pour moi, en tout cas. Voulez-vous que je leur en touche un mot ?

— Ce serait vraiment gentil.

Carrie sortit une carte de son sac et gribouilla au dos le numéro de téléphone du Crest Inn.

— Je n'aurai pas beaucoup de temps, une fois que le festival aura commencé. Vous pensez pouvoir les appeler aujourd'hui ? Et me tenir au courant ?

— Bien sûr. Si j'arrive à les joindre, je vous téléphonerai ce soir.

— Merci.

Elle se tourna de nouveau vers la porte. Encore quelques pas et elle pourrait traverser la cour pour rejoindre sa voiture. Là, elle serait de nouveau à l'abri.

Hélas, au même moment, des voix masculines s'élevèrent dans le couloir. Carrie eut juste le temps de reculer, instinctivement, avant que deux hommes en costume-cravate n'entrent dans la pièce. Un troisième, qui les suivait, se posta discrètement dans un coin.

Carrie reconnut le premier pour avoir vu sa photo dans les journaux et sur la brochure du festival. C'était le sénateur Alan Weiss, celui qui était supposé présider le festival, avant d'être remplacé par Breen. Son compagnon avait l'air plus âgé, avec ses cheveux blancs et son visage strié de rides profondes. Carrie lui trouva un air familier, sans pour autant parvenir à le reconnaître. Peut-être l'avait-elle vu au journal télévisé.

Le troisième homme croisa les bras et écarta légèrement les jambes, adoptant une position presque militaire. Il avait un visage dur et ses muscles saillaient sous le tissu de son costume. Son regard fit le tour de la pièce et s'arrêta sur Carrie, une fraction de seconde, avant de poursuivre son inspection.

Un garde du corps, songea la jeune femme. Au fil des années, elle avait interviewé bon nombre de célébrités et de politiciens qui, bien souvent, étaient accompagnés d'un garde du corps. Celui-ci lui rappelait vaguement Jake Sharley, son copain de Berkeley, le flic à la retraite. Même quand ils se retrouvaient pour prendre un café, Jake était toujours sur le qui-vive. Une vieille habitude dont il ne parvenait plus à se débarrasser, lui avait-il expliqué.

Mais ce garde du corps, qui était-il censé protéger ? Le sénateur Weiss ? Qui craignait-il donc de rencontrer, dans cette salle de classe ? Un terroriste de sept ans portant des ailes d'ange ?

Les deux hommes se tournèrent et sourirent à un quatrième, qui entrait à son tour dans la pièce.

Carrie sentit son cœur s'emballer. Elle aurait pu avoir quitté ces lieux. Quelques minutes à peine, et elle n'aurait plus été là.

— Pardon, fit Christopher Breen. J'ai été retenu dehors. Alors, voyons un peu, par quoi allons-nous commencer ? Ron, où sont les enfants ?

Trop tard ! songea Carrie, au comble de la panique. Il était trop tard, maintenant !

13.

Si Carrie avait ressenti un choc en voyant Breen à la télévision, la veille, ce n'était rien comparé à ce qu'elle éprouvait en cet instant. Elle crut qu'un voile noir lui tombait sur les yeux. Sa gorge se serra. Ses jambes lui parurent se dérober sous elle. Et des prières anciennes, des prières auxquelles elle n'avait plus pensé depuis des années, lui revinrent à l'esprit... « Seigneur, bien que je marche à travers la vallée de l'ombre de la mort... Tu es là, avec moi. »

Mais était-Il vraiment là ?

« Seigneur, es-Tu là... n'importe où ? »

Puis sa vision s'éclaircit de nouveau et elle s'aperçut qu'elle avait reculé instinctivement vers un coin obscur, près d'un tableau noir. Son corps tout entier était secoué par un tremblement qu'elle ne parvenait pas à contrôler.

Elle avait espéré que Breen serait plus petit que dans son souvenir, comme souvent lorsqu'un adulte se trouve confronté à certains lieux ou certaines personnes de son enfance.

Mais Breen n'était pas petit. Il mesurait près d'un mètre quatre-vingts — plus grand que Dieu, pensait-elle quand elle était petite — et il avait l'air plus fort et plus puissant que jamais. Comment expliquer, sinon, qu'il puisse arborer cet air tranquille que donne la réussite, alors qu'elle venait de passer les deux derniers jours à pleurer son enfance perdue et détruite à jamais ?

Elle recula encore un peu, dans l'espoir que Breen ne la verrait pas.

— Messieurs, reprit l'animateur en souriant à Weiss et au deuxième homme, comme je vous le disais tout à l'heure, ceci est une salle de classe parmi d'autres. Elle sert de salle de catéchisme le dimanche, et de garderie dans la semaine. Les enfants y ont tous répété une petite pièce...

Il s'interrompit et se tourna vers Ron.

— Je croyais vous avoir demandé de garder les enfants avec vous, fit-il, une légère crispation dans la voix. J'aimerais qu'ils chantent pour nos invités.

— Je les ai emmenés au sous-sol afin de permettre à Mme Lambert de travailler sur leurs costumes, répondit vivement Ron. Je vais les chercher.

Breen eut un hochement de tête agacé et ne retrouva son sourire que lorsqu'il se tourna de nouveau vers ses deux compagnons.

— Permettez que je vous montre notre petite installation, enchaîna-t-il.

Carrie se demandait si elle était devenue invisible, debout près de son tableau, à moins de cinq mètres du groupe. Elle s'y efforçait, rêvant que ses muscles rétrécissaient, s'atrophiaient jusqu'à la transformer en une toute petite boule — comme lorsqu'elle était petite.

En même temps, elle savait que, même si elle en avait l'opportunité, elle ne s'enfuirait pas. A croire que la formidable énergie qui émanait de Breen l'avait clouée sur place.

— Jusqu'à présent, tout ce que nous accomplissons est dû à des dons privés, expliquait l'animateur en montrant fièrement la télévision dotée d'un écran géant, le magnétoscope, les livres, les instruments de musique et tout le matériel permettant aux enfants d'exprimer leur créativité. Mais nous aimerions nous développer encore, et cela sans que la qualité de notre travail en souffre. Vous imaginez ce que nous pourrions faire, avec un appui fédéral ?

Pendant qu'il parlait, Carrie le dévorait des yeux. Physiquement, il avait changé, bien sûr. Sa coiffure, d'abord — il devait se décolorer les cheveux, car ils étaient plus blonds qu'autrefois ; ils semblaient plus longs, aussi, effleurant le col de sa chemise, sans doute pour le faire paraître plus jeune. Enfin, il s'était débarrassé de ses lunettes aux gros verres cerclés de fer ; il avait dû les remplacer par des lentilles.

Mais il demeurait bel et bien le monstre qu'elle avait connu autrefois. La bouche, surtout, était la même : une ligne mince sur laquelle Carrie pouvait presque revoir des traces de sucre glace, comme lorsque, certains jours, il l'emmenait à la pâtisserie sur Ocean Street, pour lui acheter des gâteaux. Il mordait dans son beignet, le sucre brillait sur ses lèvres et Carrie le regardait fondre, incapable d'en détacher ses yeux. Et quand il la surprenait en train de le fixer, il souriait, comme s'il connaissait un secret à son sujet, ou pire, comme si tous deux partageaient un secret — mais n'était-ce pas le cas ? Carrie baissait alors les yeux, incapable de le regarder en face, sentant confusément qu'il y avait quelque chose de mauvais en lui ; sentant aussi que c'était ce mal, et pas le beignet au chocolat qu'il venait de lui acheter, qui la ferait retourner à l'église avec lui, un peu plus tard. Car elle en avait peur et ne savait pas comment s'en défendre, ou y résister.

Des bruits de pas et des rires d'enfants la ramenèrent dans le présent quand la petite troupe des anges fit irruption dans la salle de classe, tenant l'ourlet de leurs longues robes blanches afin de ne pas trébucher dessus. Ils se précipitèrent tous vers Breen, s'accrochant à ses genoux ou à sa taille et l'appelant par son prénom.

Il sourit et les serra dans ses bras, l'un après l'autre.

Carrie dut se faire violence pour regarder la scène, surtout lorsqu'il souleva la petite Tess dans ses bras et planta deux baisers sonores sur ses joues.

— Les enfants, déclara-t-il, nous avons deux invités de marque, aujourd'hui. M. Weiss est membre du Sénat, et M. Tanner, membre du Congrès. Je leur ai promis que vous alliez chanter pour eux. Vous voulez bien ?

Pendant qu'il parlait, Ron vérifiait les costumes des petits anges. Puis il les entraîna vers le piano.

— Allez, dit-il, commençons.

Breen lui jeta un regard que Carrie ne sut déchiffrer. L'espace d'un moment, elle crut que c'était de la jalousie. Mais non. Autre chose, alors ?

Mais quoi ?

Rosemary était montée, elle aussi, et tandis qu'elle alignait les enfants, Ron s'installa au piano et joua les premières mesures d'une vieille chanson tirée de la pièce *Hansel et Gretel.* Les voix des enfants s'élevèrent, claires et limpides :

La nuit, quand je m'endors...
Des anges sont là
Qui veillent sur moi...

Carrie se rappelait que, dans la pièce, les enfants égarés chantaient cette chanson dans leur lit, pour avoir moins peur.

Elle considéra Breen, trouvant ce choix pour le moins étrange. Celui-ci souriait en hochant la tête avec fierté et bonheur, et les enfants lui rendaient son sourire, l'air tout aussi fier. Un ange se gratta le nez et un autre ajusta son auréole. Le sénateur Weiss sourit à son tour et chuchota quelques mots à l'oreille de son compagnon.

A la fin de la chanson, tout le monde applaudit et les compliments fusèrent. Puis Rosemary déclara qu'elle devait encore améliorer les costumes.

— Vous permettez que je les ramène au sous-sol ? demanda-t-elle à Breen.

— Certainement, répondit l'animateur. Merci beaucoup, Rosemary. Vous avez accompli un travail formidable.

Il alla embrasser chaque enfant. Puis, se redressant, il se tourna vers Ron, qui paraissait attendre, lui aussi, un geste ou un mot d'approbation de la part du grand maître. Mais Breen se contenta de le remercier, plutôt froidement. Le visage du jeune homme se décomposa.

Le pauvre, songea Carrie.

Au même moment, Breen se tourna vers elle.

Le soleil avait bougé, déplaçant l'ombre dans laquelle Carrie s'était réfugiée et l'exposant à tous les regards.

— Bonjour, dit Breen. Je ne crois pas que nous ayons été présentés.

Il jeta un coup d'œil du côté de Ron, puis reporta son regard sur Carrie. Il avait plissé légèrement les paupières, comme s'il réfléchissait, mais son sourire ne quitta jamais ses lèvres. Et, en dépit de sa peur, la jeune femme se dit brusquement qu'il y avait de la crainte dans son regard ou, en tout cas, de l'appréhension. Oui, elle l'aurait juré.

— Voici Carrie Holt, dit Ron précipitamment. Elle participe au festival de ce week-end, et elle va peut-être écrire un article sur nous pour un magazine.

Il avait prononcé ces derniers mots avec fierté, comme s'il espérait marquer des points auprès de son idole. Mais Breen ne réagit pas et se contenta de fixer Carrie, l'air pensif.

— Carrie Holt, murmura-t-il finalement. C'était Holder, n'est-ce pas ? Vous étiez au catéchisme, ici, il y a des années. Oui, je me souviens de vous.

Il sourit brusquement et s'approcha d'elle, la main tendue.

— Je suis content de vous revoir, Carrie.

Carrie demeura bouche bée. A croire qu'elle avait été transformée en statue de sel. Il faisait comme si rien n'était jamais arrivé ! Etait-ce possible ? Il n'avait pu oublier, tout de même !

Voyant qu'elle n'allait pas lui serrer la main, Breen laissa retomber son bras et se tourna vers ses deux invités.

— Messieurs, poursuivit-il sur un ton naturel, voici une de nos anciennes élèves de catéchisme. Ses grands-parents, Sam et Elizabeth Holder, font partie des familles fondatrices de cette église. Ils l'ont pratiquement construite de leurs propres mains.

Puis, s'adressant de nouveau à Carrie, il enchaîna, sans se départir de son sourire :

— Alors vous êtes de retour pour le festival, Carrie ? C'est merveilleux. Il s'en est passé du temps, depuis que vous avez quitté Holly Beach. Combien, dix, quinze ans ?

— Je...

Carrie, toujours en proie à un torrent d'émotions qui la paralysaient, sentait tous les regards peser sur elle. Ron la dévisageait d'un air stupéfait, se demandant sans doute pourquoi elle ne lui avait pas dit qu'elle avait fréquenté les cours de catéchisme autrefois. Le sénateur Weiss et les autres semblaient attendre une réponse.

— Vingt-cinq ans, murmura-t-elle finalement, en forçant un sourire sur ses lèvres.

— Tant que ça ! s'exclama Breen. Seigneur, comme le temps passe ! J'ai entendu dire que vous étiez devenue un écrivain célèbre, Carrie. Le festival est très honoré de vous compter parmi ses participants.

— Merci, répondit-elle, incapable de croiser son regard. Le sénateur et le député lui sourirent et un drôle de silence tomba sur la pièce.

Pendant tout ce temps, le regard du garde du corps allait de Carrie à Breen, son visage affichant une mine perplexe.

Finalement, ce fut Weiss qui rompit le malaise.

— Chris, nous devons repartir, maintenant. Vous voulez bien nous raccompagner jusqu'à la limousine ?

— Certainement, répondit Breen.

Tanner fit un signe de tête au garde du corps, toujours posté près de la porte.

— Vincent.

Puis il sortit en compagnie de Weiss, et Vincent leur emboîta le pas. Alors, Breen se tourna vers Ron.

— Venez me trouver dans le bureau du pasteur, dans un moment. J'ai besoin de vous parler.

— Oui, répondit Ron d'un air anxieux. Il n'y a pas de problème, j'espère ?

Mais Breen avait déjà quitté la pièce. Une fois dans le couloir, on l'entendit s'adresser à ses deux invités.

— Comme vous le voyez, nous jouissons d'une superbe installation, ici. Une fois l'annonce faite, nous ne devrions pas avoir trop de mal à réunir des fonds. Et c'est vraiment la plate-forme idéale pour...

Une porte s'ouvrit, se referma, et ce fut de nouveau le silence.

— Est-ce que ça va ? murmura Ron, s'approchant de Carrie et lui touchant doucement le bras. Vous êtes très pâle.

Carrie fit un effort.

— Oui, oui, ça va.

— Vous êtes sûre ?

Elle hocha la tête et s'éloigna en direction de la porte.

— Je vous appellerai ce soir au numéro que vous m'avez donné, lança Ron. Pour vous donner des nouvelles, au sujet de Tess.

Mais Carrie l'entendit à peine. Le double choc qu'elle avait ressenti, d'abord en revoyant Breen en chair et en os, et ensuite en remarquant avec quelle nonchalance il réagissait à leurs retrouvailles, comme si jamais rien n'était arrivé, ce double choc était plus qu'elle ne pouvait comprendre, accepter et gérer pour l'instant. Surtout après toutes ces heures passées à tourner en rond, à craindre une rencontre, à se demander ce qu'elle dirait et ferait, et comment.

Elle longea une partie du couloir et s'appuya contre le mur, prise d'une violente envie de vomir. Elle déglutit péniblement, essayant de reprendre ses esprits, de calmer les tremblements qui secouaient son corps. Elle n'allait pas, en plus, se donner en spectacle ! Mais la nausée l'assaillait par vagues de plus en plus fortes et les vieux stratagèmes auxquels elle recourait, enfant, semblaient refuser d'opérer, cette fois. A croire qu'elle avait perdu sa capacité à faire semblant. Les souvenirs n'acceptaient plus d'être refoulés, étouffés. Ils lui remontaient tous dans la gorge. Et c'est juste à temps qu'elle aperçut un signe indiquant les toilettes, à quelques mètres devant elle.

Elle franchit la distance en courant, poussa la porte à la volée, se rua sur la cuvette de porcelaine blanche et se mit à vomir, pliée en deux, le corps secoué de violents hoquets.

C'était comme si elle rendait tous ses souvenirs, d'un seul coup.

« Maman, pleura-t-elle en silence, les larmes roulant sur ses joues. Maman, où es-tu ? Mon Dieu, j'ai besoin d'aide. Je Vous en prie, aidez-moi. »

Elle n'aurait su dire combien de temps elle resta agenouillée sur le carrelage, le corps gourd, la tête entre ses bras, incapable de bouger. Finalement, l'odeur l'arracha à sa torpeur et elle leva la tête. Avec des gestes lents, elle tira la chasse d'eau, souhaitant pouvoir disparaître avec le tourbillon. Puis elle se redressa péniblement.

Sur le mur, devant elle, quelqu'un avait écrit : « Si Jésus te voyait ainsi. » C'était le message d'une adolescente qui cherchait à faire de l'humour, mais Carrie s'y accrocha comme à une bouée.

« Moi, je peux me voir, se dit-elle avec colère. Je peux me voir. »

Elle tira encore la chasse, puis alla vers le lavabo pour se rincer la bouche et le visage, avant de s'essuyer avec une serviette en papier. Elle était blanche comme un linge, l'expression de son visage évoquait celle d'une âme perdue, brisée, et cette vision pitoyable décupla sa colère.

« Je ne permettrai pas qu'il me fasse autant de mal, se dit-elle. Pas cette fois. »

Elle ouvrit son sac et sortit de quoi retoucher son maquillage. Ses yeux étaient rouges et gonflés. Elle ne tromperait personne, c'était sûr. Mais elle puisait une sorte de calme et de réconfort dans ces gestes familiers, au point qu'elle se demandait parfois si ce n'était pas la raison qui poussait les guerrières d'autrefois à se peindre le visage et le corps, avant d'aller livrer bataille.

Quand elle eut terminé, elle recula d'un pas et considéra son reflet dans le miroir. Elle redressa le menton.

« Je suis une femme adulte, maintenant. Je ne suis plus la petite fille qui devait se laver la bouche à une fontaine pour se débarrasser du goût de sperme qu'il y avait laissé. Je pourrais même... Seigneur, je pourrais le tuer. Si je voulais, je pourrais le tuer, au lieu de souhaiter simplement qu'il s'écroule d'un coup, foudroyé. »

Il avait dit qu'il serait dans le bureau du pasteur. Celui-là même où elle s'était rendue, un peu plus tôt. Carrie laissa son corps et sa volonté la porter jusque-là. Et plus elle avançait, plus sa colère montait. Quand elle arriva devant la porte, elle l'ouvrit à la volée. Sa fureur était à son comble.

14.

Breen était seul, assis derrière le large bureau. Les lourds rideaux étaient presque entièrement tirés sur les fenêtres dont Carrie reconnaissait les carreaux en forme de losange. La lumière de la mi-journée ne pénétrant quasiment pas dans la pièce, une lampe à abat-jour vert projetait des ombres informes autour de la pièce.

Carrie claqua la porte derrière elle.

— Pour qui vous prenez-vous ? s'écria-t-elle. Je vous préviens que vous ne vous en tirerez pas comme ça !

— Carrie ?

Breen se redressa lentement, une expression perplexe sur le visage.

— Seigneur, que se passe-t-il ? Qu'est-ce qui ne va pas ?

Elle serra les poings.

— Arrêtez ! Arrêtez de faire comme si vous ne vous rappeliez rien. Moi, je me rappelle. Je me rappelle jusqu'à la plus petite des choses ignobles et dégoûtantes que vous m'avez faites.

Breen secoua la tête.

— Je ne sais pas de quoi vous parlez, Carrie. Je vous en prie, asseyez-vous. Vous avez l'air bouleversée.

Sa voix était pleine de sollicitude, et d'autres qu'elle auraient pu s'y laisser prendre. Mais pas elle, justement. Il lui désigna un fauteuil. Elle l'ignora, resta debout, les mâchoires crispées. Alors, il ferma les yeux, brièvement, et, quand il reprit la parole, le ton de sa voix était déjà plus froid.

— Carrie, si j'avais su que vous viendriez aujourd'hui, je me serais débrouillé pour vous accorder un peu de temps.

Il consulta sa montre.

— Mais là, vraiment, je suis très occupé. Je dois répéter mon émission de ce week-end et j'ai encore un script à écrire. Je suis sûr que vous savez ce que c'est.

Il lui sourit.

— Je serai ravi de vous parler du Christopher Show à un autre moment, si vous le souhaitez. Vous avez dit à Ron que vous souhaitiez écrire un article, n'est-ce pas ?

— Taisez-vous ! s'exclama Carrie. Pour l'amour du ciel, taisez-vous. Arrêtez de faire comme si rien n'était jamais arrivé.

— Mais quoi donc, Carrie ? Je ne vois pas du tout de quoi vous voulez parler.

— Menteur ! Vous m'avez violentée, abusée pendant des années, espèce de monstre ! Et vous continuez de vous attaquer à d'autres petits enfants innocents. Mais cela va cesser, je vous le jure. Je vous jure que je vous ferai payer pour tout le mal que vous avez fait. Même si je dois y laisser ma peau.

L'expression de Breen vira de la stupéfaction à la colère.

— Seigneur, mais c'est absurde ! Carrie, d'où vous vient une idée pareille ? Vous devez être... vous devez être malade. Ecoutez, il vaut mieux que vous partiez, maintenant.

Mais Carrie ne bougeait pas. A quel abominable jeu jouait-il donc ? Etait-il possible qu'il ne se rappelle plus ?

Puis, soudain, elle se souvint qu'il agissait toujours ainsi, comme si rien ne s'était passé entre eux.

Sauf que cela s'était passé. Bien des fois.

Elle revoyait même, d'un seul coup, la manière dont tout avait commencé.

Il était venu la voir chez elle — une visite comme le pasteur Gillam savait en faire, de temps en temps. Mais ce jour-là, c'était Breen qui était venu. Il voulait voir la mère de Carrie. « Le pasteur Gillam m'a envoyé, avait-il déclaré. Il se demande pourquoi ta mère ne vient plus à la messe. Est-ce que je peux entrer ? »

Alice n'était pas là et elle avait interdit à Carrie de laisser entrer qui que ce soit. Mais Chris leur donnait les cours de catéchisme, le dimanche. Elle le voyait chaque semaine et il avait toujours été gentil avec elle. Même la maîtresse l'aimait bien. Elle ne pouvait tout de même pas refuser de lui ouvrir la porte.

— C'est une jolie maison, Carrie, lui avait-il dit en fourrant ses mains dans les poches de son jean.

Il tremblait et Carrie s'était demandé pourquoi.

— Tu veux me faire visiter ?

Il existe tant et tant de façons de séduire. Carrie devait l'apprendre, et avec quel dégoût, au fil des années qui avaient suivi ! En tenant l'enfant sur vos genoux, en touchant ses petits seins plats pendant que votre sexe grossit dans le pantalon. En vous glissant derrière elle et en frottant ses mamelons pendant que votre jambe s'insinue entre les siennes, par-derrière... en déboutonnant son chemisier, en faisant glisser sa jupe sur vos cuisses...

Une vraie série de clichés ! Les hommes qui abusent des enfants ne sont pas des hommes, mais des criminels juvéniles qui mettent en scène des clichés. Des clichés qui dérobent aux petits leur enfance. Carrie les avait tous connus. Et tout avait commencé ce jour-là.

Breen l'avait prise sur ses genoux. Pour lui lire des versets de la Bible en attendant le retour d'Alice, avait-il déclaré. Il avait choisi le Chant de Salomon.

Carrie ne comprenait pas bien ce qu'il disait. Il était question de baisers et de seins et de « s'ouvrir pour mon aimé ». Mais la voix de Breen tremblait tandis que, de sa main libre, il lui caressait la jambe, d'abord au niveau du genou, puis en remontant de plus en plus haut sur la cuisse. Carrie avait commencé à gigoter. Elle voulait descendre. Mais il avait plaqué sa bouche contre son oreille. Son souffle était brûlant, sa voix rauque. Et quand il avait glissé ses doigts à l'intérieur de son short, elle avait sursauté, comme si on l'avait brûlée. Mais il la tenait fermement avec son autre bras et il avait approché son visage du sien, sa bouche de la sienne.

— Sois une gentille fille, Carrie, avait-il chuchoté. Tu vois ? C'est bon.

Mais ce n'était pas bon. C'était horrible. C'était sale.

Carrie ne respirait plus. Elle n'osait pas dire non. La main de Breen s'était glissée tout entière sous son short et il avait frotté sa peau de petite fille, tout en enfonçant sa langue dans sa bouche. C'était tellement dégoûtant qu'elle avait failli vomir...

Et maintenant, elle était là, devant lui, toutes ces années après, et il faisait semblant de ne pas se rappeler.

— Enfin, vous ne vous souvenez pas ? s'écria-t-elle d'une voix aiguë qu'elle reconnut à peine. Vous ne ressentez pas le plus petit soupçon de culpabilité ?

— Je me souviens de vous, Carrie, répondit Breen, avec douceur. Bien sûr. Mais rien de ce que vous mentionnez n'est arrivé. Je vous le jure. Vous étiez une petite fille solitaire et j'ai essayé de vous aider. Vous vous rappelez comme vous veniez toujours me trouver pour que je répare vos jouets ? Vous m'avez même apporté votre poupée, une fois. Vous vous rappelez ?

— Oh, je me souviens très bien. Je me souviens surtout du prix que vous m'avez fait payer pour me la rendre.

Elle avait laissé tomber sa poupée dans la cour. Christy était toute sale et, en plus, une des élèves du catéchisme lui avait arraché le bras. Carrie s'était rendue dans la cuisine, au sous-sol, pour la laver. Elle était là, devant l'évier trop haut pour elle, dressée sur la pointe des pieds, éclaboussant sa robe du dimanche, quand Breen était arrivé. Il avait pris Christy, avait réparé le bras, et après...

— J'ai été gentil pour toi, avait-il murmuré. C'est ton tour, maintenant.

C'était la première fois depuis qu'il était venu la voir chez elle. La première fois à l'église. Après cela, il devait y en avoir tant et tant d'autres...

Carrie croisa les bras sur son ventre et un gémissement rauque s'échappa de sa gorge.

— Vous êtes un monstre, fit-elle. Je devrais vous tuer pour ce que vous m'avez fait.

Il se passa un long moment, durant lequel une expression étrange et indéchiffrable passa dans les yeux de Breen. Puis il s'assit. Lorsqu'il parla de nouveau, il y avait tant de peine dans sa voix que, une fois de plus, Carrie ne sut que penser.

— Je vous assure que je n'ai rien fait, Carrie. J'ai toujours été votre ami. Rien de plus. Seigneur, comment avez-vous pu, ainsi, tout déformer dans votre esprit ?

Elle demeura bouche bée, incrédule. Puis un nouveau flot de rage l'envahit. Une rage qui se nourrissait de toute la colère, de toutes les souffrances qu'elle avait emmagasinées pendant des années ; une rage encore exacerbée par tous les souvenirs qui venaient de remonter à la surface de sa conscience ; une rage assez puissante pour lui faire perdre le peu de contrôle qui lui restait.

Mais elle n'allait pas se détruire pour ce malade, cette créature ignoble. Il n'en valait pas la peine. Il ne valait même pas la peine qu'elle le tue. Il existait des châtiments bien plus efficaces et douloureux et elle allait veiller à ce qu'ils soient appliqués — pour chaque enfant qu'il avait molesté, chaque enfant qu'il avait violé. Non seulement elle veillerait à ce qu'ils soient appliqués, mais elle serait présente et elle applaudirait bien fort.

— Je vais vous dénoncer, Breen, dit-elle. Je sais que je ne suis pas la seule petite fille dont vous avez abusé, au cours des années. Il y en a certainement eu beaucoup d'autres. Je les trouverai toutes. Je vous ferai comparaître en justice. Et elles aussi. Vous aurez de la chance si on ne vous lynche pas avant même que vous ayez le temps de passer devant un juge.

Breen se leva et tendit la main, comme pour la toucher. Mais Carrie fit un bond en arrière. Il secoua la tête tristement.

— Carrie, on ne croira jamais la terrible histoire que vous avez concoctée. Elle n'est pas vraie, tout simplement. Et tout le monde le saura. Nous habitons une petite ville et les gens se rappelleront la famille dont vous êtes issue. Votre mère vous laissait courir à votre guise. Et votre père...

Il se tut et baissa les yeux.

— Qu'est-ce qu'il a, mon père ? Il buvait, c'est ça ? Et alors ? Les temps ont changé, Breen. Les péchés du père ne sont plus systématiquement imputés à ses enfants, comme autrefois. Et je ne suis plus, non plus, la petite fille que j'étais. J'ai grandi. Je suis une personne et un écrivain respectés. On me croira.

Breen prit une bible reliée de cuir, sur un coin de son bureau, et parut chercher les mots qu'il allait prononcer. Ce faisant, il caressait du bout des doigts le dos du volume, allant et venant. Carrie revit les mêmes doigts en train de caresser sa chair, allant et venant, avec ce même rythme lent. Elle l'entendait lui dire : « C'est bon... si bon... »

— Arrêtez ! hurla-t-elle.

Elle fit un bond vers le bureau, lui arracha la bible des mains et la posa brutalement sur la table.

— Vous êtes un porc. Un pervers de la pire espèce.

Il croisa le regard de Carrie et, tout à coup, il se leva et fit le tour du bureau.

— Il est temps que vous partiez. Je n'ai que faire de ce genre de scène, jeune demoiselle.

Carrie fit un pas vers lui.

— Jeune demoiselle, hein ? C'est ce que vous voudriez : que nous restions toutes de jeunes demoiselles bien douces et obéissantes, de pauvres créatures que vous pourriez continuer à contrôler et manipuler à votre guise. Je parie qu'il y a beaucoup d'autres femmes comme moi, dehors, qui se souviennent de vous et de ce que vous leur avez fait subir. Des femmes qui sont devenues fortes. Sachez que j'ai l'intention de les retrouver. Et quand je les aurai retrouvées, nous veillerons à ce que vous soyez jeté en prison... Vous finirez par payer pour vos crimes.

— Cet entretien est clos, répondit-il froidement.

— Oh que non !

Il décrocha le téléphone.

— Si vous ne partez pas, j'appelle la police.

— Allez-y. Nous pourrons tous nous asseoir et bavarder.

— Chut, Carrie, ne parlez pas si fort.

— En fait, continua-t-elle en haussant encore le ton, nous commencerons par leur parler de vous et de Debra.

Il fronça les sourcils et secoua la tête, comme s'il ne comprenait pas.

— Debra, répéta-t-elle. La sœur de Tess. Cette pauvre gamine qui s'est suicidée. Je suis sûre que vous voyez très bien de qui je veux parler.

Breen poussa un soupir et reposa le combiné du téléphone.

— Ce que je ne vois pas, c'est où vous voulez en venir.

— Tant pis. La police verra peut-être, elle.

— Carrie, j'ai travaillé très dur, pendant de nombreuses années, pour me bâtir une réputation sans tache dans cette ville. Je suis devenu un leader respecté de cette communauté et les gens ont confiance en moi. Si vous vous entêtez dans cette entreprise, on vous prendra pour une folle. Ce que vous semblez être, malheureusement.

Carrie leva la main pour le gifler, mais elle se ravisa au dernier moment. Elle ne pouvait pas le toucher.

— Comptez les jours, dit-elle doucement. Il ne vous en reste plus beaucoup.

Puis elle se tourna et marcha vers la porte.

— Attendez !

Elle l'entendit bouger derrière elle. Et quand il reprit la parole, il y avait comme de la résignation dans sa voix.

— Carrie, attendez.

Elle aurait dû l'ignorer, devait-elle se dire plus tard. Mais elle n'en fit rien. Elle l'entendit se rasseoir, pousser un profond soupir, et elle se tourna lentement. Il était voûté, paraissait abattu.

Alors elle attendit, en silence.

Quand il releva la tête, il était pâle.

— Carrie, dit-il avec douceur, je n'aurais jamais cru que vous vous retourneriez contre moi, comme ça. Pourquoi croyez-vous que vous êtes ici ?

— Ici ? demanda Carrie, confuse.

— Oui, pour ce festival. Comment croyez-vous que vous avez été choisie pour figurer parmi les participants ?

— Je ne crois rien. Je sais. J'ai été invitée par le comité de direction.

— En effet, mais croyez-vous que ce soit un hasard ? Je suis le président de ce comité. Croyez-vous que je les aurais autorisés à vous inviter, si j'avais su que vous entreteniez toutes ces pensées horribles à mon sujet ?

Carrie garda le silence, ne sachant que répondre.

— C'est bien simple, reprit-il. Chaque année, nous formons un groupe de sélection pour le festival. Nous cherchions pour cette fois des écrivains et des artistes locaux ou ayant vécu ici. J'ai approuvé votre invitation parce que j'avais gardé un excellent souvenir de l'enfant que vous étiez. Je vous imaginais comme une sorte d'héroïne locale, quelqu'un qui a réussi, en dépit d'énormes obstacles familiaux. Alors, vous croyez vraiment que j'aurais accepté qu'on vous invite, si tout ce que vous dites à mon sujet était vrai ?

— Vous mentez, s'exclama Carrie avec un rire qui sonnait faux. Vous saviez que je venais ? Et vous avez approuvé ?

— Evidemment. J'ai pensé que vous seriez heureuse de retourner dans la ville de votre enfance dans un pareil contexte, et que vous seriez fière de pouvoir transmettre un peu de votre sagesse et de votre expérience. C'est tout le but de cette entreprise, vous savez. Nous essayons d'aider les enfants par l'exemple. J'aime qu'ils voient et entendent les histoires de personnes qui ont eu une enfance difficile et qui, malgré cela, ont réussi. C'est votre cas, Carrie. Mais si j'avais pu imaginer que vous m'accuseriez de tels crimes...

Il avait l'air sincèrement atterré.

— Vous ne vous rappelez donc pas ce qui vous est vraiment arrivé, quand vous étiez enfant ?

— Je sais très bien ce qui m'est vraiment arrivé, comme vous dites. Vous avez abusé de moi pendant des années. Et si vous pensez que je vais avaler vos mensonges, vous vous trompez.

— Carrie, les choses ne se sont pas passées comme vous semblez le croire, insista Breen avec douceur. Je ne sais pas comment, au fil du temps, votre inconscient a pu déformer vos souvenirs. Carrie... je suis désolé de devoir vous le dire, mais vous nous avez confondus.

Carrie plissa les yeux.

— Confondus ? Qui ? De quoi parlez-vous ?

— Carrie, quand les enfants sont victimes d'abus et de sévices, il leur en reste souvent des souvenirs erronés. Ils peuvent croire qu'une certaine personne les a violentés alors que c'était une autre. Ils peuvent même croire que des scènes se sont réellement produites, alors qu'il n'en est rien.

— Je suis au courant de tout cela, répliqua la jeune femme avec colère. Mais je vous assure que ma mémoire est excellente.

Breen poussa un soupir.

— Pas si vous pensez que je vous ai violentée, Carrie. Parce que je vous assure que ce n'était pas moi. Ma chère enfant... vous m'avez confondu avec votre père.

15.

Il fallut quelques secondes à Carrie pour assimiler le sens des paroles qu'elle venait d'entendre. Puis une vague de nausée la saisit, aussitôt remplacée par une nouvelle bouffée de colère.

— Jusqu'où irez-vous donc ? fit-elle d'une voix glaciale. Comment osez-vous accuser mon père d'une telle abomination ? Mais... que je suis sotte ! Je connais la réponse à ces questions. Vous êtes prêt à tout pour m'arrêter, pour me faire douter de moi-même. Et surtout, vous êtes prêt à soutenir n'importe quoi pour sauver votre peau. Vous êtes encore plus infâme que je le pensais.

— Allons, Carrie, réfléchissez. Vous ne vous rappelez donc pas ? Concentrez-vous sur le passé.

— Je ne fais que ça depuis deux jours. Je pensais en avoir fini avec vous, mais je me demande bien si j'y arriverai jamais. Et je peux vous garantir que je me souviens parfaitement de tout. Je vous revois dans le sous-sol de cette église. Vous avez ma poupée, et vous refusez de me la rendre tant que je n'aurais pas...

Elle s'interrompit, incapable de terminer sa phrase.

— Carrie, je vous en prie. Je peux vous aider. Essayons d'y voir plus clair.

Il lui désigna le fauteuil en face de son bureau, mais elle l'ignora encore, pour aller se poser sur une chaise installée contre le mur. Breen retourna s'asseoir et croisa les mains sur sa table, avant de se pencher en avant.

— Faisons un saut dans le passé, Carrie. Essayez de vous rappeler. De qui d'autre peut-il s'agir ?

Carrie n'avait aucune envie de l'écouter. Mais une image, une vision, traversa brusquement son esprit, brouillée comme une vieille photographie. Elle se frotta les yeux d'un geste machinal pour mieux la distinguer, et s'aperçut qu'ils étaient pleins de larmes.

— Je ne veux pas, s'entendit-elle murmurer d'une toute petite voix, semblable à celle d'une enfant.

— Je sais, Carrie, dit Breen avec douceur. Mais croyez-moi, si vous arrivez à libérer tout cela, vous vous sentirez soulagée. Rappelez-vous comme vous veniez me voir, quand cela vous arrivait. Vous me disiez que j'étais la seule personne à qui vous pouviez vous confier. Je vous jure que c'était votre père, Carrie. Pas moi.

— Menteur, gémit la jeune femme, toujours avec sa voix de petite fille. Menteur.

Les larmes coulaient de ses yeux et roulaient sur ses joues.

— Rappelez-vous, poursuivit Breen. Il buvait et votre mère faisait tout son possible pour le cacher. Elle cachait d'autres choses, aussi.

Carrie bondit sur ses pieds.

— Je vous interdis de parler de ma mère. C'était une bonne mère. Elle a fait tout ce qu'elle a pu. Elle a essayé de me protéger...

Un nouveau souvenir s'insinua dans son esprit, plus clair, cette fois, et elle s'interrompit brusquement.

— Vous vous rappelez l'avion rouge ? reprit Breen. C'était une maquette. Vous êtes venue me trouver en pleurant. Vous vous rappelez ce qui s'était passé ?

Une nouvelle vague de souvenirs assaillit la jeune femme. L'avion rouge.

C'était le matin de Noël et Jimmy Gresimer, un petit garçon qui habitait dans la même rue, lui avait offert une maquette d'avion fabriquée par ses soins. Lorsqu'il avait frappé à la porte, Carrie, qui s'était levée tôt, était assise au pied de l'arbre de Noël, vêtue de son pyjama, en train de jouer silencieusement avec le petit train que sa mère lui construisait chaque année. Il faisait un froid glacial et il y avait des petits chocolats bon marché sur la table basse du salon. Carrie avait demandé une poupée « qui patine » au papa Noël et Alice avait confectionné un costume pour une ancienne poupée, à laquelle elle avait fixé des petits patins blancs de fortune — les vraies poupées patineuses, celles qu'on vendait dans les magasins, étaient beaucoup trop chères. Elle avait aussi acheté une paire de patins pour Carrie. « Comme ça, tu pourras les porter, la prochaine fois que l'étang sera gelé, à la place de ces vilains patins de hockey que j'avais trouvés en solde. »

Alice faisait toujours son possible pour que sa fille reçoive les cadeaux qu'elle avait demandés.

Carrie se revoyait au pied du sapin, dans la maison silencieuse comme une tombe. C'était toujours comme ça, les matins de Noël. Il ne fallait surtout pas faire de bruit parce que papa était sorti la veille, et qu'il avait généralement beaucoup bu. Mieux valait ne pas le réveiller, si on ne voulait pas en payer le prix.

Quand Jimmy Gresimer avait frappé à la porte, tout doucement, essayant en vain de dissimuler la maquette d'avion derrière son dos, Carrie avait éprouvé à la fois une grande joie et une sorte d'embarras. Elle convoitait l'avion rouge depuis des mois. Il était si beau, avec ses grandes ailes ! De plus, Jimmy avait couvert les délicats éléments de bois avec un joli tissu écarlate. C'était une véritable œuvre d'art et Carrie ne sut que dire, lorsqu'il la lui tendit. Pour le remercier, elle lui offrit des gâteaux. Puis, comme elle essayait de prendre du lait dans le réfrigérateur, la bouteille lui avait échappé des mains et s'était fracassée sur le sol. Le bruit avait réveillé son père, qui était sorti de sa chambre en trébuchant, le visage déformé par la colère.

— Nom de Dieu, qu'est-ce que c'est que ça ?

Alice avait fait irruption dans la cuisine, la tête pleine de bigoudis.

— Ce n'est rien, Jack, avait-elle crié, l'air effrayé. Je vais nettoyer. Retourne te coucher.

Elle avait poussé Carrie et Jimmy vers le salon et sorti le balai et la serpillière. Jack avait continué à hurler et à tempêter, mais il avait fini par retourner dans sa chambre.

L'alerte avait été sérieuse mais, grâce à l'intervention d'Alice, on avait évité le pire.

Hélas, ce soir-là, après le dîner, le père de Carrie avait pris le bel avion rouge dans le salon et, après l'avoir examiné sous toutes les coutures, il avait décidé de le faire voler. Il était soûl, bien sûr, et il titubait légèrement, tandis qu'il jetait la maquette contre les meubles ou l'envoyait vers le sol, faisant craquer les ailes délicates.

— Non, papa, je t'en prie, ne le casse pas, avait sangloté Carrie. Arrête. Papa, s'il te plaît, arrête...

Mais son père se contentait de rire en bafouillant :

— Je vais pas le casser... Regarde... Regarde...

Et ce qui devait arriver était arrivé. L'avion s'était brisé.

Carrie avait couru dans sa chambre en pleurant.

— La belle affaire ! avait grommelé son père. C'est juste un avion. Pas de quoi en faire un fromage !

Et il était sorti dans la nuit.

Dans le souvenir de Carrie, l'incident s'arrêtait là. Du moins jusqu'à ce jour. Car voilà qu'elle revoyait son père, tout à coup, qui revenait des heures plus tard et entrait dans sa chambre. Il la réveillait. Il s'excusait.

— Je suis désolé, Carrie. Je ne voulais pas casser ton avion.

Il caressait ses joues et elle, toute surprise, touchée par cette démonstration d'affection si inhabituelle, se blottissait dans ses bras. Mais soudain, les mains de son père glissaient vers ses fesses, elles remontaient vers sa poitrine de petite fille. Puis sa bouche suivait le chemin de ses doigts, tirant sur les mamelons minuscules.

— C'est bon, chérie. Ne te raidis pas comme ça. Détends-toi. Laisse-moi t'aider à te sentir mieux.

Toujours debout, les poings serrés de chaque côté de son corps, les yeux écarquillés d'horreur, Carrie sentit l'univers basculer. De gros sanglots déchirants la secouèrent.

Breen fit le tour de son bureau et vint poser une main sur son épaule, la tapotant doucement, maladroitement.

— Je suis tellement désolé, Carrie. Si j'avais su, je n'aurais jamais...

Carrie se dégagea brusquement.

— Ne me touchez pas ! Je vous déteste ! Je vous déteste de m'avoir fait venir ici ! Je vous déteste de...

Mais elle ne savait même plus pourquoi elle le détestait, pourquoi elle le maudissait. Les souvenirs qu'elle avait refoulés, toutes ces années, jaillissaient maintenant à flots dans son esprit. Son père entrant dans sa chambre, son père l'emmenant se promener sur la plage, à la nuit tombée, son père...

Carrie pivota sur ses talons et sortit en courant.

Resté seul, Breen retourna s'asseoir et demeura longtemps immobile, perdu dans ses pensées, le regard fixé sur la gravure représentant Joseph et ses frères, ceux-là mêmes qui l'avaient trahi et jeté dans un trou pour lui voler son manteau.

Il repensa aux parents de Carrie, se rappela son père, surtout, avec un profond dégoût. Il le revoyait au clavier de l'orgue, le dimanche, le dos bien droit, l'air vertueux. Il se remémora tous les dimanches où il avait dû le remplacer, Jack Holder étant trop soûl pour sortir de son lit et, bien sûr, pour jouer de l'orgue.

Peu de gens connaissaient la vérité. Alice faisait tout son possible pour couvrir l'alcoolisme de son mari.

Elle ne valait guère mieux, d'ailleurs. Elle avait trop peur de lui pour être capable de protéger sa petite fille. Pas étonnant que Carrie soit venue le trouver. Elle avait tellement besoin d'un ami.

La première fois, la malheureuse venait d'être témoin d'une scène atroce ; elle jouait devant chez elle, sous un arbre, quand le petit enfant du couple qui avait loué l'appartement du premier étage, pour les vacances, était tombé de la fenêtre et s'était écrasé sur le sol, juste devant elle. L'enfant, qui avait à peine deux ans, avait survécu à ses blessures, mais souffert de lésions graves et irréversibles. Fous de douleur, et plutôt que d'assumer leur pleine responsabilité dans cette tragédie, les parents avaient maudit toute la famille de Carrie.

Carrie avait gardé le silence durant la semaine. Mais le dimanche, au catéchisme, elle avait craqué. Chris la revoyait, son petit corps secoué par les larmes, incapable de boire le verre de jus de fruits qu'on lui avait apporté. Ce jour-là, elle lui avait posé des questions sur la malédiction ; elle voulait savoir si Dieu allait désormais veiller à les faire souffrir, ainsi que son père l'avait affirmé, ou si ce n'étaient là que des sornettes, comme le déclarait sa mère.

Chris n'avait su que dire. Il sentait les regards des autres enfants sur lui. Ils attendaient manifestement une réponse à cette question. Il avait fait de son mieux pour rassurer Carrie. Mais à ce stade de sa vie, compte tenu de ce qui lui avait été réservé jusqu'alors, il n'avait pu se résoudre à affirmer que Dieu était un Dieu d'amour, et non un Dieu de vengeance.

Il éprouvait tant et tant de compassion pour la petite Carrie. Et pour l'adulte qu'elle était devenue. Cela n'avait pas changé. Aussi, de la voir surgir brusquement, et l'accuser ainsi...

Une pendule, dans un coin, sonna l'heure, tristement.

Si les gens avaient vent de ce que Carrie racontait à son sujet, ne risquait-on pas de la croire ? Toutes les personnes qui le soutenaient, qui croyaient en lui, qui finançaient ses projets...

Elle pouvait tout gâcher.

Il fallait absolument trouver un moyen de l'arrêter.

16.

Une pluie chaude tombait à torrents. Au volant de sa voiture de location, Carrie essuyait régulièrement les larmes qui coulaient sans discontinuer. La buée sur la vitre finissait de lui brouiller la vue. Mais où diable était cette fichue baraque ?

Lors de ses précédentes visites à Holly Beach, elle avait soigneusement évité de retourner dans son ancien quartier. Aussi fut-elle choquée de constater à quel point il avait changé. Les terrains vacants et envahis de végétation sauvage qui constituaient à l'époque une grande partie du paysage avaient fait place à des enfilades de motels et de restaurants construits à la va-vite, sans doute pour tirer avantage de la vague de tourisme qui avait déferlé sur la région, dans les années quatre-vingt. Aujourd'hui, la plupart de ces structures tombaient en décrépitude.

« Il faut que je retrouve la maison, se répétait Carrie. Elle ne peut pas avoir été détruite. Si je la retrouve, je saurai. »

Elle bifurqua dans une rue, puis une autre, dérapant sur la chaussée glissante, freinant un peu trop fort, évitant de justesse un imprudent qui se promenait à bicyclette, en dépit du mauvais temps.

En même temps, elle se répétait la conversation qu'elle venait d'avoir avec Breen, pour essayer de déterminer ce qui, dans ce qu'il lui avait dit, était vrai, et ce qui ne l'était pas. Elle se disait qu'il avait menti. Elle s'efforçait même d'oublier, de refouler l'histoire de l'avion rouge. Mais c'était impossible. Maintenant, chaque fois qu'elle revoyait Breen en train de la toucher, le visage de son père venait se superposer à celui du premier. Même cet incident dans le bureau du pasteur, le jour où elle s'était cachée dans le placard au milieu des robes des choristes, le cœur battant à tout rompre dans sa poitrine... C'était son père qui était dehors, son père dont elle entendait les pas se rapprocher. Mais cette fois, le souvenir ne s'arrêtait pas là. Elle voyait la poignée de la porte tourner, le visage de son père apparaître...

Ses larmes redoublèrent. Et avec elles, de nouvelles scènes de son enfance, des scènes qu'elle avait enfouies au plus profond d'elle-même, avant de verrouiller les portes de son inconscient ; ces scènes refluaient, lui revenaient à la mémoire, l'une après l'autre, à un rythme aussi douloureux qu'étourdissant. Et dans chacune, son père se rendait coupable de nouvelles horreurs.

Il battait sa mère, encore et encore. Carrie ne l'avait pas vraiment oublié durant toutes ces années — juste refoulé. Il avait détruit la santé de sa mère, et celle de sa fille, aussi. Carrie se rappelait soudain les tics nerveux qu'elle avait développés dans tous ses muscles, quand elle avait huit ans.

— Ce sont les nerfs, avait déclaré le médecin.

Alice avait éclaté de rire.

— Les enfants de cet âge n'ont pas de nerfs.

Ces tics revenaient encore aujourd'hui, quand elle était stressée — même s'ils étaient beaucoup plus discrets qu'autrefois.

De même que les cauchemars, qui hantaient ses nuits depuis toujours.

Et la dépression qui n'était jamais loin et refaisait surface, de temps à autre, sans raison apparente.

Soudain, Carrie aperçut sa maison. Elle était là, coincée entre un motel délabré et une épicerie miteuse. Les trottoirs étaient envahis de voitures, mais elle trouva quand même un espace où se garer. Puis elle sortit de l'habitacle, sans se préoccuper de la pluie. Trébuchant sur ses sandales à talons, elle traversa la rue aux pavés usés et disjoints par les marées hautes et les tempêtes. Des mûres sauvages poussaient dans les fissures, comme autrefois, et leur odeur un peu sucrée fit surgir un nouveau flot de souvenirs.

Carrie n'aurait su dire ce qu'elle espérait trouver. Elle n'était même pas sûre de pouvoir entrer dans la maison. Elle avait conçu un plan, au volant de sa voiture ; elle comptait expliquer aux propriétaires qu'elle avait grandi là et souhaitait revoir son ancienne chambre. Après tout, c'était une explication valable. Mais elle n'eut pas besoin d'y recourir. Le petit cottage était vide et un panneau « à vendre » était planté sur le minuscule carré de terre, à l'entrée.

Le corps secoué de tremblements, Carrie gravit les trois marches menant au porche et frappa à la porte, au cas où… Personne ne répondit.

Elle hésita et marcha vers la fenêtre du living-room. De l'extérieur, on ne voyait pas grand-chose à travers les vitres couvertes de sel et de poussière. Carrie gratta le carreau pour jeter un œil à l'intérieur, s'attendant presque à croiser le regard de quelqu'un — peut-être elle-même, quand elle avait dix ans.

Mais non. La maison était vide. Il n'y avait pas de meubles et le sol était jonché de détritus — de ceux qu'on laisse derrière soi après un déménagement.

Carrie retourna vers la porte et essaya de l'ouvrir. En vain. Elle redescendit les marches du porche et fit le tour du cottage, lançant des coups d'œil nerveux autour d'elle, s'attendant à tout instant à voir apparaître un voisin ou un agent immobilier. Elle s'arrêta au pied des marches qui menaient à un appartement que ses parents avaient l'habitude de louer aux estivants. Un vieux souvenir flotta un instant à la surface de sa conscience, lui glaçant le sang ; mais il s'évapora aussitôt, avant qu'elle puisse le saisir.

Elle poursuivit son chemin, passa devant le vieux garage et s'arrêta devant la porte bancale du garde-manger qui, comme autrefois, était accrochée à un seul gond. Elle poussa le battant, qui gémit, et aussitôt, la voix de sa mère retentit à ses oreilles. « Carrie, tu ne peux pas faire un peu moins de bruit ! Si tu réveilles ton père, tu t'en mordras les doigts. »

Carrie respira profondément et entra dans la cuisine.

A sa grande surprise, le sol n'avait pas changé ; c'était toujours le même linoléum à carreaux blancs et noirs. Simplement le blanc avait jauni, avec le temps.

Elle regarda autour d'elle et sentit sa gorge se serrer. Avait-elle bien raison de s'introduire ainsi dans cette maison ? Sans vraiment savoir pourquoi, elle avait peur.

Elle poursuivit néanmoins sa visite et passa dans le living-room, surprise de le trouver si petit — comme le reste du cottage, d'ailleurs. Comment toutes ces choses avaient-elles pu se produire dans les limites de ces pièces étroites ? Tant et tant de malheur, comprimé dans un espace minuscule !

Une odeur de moisissure semblait se dégager des murs et un store jauni pendait de guingois, taché de marques de doigts.

Carrie revit Patsy, sa chienne, en train de sauter pour attraper les cordons des stores dans toute la maison, chaque fois que le vent les faisait danser. Ce souvenir en réveilla d'autres.

Elle s'appuya contre un mur, les jambes flageolantes.

C'était son anniversaire et on lui avait dit de s'asseoir dans le living-room et de fermer les yeux. Aussitôt, elle avait senti une boule de fourrure se jeter contre elle. Patsy.

Elle avait neuf ans et la chienne — bâtarde de coolie et de malamute alaskan — était devenue sa meilleure amie pendant deux ans. Elles jouaient ensemble à cache-cache dans les terrains vagues qui entouraient la maison. Carrie lui disait : « Attends-moi ici, Patsy. » Et la chienne s'asseyait. Puis Carrie allait vite se cacher, parfois à plusieurs pâtés de maisons et, quand elle avait trouvé des buissons ou un arbre derrière lequel se dissimuler, elle sifflait. Patsy la rejoignait aussitôt, même quand elle était partie loin.

Certaines nuits, elle pleurait dans le cou de l'animal et, d'autres fois, c'était Carrie qui sauvait la chienne d'une bastonnade, lorsque Patsy rapportait par exemple des poissons morts de la plage et les posait fièrement sur les lits.

Elles étaient toujours en train de se tirer d'affaire mutuellement. Ainsi, un jour que Carrie avait fait une chute en patins à roulettes et s'était ouvert le genou, Patsy avait commencé par lécher la plaie. « Va chercher maman », lui avait dit Carrie. Et Patsy était partie en courant, avant de revenir avec Alice, en voiture.

Puis, un soir qu'elle était couchée, mais ne dormait pas encore, Carrie avait entendu son père passer un coup de téléphone. Il avait bu et Alice était sortie.

— J'ai un chien que je voudrais endormir, avait-il dit. Vous pouvez vous en occuper ? Non, elle n'a rien de particulier, mais nous ne pouvons plus la garder. Ce weekend ? D'accord...

A ces mots, Carrie avait senti son sang se glacer dans ses veines. Il ne pouvait pas parler de Patsy, se répétait-elle en tremblant de tous ses membres.

Mais elle avait entendu son père prendre rendez-vous. Le doute n'était pas permis.

Carrie avait pleuré presque toute la nuit, en silence, pour ne pas être entendue. Au petit matin, elle avait serré Patsy dans ses bras et fomenté des plans, à voix basse. Elles s'enfuiraient ensemble. Elles iraient vivre dans les bois. Ou elles trouveraient une maison, quelque part dans la campagne — un endroit où on les aimerait et leur permettrait de rester. Après tout, si elle avait encore besoin de preuves que ses parents ne voulaient pas d'elle, qu'ils ne l'aimaient pas, ils étaient en train de lui en fournir une de taille. Patsy était sa seule amie. Comment pouvaient-ils la lui enlever ? Comment pouvaient-ils les séparer ?

Elle avait dû commettre un acte terrible, un acte tellement grave et impardonnable qu'ils étaient forcés de la punir. Comme le jour où Alice avait donné tous ses jouets à Judy Reinhardt, la petite voisine du bout de la rue.

Carrie avait renversé de l'eau sur la cuisinière de sa camarade, provoquant un court-circuit et, pour calmer la colère de la mère de Judy, Alice leur avait donné les plus beaux jouets de sa fille.

— Tu aurais dû faire attention, avait dit Alice, les yeux pleins de larmes, tout en fourrant dans un grand sac en papier la petite machine à coudre de Carrie, ses jeux, ses billes... et Christy ! sa poupée préférée.

Mais Carrie avait beau se creuser la cervelle, elle ne voyait pas ce qu'elle avait pu faire qui justifie qu'ils la séparent ainsi de Patsy.

Et à présent, toutes ces années plus tard, elle ne gardait que le souvenir du sentiment d'impuissance qu'elle avait éprouvé alors, et qui l'avait poursuivi si longtemps. Car, bien sûr, elle n'avait exécuté aucun des plans héroïques qu'elle avait mis au point pour sauver sa chienne. Ce vendredi-là, elle était allée chez ses grands-parents pour le week-end, comme prévu, et elle ne gardait aucun souvenir de ces deux jours.

Avait-elle éprouvé de la colère, des remords ou de la peine, sachant qu'on était en train de tuer sa chienne ? Ou bien avait-elle préféré ne pas y penser ? Encore maintenant, elle n'en savait rien.

Son père était venu la chercher le dimanche soir et, dans la voiture, il avait simplement déclaré :

— J'ai une mauvaise nouvelle à t'annoncer. Patsy s'est enfuie.

Carrie s'était recroquevillée contre la portière, la gorge pleine de larmes. Elle n'avait pas défié son père, n'avait jamais dit qu'elle était au courant de ce qui s'était passé. Simplement, à compter de ce jour, elle l'avait considéré comme un homme capable d'actes cruels et de mensonges.

Une fois à la maison, elle était allée se réfugier dans sa chambre et elle avait pleuré si longtemps et si fort que sa mère avait fini par venir la trouver :

— Il faut que tu cesses de pleurer, Carrie. Tu commences à me faire peur.

Mais elle voulait lui faire peur ! Elle voulait leur faire peur à tous, les forcer à comprendre qu'ils n'avaient pas le droit de lui infliger des souffrances pareilles.

Elle avait pourtant fini par sécher ses larmes, et le nom de Patsy n'avait plus été mentionné. Jusqu'au jour où, des années plus tard, à Philadelphie, Alice avait admis :

— Ton père était jaloux de cette chienne. Il valait mieux l'endormir. Je l'avais surpris en train de la brûler, un jour, avec sa cigarette. La pauvre bête pleurait et se débattait, mais il la tenait bien.

Un coup de tonnerre éclata dehors, et Carrie atterrit de nouveau dans le présent. Son visage était baigné de larmes et elle les essuya d'un revers de main, avant de passer dans la pièce qui avait été sa chambre.

Là, les souvenirs l'assaillirent de nouveau.

— Non, Jack, je t'en prie, Jack...

C'était sa mère, qui pleurait doucement dans la pièce voisine, la nuit, mélangeant douloureusement les mots et les gémissements.

A neuf ans, Carrie n'était ni vraiment avertie ni tout à fait innocente, dans le domaine du sexe. Elle comprenait ce qu'on lui faisait subir, savait que c'était horrible et sale et très mal, mais elle ignorait ce que font les hommes et les femmes dans un lit. Des garçons prononçaient bien certains mots, dans la cour de récréation, et plusieurs filles lui avaient vaguement expliqué ce que cela signifiait. On introduisait la chose à l'intérieur, dans ce petit point du corps si petit qu'elle ne pouvait le voir.

Elle avait essayé d'imaginer l'acte qu'on lui avait décrit. Ce devait être très douloureux. Heureusement que personne ne lui avait fait cela, encore.

Souvent, la nuit, elle avait peur, quand elle entendait sa mère sangloter :

— Non, Jack, arrête, tu me fais mal !

Mais elle ne pouvait pas aller dans leur chambre pour voir ce qui s'y passait. Son père l'aurait battue.

Des années plus tard, un week-end qu'elle était rentrée de San Francisco voir sa mère, celle-ci avait abordé le sujet. Elles prenaient leur petit déjeuner dans le minuscule appartement de Philadelphie, et Alice s'était laissée aller à ruminer le passé.

— Il rentrait, complètement soûl, et il me battait. Il me forçait à... tu sais... et c'était comme si je n'étais même pas là.

— Pourquoi ne te défendais-tu pas ? avait demandé Carrie, la gorge serrée.

Alice avait haussé les épaules et tiré sur son éternelle cigarette.

— Je pensais que je n'avais pas le choix.

Maintenant que les verrous de son inconscient avaient sauté et que tous les souvenirs refoulés jaillissaient sans retenue, Carrie se perdait dans la contemplation du plafond, ainsi qu'elle le faisait, enfant, allongée dans son petit lit.

Elle se remémora une nuit d'été, quand elle avait dix ans. Alice était sortie et papa était entré dans sa chambre. Il s'était allongé près d'elle, sur le lit, l'avait prise dans ses bras. Et elle s'était blottie contre lui, comme lorsque, toute petite, elle courait se réfugier dans le lit de ses parents, après un cauchemar. C'était si bon d'être dans les bras de son papa. Jusqu'à ce qu'il glisse sa main sous le haut de son pyjama, la touche, pince les pointes de ses seins, comme...

Comme elle revoyait Christopher Breen le faire. Seulement, cette fois encore, c'était le visage de son père qui venait se superposer à celui de Breen — c'était les mains de son père qui l'envahissaient, pas celles de Breen.

Oh, oui, elle se revoyait, maintenant, fixant le plafond, crispée, figée, faisant comme si de rien n'était, comme s'il n'était même pas là. Les lèvres de son père cherchaient les siennes, son souffle qui sentait la bière l'empêchait de respirer, et il tirait sur le pantalon de son pyjama.

— Non, gémissait-elle.

Mais il insistait.

— Allons, chérie. Enlève-le.

— Je ne veux pas, plaidait-elle.

— Mais si. Je veux juste te voir.

Elle se mettait à pleurer.

— Allons, Carrie, s'il te plaît.

Il avait les mains entre ses jambes, et il la caressait, sans paraître remarquer qu'elle était raide comme un bout de bois, sans voir qu'elle serrait ses cuisses de toutes ses forces. Mais, soudain, Carrie n'en pouvait plus. Elle le repoussait et courait s'enfermer dans la salle de bains. Là, elle se recroquevillait dans le petit espace entre la cuvette des W.C. et le mur, toute frissonnante.

Elle avait froid.

Si froid.

Elle avait peur aussi.

Et soudain, papa frappait à la porte.

— Carrie ? Allons, sors de là, chérie.

Elle ne répondait rien et, après quelques minutes de silence, il reprenait, sur un ton plus anxieux :

— Carrie ? Ta mère ne va pas tarder à rentrer. Sors de là. Je ne te ferai pas de mal.

Carrie couvrait ses oreilles avec ses mains. Mais il frappait de plus en plus fort, et elle tremblait à l'idée de ce qu'il était capable de faire. Comme le jour où il avait battu

Alice et où elle avait essayé d'appeler la police. Il avait pris son fusil et pressé le canon contre la gorge d'Alice.

— Raccroche tout de suite, ma petite fille ! Ou tu préfères que je tire ?

Les coups sur la porte redoublaient et Carrie revoyait le fusil, imaginait son père allant le chercher, défonçant le battant de bois, la forçant à sortir... et recommençant à la toucher, à lui faire toutes ces choses horribles.

Et puis, d'un seul coup, elle ne sentait plus rien.

Il était parti.

Carrie demeurait immobile, toujours recroquevillée entre la cuvette des W.C. et le mur. Le temps passait et elle ne s'en apercevait même pas. Jusqu'à ce que la voix de sa mère s'élève de l'autre côté de la porte.

— Carrie ? Tu es là ?

Elle ouvrait les yeux.

— Carrie ?

Elle regardait autour d'elle, prenait peu à peu conscience de ce qui l'entourait, de l'endroit où elle se trouvait et, lentement, se redressait. Puis elle tirait la chasse d'eau et ouvrait le robinet du lavabo, comme pour se laver le visage.

— Oui, répondait-elle.

— Ça va ?

— Oui.

Elle sortait alors de la salle de bains, sans regarder sa mère. Elle avait trop honte, trop peur qu'Alice devine. Et elle retournait se coucher dans le noir, pleurant jusqu'à ce que le sommeil la terrasse.

Le lendemain, à la table du petit déjeuner, comme elle refusait de regarder son père, il s'était moqué d'elle.

— Alors, mademoiselle est de mauvaise humeur, ce matin ? Tu t'es levée du mauvais pied ?

A croire que sa réaction était ridicule ou exagérée ! Qu'elle n'avait pas le droit de juger mal ce qu'il avait fait !

Plus tard, à l'école, elle s'était demandé si les autres savaient, s'ils pouvaient deviner. Elle se sentait l'esprit et le corps gourds.

Cet engourdissement ne devait plus la quitter pendant des années. De même que ce sentiment d'être différente. Différente. Affreuse. Et si seule...

17.

Carrie n'aurait su dire comment elle rentra au Crest Inn. Elle se revoyait courir vers sa voiture et mettre la clé de contact, le cœur broyé par une douleur insupportable. Un moment plus tard, elle était dans son lit, les couvertures tirées jusqu'au menton, tremblant de tous ses membres en dépit de la chaleur de l'après-midi. Ses pensées couraient dans dix directions à la fois.

« Est-ce possible ? se demandait-elle. Ces choses avec mon père sont-elles vraiment arrivées ? »

Sans doute. Elles paraissaient trop réelles pour être niées.

Mais, si elles s'étaient vraiment produites, comment avait-elle survécu ? N'était-ce pas trop — trop pour une petite enfant ?

« J'ai survécu en oubliant, en refoulant. »

C'était l'évidence même.

L'esprit est un organe complexe. Le sien l'avait sauvée, sans même qu'elle le sache.

Et Breen, dans tout ça ? Car enfin, quoi qu'il prétende, elle continuait de le revoir en train de lui faire subir toutes ces horreurs.

« Seigneur, aidez-moi ! Je vous en prie, aidez-moi. »

Carrie n'avait jamais été très proche de son père. Elle avait peur de lui. Pourtant, elle avait souvent essayé d'initier le genre de relations que ses camarades avaient avec leur père. Les enfants pardonnent n'importe quoi à leurs parents, lui avait dit Esther Gordon, un jour. Ils sortent du ventre de leur mère en aimant et en ayant besoin d'être aimés. Détruire cet amour pour le père ou la mère peut prendre des années. Et encore...

Ainsi, Carrie n'avait gardé que les souvenirs en relation avec Breen. Toujours lui. Personne d'autre.

Et ce dernier les taxait de faux souvenirs.

Etait-ce possible ?

Carrie avait entendu parler de femmes qui, en effet, s'étaient vues accusées d'entretenir des souvenirs mensongers — encore que, pour certaines d'entre elles, ces faux souvenirs s'étaient révélés exacts, preuves à l'appui.

Alors, que penser des faux ? D'où sortaient-ils ? Personne ne paraissait pouvoir répondre à cette question. On blâmait les hypnotiseurs et certains psychothérapeutes malhonnêtes qui se servaient de leurs patients pour pousser leurs carrières. D'autres théories consistaient à présenter ces femmes sous un jour diffamateur : « elle a tout inventé » ; « elle voulait se venger » ; « elle est malade »...

Finalement, épuisée, Carrie sombra dans un sommeil agité et rêva que Christopher Breen, et non son père, tenait le bel avion rouge au-dessus de sa tête et lui faisait faire des loopings, en avant, en arrière, avant de le lui plonger directement dans le cœur.

Carrie se tenait à un mètre du sol, dans une grande pièce. Au fond, il y avait un piano. Elle flottait vers l'instrument et s'asseyait devant le clavier, prête à jouer, le cœur débordant de joie, certaine qu'elle saurait choisir les bonnes touches. L'air qu'elle jouerait ne serait peut-être pas connu, mais ce serait le sien — une mélodie triomphante, harmonieuse, et qui saurait plaire.

Elle posait les doigts sur le clavier et enfonçait les touches, produisant des sons tonitruants qui lui donnaient un formidable sentiment de puissance et de force.

Puis, soudain, le piano devenait muet. Les touches ne répondaient plus et elle s'avisait qu'elle avait brisé la table d'harmonie. Elle avait tout gâché, comme d'habitude.

Mais voilà que les touches s'enfonçaient toutes seules, comme celles d'un piano mécanique, et des bruits affreux, discordants, s'élevaient de l'instrument devenu fou. Elle regardait autour d'elle. Il y avait une autre présence dans la pièce, une présence menaçante pour sa vie, pour son âme. Des mains invisibles la poussaient dans le dos, lui serraient ensuite la gorge, la forçaient à se tordre en tous sens, à prendre des formes douloureuses. On prononçait à son oreille des horreurs ponctuées de rires diaboliques. Elle sentait un souffle brûlant contre sa bouche, et des doigts mordaient sa chair, lui pinçaient le bout des seins, descendaient vers son ventre, écartaient ses jambes...

Et soudain, Carrie quittait la pièce en courant, terrifiée. Elle franchissait une double porte et débouchait sur une véranda. La nuit était noire, glaciale. Et cette cacophonie qui ne cessait de s'amplifier, jaillissant de toute la maison. Carrie n'avait pas de manteau, pas de chaussures. Elle était pieds nus, mais elle courait quand même, droit devant elle, de plus en plus vite, sans un regard en arrière. Son cœur battait à grands coups dans sa poitrine. Elle avait le souffle court.

Et cette horrible musique continuait de la suivre partout. Paraissait à présent jaillir de son corps, de ses oreilles. « Au secours ! Au secours ! » hurlait Carrie.

Puis elle se mettait à voler, mais comme quelqu'un qui essaie de nager dans une eau boueuse, avec des gestes brusques, nerveux, luttant, s'épuisant, sans bouger de sa place. Elle sentait ses forces l'abandonner lorsque, soudain, elle se retrouvait au-dessus de la ville. Elle savait alors que, bientôt, tout irait bien. Elle allait retrouver sa mère, la seule personne qui lui permettrait de se sentir en sécurité.

Elle entrait dans un hôpital, enfant dans un corps d'adulte, et s'approchait en pleurant d'une infirmière. « Il faut que je voie ma maman. Elle m'attend. » L'infirmière levait les yeux au ciel avec irritation, comme si elle lui reprochait de toujours déranger sa mère, qui était un médecin très occupé, comme chacun savait.

Puis sa mère débouchait du couloir et se dirigeait vers elle. Ce n'était pas Alice, avec ses cheveux roux et sa sempiternelle cigarette, mais une petite femme ronde et brune, vêtue d'une robe noire. Elle tendait les bras et Carrie courait s'y réfugier en sanglotant, s'accrochait à son cou, tandis que sa mère la serrait contre elle. « J'ai tellement peur, pleurait Carrie. Je l'ai vu, maman. Je l'ai vu ! »

Les bras de sa mère l'étreignaient plus étroitement encore. Sa mère savait. Elle comprenait. Il y avait d'autres gens qui les regardaient, la mine sceptique. Carrie savait bien qu'ils ne la croyaient pas. Mais sa mère, si. Dieu merci.

Carrie se réveilla.

Allongée dans son lit, le corps tout crispé, osant à peine respirer, elle revit chaque moment de son rêve. Sa mère, dans ce rêve, n'était pas Alice, mais Esther Gordon, la psychothérapeute. De toute évidence, son inconscient lui envoyait un message et elle se dit qu'elle devrait y réfléchir. Mais, peu à peu, elle s'avisa que les cris qu'elle avait crus jaillis de ses lèvres, dans son rêve, continuaient de résonner à ses oreilles et ne venaient pas d'elle, mais de la pièce voisine, de la maison D'Amico.

— Maman ! Maman !

Sans réfléchir, Carrie bondit hors de son lit, attrapa le peignoir posé sur une chaise et l'enfila tout en courant vers la porte. Sa main saisit la poignée, glissa une première fois, puis la saisit de nouveau pour la faire tourner. Elle jaillit sur le palier et se dirigea vers la chambre qu'Helen lui avait désignée, la veille, comme étant celle de Sally. Portée par son élan, elle aurait sans doute fait irruption dans la pièce, si elle n'était passée devant la fenêtre et n'avait vu la scène qui se déroulait à l'intérieur.

Sally était recroquevillée sur son lit, les bras enroulés autour de son corps. Nicky était là, aussi. Et l'adolescente pleurait à gros sanglots.

— Arrête ça, Nicky ! criait-elle entre deux hoquets. Laisse-moi tranquille !

Carrie demeura clouée sur place. Que faisait-il à sa sœur ? Qu'est-ce qui n'allait pas ? Et où était la mère ?

Au même instant, Helen entra dans la pièce et s'agenouilla devant le lit de sa fille, l'attirant dans ses bras. Carrie n'entendit pas ce qu'elle dit à Nicky, mais ce dernier pivota sur ses talons, l'air très en colère. Son regard croisa celui de Carrie, de l'autre côté de la fenêtre. Puis il traversa la pièce et sortit en claquant la porte.

Helen D'Amico se mit à bercer sa fille, doucement, en murmurant des paroles de consolation.

— Chut, tout va bien, ma chérie. Je suis là. Tout va bien, ma petite puce...

— Maman, je déteste Nicky ! Je le déteste !

— Chu-ut, ça va aller, ma chérie, ça va aller...

Carrie recula lentement et revint dans sa chambre. Une fois la porte refermée, elle s'y appuya, le cœur battant, l'esprit confus. Que signifiait la scène dont elle venait d'être témoin ? Que se passait-il donc dans cette maison ?

Finalement, elle retourna s'allonger et remonta ses genoux vers sa poitrine, les entourant de ses bras, dans la position du fœtus. Elle demeura ainsi des heures durant, sans bouger — jusqu'à ce qu'un coup frappé à la porte la ramène dans le présent.

— Carrie ? Carrie, est-ce que vous êtes réveillée ?

La voix d'Helen D'Amico lui parvint au travers d'un brouillard.

— Carrie, je suis désolée de vous déranger, mais il y a un coup de téléphone pour vous. Une certaine Nan Martin. Elle dit que c'est au sujet de votre grand-mère.

Carrie ouvrit ses yeux gonflés par la fatigue et les larmes, et consulta son petit réveil de voyage posé sur la table de chevet. Il était 5 heures du matin. Elle secoua la tête et courut vers la porte, en serrant contre elle les pans du peignoir qu'elle portait encore.

— Ma grand-mère ? répéta-t-elle.

— Ça a l'air important, répondit Helen. Je ne vous aurais pas réveillée, autrement. Je peux transférer l'appel sur votre appareil, si vous voulez.

— Oui, merci.

Carrie retourna s'asseoir sur son lit et, lorsqu'une petite lumière rouge se mit à clignoter sur le téléphone, elle décrocha vite le combiné.

— Nan, que se passe-t-il ?

— Carrie, je suis vraiment désolée de vous appeler à cette heure-ci, mais il s'est produit un drôle d'incident et votre grand-mère est très agitée. Elle affirme que quelqu'un a essayé d'entrer par la fenêtre de sa chambre. Nous avons inspecté toute la propriété sans rien trouver, mais...

— Une seconde, l'interrompit Carrie. Ma grand-mère vous a dit qu'elle avait vu quelqu'un ? Elle parle ?

— Ça, c'est la bonne nouvelle. Elle s'est exprimée à voix haute et intelligible. En tout cas pendant quelques minutes. Elle a crié si fort qu'elle a réveillé tout le monde. Ça va mieux, maintenant, et elle s'est rendormie, mais elle a toujours l'air agité, comme si des milliers de démons se livraient bataille dans sa tête. J'ai pensé que vous aimeriez en être avertie.

— Absolument. Je vous remercie d'avoir appelé. Je m'habille et j'arrive.

— Ce n'est peut-être pas nécessaire, mais votre présence a toujours le don de la calmer. En fait, je suis étonnée que cela arrive alors que vous êtes ici.

— C'est la première fois ?

— Oui.

— Je serai là dans quelques minutes. Juste le temps de m'habiller. Vous voulez bien rester auprès d'elle en attendant ?

— Bien sûr.

Carrie trouva Nan au chevet d'Elizabeth. La vieille dame dormait.

— Merci, chuchota-t-elle.

— Pas de problème, répondit Nan, qui se leva aussitôt en étouffant un bâillement. Je vais essayer d'aller dormir un peu, avant qu'il ne fasse tout à fait jour. Je vous verrai plus tard, d'accord ?

— Bien sûr.

Carrie s'installa dans le fauteuil que Nan venait d'abandonner. Elizabeth avait les yeux fermés et sa poitrine se soulevait doucement, régulièrement, sous la chemise de nuit de soie brodée — un autre cadeau que lui avait fait Carrie la dernière fois qu'elle était venue lui rendre visite. Les manches longues étaient remontées jusqu'aux coudes et la jeune femme sentit son cœur chavirer en voyant les bras maigres et veinés de bleu de sa grand-mère, ainsi que les taches sur ses mains. Elizabeth serait horrifiée de découvrir que ces signes de vieillesse étaient ainsi exposés aux yeux de tous. Tout doucement, Carrie tira sur les manches de la chemise de nuit, couvrant les bras tant qu'elle pouvait.

Elizabeth avait toujours été très coquette — presque vaniteuse. Carrie se rappelait l'époque où elle frottait ses fameuses taches avec du citron, essayant de les atténuer. Puis cela avait cessé, brusquement. Comme si elle renonçait à la bataille. Elizabeth avait paru se replier sur elle-même et devenir plus pensive ; elle lisait davantage, passait de longs moments à écrire son journal, le matin, avant de se lever. Les rendez-vous du dimanche après-midi avaient semblé perdre de leur attrait, à ses yeux.

Soudain, elle bougea dans son sommeil.

Carrie se pencha en avant.

— Mamie ? C'est moi, Carrie. Je suis là.

Elle prit la main de la vieille dame et la serra doucement dans la sienne.

— Carrie ?

La voix d'Elizabeth trembla, puis s'affirma, tandis qu'elle essayait de se redresser dans son lit.

— Il faut que je te dise...

Elle voulut repousser les couvertures, mais Carrie l'en empêcha.

— Mamie, je t'en prie, repose-toi. Tout va bien. Nous pourrons parler plus tard.

Non sans mal, elle réussit à la faire s'allonger de nouveau.

— Mais...

— Chut. Nous avons tout le temps...

— Mais il est venu. Il a essayé de...

— Mamie, tout va bien, dit Carrie d'une voix apaisante. Il n'y a personne. Les gardiens ont inspecté toute la propriété. Ils n'ont trouvé personne. C'était peut-être une ombre. Les arbres... tu vois comme ils se reflètent sur les vitres ?

Elizabeth secoua la tête et des larmes jaillirent de ses yeux.

— Il était ici. Tu ne sais pas...

Carrie lui caressa le visage, se demandant s'il ne valait pas mieux la laisser parler. Elle paraissait en éprouver le besoin.

— Qui était là, mamie ? demanda-t-elle. Qui as-tu vu ?

Elizabeth croisa son regard, pendant quelques secondes interminables. Mais elle ne dit rien, et Carrie se demanda si elle n'avait pas changé d'avis. Puis, Elizabeth enfouit son visage dans ses mains et se mit à pleurer.

— Je croyais que c'était fini, sanglota-t-elle. Je croyais qu'il était parti. Mais il est revenu. Il est venu pour m'emmener...

Après cela, Elizabeth sombra de nouveau dans ce monde où elle devenait inaccessible. Carrie lui caressa la main, songeant tristement qu'elle l'avait perdue encore. C'était ça, le plus dur : voir un être aimé osciller sans cesse entre conscience et absence. Et ne jamais savoir quand cela allait arriver. Serait-elle là, aujourd'hui ? Ou serait-elle partie dans son « ailleurs » ? Dans le deuxième cas, reviendrait-elle jamais ?

Et que penser, à présent, de cette histoire d'homme aperçu à sa fenêtre ? Etait-ce un cauchemar ? Une illusion ?

Un cauchemar, sans doute.

Carrie lâcha la main de sa grand-mère et s'abandonna contre le dossier de son fauteuil. Elle était tellement fatiguée, physiquement, et émotionnellement, qu'elle n'était pas sûre d'avoir la force de marcher jusqu'à sa voiture et de rentrer au Crest Inn.

— Oh, mamie, si tu savais, murmura-t-elle. Mais à quoi ça servirait ? Que pourrais-tu faire ? Me tenir la main ? Dire cette prière que tu m'as apprise, quand j'étais toute petite ? « Dors profondément et réveille-toi en pleine forme, afin de faire ce qui est bien, en t'appliquant de toutes tes forces. Dors bien... »

Carrie poussa un soupir.

— J'ai essayé de faire ce qui est bien, mamie. J'ai essayé d'avoir une vie décente. Je ne suis peut-être pas la personne la plus équilibrée du monde...

Un petit rire involontaire lui échappa à ces derniers mots.

— ... mais j'ai fait de mon mieux, en m'appliquant de toutes mes forces. J'ai abandonné le passé derrière moi. Du moins, je le croyais. Toutes ces choses, avec Breen... Si tu savais ce qu'il m'a fait. Mais non, heureusement que tu n'en sais rien. C'était trop horrible. Et maintenant, je ne sais même pas si j'avais raison de penser que c'était lui, ou si j'ai...

Elle s'interrompit, s'avisant brusquement qu'elle avait haussé le ton et parlait maintenant à haute voix. Elizabeth l'avait-elle entendue ?

Mais les yeux de sa grand-mère étaient clos, sa respiration lente et régulière. En fait, sa poitrine se soulevait à peine. Comme si...

Prise de panique, Carrie bondit sur ses pieds et se pencha sur sa grand-mère, approchant son oreille de la bouche de la vieille dame. L'espace d'un long moment, elle n'entendit rien. Elle chercha son pouls, mais ne sentit rien non plus.

Oh, non, pour l'amour du ciel, non !

Puis, enfin, elle perçut un léger battement sous ses doigts, et un soupir presque imperceptible franchit les lèvres sèches d'Elizabeth.

« Merci, mon Dieu. »

Carrie se rassit, les jambes flageolantes.

« Je ne me plaindrai plus jamais quand elle s'en va dans son monde, se dit-elle, en ravalant des larmes de soulagement. Je veux juste qu'elle reste avec moi. C'est tout ce que je demande. Je Vous le jure, Seigneur. Pour l'amour du ciel, ne me laissez pas seule. »

18.

Presque au même moment, Ron Devereaux se tenait dans le parking du luxueux hôtel Bahia. Alan Weiss, le sénateur, lui avait demandé de venir le trouver dans une suite du grand hôtel. Situé sur plusieurs hectares de jardins paysagers, à la pointe sud de l'île, c'était un des rares à rester ouverts toute l'année. La rumeur prétendait que la mafia avait investi beaucoup d'argent dans le Bahia et qu'il s'y concluait plus de contrats illégaux en une semaine qu'à Atlantic City en un an.

Mais le jeune homme se moquait bien de tout cela. Il était un peu estomaqué et, surtout, dans un état de grande nervosité. Pourquoi diable Alan Weiss voulait-il lui parler ? Et à cette heure, en plus ! Il ne l'avait jamais rencontré avant la veille. Et puis, Weiss avait insisté pour que Ron ne parle de ce rendez-vous à personne — pas même à Christopher Breen. Ron n'aimait pas beaucoup ça. Mais il n'avait pas su comment refuser.

Il passa ses mains moites sur son jean, le seul pantalon propre qu'il avait pu trouver dans son placard, et songea, tout à fait hors de propos, qu'il devait faire une lessive aujourd'hui. Puis, essayant d'avaler le nœud qui s'était logé au fond de sa gorge, il suivit le sentier menant au lobby de l'hôtel. Mais plus il avançait, plus il ralentissait le pas, et il dut faire un effort surhumain pour ne pas s'arrêter et s'asseoir sur un des bancs disséminés dans les jardins, et… se cacher. Il n'avait pas du tout envie d'aller retrouver Alan Weiss. Qu'est-ce qu'un sénateur pouvait bien lui vouloir ? Et pourquoi diable avait-il ce drôle de pressentiment, celui qui l'assaillait toujours quand quelque chose n'allait pas ?

Il respira profondément, haussa les épaules, comme pour se débarrasser de la peur qui le taraudait, et décida de céder plutôt à la curiosité. C'était la première fois de sa vie qu'il foulait le sol d'un hôtel aussi luxueux. Avec sa plage privée, ses deux piscines bordées de chaises longues et ses pelouses impeccables, le palace avait l'air de sortir tout droit d'un film de cinéma. Il imaginait dans les chambres les chandeliers en cristal, les salles de bains dotées de Jacuzzi et de robinetterie en or… Une nuit dans un endroit pareil ne devait certes pas être à la portée de la bourse d'un assistant comme lui — en admettant que Chris décide de l'embaucher, l'année prochaine. Cela dit, Ron n'avait pas l'intention de demeurer assistant toute sa vie. En fait, s'il travaillait dur et se donnait à fond, il espérait bien, un jour, parvenir au même niveau que son idole.

Ron était vraiment heureux d'être le stagiaire de Christopher Breen. Mais il avait toujours été pauvre et il était bien décidé à ne pas le rester. Il voulait gagner de l'argent, beaucoup d'argent. Il aspirait surtout à être traité avec respect et considération, comme Chris. La tâche ne serait pas aisée, car il n'avait malheureusement pas le physique engageant de son idole. Loin de là. Pour commencer, il était tout petit : moins d'un mètre soixante-dix. Oh, ce n'était pas un terrible handicap mais, ainsi que son père le lui avait fait remarquer à la fin de sa croissance, il lui faudrait, toute sa vie, compenser ce défaut physique.

— Les hommes de haute taille règnent sur ce monde, lui avait-il dit en secouant la tête d'un air triste. Regarde autour de toi, Ronnie. Les petits gars, eux, se dirigent vers le cinéma ou la télévision. Comme Dustin Hoffman ou Tom Cruise. Ils ont su utiliser leur talent et, tu vois, personne ne remarque qu'ils sont hauts comme trois pommes, pas même les femmes.

Il avait conclu ces mots par un clin d'œil, comme le jour où il lui avait parlé des préservatifs.

Ron savait que son père avait raison. Il gardait encore le souvenir cuisant de son premier rejet, à quinze ans. Il avait alors demandé à Julie Matthews, une copine du lycée, si elle voulait être sa cavalière à la fête de fin d'année. Julie occupait le pupitre juste devant le sien, à certains cours, et elle avait de longs cheveux blonds que Ron rêvait ardemment de caresser. Il était sûr qu'elle l'aimait bien, aussi. Ils échangeaient des petits mots pendant les cours — des plaisanteries, des remarques sur le professeur, etc. Un jour, après deux mois de ce petit manège, Ron avait pris son courage à deux mains et écrit, d'une main tremblante : « Je t'aime bien. » Puis, les yeux fixés sur la magnifique chevelure dorée, il avait attendu — durant une éternité — que Julie déplie le message et le lise. Elle s'était ensuite tournée légèrement et lui avait jeté un regard timide et un sourire rougissant. Il en était sûr, désormais, qu'elle aussi l'aimait bien.

Mais quand il l'avait invitée à la soirée, Julie avait éclaté de rire et rejeté ses cheveux en arrière.

— Ronnie, tu m'arrives à l'épaule. On aurait l'air ridicules !

Ron ne s'était pas rendu à la fête de fin d'année. Il avait passé la soirée allongé sur son lit, à regarder le plafond. Le lendemain, il avait appris que Julie avait accepté d'être la cavalière de Lyle Peterson, un élève qui travaillait au journal du lycée et, surtout, qui mesurait dix centimètres de plus que lui.

Quelque temps plus tard, il avait rencontré une autre élève, gentille, calme, et qui avait la bonne idée de ne pas dépasser le mètre soixante. Ils étaient sortis ensemble, plus ou moins régulièrement, jusqu'au bac. Une relation sans avenir, cependant. Pour tout dire, Tracy n'était pas un cerveau. Elle ricanait à tout bout de champ. Ron avait fini par comprendre que la petite taille d'une femme ne suffisait pas à la rendre intéressante. Et un jour, alors qu'il venait de piquer une colère particulièrement violente, tout seul dans sa chambre, il s'était assis à même le sol, devant le miroir en pied, et il avait longuement considéré son reflet.

« Soit, s'était-il dit finalement. Je ne serai jamais grand. Ni beau. Pas avec un nez pareil. Mais je peux devenir quelqu'un que les gens aiment. Et peut-être trouver un moyen de devenir riche. »

Le destin avait paru répondre à son appel, l'hiver précédent, lorsqu'il avait été retenu pour ce stage auprès de

Christopher Breen, son idole. Chris n'était pas beau au sens classique du terme. Il était plutôt du genre « mignon », encore à son âge — car il devait friser la soixantaine. Et il n'était pas très grand — pas comme un professionnel du basket, en tout cas. Mais il avait su tirer avantage de son charme, de son intelligence, et il était devenu très riche.

Ron avait enfin trouvé sa voie. Il allait suivre les traces de Christopher Breen.

— Alors, Ron, fit Alan Weiss, depuis combien de temps travaillez-vous avec Chris ?

— Le début de l'été, répondit Ron, en s'éclaircissant la gorge.

Il jeta un bref coup d'œil à la suite, et son regard se posa sur le député aux cheveux blancs qui accompagnait déjà la veille Chris et le sénateur. Les deux hommes étaient installés face à lui, de l'autre côté d'une table de conférence, et chacun avait un verre d'eau devant lui. Ron aurait volontiers vidé le sien pour apaiser un peu sa gorge sèche, mais il ne voulait pas paraître nerveux. Il se força donc à croiser le regard de chacun des deux hommes, comme s'il était censé les convaincre qu'il n'avait rien à cacher. Alors qu'ils avaient paru plutôt amicaux, la veille, ils arboraient ce matin un air froid et impénétrable. Ron avait l'impression de se trouver devant un tribunal.

— Dites, que pensez-vous de Chris, après cette période passée à ses côtés ? reprit Weiss.

Ron se dandina dans son fauteuil. Un tic fit tressauter sa paupière, et il eut l'impression que sa nervosité n'échappait à personne. Il n'avait rien de particulier à dire sur Chris ; ni en bien ni en mal. Que voulaient donc entendre ces types ?

— Hmm, vous m'autorisez à demander pourquoi cette question, sénateur ?

Weiss eut un sourire.

— C'est assez légitime, en effet. J'espère que ce petit entretien ne vous met pas mal à l'aise, Ron ?

— Non, non, pas précisément. Mais je ne comprends pas la raison de ma présence ici.

Le sénateur hocha la tête, sans cesser de sourire.

— Je sais que Chris vous a confié qu'il avait été choisi pour être le porte-parole d'un programme qui s'appelle « L'Enfant du Millénaire ». Ce programme a été mis en place par un comité spécial, en réponse au souhait du Président. Il s'agit de toucher les enfants et les adolescents en faisant appel à — je cite — « leur sens inné de la morale ».

Weiss marqua une pause, avant de poursuivre son discours. On aurait dit qu'il faisait un exposé.

— En fait, le Président pense qu'il ne suffit plus d'apprendre aux enfants à « dire non ». Les petits citoyens de ce nouveau millénaire sont des esprits indépendants, bien plus que toutes les générations qui les ont précédés sur cette terre. C'est pourquoi il faut faire appel à leur âme autant qu'à leur intelligence. Ils doivent avoir de solides principes éthiques, fondés sur l'honneur ou la morale.

Ron hocha la tête.

— Je suis au courant, sénateur. Et je crois savoir que le Président en personne compte annoncer la nomination de Chris à la télévision, dimanche, après la clôture du festival. Chris déborde d'enthousiasme.

— Sans doute.

Weiss et le député échangèrent un regard.

— Ron, le Président tient vraiment à ce projet, et le poste de porte-parole national est très important. L'homme qui se verra attribuer cette responsabilité sera sous les feux des projecteurs.

— Je n'en doute pas.

— Le député Tanner, ici présent, est un des membres du comité spécial qui a recommandé Christopher Breen pour ce poste.

Ron hocha la tête. Il ne voyait toujours pas où ces deux messieurs voulaient en venir.

— Vous comprendrez, dès lors, enchaîna Weiss, qu'avant d'envoyer notre recommandation finale, nous devons être absolument certains d'avoir choisi l'homme qu'il nous faut.

— Evidemment. Mais je croyais que la décision était déjà prise. Je ne vois pas comment vous pourriez trouver meilleur candidat que Chris.

— Si vous nous expliquiez sur quoi vous fondez cette opinion, suggéra Weiss. Quelles sont, selon vous, les qualifications spécifiques de Chris pour ce poste ? Trois mois, ce n'est pas bien long, mais cela peut suffire pour se faire une idée.

Ron se dandina de nouveau sur sa chaise.

— Eh bien, en effet, trois mois, ce n'est pas si long, mais je suis un fan de Chris depuis des années. Il est vraiment génial avec les enfants, et les parents l'adorent. Et puis, il y a toutes les vedettes du cinéma et du show-business qui se battent pour participer à son émission. Chris n'a même pas besoin d'aller les chercher. Ils viennent de leur propre chef. Et puis, il n'y a pas que l'émission. Chris passe vraiment du temps avec les gosses. Il leur parle, il les écoute. Beaucoup d'entre eux vivent ici et participent à la plupart des émissions. Chris les connaît bien et il s'efforce d'être un modèle pour eux. Une fois à la tête de ce programme, il fera participer des tas de gosses des quartiers défavorisés, des enfants des rues qui n'ont personne vers qui se tourner, personne pour leur donner un bon exemple...

Ron s'interrompit. Il avait l'impression, brusquement, qu'il récitait un panégyrique.

— Oui, nous savons tout cela, fit Weiss, avec une pointe d'irritation dans la voix. Ron, que pensez-vous de Christopher Breen en tant que personne ?

— En tant que personne ?

— Oui, en tant qu'homme. Dans sa vie privée. Comment est-il ?

Ron le considéra d'un air interdit, et un moment passa avant qu'il recouvre l'usage de la parole.

— Eh bien, je ne sais pas vraiment. Je veux dire, Chris est tellement pris par l'émission... je ne crois pas qu'il lui reste beaucoup de temps pour autre chose.

Il tourna les yeux vers le député qui venait de remuer sur sa chaise et poussait un soupir. Soulagé. Il commençait à se demander s'il n'était pas mort.

— Nous perdons notre temps, déclara-t-il d'un air las. Il ne sait rien du tout, c'est clair...

Weiss l'interrompit.

— Ce que mon ami le député veut dire c'est que vous n'avez apparemment pas passé tant de temps que ça avec Chris, cet été.

— Eh bien, non, pas tant que ça, en effet, bredouilla Ron, de plus en plus confus. Je suis généralement en train de répéter avec les enfants, ou alors de travailler dans les coulisses pendant que Chris est à l'antenne.

Il aimait de moins en moins le tour que prenait la conversation. On aurait dit que ces deux hommes, qui étaient censés être des amis de Chris, essayaient de glaner des informations sur lui — des éléments susceptibles de lui porter tort.

Ron se redressa sur sa chaise et posa les mains sur la table. Remarquant qu'elles tremblaient, il fit un effort pour s'exprimer le plus fermement possible. Malgré tout, sa voix grimpa d'une octave.

— Ecoutez, sénateur, je ne veux offenser personne, mais il est clair que je ne suis pas au courant de ce que vous cherchez à découvrir. Et je n'aime pas du tout le fait que vous m'ayez fait venir à une heure pareille pour me cuisiner sur Christopher Breen. Puis-je prendre congé, maintenant ?

Il y eut un silence et Ron sentit un filet de sueur couler des paumes de ses mains sur la table de verre.

— Je vous présente toutes mes excuses, dit Alan Weiss, finalement. Nous ne pensions pas à mal. Il s'agit juste d'une procédure de routine. J'espère que vous comprenez.

Ron se leva et frotta ses mains sur son jean pour les sécher.

— Je suppose.

Il se tourna, prêt à sortir, mais la voix de Weiss l'arrêta.

— Encore une chose, Ron.

— Oui ?

— Nous vous serions reconnaissants de ne pas rapporter cette conversation à Chris.

Il sourit.

— Nous ne voudrions pas l'inquiéter ou le mettre mal à l'aise, surtout ces jours-ci. Il a déjà bien assez à faire avec le festival.

Ron hésita. Son premier instinct lui soufflait de foncer comme un fou jusqu'au centre pour tout raconter à Chris, justement. Mais Weiss avait raison ; Chris avait d'autres chats à fouetter, en ce moment.

— Soit, répondit-il à contrecœur. Je n'en parlerai pas. Du moins pas maintenant.

— Ni maintenant ni jamais, insista Weiss. D'accord ? Il est toujours bon de se montrer discret, dans ce domaine.

Ron ne répondit rien. Ce domaine. Quel domaine ?

Avant de quitter l'hôtel, il fit un crochet par les toilettes des hommes où il se passa de l'eau froide sur le visage et considéra son reflet dans le miroir.

Que diable était-il en train de se passer ?

Après le départ de Ron, les deux politiciens demeurèrent immobiles à se regarder. Le député du Nebraska fut le premier à rompre le silence.

Il prit un cigare dans une de ses poches, l'alluma et dit :

— Vous comprenez pourquoi nous avions besoin de vous, Alan ? Ce type a ensorcelé tout le monde, y compris son assistant.

Weiss se frotta les yeux et poussa un soupir.

— Nous ne sommes encore sûrs de rien. Vous croyez que le gosse va aller rapporter notre entretien à Breen ?

— Difficile à dire, répondit Lloyd Tanner. On a pris un risque.

— Je sais, mais il aurait pu nous apprendre quelque chose. Merde ! Ce petit crétin est complètement aveuglé par son admiration.

— Et s'il parle et que toute cette histoire se révèle fausse, nous serons sur la liste noire de Breen jusqu'à la fin des temps. Et pendant ce temps, l'ami Breen sera tranquillement assis sur les genoux du Président.

— Ça dépend. Si le gosse lui répète ce que j'ai dit, que c'était juste une procédure routinière...

— Ouais. Mais Breen, lui, ne l'avalera jamais.

Ils se turent un moment, chacun perdu dans ses pensées. L'estomac de Weiss gronda.

— Vous avez faim ? demanda Tanner en écrasant son cigare. On peut commander des œufs.

Weiss secoua la tête.

— Pas pour moi, merci. Je ne peux plus rien avaler avant midi. Des problèmes de digestion, ajouta-t-il en tapotant son estomac.

— Les fâcheuses conséquences de la politique, fit Tanner avec un soupir. Attendez d'avoir mon âge.

Weiss se leva et marcha vers une des fenêtres, dont il tira les rideaux pour laisser entrer la lumière du matin.

De l'autre côté de la vitre, il voyait une vaste étendue de pelouse, la plage et le soleil qui se levait sur l'Atlantique. Les rayons de l'astre du jour ruisselaient sur les vagues, comme une rivière rose et argent, et Weiss se revit, à neuf ans, en train de chanter l'hymne national à pleins poumons. Il se rappelait sa fierté d'être américain. Il ne l'avait pas compris, à l'époque, mais c'était à cet âge que son avenir avait pris forme.

Bien sûr, c'était bien avant qu'il sache comment ça marchait. L'époque où il avait lui aussi des étoiles dans les yeux.

— On était obligés de jouer cette carte avec l'assistant, reprit-il en se tournant vers Tanner. Christopher Breen est mon ami depuis des années. Je vous l'ai recommandé parce que j'aurais juré qu'il était pur comme l'agneau du sacrifice, le type idéal pour diriger le programme du Président. Maintenant, si votre électrice a dit la vérité...

— Moi, en tout cas, j'aurais tendance à la croire, déclara le député avec fermeté. Elle est issue d'une bonne famille et, s'ils ont quitté Holly Beach, c'est à cause de Breen, justement. D'après ce qu'elle m'a dit, elle a passé des années à essayer d'oublier, de laisser tout ça derrière elle. Mais quand elle a appris la nouvelle de la nomination prochaine de Breen — un de ses bons amis fait partie de notre comité spécial — , elle a été scandalisée. Elle trouve choquant qu'il continue de travailler avec des petits enfants.

— Peut-être, peut-être. Mais, enfin, vous connaissez aussi bien que moi toutes les rumeurs qui se mettent à courir, quand un type est sur le point de décrocher un poste pareil. Surtout un homme aussi célèbre que Breen. Ce ne serait pas la première fois qu'une femme raconte des histoires de ce genre, quelles que soient ses raisons.

— J'y ai bien pensé, Alan. Mais admettons qu'elle dise la vérité. Le Christopher Show est très populaire auprès des enfants et de certains parents et, en effet, il attire les vedettes. Mais combien d'adultes regardent vraiment ces émissions pour enfants ? De manière régulière, en tout cas. Qui se préoccupe réellement de savoir ce qui passe à la télé, le matin ? Pas grand monde, si vous voulez mon avis. En revanche, le jour où Breen va assumer une charge au niveau national et que son nom sera associé à « L'Enfant du Millénaire », allez savoir si d'autres femmes ne se manifesteront pas pour exprimer leur indignation. Il suffit qu'il y en ait une qui parle, et d'autres suivront.

— Encore une fois, si c'est vrai. Nous n'avons aucune preuve.

Tanner poussa un soupir.

— Dois-je vous rappeler cette cassette ? Nous savons qu'il y a eu plus d'une victime. Qu'il pourrait y avoir eu plus d'une victime, corrigea-t-il aussitôt.

— Je dois admettre que cette cassette est perturbante.

Ils avaient passé toute la nuit à l'écouter, encore et encore, essayant de déceler des fausses notes, un détail qui permettrait de penser que Breen mentait à cette femme, Carrie Holt, quand il affirmait n'avoir jamais abusé d'elle.

— Depuis combien de temps est-il sous surveillance ? s'enquit Weiss.

— Une semaine. Depuis que l'électrice dont je vous parle est venue me trouver. Ma première réaction, bien sûr, a été de m'assurer qu'elle ne racontait pas d'histoires. Ce qui est malheureusement fréquent.

Weiss poussa un grognement.

— Quel merdier ! Franchement, je me demande si vous n'auriez pas dû aller trouver le Président. Imaginez qu'il annonce officiellement cette nomination à la télévision, dimanche, et que, plus tard, un scandale éclate...

— Dois-je vous rappeler, mon cher, qu'en dépit de nos opinions politiques divergentes, nous sommes ceux qui ont recommandé Breen au Président. C'est sur notre conseil qu'il l'a invité à se produire à la Maison Blanche. Et maintenant, Breen est le chouchou du Président. Ses enfants l'adorent, la Première dame aussi, sans compter sa mère...

Weiss eut un geste d'impatience.

— Je sais, je sais. D'une manière ou d'une autre, le Président aura nos têtes. Il veillera à ce que toute cette saleté nous retombe dessus et restera blanc comme neige. Je vais me répéter, mais vraiment, quel merdier !

— C'est précisément la raison pour laquelle je vous ai appelé.

— Un peu tard, hélas. Quatre jours avant l'annonce officielle à la télé, je ne vois pas bien ce qu'on peut faire.

Tanner croisa les mains sur son gros ventre et s'adossa à sa chaise.

— Vous pourriez parler à Breen. Vous le connaissez depuis des années et il contribue très généreusement à toutes les causes que vous défendez.

— Raison de plus. Je ne m'imagine pas allant le trouver pour lui jeter à la figure : « Dites donc, mon vieux, vous ne seriez pas un affreux satyre, avec un vilain penchant pour les petites filles, par hasard ? »

— Voyons, Alan. Depuis trente ans que nous nous connaissons, vous avez eu plus d'une fois l'occasion de me prouver vos talents de diplomate. Vous pourriez lui dire que certaines rumeurs commencent à circuler et qu'il a peut-être intérêt à se désister avant l'annonce officielle de sa nomination, dimanche. Comme ça, il ne serait pas forcé d'admettre quoi que ce soit. Il pourrait dire au Président qu'il a déjà trop de responsabilités pour pouvoir prendre en charge un poste aussi important.

Weiss secoua la tête.

— Rumeur ou pas, je doute qu'il le fasse. Il est complètement obsédé par ce programme et n'attend que le moment de commencer à travailler dessus. En outre, un désistement de dernière minute pourrait être interprété comme un aveu de culpabilité. Il n'est pas fou.

Tanner soupira de nouveau.

— Je suppose que vous avez raison. Le seul moyen de se tirer de ce pétrin est de l'innocenter, ou alors de découvrir des preuves et de l'affronter. Mais comment ?

On frappa à la porte et un agent de la sécurité entra dans la suite.

— Vincent, dit Weiss au nouveau venu. Vous avez trouvé quelque chose ?

Vincent Petrelli secoua la tête.

— Rien du tout.

— Vous avez bien cherché partout ? Son appartement au centre de conférences ? Tous les endroits possibles à l'intérieur de l'église ?

— Il n'y a strictement rien. Pas de photo, pas de pornographie enfantine. Je suis même entré dans son ordinateur. Pas de site Internet compromettant sur lequel il se rendrait régulièrement, rien dans son bookmark qui puisse indiquer un intérêt malsain pour les petites filles. Rien du tout.

— Mais, enfin, si ces allégations sont fondées...

— On devrait trouver quelque chose, renchérit Petrelli en hochant la tête. Je suis d'accord avec vous. Je n'ai pas encore réussi à mettre la main dessus, voilà tout.

— Et si on parlait à la femme ? suggéra Tanner. Celle qui est sur la cassette.

— L'écrivain ? Je ne sais pas si on peut se fier à ce qu'elle raconte. Elle m'a l'air drôlement atteinte. Je l'ai suivie pendant un moment, hier. Depuis que Breen lui a balancé que c'était son père qui l'abusait, elle semble totalement perturbée. A mon avis, il l'a fait exprès pour semer le doute dans son esprit. Et la détourner de son dessein.

— Tout de même...

— Non, Lloyd, c'est une mauvaise idée, intervint Weiss. Elle est descendue dans la maison d'hôtes que tient la famille de ce flic. Et vous m'avez dit vous-même qu'il s'intéresse déjà trop à cette affaire. Imaginez que ces deux-là se mettent à comparer leurs notes et qu'il la convainque qu'elle a raison au sujet de Breen...

— Ce sera la fin des haricots, murmura Tanner. Si cette histoire arrive aux oreilles de la presse avant que nous ayons eu le temps de nous mettre à l'abri...

— Tout ce pour quoi nous travaillons depuis tant d'années sera réduit à néant, conclut Weiss en s'asseyant lourdement. Nous n'aurons plus qu'à démissionner.

Tanner se leva.

— Eh bien, je n'ai pas l'intention de rester les bras croisés, moi !

— Ce qui signifie ?

— Cette femme, Carrie Holt...

Il baissa le ton.

— On peut la faire taire. Le flic aussi.

Weiss sentit un filet de sueur froide perler sur son front.

— Les faire taire. Qu'est-ce que vous racontez, Lloyd ?

— Vous le savez très bien.

— Je n'arrive pas à croire ce que j'entends, fit Weiss, dont le visage s'était coloré. Je ne saurais être complice d'une chose pareille.

— Alan, j'ai travaillé trop dur et trop longtemps pour arriver où je suis. Je ne permettrai pas que ma carrière soit brisée.

— Enfin, Lloyd, dit Weiss d'un ton persuasif, même si j'approuvais de tels procédés, il est beaucoup trop tard. Que faites-vous de la femme dans le Nebraska ?

— C'est une de mes électrices. Elle me fait confiance. Je peux m'arranger avec elle.

19.

Carrie gara sa voiture de location devant le Crest Inn et considéra le groupe de personnes âgées qui jouaient au croquet sur la pelouse. Elle remarqua aussi un des hommes qu'elle avait vus dans la cuisine des D'Amico, l'avant-veille — sans doute le père de Nicky. Il était en train de tondre la pelouse. En fait, chaque fois qu'elle passait, Carrie le trouvait en train de travailler dans le jardin, à arracher des mauvaises herbes ou balayer les sentiers.

Où diable puisaient-ils tous leur énergie, si tôt le matin ? se demanda-t-elle en sortant de l'habitacle.

Il n'était pas 9 heures et elle était épuisée, à bout de nerfs. Elle avait laissé sa grand-mère paisiblement endormie mais, pour sa part, voilà bien longtemps qu'elle n'avait pas connu une véritable nuit de sommeil.

Deux des femmes qui jouaient au croquet levèrent les yeux et lui firent un signe amical de la main. Carrie répondit à leur salut, mais sans s'arrêter. Elle avait besoin de se retrouver seule.

Hélas, comme elle approchait de l'escalier menant à sa chambre, elle vit Nicky sortir de la cuisine des D'Amico. Il se dirigea vers elle d'un pas déterminé.

Carrie poussa un soupir. Non seulement elle était fatiguée, irritée, mais la scène qu'elle avait surprise dans la chambre de Sally, la nuit précédente, demeurait très présente à son esprit. Elle n'avait vraiment pas envie d'avoir une conversation avec Nicky.

Elle accéléra le pas.

— Carrie, attendez.

Elle fit celle qui n'entendait pas, mais il la rattrapa et vint se planter devant elle.

— Il faut que nous parlions, déclara-t-il.

Carrie secoua la tête.

— Désolée, je n'ai pas le temps.

— J'ai appris ce qui s'était passé à la Résidence des Pins, cette nuit. Comment va votre grand-mère ?

— Ma... ?

Elle s'interrompit, fronça les sourcils.

— Comment le savez-vous ?

— Ils ont appelé le département de police. De tels incidents doivent être rapportés. Un de nos hommes va aller sur place pour faire un rapport.

— C'est un peu tard, vous ne croyez pas ? D'ailleurs, il n'y avait personne. Ma grand-mère a tout imaginé. Et maintenant, vous voulez bien me laisser passer, s'il vous plaît ? J'ai besoin de dormir.

Il ne bougea pas d'un pouce.

— Comment savez-vous qu'il n'y avait personne ?

— Elle prétend avoir vu quelqu'un à sa fenêtre, mais les gardiens de la sécurité ont inspecté la propriété sans rien trouver. Et puis, franchement, qui pourrait vouloir du mal à ma grand-mère ?

— Vous voulez vraiment une réponse ?

Carrie se figea.

— Qu'entendez-vous par là ?

— Eh bien, si on commençait par Christopher Breen ? Il faut que vous me disiez ce que vous savez à son sujet.

La jeune femme sentit un frisson glacé lui parcourir tout le corps. Que savait-il, lui ?

Prise de panique, elle fit volte-face, prête à retourner dans sa voiture. Il fallait qu'elle s'en aille, loin d'ici. Loin de tout. Mais il lui prit le bras.

— Si vous ne voulez pas me parler ici, je peux toujours...

— Lâchez-moi !

De nouveau, l'image de Sally se présenta à son esprit. « Arrête, Nicky. Laisse-moi tranquille. » Et celle de l'adolescente pleurant dans les bras de sa mère : « Je déteste Nicky. Je le déteste. »

« Arrête. Laisse-moi tranquille. » Carrie se vit en train de lutter contre son père, alors qu'il essayait de l'immobiliser, de la rattraper, de...

Elle se dégagea brusquement et, sans réfléchir, courut vers le premier abri qu'elle trouva — une porte ouverte sur une pièce vitrée. Elle voulut claquer le battant au visage de Nicky mais, ce faisant, elle heurta un chevalet sur lequel était posé un tableau couvert d'un linge. Le linge tomba, dévoilant un portrait, et Carrie porta une main à sa bouche.

— Mais c'est moi ! s'exclama-t-elle, les yeux écarquillés par la stupeur. C'est moi !

Elle avait surtout reconnu les vêtements qu'elle portait le soir où elle était rentrée de la Résidence des Pins par la plage, en pleine tempête. Autrement, elle ne se serait pas vraiment retrouvée dans ce portrait. C'était presque un visage d'enfant qu'on avait peint, avec des yeux enfoncés dans leurs orbites, un visage maigre, et des cheveux plus blancs que blonds qui se dressaient tout autour de sa tête.

Elle se rappela qu'Helen était peintre et se tourna vers Nicky.

— C'est votre mère qui a fait ça ? Pourquoi ?

A son grand désarroi, elle éclata en sanglots. Le manque de sommeil et de nourriture, Breen, cette visite dans la maison de son enfance, les souvenirs de son père, sa grand-mère... Elle n'en pouvait plus. C'était comme si la personne qu'elle avait construite avec tant de soin, au fil des années, se désintégrait petit à petit.

— Ce que ma mère a senti, et voulu peindre, c'est votre souffrance, répondit Nicky. Le mal ne vient pas de vous, mais du dehors.

Carrie considéra de nouveau le portrait. Il était terrible, effrayant et, cependant, Nicky avait raison. Le mal qui en émanait ne venait pas d'elle, mais bien de forces invisibles qui paraissaient se mouvoir tout autour d'elle.

Elle chancela.

Nicky la rattrapa juste à temps et elle se laissa guider jusqu'à un fauteuil en osier. De toute façon, elle était trop faible pour le repousser. Il prit un chiffon propre sur la table où sa mère rangeait ses tubes de couleur et ses pinceaux, et voulut essuyer les larmes sur son visage, mais elle lui arracha le linge des mains. Il poussa un soupir et s'assit sur ses talons.

— Ecoutez, Carrie, je vais aller droit au but. Je sais que vous avez eu une conversation avec Breen, hier.

Elle se raidit.

— Comment le savez-vous ? Qui vous l'a appris ?

— Peu importe. Dites-moi plutôt comment vous le connaissez.

Carrie ne répondit rien.

— Je vous ai vue quand vous êtes rentrée, hier, reprit-il. Vous aviez l'air de quelqu'un qui vient de rencontrer le diable. Alors je me demande si vous ne l'avez pas connu à l'époque où vous viviez ici, et si, peut-être, vous n'avez pas eu des problèmes avec lui ?

De nouveau, elle garda un silence obstiné.

— Je sais que vous pensez que cela ne me regarde pas, insista Nicky. Mais si je puis vous donner un conseil, Carrie, gardez vos distances avec Breen. Vous n'imaginez pas où vous mettez les pieds.

— Un nid de vipères, sans doute, marmonna-t-elle, en essuyant son visage avec le chiffon. Quoi qu'il en soit, comme vous venez de l'admettre, cela ne vous regarde pas.

Nicky se redressa et alla ramasser le portrait qui était tombé, le replaçant sur le chevalet.

— Ma mère a des sortes de visions, dit-il avec lenteur, qu'elle essaie de restituer avec son pinceau. Comme sur cette toile. Et, de toute évidence, elle vous « voit » en danger.

— Vous êtes un drôle de flic, s'exclama Carrie avec un rire nerveux. Ce sont ces « évidences »-là qui fondent vos convictions ?

— Il n'y a pas que ma mère, répliqua Nicky en se tournant vers elle. Que savez-vous exactement au sujet de Breen ?

Carrie haussa les épaules.

— Il produit une émission de télévision pour enfants et semble s'intéresser de près aux activités du centre d'Anglesea.

— Il est à la tête du comité directeur. Et c'est lui qui fait tourner la machine. Le plus beau, c'est que le Président des Etats-Unis est sur le point de le nommer porte-parole national pour un programme qui s'appellera L'« Enfant du Millénaire ». Il s'agit d'un poste de confiance qui l'amènera à travailler avec des enfants à travers tout le pays — peut-être même le monde.

— Je suis au courant.

Quelle importance, désormais ? L'homme qui avait abusé d'elle pendant des années était son père. Est-ce que cela n'absolvait pas Breen ? N'était-ce pas précisément le résultat qu'il avait cherché en l'envoyant dans cette direction ?

Elle sentit des larmes monter à ses yeux mais, cette fois, elle les ravala farouchement.

— Carrie, reprit Nicky, je vous soupçonne de savoir, tout comme moi, que Christopher Breen n'est pas l'homme qu'il faut pour ce poste.

Elle se tut.

Alors, il tira un morceau de papier de sa poche.

— On a laissé un message pour vous, pendant que vous étiez partie, déclara-t-il en le lui tendant.

Carrie déplia le carré de papier froissé. C'était Ron Devereaux qui avait appelé, comme promis.

« La mère de Tess dit que vous pouvez passer la prendre à midi, aujourd'hui. Si cette heure vous convient, soit. Sinon, faites-le-moi savoir. »

Carrie avait complètement oublié sa requête de la veille. Elle leva la tête et croisa le regard de Nicky.

— Il s'agit de Tess Stanley, n'est-ce pas ? demanda-t-il. Pourquoi vous intéressez-vous à elle ? Est-ce que vous la connaissiez avant d'arriver, il y a deux jours ?

— Je ne connais pas son nom de famille. Je l'ai rencontrée hier, au centre. Pourquoi ?

— Pourquoi. C'est précisément ma question. Pourquoi vous intéressez-vous à cette gosse ?

— Je ne m'intéresse pas à elle, comme vous dites. Il se trouve que j'ai passé hier un moment avec les enfants. Je vais sans doute écrire un article sur eux et le Christopher Show. Ron Devereaux m'a dit que Tess avait particulièrement besoin d'attention et, comme j'ai un peu de temps libre avant vendredi, j'ai proposé de l'emmener manger une glace. Il n'y a aucun mal à cela, que je sache !

— Mais vous ne savez pas tout, répliqua Nicky. Il faut que vous vous teniez à l'écart de cette enfant.

— Il le faut, vraiment ? répéta Carrie. Eh bien, c'est dommage, car je n'ai pas l'intention de faire ce qu'il faut.

Un éclair de colère brilla dans les yeux de Nicky.

— Je vais m'exprimer autrement, puisque vous n'avez pas l'air de comprendre. Si vous persistez à vouloir approcher Tess, au moins pendant les jours qui viennent, je vous boucle.

— Vous me...

Carrie eut un rire — un rire dur, qui sonnait faux.

— Vous me bouclez ! Et sous quel prétexte ?

— Entrave au bon déroulement d'une enquête, pour commencer.

— Mais quelle enquête ?

— Je ne peux pas vous répondre.

Carrie croisa les bras.

— Dans ce cas, je ne peux pas, moi, vous promettre de ne pas voir Tess.

— Mais, enfin, qu'est-ce qui se passe entre vous et cette gosse ? s'exclama Nicky.

— C'est une enfant qui a besoin d'une amie. J'ai envie de l'aider.

— Vous croyez peut-être que je n'ai pas envie de l'aider, moi ? Merde ! Ça fait des semaines que je travaille sur cette affaire. Je n'en dors plus la nuit...

— Quelle affaire ?

Carrie consulta sa montre, puis elle ajouta froidement :

— Si vous ne me le dites pas, je considère que cet entretien est terminé. J'ai juste le temps de prendre une douche et de me changer avant d'aller chercher la petite.

Nicky serra les mâchoires et la considéra un instant. Soudain, l'ombre d'un sourire passa sur ses lèvres.

— Vous êtes une dure à cuire, quand vous l'avez décidé, hein ? Ou du moins, vous jouez fort bien ce rôle. Bon, je vais vous le dire. J'espère seulement que vous aurez l'intelligence de le garder pour vous.

Il marqua une pause avant de reprendre :

— J'enquête sur Christopher Breen. Je le soupçonne d'abuser des enfants. Et même de les violer.

Carrie déglutit péniblement.

— Quel rapport avec Tess ? demanda-t-elle d'une voix blanche.

— Je pense qu'il a peut-être violé la sœur de Tess, Debra. La gosse avait quatorze ans et elle s'est suicidée. Je pense aussi que Tess pourrait être la prochaine victime de Breen. Mais comme je n'ai aucune preuve de ce que j'avance, je ne peux que me ronger les sangs en attendant qu'il fasse quelque chose, tout en espérant qu'il ne fera rien. C'est en train de me rendre complètement fou.

En un instant, les pièces du puzzle se remirent à leur place, et l'univers redevint ce qu'il était avant sa terrible altercation avec Breen, avant qu'il essaie de la persuader qu'elle avait tout inventé, que son instinct, ses souvenirs, sa vie même, tout était faux. Non, elle ne s'était pas trompée. C'était bien lui. Lui et son père, songea-t-elle, la gorge douloureuse. Jack était mort. Mais Christopher Breen était bien vivant. Et il continuait de violer des petites filles sans défense. Sans doute n'avait-il jamais cessé.

— Que vous faut-il pour l'inculper ? demanda-t-elle. Vous devez tout de même avoir quelques éléments.

— Rien que des soupçons, pour le moment. Une amie de Debra, la sœur de Tess, m'a donné son nom en déclarant qu'il se passait « quelque chose » entre eux. Or, l'autopsie a révélé que Debra était enceinte.

— Enceinte ? Vous croyez que Breen était le père ?

— J'en suis presque sûr. Malheureusement, cet imbécile de médecin légiste a détruit le fœtus. Impossible de faire un test ADN. Je ne peux que surveiller Breen. Pour l'instant, il n'a pas fait le moindre faux pas. Il a peut-être mis la pédale douce, en attendant que l'affaire du suicide de Debra se tasse un peu.

— Mais, cette amie de Debra… elle pourrait témoigner, non ?

— Un témoignage ne suffit pas. Dans ces affaires-là, il faut un flagrant délit. Ou au moins des preuves physiques qu'il vient juste d'abuser d'une petite fille.

Carrie écarquilla les yeux.

— Vous voulez dire un rapport médical ? Et vous comptez l'obtenir comment ?

— Je ne peux pas vous le dire.

Carrie garda le silence.

— Et Tess, reprit-elle finalement. Vous croyez qu'elle est en danger ? Vous laissez entendre qu'elle pourrait être la prochaine victime. Vous êtes sûr qu'il ne l'a pas encore touchée ?

— Non, je n'en suis pas absolument certain, concéda Nicky avec un soupir.

— Mais alors que faites-vous, depuis des semaines que vous enquêtez ? s'écria la jeune femme. Comment est-il possible que cet homme ne soit pas suivi ? Et elle, n'est-elle pas protégée, d'une manière ou d'une autre ?

Sa voix se brisa.

— Ce type est un monstre. Il ne faut pas qu'il touche à cette petite fille.

— Carrie, on essaie d'éviter cela, croyez-moi. Tout ce que je vous demande, c'est de rester à l'écart et de me laisser faire mon boulot.

— Votre boulot ? Votre boulot, c'est d'arrêter ce type.

— Je l'arrêterai.

— Ah oui, et comment ?

— Ecoutez, c'est moi le flic. Je sais ce que j'ai à faire. J'ai besoin de temps, c'est tout. Quant à vous, si vous vous obstinez à vous mêler de cette histoire, vous ne ferez qu'utiliser cette gosse, aussi sûrement que Breen se sert d'elle.

Carrie sentit son visage se décomposer.

— Comment osez-vous établir une comparaison pareille ? Moi, au moins, j'essaie de l'aider. Qu'avez-vous fait, vous, depuis des semaines que vous enquêtez ? Vous n'êtes même pas fichu de la protéger.

— Vous croyez que c'est facile ? s'écria Nicky en l'attrapant par les épaules.

Carrie se figea.

— Ne me touchez pas ! dit-elle d'un ton terrible. Je ne suis pas votre sœur. Vous ne pouvez pas me brutaliser comme vous la brutalisez, elle. C'est pour ça qu'elle vous a demandé de la laisser tranquille, la nuit dernière ?

Nicky avait lâché prise et pâli horriblement.

— Je suis désolé, fit-il d'une voix rauque.

— Ça ne suffit pas d'être désolé, répliqua la jeune femme avec violence. Et j'en ai assez de vos manœuvres d'intimidation. Nous sommes encore dans un pays libre. Vous ne pouvez pas m'empêcher d'aller où bon me semble. Et si vous essayez de me boucler, comme vous dites, vous ne ferez qu'abuser de votre pouvoir et utiliser la loi contre une innocente. C'est ça que vous voulez ?

Nicky la considéra un instant. L'allusion à la scène de la veille avec sa sœur l'avait visiblement déstabilisé. Mais il semblait aussi regarder Carrie comme si les réactions de cette dernière l'effrayaient.

Finalement, il poussa un soupir et secoua la tête.

— Faites comme vous voudrez. Du moins pour l'instant. Je vous conseille simplement de ne pas vous mettre en travers de mon chemin, ou je vous jure que je serai impitoyable. Nous n'en avons pas terminé, de toute façon. J'en suis certain.

Sur ces mots, il fit volte-face et quitta la pièce à grands pas.

Carrie demeura immobile, ne sachant que penser de la discussion, de Nicky, ni de ses dernières paroles.

Puis, comme ses yeux se posaient sur le portrait qu'Helen avait fait d'elle, elle frissonna de nouveau. Qu'est-ce que la mère de Nicky avait senti, ou « vu » en elle, qui lui ait inspiré un tableau pareil ? Avait-elle vraiment détecté un danger ? Les artistes sont souvent capables de prémonitions.

Elle chassa aussitôt cette pensée, songeant qu'ils avaient également beaucoup d'imagination.

Malgré tout, elle ne pouvait se débarrasser d'un étrange pressentiment, tandis qu'elle quittait l'atelier et gravissait péniblement les marches menant à sa chambre.

20.

Peu après midi, Carrie arrêta sa voiture dans une rue encombrée, à l'ouest de l'île. Quand elle ouvrit la portière, une bouffée d'air chaud et humide la frappa au visage. L'atmosphère n'était pas rafraîchie par la brise marine, et une forte odeur de poisson flottait partout dans l'air.

Carrie se rappelait cette odeur pour l'avoir souvent respirée lorsque son grand-père, Sam, l'emmenait à la pêche aux crabes avec lui. Elle le revoyait avec son vieux pantalon kaki remonté jusqu'aux genoux, et ses paniers pleins de petits crustacés qu'il tirait de l'eau et mettait de côté en prévision du dîner.

Elle se revoyait assise à côté de lui, pendant des heures, sans qu'aucun des deux ne prononce une seule parole. Le silence ne la gênait pas. Au contraire, elle en profitait pour tracer des lettres dans son esprit — des lettres qu'elle transcrirait plus tard, à la maison, sur son gros cahier à spirales.

Sam n'était pas bavard. Mais il avait toujours été gentil. Et discret comme une ombre. C'est ainsi que Carrie s'en souvenait.

— Papi, pourquoi t'as l'air si triste ? lui avait-elle demandé un jour.

— Il arrive, avait-il répondu, qu'un homme sache quand il est battu, ma petite Carrie. Il comprend que le moment est venu de renoncer et de rentrer chez lui.

A l'époque, Carrie avait cru qu'il parlait de la prise du jour. Mais avec le recul que donnent l'âge et l'expérience de la vie, elle s'avisait que Sam avait sûrement voulu évoquer autre chose, une réalité beaucoup plus profonde. Mais quoi ?

Elle considéra la maison de Tess Stanley, avec sa peinture verte qui s'écaillait et la véranda encombrée d'un vrai bric-à-brac : un vieux réfrigérateur, un canapé démoli, des piles de journaux jaunis. Suspendus à la balustrade, des bacs de géraniums rouges et roses formaient un étrange contraste avec l'aspect miteux des lieux ; on aurait dit de braves petits drapeaux au milieu d'un champ de bataille.

Carrie longea un sentier, gravit les marches de la véranda et s'arrêta devant une porte doublée d'une moustiquaire branlante, qu'elle ouvrit. Puis elle frappa timidement au battant. Une télévision hurlait, quelque part à l'intérieur et, n'obtenant aucune réponse, elle frappa une seconde fois, plus fort. Elle levait de nouveau la main, lorsque la poignée tourna. La porte s'entrouvrit et une voix d'homme déclara sur un ton irrité :

— Qu'est-ce que c'est ?

— Monsieur Stanley ? Je suis Carrie Holt. Ron Devereaux vous a appelé à mon sujet. Je viens chercher Tess pour l'emmener en promenade...

La porte s'ouvrit un peu plus et un homme apparut sur le seuil. Il était grand et avait dû être beau. Mais une grosse bedaine comprimée dans un vieux T-shirt débordait de son jean et ses yeux d'un bleu délavé étaient ourlés de cernes profonds.

— Ray, c'est qui ? demanda une voix de femme, depuis l'intérieur de la maison.

— Cette dame de l'église. Elle est venue chercher Tess.

Il ne proposa pas à Carrie d'entrer mais, comme il ouvrait encore la porte, elle aperçut une femme, debout devant une table à repasser. Une odeur d'amidon flottait dans l'air et il y avait des piles de vêtements froissés sur une table, à côté d'elle. La télévision transmettait un match de base-ball.

— Bonjour, dit Carrie à la femme. Je suis Carrie Holt. Ron Devereaux vous a parlé au téléphone. Il m'a dit que vous étiez d'accord pour que j'emmène Tess se promener, cet après-midi.

La femme hocha la tête et traversa la pièce pour baisser le volume de la télévision. Puis elle s'approcha, mais son mari ne lui laissa pas le temps de placer un mot.

— Tess est punie, aujourd'hui.

Carrie leva les yeux pour le regarder, puis elle se tourna de nouveau vers la mère, qui parut disparaître dans l'ombre de son époux.

— Mais, je croyais que...

— Pas aujourd'hui.

Il commença à refermer la porte.

— Puis-je au moins lui dire bonjour ? demanda vivement Carrie.

— Elle dort..., commença la mère de Tess.

— Vous êtes quoi, vous ? l'interrompit encore son mari. Une de ces bonnes femmes pasteurs ?

Carrie secoua la tête, et il enchaîna :

— Ouais, ben, je sais pas ce que vous lui voulez, à la gosse, mais on a eu assez d'ennuis comme ça. Je crois qu'il vaudrait mieux que vous vous mêliez de vos affaires.

Il allait cette fois lui claquer la porte au nez, songea Carrie. Elle reprit la parole, en réfléchissant à toute vitesse.

— Je suis journaliste, monsieur Stanley. J'écris un article sur le Christopher Show et je voulais évoquer Tess. Il y a peut-être de l'argent à gagner.

Stanley hésita.

— Nous ne voulons pas que Tess parle de nos histoires de famille à des étrangers, déclara-t-il enfin.

— Je comprends tout à fait, répondit Carrie. Mais je ne m'intéresse pas à la vie personnelle des enfants ; seulement au Christopher Show.

Il la considéra à travers ses yeux plissés.

— C'était quoi, cette histoire d'argent ? Vous payez les gens pour cet article ?

— Bien sûr, répondit Carrie avec aplomb.

— Combien ?

— Je ne sais pas encore exactement. Je dois en discuter avec mon rédacteur en chef. Mais notre magazine est plutôt généreux.

Elle eut un haussement d'épaules et fit mine de s'en aller.

— Je voulais juste emmener Tess sur la promenade et bavarder un peu avec elle. Mais si elle ne peut pas sortir...

— Attendez.

Carrie se retourna vers lui.

— Oui ?

— Nous ne voulons pas que vous mentionniez sa sœur. Si c'est ce qui vous intéresse...

— En aucun cas, monsieur Stanley. Je veux juste que Tess me parle du Christopher Show et de sa participation à l'émission. Je vais interviewer les autres enfants, aussi.

— Dans ce cas...

Stanley parut réfléchir.

— Et qui va recevoir l'argent ? Vous faites un chèque à mon nom ou quoi ?

— Comme vous voudrez, répondit Carrie, s'efforçant de cacher le dégoût que lui inspirait ce marchandage.

La mère de Tess, qui avait disparu pendant qu'ils parlaient, revint en tenant la petite Tess par la main.

— Je suis Mary Stanley, dit-elle. Et voici mon mari, Ray.

Elle jeta un coup d'œil nerveux du côté de ce dernier.

— Nous ne voulions pas être impolis mais, vous comprenez, depuis... enfin, ces dernières semaines...

Carrie fut stupéfaite de voir des larmes dans les yeux de Ray Stanley. Il détourna la tête.

— Tu n'as pas à lui expliquer quoi que ce soit, marmonna-t-il. Ce ne sont pas ses oignons.

La maman de Tess eut un pauvre sourire las.

— Tess peut aller avec vous, dit-elle. Je vous demande simplement de la ramener avant la nuit tombée.

Les yeux de l'enfant étaient rouges et gonflés, et Carrie se dit qu'elle paierait le prix qu'il faudrait pour la sortir un peu de ce climat sordide.

— Bonjour, Tess. Tu as envie d'aller sur la promenade avec moi ? lui demanda-t-elle.

Tess coula un regard du côté de son père, comme si elle s'attendait à le voir refuser. Mais l'homme s'essuya un œil d'un revers de la main et poussa un soupir.

— C'est bon. Vas-y.

Il ajouta, en guise d'avertissement :

— Mais n'oublie pas ce que je t'ai dit au sujet des affaires de famille, hein ?

Tess hocha la tête.

Carrie lui prit la main et la gosse s'y accrocha fermement. La peur de Tess était presque palpable et, tandis qu'elles descendaient les marches du porche, Carrie lança par-dessus son épaule :

— Ne vous inquiétez pas. Je la ramènerai avant la tombée de la nuit.

Mais ses paroles n'eurent aucun écho. La porte d'entrée de la maison s'était déjà refermée.

Carrie roula quelques minutes avant que ne se dissipe le poids qui s'était abattu sur ses épaules. Elle respira profondément, alluma l'autoradio et déclara avec une joie forcée :

— Et maintenant, on va bien s'amuser, d'accord ?

Tess lui jeta un regard qui trahissait une maturité bien trop grande pour une enfant de son âge : « D'accord, semblait-elle dire, je vais essayer, puisque c'est ce que tu veux. »

Carrie sentit sa gorge se nouer.

Elles allèrent chez un glacier installé sur la promenade qui longeait la mer. Animal Ice n'existait pas du temps où Carrie était enfant, mais Tess lui en avait parlé dans la voiture.

— Ils font des glaces en forme d'animaux et on peut mettre tout ce qu'on veut dessus, avait-elle dit.

Tess commanda un ours polaire blanc couvert de noix de coco, avec deux morceaux de réglisse à la place des yeux. A court d'inspiration, Carrie fit de même, et elle regarda, fascinée, l'enfant déguster délicatement sa glace, prenant de toutes petites cuillerées qu'elle faisait durer le plus longtemps possible. Tandis qu'elle contemplait la fillette, elle songea que c'était ainsi qu'Elizabeth la regardait autrefois, quand elle l'emmenait manger une glace.

— Je suis contente que tu aies pu venir, commença Carrie. C'est sympa de venir manger une glace, comme ça, quand il fait chaud, n'est-ce pas ?

— Oui, répondit Tess simplement. Tu habitais ici lorsque tu étais petite ? ajouta-t-elle au bout d'un moment.

— Oui, répondit Carrie.

— Tu allais à l'église, aussi ?

— Oui, comme toi, à Anglesea. A l'époque, ce n'était pas encore un centre de conférences comme aujourd'hui. Juste une église avec quelques classes pour le catéchisme.

— Tu n'étais jamais venue à Animal Ice, avant ?

— Non, c'est la première fois. Et toi, tu es déjà venue ?

Tess hocha la tête.

— Souvent ? demanda encore Carrie.

— Parfois... je viens avec quelqu'un, répondit la petite, avec un haussement d'épaules.

Le ton de sa voix, plus que ses paroles, alerta Carrie.

— Ah bon ? Avec qui ?

Tess haussa de nouveau les épaules.

— Personne en particulier.

— Je vois, fit Carrie en souriant. C'est un secret ?

Tess se dandina sur sa chaise et balança ses jambes sous la table.

— Un peu. Je ne dois pas en parler.

— Je comprends, lui dit Carrie, la gorge sèche.

Elle hésita un instant, cherchant désespérément ses mots, avant d'enchaîner :

— Remarque, je ne le répéterais jamais si tu m'en parlais. J'ai un talent spécial : c'est de garder les secrets.

— Ah bon ?

— Absolument.

— Eh bien..., parfois... Chris m'amène ici, dit la fillette.

Carrie la regarda fixement. C'était trop facile. Elle avait beau espérer tirer des informations de la petite Tess, elle n'imaginait pas une seule seconde que ce serait aussi rapide.

— Chris, répéta-t-elle finalement. Tu veux parler de Christopher Breen ?

— Oui.

— Je vois. Et tu t'amuses bien ?

L'enfant la considéra de son air terriblement triste et Carrie eut presque honte d'avoir posé une question aussi stupide.

— Je ne sais pas, répondit Tess. Il m'a amenée ici après la mort de ma sœur.

Carrie hocha la tête.

— Il venait ici avec ta sœur, aussi ?

Comme Tess ne répondait pas, elle ajouta, de la même voix faussement naturelle :

— Je veux dire, s'il est ton ami, il était peut-être aussi celui de ta sœur.

Tess se pencha en avant et chuchota sur le ton de la confidence :

— C'est ce qu'il m'a dit, qu'on serait amis comme... comme...

Des visions d'horreur passèrent devant les yeux de Carrie. Elle posa sa cuiller et s'adossa à son siège, incapable de continuer.

— Ça va ? lui demanda Tess.

— Oui, oui, répondit la jeune femme.

— On peut y aller, maintenant ?

— Evidemment.

Carrie prit sa serviette en papier pour s'essuyer les lèvres. Puis elle se leva, saisit la main de la petite fille et sourit.

— Si on allait sur les manèges ? Ça te plairait ? Je n'ai pas fait ça depuis des années.

Une autre enfant aurait sauté de joie. Tess, elle, se contenta de hocher la tête et de la suivre, comme un petit chiot obéissant. Les paroles de Nicky résonnèrent dans son esprit : « Si vous vous obstinez à vous mêler de cette histoire, vous ne ferez qu'utiliser la gosse, aussi sûrement que Breen se sert d'elle. »

Avait-il raison ? Ou, dans un cas aussi grave, la fin justifiait-elle les moyens ? Ne fallait-il pas arrêter Breen, le mettre hors d'état de nuire, l'empêcher de briser la vie de Tess, mais aussi celle de tous les autres enfants innocents qui risquaient de croiser son chemin — et ce, quoi qu'il en coûte ?

Carrie n'en était pas sûre. Elle se dit, en revanche, qu'elle pouvait au moins offrir cet après-midi à Tess. Elle ne poserait plus de questions. Elle allait juste faire en sorte que l'enfant s'amuse, rie, ait un peu de joie et d'insouciance dans sa petite vie trop triste. Elle allait s'efforcer de lui offrir quelques heures dont elle pourrait se souvenir, des heures qui l'aideraient peut-être à chasser les ombres qui planaient sur son existence.

Elles montèrent sur tous les manèges : le carrousel, les montagnes russes, la petite Noria, puis la grande, les autotamponneuses...

Et Carrie s'aperçut très vite qu'elle ne le faisait pas seulement pour Tess. D'une certaine manière, elle était en train de revivre sa propre enfance. Des souvenirs heureux lui revenaient à la mémoire, souvenirs de soirées où elle se revoyait longeant cette promenade avec sa mère ou sa grand-mère, mangeant un épi de maïs au caramel au milieu des lumières et des odeurs que dégageaient les stands de jus de fruits tropicaux ou de hot dogs grillés. Elle se rappelait les différentes attractions — les singes qui conduisaient des minivoitures de course, le labyrinthe des glaces, et aussi les petits cochons en cage qui servaient de cible à des tireurs de balles, et qui s'enfuyaient en poussant de grands cris chaque fois que l'un d'eux était touché.

Il n'y avait plus de petits cochons ni de singes, dans l'arcade. Les associations de défense des animaux avaient dû intervenir. A part ça, la promenade n'avait pas vraiment changé.

Lorsqu'elles eurent bien profité des attractions, Carrie et Tess s'installèrent sur un banc, face au parc aquatique qui avait ouvert depuis peu. C'était une énorme structure, avec des toboggans, des chutes d'eau et des tubes de toutes les couleurs qui se déversaient dans plusieurs piscines.

— Je ne sais pas ce que tu en penses, dit Carrie, mais j'ai passé un excellent moment. Merci d'avoir accepté de m'accompagner.

— Ça a dû coûter beaucoup d'argent, répondit l'enfant d'un air solennel.

— En effet. Je me rappelle l'époque où les manèges coûtaient vingt-cinq cents. Une fois qu'on avait payé, on pouvait monter dessus toute la journée si on voulait. Tu viens souvent par ici ?

Tess secoua la tête.

— Plus maintenant. Debra, ma grande sœur, m'amenait souvent.

— Oh.

Carrie regarda la petite fille, qui était en train de manger un bretzel, et avait un peu de sel et de moutarde sur la joue. Prenant un Kleenex dans son sac, elle lui essuya le visage.

— Je suis désolée pour ta sœur, Tess. Ça a dû être vraiment terrible pour toi.

La petite haussa les épaules, balança ses jambes et continua de mordiller dans son bretzel, tout en suivant du regard deux adolescentes qui dévalaient ensemble un toboggan. Elles tombèrent dans la piscine et refirent surface en riant aux éclats. Tess poussa un soupir.

— J'avais un toboggan, moi aussi.

— Ah bon ? Un grand toboggan ?

— Non. Un petit, en plastique. Avec une piscine en plastique aussi. Il s'est cassé.

— Quel dommage.

— Je l'avais eu pour mon anniversaire. Mon papa l'a cassé, l'autre jour.

— Oh ?

— Depuis que Debra est morte, il est tout le temps en colère. Il donne des coups de pied partout. Il a cassé beaucoup de choses, ce jour-là.

— Le jour où ta sœur est morte ?

Tess hocha la tête.

— Après, il n'a même pas dit qu'il était désolé.

— Je suis sûre qu'il l'était, dit Carrie avec douceur. Mais il ne devait pas savoir comment l'exprimer.

— Ça m'est égal. Il n'aurait pas dû tout casser comme ça.

— Tu as raison. Mais tu sais, parfois, quand les adultes font de la peine aux enfants, c'est parce qu'ils ont mal, eux aussi. Même si ce n'est pas une excuse, bien sûr.

Elle marqua une pause, repensant à l'histoire du petit avion rouge et, soudain, elle eut envie de la partager avec l'enfant.

— Je me rappelle, une fois, à Noël...

Tess l'écouta attentivement. Puis, à la fin du récit, elle dit, avec son petit air grave et solennel :

— Je suis désolée. Je ne pensais pas que ça pouvait arriver à quelqu'un comme toi.

Profondément touchée par la compassion de l'enfant, Carrie laissa son regard se perdre du côté de l'océan.

— Cela peut arriver à n'importe qui, murmura-t-elle finalement. Mon père est mort mais, quand il était vivant, il buvait beaucoup.

Tess hocha la tête.

— Depuis la mort de Debra, mon papa boit tout le temps, lui aussi. Pourquoi ils font ça ?

Carrie haussa les épaules. Elle n'avait jamais cherché à comprendre son père. Mais aujourd'hui, à cause de Tess, elle éprouvait le besoin de se pencher sur le passé.

— Je ne sais pas vraiment. Mon père avait beaucoup de frustration en lui. Il jouait très bien du piano et il avait même décroché une bourse du Conservatoire de Boston, quand il était jeune. Mais il n'y est pas allé. J'ignore pourquoi. Au lieu de ça, il est devenu imprimeur.

Elle regarda Tess.

— C'était peut-être lié à ce talent dont il n'a pas profité. C'est difficile de tout expliquer, quand les gens sont morts.

— Comme Debra, murmura Tess. Je ne comprends pas pourquoi... pourquoi elle a fait ça. Mais je crois que c'était à cause de... à cause de mon papa. De ce qu'il faisait. Comme de l'enfermer dans sa chambre.

Carrie déglutit péniblement.

— Il enfermait ta sœur dans sa chambre ?

— Il n'aimait pas qu'elle sorte, le soir. Mais souvent, elle sortait quand même. Alors il fermait sa porte à clé et, quelquefois, il oubliait de lui ouvrir. C'est pour ça que... ce matin-là, comme elle ne descendait pas, j'ai pensé qu'elle était enfermée. Je suis montée pour lui ouvrir et j'ai vu...

La voix tremblante de la petite fille se brisa sur les derniers mots.

— C'est toi qui as trouvé ta sœur ? demanda Carrie. Le jour où elle est morte ? C'est toi qui l'as trouvée ?

Tess acquiesça d'un signe de tête, les yeux fixés sur ses chaussures.

— Elle était dans la salle de bains. Elle s'était p-pendue au p-plafonnier...

Carrie l'attira dans ses bras et la serra contre elle.

— Ma pauvre petite Tess, s'exclama-t-elle, la gorge nouée. Je suis tellement désolée.

Mais l'enfant était aussi raide qu'une planche de bois entre ses bras, et elle la relâcha aussitôt.

— Et toi, Tess, reprit-elle, est-ce que quelqu'un te... te fait du mal, à toi ?

Tess ne répondit rien et Carrie craignit aussitôt d'être allée trop loin. Zut ! Elle ne voulait pas terminer cette journée sur une note triste ou douloureuse. Elle voulait voir Tess sourire et rire, comme quand elles étaient sur les manèges. Que faire, maintenant ?

Tess balançait toujours ses petites jambes maigres, tête baissée.

Carrie avait acheté deux paires de grosses chaussettes blanches, peu avant — une pour chacune d'elles — sous prétexte que ce serait plus pratique pour marcher sur les planches de la promenade. Elle s'était bien gardée d'évoquer les blessures aux pieds de l'enfant, ou le fait que ses sandales étaient trop petites. Autrefois, Elizabeth lui avait offert ainsi une paire de souliers. Alice s'était même fâchée.

— Vous ne me croyez pas capable d'acheter des chaussures pour ma propre enfant ? s'était-elle exclamée avec colère.

— Apparemment pas, avait répondu Elizabeth d'une voix posée. Cette enfant peut à peine marcher. Regardez l'état de ses pieds.

Pour Carrie, sa grand-mère avait toujours été une amie avant tout. Quelqu'un qui se souciait d'elle et de son bien-être quand elle en avait le plus besoin. Ne pouvait-elle jouer ce rôle pour Tess ?

— Veux-tu me parler de Chris ? reprit-elle avec douceur. Tu m'as dit qu'il était l'ami de Debra. Il est le tien, maintenant ?

Tess parut réfléchir, comme si elle choisissait les mots qu'elle allait prononcer.

— Chris dit qu'il était l'ami de Debra. Mais elle pleurait tout le temps, quand elle venait de le voir. Elle ne pensait pas que je le savais.

Elle donna un petit coup de pied dans la balustrade en fer, devant elles.

— Mon papa et ma maman disaient qu'elle avait de la chance qu'un monsieur aussi important s'intéresse à elle. Ils lui demandaient de rester discrète, parce que les gens risquaient d'être jaloux. Et puis, quand Debra est tombée… malade, ils étaient furieux. Ils ont dit que c'était une mauvaise fille, que les gens le sauraient et qu'il ne fallait en parler à personne. Mais Chris le savait déjà.

— Il le savait ?

— Oui. Je les ai entendus parler. Il a même donné de l'argent à Debra.

Tess pinça ses lèvres qui tremblaient et ses yeux s'emplirent de larmes.

Carrie poussa un soupir. Ainsi, Debra Stanley était bel et bien enceinte. Et Breen était le père. Il lui avait donné de l'argent pour qu'elle se débarrasse du bébé et, au lieu de cela, Debra s'était suicidée.

« On le tient », se dit la jeune femme. Nicky D'Amico pouvait bien aller au diable avec ses histoires de preuves et de flagrant délit. Cette fois, Breen était fait comme un rat.

Elle toucha doucement le bras de Tess.

— Tu n'as pas besoin de parler de tout ça pour l'instant, si tu n'en as pas envie.

Mais le poids des paroles que l'enfant venait de prononcer continuait de peser entre elles. Finalement, Carrie reprit :

— Tu crois que tes parents seraient furieux s'ils apprenaient que tu m'as raconté tout ça ?

— Je ne sais pas.

— Parce que je ne veux pas que tu aies des ennuis, ma petite Tess. Mais je ne veux pas non plus te demander de garder le secret. Je pense que les adultes ont tort de demander aux enfants de garder des secrets. Les enfants devraient pouvoir parler de ce qu'ils veulent, chaque fois qu'ils en ont envie.

— Tu crois ? demanda Tess, levant les yeux vers elle d'un air plein de confiance.

Carrie lui sourit.

— Je ne crois pas. J'en suis sûre. Et je suis contente que tu te sois confiée à moi. Si jamais tu en as encore envie, que tu te sens triste, ou inquiète, ou si tu as peur, tu n'as qu'à m'appeler. Je vais te donner mon numéro.

Elle tira de son sac une carte de visite au dos de laquelle elle inscrivit le numéro de téléphone du Crest Inn.

— C'est là que je suis descendue. J'aimerais beaucoup te revoir, Tess. J'aimerais que nous soyons amies, toutes les deux. Et je veux que tu m'appelles chaque fois que tu le voudras. D'accord ?

Tess prit la carte et la glissa dans une poche de son short.

— Mais tu n'habites pas ici, fit-elle. Tu vas t'en aller bientôt.

Carrie comprit le sous-entendu. Tess venait de perdre sa grande sœur. Elle allait forcément se montrer prudente, au moment de choisir des amis qui risquaient de s'en aller et de l'abandonner.

— Tu as raison, je n'habite pas ici, répondit-elle avec douceur. Mais si tu veux bien que je sois ton amie, je ne serai jamais partie très longtemps. Je serai là quand tu auras besoin de moi. Je te le promets.

C'était la première fois de sa vie qu'elle s'engageait aussi passionnément auprès d'une autre personne, et presque aussitôt, Carrie regretta ses paroles. Elle était déchirée par une multitude de sentiments confus et contradictoires. Comment pouvait-elle faire une telle promesse, quand elle ne savait même pas ce que lui réservait le lendemain ?

Par ailleurs, pouvait-elle ne pas la faire ?

Bien à contrecœur, elle reconduisit Tess chez elle. Elle n'avait pas d'autre choix, pour le moment. Mais en repartant, elle continuait de penser à la petite fille. La pauvre était victime de la négligence de ses parents, c'était certain. Mais était-ce vraiment un délit ? Où se situait la frontière entre l'une et l'autre ? A quel moment l'alcoolisme du père — sa colère, son chagrin, et sans doute les remords qu'il éprouvait au sujet du suicide de sa fille aînée — se manifestait-il sous la forme de sévices infligés à sa cadette ?

L'espace d'un instant, Carrie avait été tentée de prendre Tess dans ses bras et de s'enfuir en courant. Mais c'était impossible. Pour commencer, elle se rendrait coupable de kidnapping. Et puis, cela risquait de faire plus de mal que de bien à l'enfant. Mieux valait la laisser là où elle était, en tout cas pour le moment.

Mais alors, que faire ? Se rendre dans un bureau d'aide sociale à l'enfance ? Il devait y en avoir un, dans la région. Elle leur dirait...

Justement, que leur dirait-elle ? Que le père buvait ? Qu'il brisait des objets quand il était soûl ? Qu'il avait enfermé sa fille aînée dans sa chambre pour l'empêcher de sortir le soir ?

La voix de Nicky s'insinua dans son esprit. « Il faut des preuves pour inculper quelqu'un d'un crime. » Mais de quelles preuves disposait-elle ? Les dires d'une petite fille qu'on ne croirait peut-être pas. Et même si on la croyait, est-ce que la moitié des parents, des gens bien intentionnés qui avaient eux aussi une fille adolescente, n'avaient pas commis des actes similaires, à un moment ou un autre ?

Et surtout, que ferait le bureau d'aide sociale à l'enfance ? Ils enverraient quelqu'un chez Tess et cette personne poserait des questions aux parents et à l'enfant. Peut-être même déciderait-on d'emmener la petite, qui serait alors placée dans un foyer d'accueil en attendant les conclusions de l'enquête. Tess serait arrachée à la seule famille qu'elle connaisse.

Et elle saurait que Carrie avait trahi sa confiance.

De retour au Crest Inn, Carrie fit les cent pas dans sa chambre, déchirée entre l'envie d'agir et sa peur de mal faire. Elle ne pouvait pas détruire l'univers de Tess sans lui offrir mieux en échange.

Et en attendant, il y avait la question de Christopher Breen. Et celle de Debra Stanley, enceinte de son enfant. Morte. Suicidée. A l'âge de quatorze ans.

Carrie passa la nuit à se tourner et se retourner dans son lit. Plus les heures passaient, plus elle se sentait inutile, impuissante. Comme elle comprenait les colères des enfants, à présent — les coups de poing et les coups de pied, les crises de rage. C'était toujours la manifestation d'un insupportable sentiment d'impuissance, cette impression d'être écrasé sous une énorme botte, incapable de bouger dans la direction que l'on aurait choisie, forcé de se soumettre, de suivre la volonté d'autrui.

C'était ce genre de colère qui l'avait submergée, quand elle avait vu Christopher Breen à la télévision, à Philadelphie. Et elle avait eu envie de le frapper, de cogner, cogner, cogner…

Quand le soleil se leva, Carrie n'était parvenue qu'à une seule conclusion : elle devait se reprendre, recouvrer un semblant d'équilibre. Une petite fille était en danger. Elle ne pouvait pas rester là à regarder sans rien faire.

Elle s'extirpa de son lit, non sans difficulté, et fonça sous la douche, qu'elle fit couler très fort. Elle imaginait que l'eau qui battait son dos, ses épaules et ses seins emportait avec elle tous les péchés du passé, la laissant pure. Solide.

Puis elle coupa l'eau, sortit de la douche et se posta devant le miroir du lavabo, ses cheveux dégoulinant sur ses épaules et sur sa chemise de nuit de coton, qu'elle avait oublié d'ôter.

Peu importait, pour le moment. Elle devait d'abord effacer l'image d'horreur que lui renvoyait la glace. Elle l'essuya avec ses doigts. Mais l'apparition ne bougea pas. Alors, elle prit une serviette et se mit à frotter le miroir, de plus en plus vite, de plus en plus fort. Le spectre demeurait…

Superposée à son corps d'adulte, c'est la petite Tess qu'elle voyait, ses cheveux blonds se confondant avec les siens, son visage tordu en une expression de souffrance et de terreur. De ses yeux coulaient non pas des larmes, mais du sang, des torrents de sang qui glissaient sur ses propres seins, son ventre, ses cuisses... Le sang de la vie, de leurs deux vies, qui se mêlait, et s'en allait.

21.

Une heure plus tard, Carrie était assise sur la plage, dans une crique tranquille au sud de l'île. Le soleil, si chaud un moment plus tôt, venait d'être masqué par les nuages.

Une petite voix lui soufflait de se confier à Nicky D'Amico. Sans plus tarder. C'était la seule initiative raisonnable. Mais elle n'avait pas le courage de se lever pour aller le trouver.

Diverses pensées se bousculaient dans son esprit. Un mélange d'images et de souvenirs où se retrouvaient pêle-mêle le spectre aperçu dans le miroir, sa conversation avec Breen, son ancienne maison, des réminiscences de l'après-midi passé avec Tess et, enfin, de sa dispute avec Nicky, la veille.

« Qui suis-je ? se demandait-elle. Suis-je totalement incapable d'accepter de l'aide ? Ai-je si peur des conséquences de mes actes que je préfère ne pas agir ? Ne puis-je me rendre utile qu'à travers mon travail d'écrivain ? Ma peur m'empêche-t-elle de m'impliquer autrement ? »

Et surtout, n'était-elle pas en train de se servir de Tess pour évacuer toute sa colère, peut-être même pour exercer sa vengeance ? Elle avait passé tant d'années, dépensé tant d'énergie à essayer d'abandonner son passé derrière elle, qu'il lui semblait parfois être totalement étrangère à elle-même.

Une de ses grandes faiblesses, à ses yeux, était sa tendance à observer la vie, plutôt que d'y participer. Tout ce qu'elle en savait lui venait de la multitude de livres qu'elle avait dévorés, de tous les films qu'elle avait visionnés avec avidité, au fil des années — comme on s'échappe. Elle n'avait de la vie qu'une connaissance par procuration. D'expérience, pratiquement aucune. Elle n'avait jamais arpenté les rues de New York comme Judy Garland, dans *La Parade du printemps.* Elle ne s'était jamais rendue à Beyrouth ou en Bosnie, même si elle en avait parlé, parfois, dans ses colonnes, en s'inspirant d'informations piochées à droite ou à gauche. Jamais elle ne s'était mesurée à un gros cachalot, à son propre Moby Dick. Elle était bien trop occupée à refouler son enfance malheureuse.

Mais, au lieu de se réinventer, elle avait préféré se couler dans la vie de tous les héros, de toutes les héroïnes dont elle dévorait les aventures. Leurs existences étaient tellement plus fascinantes. Après tout, dans les films, les livres, les feuilletons à la télévision, la fin était toujours heureuse. Le garçon épouse la fille et le méchant se retrouve en prison ou à la morgue.

Elle ferma les yeux et, comme en réponse à ses questions, vit Esther Gordon, dans son appartement à San Francisco, le jour où elle était venue lui annoncer qu'elle devait interrompre ses visites.

— Je suis trop occupée, lui avait-elle expliqué. Je dois commencer un autre livre, faire une tournée de promotion pour *La Fin de l'hiver*...

Esther avait continué de verser le thé dans les tasses, tandis que Carrie récitait sa liste d'excuses soigneusement préparées. Finalement, la psychothérapeute avait hoché la tête et déclaré de sa voix douce :

— Le moment viendra peut-être où les murs que vous avez construits autour de vous se lézarderont et finiront par s'écrouler. A ce moment-là, vous verrez les choses telles qu'elles se sont passées et vous ne pourrez plus nier à quel point vous avez été blessée dans votre enfance. Je crains seulement votre réaction si vous n'êtes pas prête.

Carrie fut parcourue de frissons, en dépit du soleil qui reparaissait à travers les nuages. « Esther avait raison, se dit-elle. Je commence à regarder mon passé en face. Les souvenirs qui me sont revenus hier ne sont pas tirés d'un livre ou d'un film. Ce n'est pas de la fiction. Le fusil pointé par mon père sur le visage de ma mère, non pas une, mais plusieurs fois... J'avais tout bloqué, tout refoulé. En fait, je me suis laissé tomber moi-même ; pas seulement l'adulte que je suis devenue, mais aussi la petite fille que j'étais, dans le sous-sol de l'église, et celle qui a tant souffert dans sa propre chambre, qui se cachait dans la salle de bains pour se protéger. »

Elle regarda l'océan, devant elle. Une mouette tournait en rond au-dessus de l'eau. Soudain, l'oiseau plongea pour émerger un instant plus tard avec un petit poisson dans le bec.

Breen était comme cette mouette, songea-t-elle ; il tournait lentement autour d'enfants innocents, avant de s'abattre sur la proie qu'il s'était choisie. Mais pouvait-elle se mesurer à lui, le mettre hors d'état de nuire ? Il était très fort, puissant, admiré. Quant à elle, toute sa vie, elle s'était mise en retrait le plus possible.

Et alors ? se dit-elle brusquement. Elle avait tout de même survécu. Elle avait fait des études brillantes et réussissait dans sa carrière. Elle pouvait très bien, si elle le décidait, quitter les pages ou les écrans qui retraçaient des vies fictives, et entrer enfin dans le monde réel — même si elle en avait une peur bleue.

— Vous avez l'air pensif, dit une voix, interrompant le cours de ses réflexions.

Carrie sursauta. Helen se trouvait devant elle, vêtue d'un short et d'un T-shirt taché de peinture. Elle portait ses sandales à la main.

— Je faisais ma promenade matinale, dit-elle. Vous permettez que je m'assoie un moment avec vous ?

— Bien sûr, répondit Carrie.

— Je ne vous dérange pas du tout ?

— Non, aucunement.

Helen laissa tomber ses sandales sur le sable et s'assit à côté de Carrie.

— On dirait qu'il va faire beau, aujourd'hui. Ce sera la première belle journée de la semaine.

— Oui. L'ouragan est passé.

— Pourtant, j'ai l'impression qu'une autre tempête se prépare, enchaîna Helen.

Le ton de sa voix alerta Carrie, qui la regarda.

— Vous parlez toujours de la météo ? demanda-t-elle.

— Je n'en suis pas sûre. Mais vous pouvez peut-être m'éclairer, répondit Helen avec gentillesse.

En silence, Carrie se mit à tracer des dessins dans le sable.

— Bon, je vais commencer, reprit Helen. Je me fais du souci pour Nicky. Je crois qu'il s'intéresse un peu trop à vous.

Carrie fut stupéfaite devant tant de franchise.

— Il n'y a rien entre Nicky et moi, protesta-t-elle avec un rire nerveux. Nous avons eu quelques conversations, c'est tout. En fait, on ne s'entend pas très bien.

— C'est bien ce qui m'inquiète, dit Helen d'un air sombre.

— Je ne comprends pas.

— Eh bien, pour quelqu'un qui vous connaît à peine et qui ne s'entend pas bien avec vous, je trouve qu'il passe beaucoup de temps à se soucier de vous.

— Ecoutez, Helen... je suis désolée, mais vous vous trompez. Votre fils ne se soucie pas de moi, mais de l'enquête qu'il mène.

— Et à laquelle vous êtes mêlée.

Carrie la fixa, se demandant ce qu'elle savait.

— Oh, il ne m'a raconté que le strict minimum, enchaîna Helen. Nicky ne parle pas beaucoup de son travail. Il ne veut pas m'inquiéter.

Elle étendit ses jambes devant elle.

— Ce n'est pas facile d'avoir un fils dans la police. On a tendance à passer ses nuits éveillée, à imaginer le pire. Je suppose que c'est le lot des femmes de policier, aussi.

Elle leva les yeux vers Carrie.

— Vous vous verriez, vous, en femme de policier ?

Carrie secoua la tête.

— Pas une seconde. Il faut dire que je ne me suis jamais posé la question. Helen, je vous jure qu'il n'y a rien entre votre fils et moi. Son enquête le perturbe beaucoup et il se trouve qu'une personne que je connais y est mêlée. C'est tout.

Helen porta une main en visière sur son front et considéra la ligne d'horizon.

— Je n'ai pas vu Nicky aussi furieux depuis près d'un an. L'autre nuit, avec Sally... vous avez vu, n'est-ce pas ?

— Oui.

— Sally a traversé une période très difficile l'an dernier. Et Nicky, qui n'a jamais été quelqu'un de violent, a pratiquement tué un homme à cause de cela. Les cauchemars de Sally sont tous liés à ce qui s'est passé alors — pas tant à ce qu'elle a fait ou à ce qui lui est arrivé qu'à la peur de voir Nicky perdre de nouveau le contrôle de lui-même. Peur que quelqu'un soit gravement blessé.

Carrie considéra son interlocutrice, songeant qu'elle ne pouvait s'empêcher de bien l'aimer. Avec son visage lisse, sans aucune trace de maquillage, sa petite stature et son intelligence, Helen était manifestement une femme dotée d'une grande force intérieure. Une femme avec qui elle pouvait se permettre d'être tout à fait franche, ainsi qu'Helen l'avait été avec elle.

— Vous pensez vraiment que c'est ma présence qui met Nicky en colère ? Je trouve que ce n'est pas très flatteur pour lui. Après tout, il est assez grand pour assumer la responsabilité de ses actes.

— Bien sûr. Mais à force de se sentir responsable pour les autres, Nicky oublie régulièrement de penser à lui-même.

— Il existe un mot pour décrire cette attitude, dans le jargon psychologique.

— Je sais, répondit Helen sur un ton amusé. La « codépendance ». Mais, voyez-vous, je me demande si les psychologues n'ont pas un peu simplifié les choses. Quand j'étais enfant, se préoccuper des autres était considéré comme une marque d'amour.

— En effet, acquiesça Carrie avec un rire bref. Et c'est ce qui nous a valu tant de problèmes : la confusion entre ces relations dysfonctionnelles et l'amour.

— Je ne sais pas, murmura Helen en soupirant. Vous trouvez dysfonctionnel de chercher à protéger son frère ou sa sœur ? Moi pas. Au point où j'en suis, je pense sincèrement qu'il n'existe qu'un moteur valable, dans ce monde, une seule façon de gagner, ou, si vous préférez, de triompher, et c'est l'amour.

Elle tendit la main et prit celle de Carrie, essuyant le sable qui la couvrait. Le premier instinct de Carrie fut de se dégager, comme toujours lorsqu'on la touchait. Mais, au lieu de cela, elle croisa le regard d'Helen.

— Il faut croire que nous n'en sommes pas au même point, dans la vie, déclara-t-elle. Personnellement, j'aurais tendance à faire confiance à la colère plutôt qu'à l'amour.

Helen hocha la tête. Puis elle porta deux doigts à ses propres lèvres et traça une croix sur la main de Carrie.

— Ma chère enfant, c'est bien ce qui me fait peur. Pas seulement pour vous, mais aussi pour Nicky.

Après le départ d'Helen, Carrie passa un long moment à regarder le dessin qu'elle avait tracé dans le sable. On aurait dit un personnage — qui ressemblait un peu à celui que Tess avait dessiné dans la salle de classe, deux jours plus tôt — et au-dessus de sa tête planaient des gros nuages.

Elle les balaya d'un revers de main et il ne resta plus que le personnage — quelques traits dans le sable. A la marée montante, il serait emporté.

Elle poussa un soupir, consulta sa montre et se leva. Elle avait le temps de marcher tranquillement jusqu'à la Résidence des Pins et d'y arriver pour l'heure du déjeuner. Cette longue promenade lui permettrait de réfléchir à la meilleure attitude à adopter : raconter à Nicky D'Amico ce qu'elle avait appris de la bouche de Tess, ou tout garder pour elle ? Et si elle se confiait à lui, quoi lui dire et quoi taire ? Sa conversation avec Helen avait encore compliqué la situation. Oh, la mère de Nicky était pleine de bonnes intentions ! Mais devait-elle suivre l'instinct d'une mère, ou le sien propre ?

Carrie en était à ce point de ses réflexions lorsqu'elle aperçut la haute silhouette de Nicky, à quelques mètres devant elle. Il se tenait immobile, les pouces dans les passants de sa ceinture de jean, les jambes solides, légèrement écartées, en une pose caractéristique pour un policier. « Je parie qu'il a travaillé des années à la parfaire », songea la jeune femme en arrivant à sa hauteur.

— Je vous ai vue parler avec ma mère, dit-il. Un problème ?

Carrie leva les yeux vers lui et ne put manquer l'expression soucieuse de son regard. Elle fut tentée, un instant, de le prier de se mêler de ses affaires, songeant que le destin lui avait joué un drôle de tour en la mettant en présence d'un tel homme. Tout ce qu'elle voulait, elle, c'était qu'on la laisse tranquille.

— Ça dépend de ce que vous entendez par « problème », répondit-elle. Votre maman se fait du souci pour vous.

— Ah bon ?

— Elle pense que je suis responsable de votre... nervosité du moment.

— Ma mère réfléchit trop.

Carrie se remit à marcher et il lui emboîta le pas, les mains dans les poches.

— Comment se fait-il que vous habitiez toujours chez vos parents, dans ce cas ? demanda-t-elle. Est-ce qu'il ne serait pas temps de déménager et de la soulager un peu ?

Nicky sourit.

— Vous ne croyez pas si bien dire. Je suis en train de faire construire une maison. Et justement, je m'y rendais, ajouta-t-il en désignant une bâtisse en travaux, au bord de la plage.

Carrie se rappelait l'avoir vue, l'autre jour, alors qu'elle se rendait à la Résidence des Pins.

— C'est à vous ?

— Avec les vingt ans de crédit qui vont avec. Vous avez raison, un homme de mon âge, surtout un flic, ne devrait plus vivre avec sa famille. C'est terrible pour eux, surtout pour ma mère. Une fois que je serai chez moi, ils suivront moins mes allées et venues et ils n'y penseront plus autant.

— J'en serais moins sûre, à votre place, répondit Carrie. Vous avez une mère assez exceptionnelle.

— Oui, j'en suis bien conscient. Je crois aussi qu'en restant sur place, j'ai l'impression de me rendre utile. Il y a toujours quelque chose à faire dans la maison ou dans le jardin. Mais ces derniers temps, je ressens de plus en plus le besoin d'être chez moi.

— Je parie que votre sœur ne verra pas d'inconvénient à ce que vous partiez, dit Carrie, sans réfléchir.

Elle regretta aussitôt ses paroles, qu'elle jugea agressives, mais Nicky ne parut pas s'en offusquer.

— Cette année a été difficile pour Sal. Pour nous tous, en fait. Nous suivons une thérapie tous ensemble.

— Vraiment ? Vous voulez m'en parler ?

— Non, répondit-il d'un air farouche.

— Bon.

Ils marchèrent en silence pendant quelques minutes.

— J'ai beaucoup réfléchi, Nicky, et je voudrais que vous m'aidiez, reprit enfin la jeune femme.

— Que je vous aide ! s'exclama Nicky en la considérant d'un air stupéfait. On peut connaître la cause de ce brusque revirement ?

— J'ai parlé avec Tess, hier. Mais vous le savez très bien, puisque vous nous avez fait suivre.

— Absolument pas.

Carrie demeura sans voix.

— Vous ne nous avez pas fait suivre ?

— Non.

— J'ai dû me tromper, murmura la jeune femme. Il m'a semblé voir quelqu'un dans une voiture derrière moi, à un moment donné, mais cela n'avait sûrement aucun rapport.

— Je l'espère pour vous. En tout cas, vous ne pourrez pas vous plaindre de n'avoir pas été prévenue.

— Oh, ce que vous pouvez être irritant avec vos airs de toujours tout savoir mieux que les autres ! Peu importe. Je pensais pouvoir compter sur votre aide mais, là encore, j'ai dû me tromper...

Elle s'éloigna à grands pas. Il la rattrapa.

— Non, vous ne vous êtes pas trompée, dit-il. Ecoutez, asseyons-nous un instant. Parlez-moi.

Carrie hésita. Puis elle s'arrêta et le regarda dans les yeux.

— Est-ce que vous allez cesser de me traiter comme une écervelée à qui il faut donner des ordres sans arrêt ?

— Je ne vous considère pas du tout comme une écervelée, Carrie. Et pour ce qui est de mes manières, je ne pensais pas devoir dérouler le tapis rouge chaque fois que je vous parle. Mais si c'est ce que vous voulez...

Il se laissa tomber sur le sable et l'invita à le rejoindre d'un geste de la main.

— Mademoiselle Holt, me ferez-vous l'honneur de vous asseoir à côté de moi ?

Carrie retint un sourire et s'installa près de lui.

— Et maintenant, comment puis-je vous être utile, mademoiselle Holt ?

— Oh, la ferme ! riposta Carrie en riant, avant d'enchaîner : Bon, comme je vous le disais, j'ai passé l'après-midi avec Tess, hier. Croyez-moi, vos chances de lui soutirer la moindre information sont pratiquement nulles. Ses parents lui ont interdit d'évoquer Debra devant qui que ce soit. Et je doute fort qu'elle vous parle d'elle. Elle a trop peur.

— Mais vous avez réussi, vous. C'est déjà quelque chose.

— En effet. Mais cela ne suffit pas. Je commence à raisonner comme vous. C'est effrayant, n'est-ce pas ?

— Pour vous, peut-être. Je trouve ça plutôt bien, moi. Alors, qu'avez-vous appris ?

— Je ne peux pas tout vous révéler. Je lui ai promis.

Nicky fronça les sourcils.

— Ce n'est pas malin. Comment voulez-vous que je l'aide, si vous ne me dites pas ce que vous savez ?

— Ecoutez, D'Amico, vous avez menacé de me jeter en prison si je m'approchais d'elle et, maintenant, vous voulez que je vous répète ce que j'ai réussi, seule, à découvrir ?

Il garda le silence.

— Carrie, reprit-il finalement, vous croyez vraiment que je ne sais pas ce que je fais ? Parce que, si c'est le cas, vous avez tort. Je viens de passer une année entière à réunir toutes les informations possibles et imaginables sur tout ce qui touche aux abus sexuels. Je sais parfaitement que notre système judiciaire ne joue pas en faveur des femmes et des jeunes filles qui ont le courage de dénoncer ce qu'elles ont subi. Les lois sont archaïques. Le problème est considéré avec une telle légèreté que cela donne le frisson. Plutôt que de s'en prendre aux coupables, on préfère mettre en doute la parole des victimes et celles-ci, au lieu d'être défendues, se voient placées dans la situation où elles doivent prouver qu'elles ne mentent pas, ou pire, qu'elles ne l'ont pas cherché. A la barre, ce sont elles qui doivent se défendre. Et même quand on arrive à prouver le crime, les coupables ne reçoivent que des condamnations ridicules.

— Je sais tout cela, marmonna Carrie.

— Vous le savez peut-être intellectuellement. Rationnellement. Mais il faut vivre dans une petite ville comme la nôtre pour...

— Parlons-en, tiens. Qu'y a-t-il donc, dans cette ville, qui fait que chaque fois qu'on soulève une pierre, on découvre quelque chose de dégoûtant dessous ?

— Allons, Carrie, cette ville n'est pas si différente de milliers d'autres, en Amérique. Evidemment, l'été, tout a l'air d'aller bien. Les touristes se bousculent et tout le monde s'amuse. Mais l'hiver, c'est un des endroits les plus tristes et les plus sombres qui soient. Si vous saviez le nombre de femmes qui sont battues, le nombre de parents que j'ai soupçonnés de cogner leurs gosses, quand ce n'est pas pire. Les gens sont au chômage, ils n'ont pas d'argent et ils se mettent à boire ou à se droguer, souvent les deux. Ils deviennent violents et ils s'en prennent aux femmes et aux enfants. Et, bien sûr, nous n'avons pas les programmes sociaux qu'il faudrait pour résoudre le problème.

— Eh bien, qu'est-ce que vous attendez pour faire quelque chose ?

— Que savez-vous de ce que je fais ou ne fais pas ? répliqua Nicky en haussant le ton. Je m'occupe de tant de choses à la fois que j'ai pris du retard sur toutes les enquêtes en cours.

— Le département de police ne peut pas engager plus de personnel ?

— Alors que l'argent n'entre dans les caisses de la ville que trois mois par an ? Réfléchissez un peu, avant de parler. Et puis, au lieu de critiquer les autres, pourquoi ne faites-vous pas quelque chose, vous ? Qu'est-ce qui vous empêche de venir vous réinstaller ici et de créer un programme pour les femmes et les enfants battus ?

Carrie écarquilla les yeux.

— Moi ? Mais je n'y connais rien du tout.

— Vous pourriez apprendre.

— Qu'est-ce qui vous fait croire... ?

— Vous allez peut-être me dire que vous n'avez aucune expérience dans le domaine des abus sur les enfants ?

Carrie encaissa le coup et il y eut un silence. Finalement, elle déclara, sur un ton brusque :

— Si on en revenait à Tess ? C'est elle qui m'inquiète. Je ne peux pas dire que ses parents m'aient fait bonne impression. C'est peut-être le choc et le chagrin d'avoir perdu Debra, mais...

— Le drame est encore récent.

— Certes. Et pendant quelques secondes, hier, j'ai vu des larmes dans les yeux du père. Mais tout de même ! J'ai dû promettre de lui donner de l'argent pour qu'il permette à Tess de sortir avec moi.

— Lui donner de l'argent ? répéta Nicky, les sourcils froncés.

— Oui, bon, peu importe. Le fait est qu'ils sont incapables de protéger leur fille contre Breen. Alors je me demandais... n'existe-t-il pas un moyen d'éloigner Tess de cette maison ? Le temps, au moins, de réunir suffisamment de preuves pour l'inculper ?

— Je n'en vois qu'un, répondit Nicky, et ce serait de dénoncer les parents pour abus ou négligence. Il suffit de passer un coup de téléphone au département d'aide sociale à l'enfance. Mais vous savez ce que cela signifie. Ils enverront quelqu'un pour faire une enquête et, s'ils décident que la plainte est fondée, ils arrêteront les parents.

Carrie secoua la tête.

— Ce qui risque de faire plus de mal que de bien à la petite Tess. Ils l'enverraient dans un foyer d'accueil, n'est-ce pas ?

— Très probablement. Et s'ils arrivent à prouver que ses parents la négligent, ou pire, elle risque d'y rester pour de bon.

— C'est bien ce que je pensais. Je ne sais même pas si ses parents sont si indignes que cela, ou simplement un peu perdus. Son père, par exemple ; est-ce le chagrin d'avoir perdu sa fille qui le rend à moitié fou, ou était-il un salaud avant cette tragédie ? Tant que je n'en saurai pas davantage, il faudra que je trouve un autre moyen d'aider Tess.

— Si vous m'en disiez un peu plus sur ce qu'elle vous a raconté, on pourrait joindre nos forces et Breen se retrouverait derrière les barreaux en l'espace de quelques jours — peut-être même quelques heures.

— Et Tess serait en sécurité ?

— Oui. Je suis quasiment en mesure de le garantir.

Carrie fronça les sourcils.

— Votre quasi-garantie ne suffit pas.

— Bon, bon, je vous le garantis, répondit Nicky, avec un geste d'impatience.

La jeune femme demeura un moment silencieuse. Après tout, elle était incapable de lutter seule contre Christopher Breen. Si elle pouvait compter sur un allié, surtout quelqu'un qui était dans la police, elle multipliait les chances de voir ce monstre tomber enfin pour tous les crimes qu'il avait commis dans sa vie.

— Vous devez me promettre d'être le plus discret possible quant à la source des informations que je vais vous donner. Si Tess découvre que j'ai trahi sa confiance, ce sera terrible pour elle. Elle a besoin de quelqu'un à qui parler. C'est vraiment important. Cette pauvre petite est si seule.

— Vous avez ma promesse, l'assura Nicky.

Alors, elle lui raconta comment le père de Debra l'enfermait dans sa chambre pour l'empêcher de sortir, le soir ; elle évoqua l'amitié entre Breen et l'adolescente, et le conseil donné par ses parents de n'en parler à personne. Surtout quand Debra était tombée « malade ».

— Elle était vraiment enceinte, conclut-elle.

— De quatre mois, renchérit Nicky. Mais nous ignorions que Breen lui avait donné de l'argent. C'est une information importante.

— Le plus effrayant est qu'il semble s'intéresser à Tess, maintenant.

— C'est ce qu'elle vous a dit ?

— Il l'a emmenée manger des glaces sur la promenade, répondit Carrie, et il lui aurait affirmé vouloir être son ami comme il était celui de sa sœur.

— Merde !

— Vous voyez qu'il n'y a vraiment pas de temps à perdre.

Nicky hocha la tête.

— Je vais faire de mon mieux pour accélérer le mouvement. Mais, de votre côté, vous devez me promettre de rester à l'écart, de Tess surtout.

La jeune femme bondit sur ses pieds.

— A l'écart ? Et surtout de Tess ? Je viens de vous livrer toutes ces informations sur un plateau d'argent et c'est comme ça que vous me remerciez ?

— Vous êtes trop impliquée, Carrie. Et je ne parle pas seulement de cette petite, mais aussi de Breen. Cela me paraît dangereux.

Il marqua une pause, poussa un soupir et reprit :

— Ecoutez, je vais être très franc avec vous. J'ai l'impression que le zèle dont vous faites preuve cache quelque chose. Et tant que je n'aurai pas compris votre réelle motivation, je ne pourrai pas avoir entièrement confiance en vous, ou dans vos réactions. Vous comprenez ?

— Qu'importe ma motivation ? Ce qui compte, c'est que je veux le voir tomber.

— Mais pourquoi ? Que seriez-vous prête à faire pour atteindre votre objectif ? Jusqu'où iriez-vous ? Je suis flic, Carrie. Ce sont des questions que je suis forcé de me poser.

Il la regarda droit dans les yeux.

— Admettons, par exemple, que vous ayez été une des victimes de Breen. Comme Debra. Comme la petite Tess, bientôt, si nous n'intervenons pas rapidement. Je comprendrais votre colère. Je comprendrais même que cela puisse vous pousser jusqu'à certaines extrémités. Mais dans ce cas, je devrais aussi considérer le fait que vous êtes incapable de raisonner clairement, froidement. Et que vous risquez de tout faire capoter.

— Vous êtes en train de me traiter de folle, c'est ça ? D'hystérique ? s'écria Carrie, les poings serrés.

— Pas du tout. J'essaie simplement de garder la tête froide. Encore une fois, je n'ai aucun mérite. C'est mon boulot.

Il marqua une pause et, comme elle ne répondait rien, il enchaîna, sur un ton persuasif, insistant :

— Je ne veux en aucune façon vous repousser, Carrie. J'ai besoin de votre coopération. Mais ce genre d'affaire est tellement délicat, les conséquences de la moindre erreur sont tellement graves... Je vous demande juste de me faire confiance et de me donner un peu de temps. Au moins vingt-quatre heures.

Carrie avait la tête qui tournait et une sensation de nausée au creux de l'estomac. Elle hésitait entre le désir de fuir aussi loin que possible, loin de la honte qu'elle éprouvait, loin de ce sentiment d'avoir été mise à nu et exposée aux regards de tous, et celui d'écouter la petite voix qui lui soufflait que Nicky n'avait peut-être pas tout à fait tort.

— Et s'il arrive quelque chose et que Tess a besoin de moi ? demanda-t-elle. Je ne laisserai pas tomber cette enfant.

— Il ne s'agit pas de la laisser tomber. Seulement d'agir avec précaution afin d'écarter définitivement le danger que représente Breen, tant pour elle que pour d'autres enfants. Encore une fois, je vais faire tout mon possible pour régler cette affaire dans les vingt-quatre heures.

Carrie déglutit péniblement et hocha la tête.

— D'accord, murmura-t-elle d'une voix un peu rauque.

Nicky poussa un soupir de soulagement.

— Merci.

Puis il sourit et lui tendit la main.

— On fait une trêve ?

Après une brève hésitation, elle tendit la sienne.

— Soit. Pendant vingt-quatre heures, au moins.

Elle tourna la tête vers le sud.

— Il faut que j'y aille.

— Vous ne voulez pas voir ma maison ? proposa Nicky.

— Je dois me rendre auprès de ma grand-mère.

— C'est sur le chemin et cela ne vous prendra que quelques minutes. Et puis votre grand-mère va bien. Je l'ai vue tout à l'heure.

— Ah bon ?

— Après ce qui s'est passé l'autre soir, je voulais m'assurer que tout était rentré dans l'ordre. Ça fait aussi partie de mon boulot.

Carrie hocha la tête. Elle n'arrivait pas à se faire une opinion de lui, à décider où finissait le flic et où commençait l'être humain.

— Elle est presque terminée, dit-il encore.

— Pardon ?

— Ma maison, fit-il avec un sourire. Les travaux sont presque terminés. Allons, venez.

Carrie le considéra un instant, se demandant pourquoi diable il se donnait tout ce mal, avec elle. Et pourquoi elle acceptait de jouer le jeu. Pourquoi ne se laissaient-ils pas mutuellement tranquilles ?

Malgré tout, elle le suivit.

Les murs n'étaient pas encore montés, le sol pas encore posé, mais on pouvait aisément imaginer le potentiel d'une telle maison. Le living-room était immense, avec de larges fenêtres donnant d'un côté sur la mer, et de l'autre sur la baie. L'exposition permettait de bénéficier du soleil toute la journée, à l'est le matin, et à l'ouest à la tombée du soir.

La cuisine était tout aussi vaste, avec suffisamment d'espace pour installer une table et un coin petit déjeuner. On avait laissé les poutres apparentes, et une grosse cheminée dominait la pièce. Là aussi, une grande fenêtre de serre occupait tout un pan de mur, du côté de la mer, et Carrie imagina aussitôt sur des étagères des violettes africaines buvant la lumière du matin.

— C'est superbe, dit Carrie avec un drôle de pincement au cœur. Votre femme, si jamais vous décidez de vous marier, aimera beaucoup cette maison.

Il la considéra d'un air étrange et Carrie détourna les yeux en rougissant.

— Je voulais dire...

— Je sais ce que vous vouliez dire, l'interrompit-il spontanément. C'est une belle maison. N'importe quelle femme s'y sentirait bien. J'ai pu compter sur une formidable architecte. C'est une vieille amie et elle savait exactement ce qui me conviendrait — mieux que moi-même.

— Vous avez de la chance. Ce doit être merveilleux d'avoir une amie qui vous connaît si bien.

Elle marcha vers la fenêtre de serre et regarda les herbes sauvages qui couraient sur le terrain sablonneux.

— Vous avez un projet pour dehors ?

— Aucun, répondit Nicky. Je veux que tout soit naturel.

— Vous avez bien raison.

Il y eut un silence.

— Vous habitez une maison, Carrie ?

— Non. Un appartement.

Cela expliquait sans doute son petit pincement au cœur, songea-t-elle. C'était un de ses rêves secrets. Un jour, peut-être...

— Bon, je vais y aller, reprit-elle en consultant sa montre. Merci de m'avoir fait visiter votre maison. Vous avez raison d'en être fier et de vouloir la montrer à tout le monde.

— J'en suis très fier, c'est vrai, mais je ne la montre pas à tout le monde, corrigea Nicky. Mes parents, mon oncle Mike et Sally sont venus plusieurs fois. Et maintenant, vous. C'est tout.

Elle croisa son regard.

— Je suis flattée.

— A la bonne heure. J'aime mieux ça plutôt que le regard noir que vous me jetez quelquefois.

Carrie sourit et ils se dévisagèrent encore. Un étrange silence, un peu gêné, tomba brusquement entre eux et Nicky passa une main dans ses cheveux d'un geste nerveux.

Elle s'éclaircit la gorge.

— Bon...

Il sourit et haussa les épaules en répétant :

— Bon.

— A plus tard, reprit Carrie.

— Oui, à plus tard.

— Vous, hmm... vous me tiendrez au courant de ce qui se passe ? Au sujet de Breen.

— Dès que j'aurai quelque chose à vous dire, je vous le ferai savoir.

Ils demeurèrent immobiles. Finalement, Nicky sourit et lui prit le bras.

— Venez, je vous raccompagne dehors.

— Nous sommes déjà dehors, fit remarquer Carrie, comme une mouette volait entre les poutres de la charpente.

Mais elle sourit à son tour et, cette fois, ne se dégagea pas.

Carrie ne trouva pas Elizabeth dans sa chambre. Elle se rendit dans le bureau de Nan.

— Une de nos aides l'a emmenée prendre l'air, expliqua cette dernière. Après toute cette pluie, la plupart de nos patients sont trop contents de pouvoir sortir et profiter un peu du soleil.

— Comment va-t-elle ? demanda Carrie.

— Justement, j'aimerais que nous en parlions un peu. Rien de grave, mais je me pose des questions.

— Ah oui ? fit Carrie en s'asseyant en face d'elle.

— Je trouve qu'elle a changé, ces derniers temps, surtout depuis votre arrivée.

— J'ai essayé de lui parler, comme vous me l'aviez conseillé. Vous croyez qu'elle revient ? Vous suggériez l'autre soir qu'elle faisait peut-être exprès d'oublier.

— J'ai dit que c'était une possibilité. Mon impression, ces jours-ci, est plutôt qu'elle hésite entre la réalité et l'oubli, entre le présent et cette espèce d'ailleurs dans lequel elle s'échappe. Parfois, elle est avec nous et, d'un seul coup, elle n'est plus là. Or je me demande si elle laisse toujours paraître les moments où elle est « consciente ».

— Vous voulez dire qu'elle ferait semblant de ne pas nous entendre ou de ne pas nous reconnaître ? Mais pourquoi ?

— Pour qu'on ne la ramène pas complètement dans la réalité, peut-être ? Je ne sais pas. C'est juste une idée. Elle pourrait avoir des souvenirs qu'elle préfère éviter.

Carrie secoua la tête.

— Je ne vois vraiment pas ce qui, dans le passé de ma grand-mère, pourrait provoquer une telle réaction. Elle a toujours eu une vie tellement normale. En tout cas à ma connaissance. En même temps, je dois admettre qu'elle n'a jamais été du genre à s'épancher.

— Tout ce que je sais, c'est qu'à son arrivée ici, il y a un an, Elizabeth avait toute sa tête. C'est seulement quand cette fracture de la hanche a refusé de guérir correctement qu'elle est tombée dans la dépression et s'est repliée sur elle-même.

— Mais nous ne sommes pas sûrs que la dépression soit la cause de ce repli.

— Non, en effet. Nous savons seulement qu'il n'y a pas d'autre cause physique. Nous avons fait tous les examens possibles et elle ne présente aucun des symptômes habituels liés à la maladie d'Alzheimer ou encore à la sénilité.

— Par ailleurs, le traitement contre la dépression n'a rien donné, remarqua Carrie.

— Nous ne pouvons pas en être sûrs, répondit Nan. Après tout, elle répond bien à la kinésithérapie et elle réussit même à marcher un peu. Sans ce traitement, elle n'aurait peut-être pas eu la force d'essayer.

Elle désigna l'assiette de gâteaux qu'elle avait toujours à portée de main, mais Carrie secoua la tête. Nan en prit un, l'entama, et fronça les sourcils.

— Il est rassis.

Elle le jeta dans la corbeille à papier et essuya les miettes d'un revers de main.

— J'ai une théorie que j'aimerais vous exposer, enchaîna-t-elle.

— Je vous écoute.

— Admettons que votre grand-mère ait un secret dans sa vie — un secret qui lui ferait tant de mal et lui causerait tant de chagrin qu'il aurait, tôt ou tard, fini par la miner. La fracture de la hanche et la dépression post-chirurgicale ne seraient plus, alors, que la goutte d'eau qui fait déborder le vase.

Carrie réfléchit un instant.

— Je vois ce que vous voulez dire. Et de fait, elle a beaucoup changé, après la mort de mon grand-père. Mais c'est normal, non, de traverser une période de deuil après le décès d'un être cher, surtout quand on a passé tant d'années ensemble ?

— Tout à fait. Seulement, ce décès remonte à cinq ans. Pouvez-vous me dire comment elle était, il y a deux ans ?

— Malheureusement, non. Ma grand-mère n'a jamais beaucoup parlé d'elle et je ne rentrais pas si souvent. C'est surtout depuis cette fracture de la hanche que j'essaie d'être un peu plus présente. Ma mère a toujours veillé à rester en contact avec elle. Mais moi, je vous avoue que j'étais occupée avec ma vie... Je ne me posais pas beaucoup de questions.

— Et c'est bien normal. Les enfants pensent rarement au fait que leurs parents et leurs grands-parents sont mortels. Nous préférons imaginer qu'ils vont vivre éternellement.

— Cela dit, j'y réfléchissais l'autre jour, et je me suis rappelé qu'Elizabeth avait changé à une certaine époque, il y a déjà de nombreuses années. Quand j'étais enfant, elle était très énergique, pleine de vie et de passion. Elle recevait toujours chez elle, une fois par semaine. Elle appelait ça ses salons du dimanche. Je la revois, évoluant au milieu de ses invités. Elle était très belle et tout le monde avait l'air de l'adorer.

— Vous vous rappelez le moment où elle a commencé à changer ?

— Je crois que cela correspond à l'époque où ils sont allés s'installer dans le Minnesota. Quand ils sont revenus, un an plus tard, elle n'a pas repris l'habitude de recevoir, chaque dimanche, comme avant leur départ. Elle était différente. Moins gaie. Plus posée, je dirais. Par la suite, j'ai bien remarqué qu'elle devenait de plus en plus calme, de plus en plus réservée. Mais bon, les années passaient et j'ai pensé qu'elle vieillissait.

— Les gens ne perdent pas leur appétit de vivre simplement parce qu'ils vieillissent, murmura Nan, l'air pensif. En général, il y a une raison : un problème de santé, un choc émotionnel… Un événement particulier les rend las, fatigués de la vie. Ils ne se détachent pas comme ça, du jour au lendemain.

Carrie poussa un soupir.

— Je n'y ai jamais pensé en ces termes. Il faut dire que je suis assez mal placée pour parler de tout cela. Je me sens détachée de ma propre vie depuis toujours ou presque.

— Oui, j'ai cru le comprendre.

Carrie arqua les sourcils.

— Me feriez-vous subir une psychanalyse à mon insu, par hasard ?

— Du tout, répondit Nan avec un sourire. Mais je ne peux m'empêcher de faire certaines observations. Ne vous inquiétez pas, je ne vais pas vous mettre sur le gril, aujourd'hui. Parlons plutôt d'Elizabeth. Rien d'autre ne vous vient à l'esprit, qui pourrait nous éclairer sur son état ?

— Pas vraiment. Après l'autre soir, je me suis demandé si elle n'avait pas peur de mourir, en fait. « Je croyais qu'il était parti. Mais il est revenu. Il est venu pour m'emmener... », m'a-t-elle dit au sujet de la personne qu'elle croyait avoir vue à sa fenêtre. J'en ai déduit qu'elle avait fait un cauchemar et que, dans ce cauchemar, mon grand-père venait la chercher. Comme la mort, vous savez.

— Oui. C'est possible. Et cela expliquerait la violence de sa réaction. La peur de mourir, la peur d'être emportée dans la nuit, vers un monde inconnu, peut-être le néant...

— Ce qui m'ennuie, dans ce raisonnement, c'est que ma grand-mère a toujours été quelqu'un de très spirituel. Je l'ai toujours vue prier beaucoup, et je n'aurais pas cru qu'elle aurait peur, un jour, de rencontrer son Créateur.

Carrie poussa un soupir.

— Mais après tout, qu'est-ce que j'en sais ?

Nan posa son menton sur ses mains croisées et parut réfléchir.

— J'ai remarqué une chose, dit-elle finalement. Les croyances religieuses sont souvent inextricablement liées à de très forts sentiments de culpabilité.

— Vous croyez que des remords ou un sentiment de culpabilité ont pu pousser ma grand-mère à se replier ainsi sur elle-même ?

— Je trouve seulement que, même dans ses meilleurs moments, elle n'a pas l'air très heureux.

Carrie secoua la tête.

— Je ne sais pas quoi vous dire d'autre.

Elle marqua une pause.

— Et puis, dans tout ça, n'y aurait-il pas une explication beaucoup plus simple ? Après tout, elle a peut-être vraiment vu quelqu'un à sa fenêtre. Une personne qui n'aurait pas dû se trouver là. Quelqu'un qui l'aurait perturbée, d'une manière ou d'une autre. Quelles sont les conclusions, de ce côté-là ? La police est venue, n'est-ce pas ?

— Oui. Mais ils n'ont pas fait grand-chose, si ce n'est prendre des notes pour leur rapport. Les gardiens n'ont trouvé personne sur la propriété, et les gens de l'extérieur qui se trouvaient dans la résidence ce soir-là étaient des habitués — le médecin qu'on avait appelé pour un de nos patients et quelques visiteurs que nous connaissons tous et en qui nous avons entièrement confiance. Un pasteur, un rabbin, des gens comme ça.

Carrie hocha la tête.

— Bon, reprit-elle en se levant. Je vais aller la voir. Elle me parlera peut-être, aujourd'hui. Vous dites qu'elle est dans le jardin ?

Nan acquiesça.

— Oui. Et voyez ce que vous pouvez faire, Carrie. Le moment est peut-être venu de vous montrer un peu plus insistante. Donnez-lui un petit choc — gentiment, bien sûr. Parlez-lui d'un fait concernant votre passé, par exemple, conclut-elle en regardant son interlocutrice droit dans les yeux.

— Pourquoi me semble-t-il que vous lisez en moi comme dans un livre ouvert ? murmura Carrie.

Nan se leva à son tour et lui toucha doucement le bras.

— J'aimerais tellement que vous alliez bien, toutes les deux.

Carrie ne trouva pas sa grand-mère immédiatement. La vieille dame était assise dans un fauteuil roulant, assez loin du jardin et, étrangement, hors de la vue des infirmières. Elle regardait l'océan, seule sur une petite langue de sable entourée d'herbes et de haies taillées à hauteur d'homme.

Pourquoi diable l'avait-on abandonnée si loin ? se demanda Carrie avec une pointe d'irritation, bien décidée à en faire part à Nan. Si Elizabeth avait besoin de quelque chose ou, pire, s'il lui arrivait quoi que ce soit, personne ne s'en rendrait compte.

Mais son irritation se dissipa dès qu'elle se fut approchée de sa grand-mère. Elizabeth avait bonne mine et elle tourna même les yeux vers elle.

— Bonjour, mamie, lui dit Carrie, en s'accroupissant devant elle pour l'embrasser. Je suis désolée d'arriver si tard. Je voulais être ici pour le déjeuner, mais d'une chose à l'autre… Comment te sens-tu ?

Elizabeth lui sourit.

A côté d'elle était installée une table ronde, lourde, qui semblait avoir essuyé bien des intempéries, et deux fauteuils de bois non moins abîmés. Carrie en approcha un de sa grand-mère et voulut lui prendre la main. Elle remarqua alors qu'Elizabeth tenait un livre avec une couverture à fleurs.

— Que lisais-tu ? lui demanda-t-elle avec curiosité.

Mais Elizabeth glissa le volume entre sa hanche et l'accoudoir de son fauteuil d'un geste vif. Puis, levant les yeux vers sa petite-fille, elle la considéra d'un air défiant.

Carrie fut stupéfaite. Mais elle se dit aussi que c'était bon signe. Sa grand-mère comprenait au moins ce qui se passait autour d'elle et, mieux, elle réagissait.

— Je n'avais pas l'intention de te prendre ton livre, ajouta la jeune femme. J'étais juste curieuse. Je suis contente que tu recommences à lire.

Avisant un verre rempli d'eau sur la table, Carrie se pencha pour le prendre et le tendit à sa grand-mère. Mais Elizabeth pinça les lèvres et secoua la tête avec véhémence, avant de se détourner.

— Il fait chaud, mamie, insista Carrie. Tu vas te déshydrater.

Elizabeth garda son air têtu et pincé, comme une enfant qui refuse de manger ses épinards. Carrie sourit intérieurement et reposa le verre.

— Comme tu voudras.

Puis elle enchaîna :

— J'ai une nouvelle à t'annoncer. Je crois bien que je vais rester un peu plus longtemps, cette fois — au moins quelques jours après la fin du festival. On pourra passer plus de temps ensemble.

Elle croisa le regard d'Elizabeth, mais n'y décela aucune joie. Une vague crainte, peut-être...

— Dis-moi, mamie, tu sais, au sujet de l'autre soir, quand tu as vu quelqu'un à ta fenêtre... Tu ne t'es pas rappelé certains détails, par hasard...

De nouveau, Elizabeth détourna les yeux.

— Est-ce que c'était papi ? insista Carrie. Ou quelqu'un d'autre ? Est-ce qu'on a essayé de te faire du mal ?

Pendant sa conversation avec Nan, la jeune femme s'était brusquement demandé si ce n'était pas une personne de la résidence qui avait cherché à molester sa grand-mère, d'une manière ou d'une autre. On lisait tellement d'histoires affreuses dans les journaux, au sujet d'aides-soignants ou d'infirmiers qui menaçaient ou maltraitaient leurs patients. La Résidence des Pins était exceptionnellement bien tenue, et Nan une directrice hors pair, mais, après tout, même elle ne pouvait pas tout voir, tout entendre et tout savoir.

— Je ne permettrai jamais qu'on te fasse du mal, poursuivit la jeune femme en prenant la main de sa grand-mère. S'il y a quoi que ce soit, tu dois me le dire. Je t'en prie...

Elizabeth ferma les yeux et Carrie continua à lui caresser la main.

« Donnez-lui un petit choc », avait dit Nan. Carrie savait ce que cela signifiait, même si Nan n'en avait que l'intuition. Parler des secrets de famille, quels qu'ils soient.

Mais comment dire les mots ? Comment aborder un sujet aussi horrible, aussi douloureux ? Elle n'avait jamais pu, lorsqu'elle était enfant, et cela lui paraissait encore impossible, aujourd'hui. Alors, elle dit simplement :

— Mamie, parle-moi de mon père.

Elle ne s'attendait pas à une réponse, mais Elizabeth ouvrit les yeux et les tourna lentement vers elle.

— Dis-moi ce que tu te rappelles à son sujet, insista la jeune femme avec douceur. Mon père. Jack. Tu te souviens, il jouait sur le piano les vieilles chansons que tu aimais tant. *Bye Bye Blackbird... As Time Goes By...*

Elle s'interrompit brusquement, tandis qu'un souvenir oublié lui revenait à la mémoire : son père, au piano, la prenait sur ses genoux, jouant d'une main sur le clavier, et de l'autre...

Carrie secoua la tête, comme pour chasser cette image de son esprit, la renvoyer dans le trou noir d'où elle était sortie.

— Tu te souviens, mamie, reprit-elle d'une voix mal assurée. Il...

Mais le regard de la vieille dame s'était allumé.

— *Bye... bye... Blackbird,* chuchota-t-elle doucement.

— Oui, répondit Carrie, se penchant en avant. Tu te souviens ?

Elizabeth lui serra la main — une petite pression très faible, à peine perceptible, mais que Carrie sentit tout de même.

— Mamie, de quoi te souviens-tu ? Au sujet de mon père et de ma mère... et de moi ? Savais-tu ce... ce qu'il faisait ?

Et soudain, ce fut comme si elle avait soulevé le couvercle d'une boîte remplie à ras bord. Le passé se mit à jaillir, à déborder. Carrie ne pouvait plus contrôler ce flux, elle ne pouvait plus le ravaler, le refouler, comme elle l'avait fait si longtemps.

— J'ai des souvenirs, mamie. Des souvenirs affreux. Je ne peux pas croire que tu savais. Que ma mère savait. Est-ce qu'Alice savait ?

Elle eut un petit rire tremblant.

— J'ignore pourquoi je te demande tout ça. Je ne veux pas te faire de mal, crois-moi. C'est tellement important pour moi, d'être sûre que tu n'as jamais été au courant.

Durant un long moment, Elizabeth garda le silence. Sa main gisait, inerte, entre celles de Carrie. « Elle ne m'entend même pas, se dit la jeune femme. Elle est repartie. »

Puis, d'un seul coup, Elizabeth revint à la vie. Elle se redressa, leva le menton, et déclara d'une voix ferme, glaciale :

— Cet homme était le diable ! Je l'ai renvoyé.

Carrie écarquilla les yeux, en état de choc. Elle s'appuya au dossier de sa chaise, essayant de reprendre ses esprits :

— Tu as fait quoi ? Tu l'as renvoyé ?

— Absolument.

— Dis-moi pourquoi. Pourquoi as-tu renvoyé mon père ? Et quand ?

Elizabeth courba les épaules.

— Il y a si longtemps, répondit-elle tout bas. Je l'aimais. Je l'aimais vraiment. Mais il n'avait pas le droit de faire ce qu'il faisait.

Elle croisa le regard de Carrie et ajouta :

— Il n'avait pas le droit, n'est-ce pas, Alice ?

Carrie sentit un frisson la traverser tout entière. Elle déglutit.

— Mamie, je ne suis pas Alice. Je suis Carrie. Tu m'entends ? Sais-tu qui je suis ?

— Evidemment ! Tu crois peut-être que je suis sourde, idiote et aveugle, par-dessus le marché ?

Carrie eut presque envie de rire, tant elle était soulagée. C'était ainsi qu'elle se rappelait sa grand-mère : pleine de vie, toujours prompte à la repartie, des éclairs dans les yeux.

Carrie lui reprit la main mais, aussitôt, Elizabeth changea de nouveau.

— *Bye, bye Blackbird,* chantonna-t-elle d'une voix haut perchée. *Bye, bye.*

Et, se tournant, elle se mit à fixer l'océan.

Le soleil tapait fort.

Carrie, assise près de sa grand-mère, réfléchissait à leur brève conversation et à la manière abrupte dont elle avait pris fin. Juste au moment où elle pensait qu'Elizabeth...

« Mon Dieu, je suis si fatiguée... »

Elizabeth avait fermé les yeux et paraissait dormir. Elle n'avait pas bu, n'avait même pas touché au verre. L'eau était tiède, à présent.

Il n'y avait pas d'autre verre. Pas de pichet en plastique bleu comme Carrie en voyait toujours sur les tables, un peu partout à travers la résidence.

Elle décida de ramener sa grand-mère dans le jardin et de demander à une infirmière de lui apporter de l'eau bien fraîche.

Mais elle-même avait soif, et, tiède ou pas, elle prit le verre et le vida d'un trait. D'ailleurs, la marée commençait à monter, atteignait presque le fauteuil roulant d'Elizabeth.

S'assurant que sa grand-mère était bien installée, Carrie fit faire demi-tour au fauteuil roulant, avant de se diriger vers les haies qui séparaient le jardin de la petite langue de sable. Elle pensait pouvoir rejoindre le sentier dallé qui serpentait à travers les haies mais, une fois à l'intérieur du fourré, elle ne retrouva plus son chemin. Elle était entourée d'arbustes et ne savait quelle direction prendre.

D'un seul coup, ses membres lui parurent étrangement lourds. La seconde d'après, elle se sentait légère — si légère qu'elle s'imaginait en train de flotter dans l'air. Le soleil, encore haut dans le ciel, l'aveuglait. Et d'où lui venait cette impression d'avoir la tête dans un étau ? Elle voulut changer de direction, mais le fauteuil roulant devint soudain lourd, comme si les freins étaient levés. Elle se pencha pour vérifier : il n'en était rien.

« Il faut que je pousse plus fort », se dit-elle.

Ce qu'elle essaya de faire. Le fauteuil avança plus lentement encore — à croire qu'elle baignait dans la mélasse. Ou bien sous l'eau.

D'ailleurs, elles étaient sous l'eau.

« Comme c'est étrange. Tout est flou. C'est sûrement l'eau dans mes yeux. C'est bizarre, tout de même. J'arrive à respirer. Normalement, on ne peut pas respirer sous l'eau. »

Au même moment, sa respiration devint laborieuse. Et pourquoi diable ne pouvait-elle pas pousser ce maudit fauteuil ? Sa grand-mère avait-elle pris du poids, d'un seul coup ?

Carrie parvint à sourire. Evidemment non. Elizabeth ne se laisserait jamais aller à grossir. Ce ne serait pas joli.

Se penchant pour regarder sa grand-mère, Carrie la trouva anormalement grande. Enorme.

Ou plutôt non. Petite. Plus petite que jamais.

Enorme et petite, à la fois.

« Pourquoi est-ce que j'ai si chaud ? Ma peau est glacée. Elle me brûle. »

Carrie prit le châle posé sur l'accoudoir de sa grand-mère et en couvrit les épaules d'Elizabeth pour lui tenir chaud. Il ne fallait pas qu'elle tombe malade par ce froid de neige.

De la neige ! Oui, il neigeait maintenant — des flocons roses comme de la barbe à papa.

Carrie leva le visage et tira la langue pour en attraper quelques-uns. Puis elle lança les bras en l'air et se mit à tourner sur elle-même, comme lorsqu'elle était enfant. L'instant d'après, elle se laissait tomber au sol pour faire des ailes d'ange.

— Regarde, mamie ! Regarde mes ailes d'ange !

Sa grand-mère lui sourit et applaudit.

— C'est ton tour ! s'écria la jeune femme.

Et sa grand-mère se leva et s'assit à côté d'elle en agitant ses bras dans la neige.

— Oui ! Tu as vu, c'est rigolo !

Carrie se mit à rire, à rire...

Elle riait si fort qu'elle n'arrivait plus à reprendre son souffle. Une boule monta dans sa poitrine et sa gorge, bloquant le passage de l'air. Son cœur se mit à battre si fort qu'il se brisa et jaillit hors de sa poitrine. Au même instant, le soleil qui brillait de mille feux un moment plus tôt disparut d'un seul coup.

22.

Le député Tanner se tenait devant la fenêtre de sa chambre, au Bahia. De là, il jouissait d'une vue sur une grande partie de la baie, au nord. Mais il n'avait pas l'esprit à admirer le paysage. Il pensait à Breen, entouré de « ses » enfants, à Anglesea — ces enfants sur lesquels il avait tant de pouvoir, ces petits innocents à qui il pouvait faire subir pratiquement n'importe quoi.

Tanner secoua la tête, comme pour chasser le sentiment de culpabilité qui s'efforçait de trouver un chemin jusqu'à sa conscience. Il n'avait presque pas fermé l'œil de la nuit, victime de terribles brûlures d'estomac. C'était le prix à payer, il le savait, pour les actes qu'il avait commandités — un prix bien plus élevé que les trente malheureuses pièces d'argent que son garde du corps, Vincent Petrelli, avait exigées pour accomplir sa triste besogne.

« Mais je devais agir, se dit-il pour la énième fois. Weiss n'aurait pas levé le petit doigt. Il fallait veiller à la sécurité des enfants concernés, et cela sans dévoiler l'affaire ni détruire toutes les personnes impliquées : les membres du comité spécial, Weiss, lui-même... »

On frappa à la porte et Tanner traversa la suite pour aller ouvrir.

— Entrez, dit-il à son garde du corps.

Vincent Petrelli referma la porte sur lui.

— Comment ça s'est passé ? demanda le député.

— Comme sur des roulettes. J'ai mis quelque chose dans son verre.

— Vous avez pu trouver un sédatif ? Suffisamment puissant pour...

Petrelli secoua la tête.

— Non, il y avait trop d'infirmières et d'employés dans les parages. Je ne pouvais pas prendre un aussi grand risque. J'ai déjà eu un mal fou à l'éloigner des autres. D'ailleurs, une dose de sédatif suffisamment puissante pour la tuer aurait été décelée à l'autopsie et il y aurait eu une enquête. Alors que ce que je lui ai donné ne laisse aucune trace au bout d'une heure ou deux.

— Que lui avez-vous donné ? demanda Tanner, les sourcils froncés.

— Un truc que j'ai acheté dans la rue.

— Dans la rue ? s'exclama le député.

— Ce n'est pas si difficile, vous savez. Ne vous inquiétez pas, le mec qui me l'a vendu ne se souviendra de rien. C'est à peine s'il sait encore comment il s'appelle, ajouta le garde du corps avec un petit rire.

— Ce n'est pas ça qui m'inquiète ! s'écria Tanner. Enfin, qu'avez-vous donné à cette femme ?

— Eh bien... deux spinners.

— Deux spinners, répéta Tanner sur un ton glacial. On peut savoir ce que c'est ?

— Un genre de... d'hallucinogène.

Tanner pâlit.

— Un hallucinogène ! Seigneur, je la veux morte, pas à la recherche d'une fenêtre par laquelle se jeter !

— Oh, rien de tel. C'est un nouveau truc. Elle va planer comme une folle pendant un moment, et puis ça l'assommera.

— Je voulais me débarrasser d'elle de façon permanente, répliqua Tanner avec colère. Je ne peux pas prendre le risque de la voir parler de ce que Breen a fait à sa petite-fille, maintenant qu'elle a l'air de recouvrer ses esprits. Toute personne susceptible d'évoquer le passé de Breen doit être éliminée.

— J'ai bien compris, répondit Petrelli.

— Vous avez compris et vous lui donnez un hallucinogène ? Qu'arrivera-t-il, si cela ne la tue pas ?

— Ça, c'est la partie de mon plan que je préfère. La marée s'en chargera. Elle ne va plus tarder à monter et, là où j'ai laissé la vieille, elle sera bientôt en train de nager avec les poissons.

Tanner secoua la tête.

— C'est trop risqué. Si quelqu'un la retrouve avant que la marée l'emporte, alors qu'elle est encore sous l'influence de votre...

— Il pensera qu'elle n'a plus sa tête. Aucun problème. Et on essaiera autre chose.

— Si nous avons le temps ! répliqua Tanner entre ses dents serrées.

Il se mit à faire les cent pas, les bras derrière le dos, furieux. Petrelli était un crétin. Et lui aussi, pour lui avoir confié une mission aussi importante. Il pouvait arriver n'importe quoi, désormais.

Absolument n'importe quoi !

23.

— Carrie ! Carrie, vous m'entendez ?

La voix de Nicky D'Amico résonna, quelque part près de l'oreille de la jeune femme. Elle ouvrit les yeux et découvrit Nicky agenouillé près d'elle.

— Enfin ! dit-il avec un soupir de soulagement. Tout va bien, maintenant. Nous sommes dans le bureau de Nan Martin, à la Résidence des Pins.

Carrie s'avisa en effet qu'elle était allongée sur le canapé de Nan. Elle essaya aussitôt de se redresser.

— Ne vous levez pas encore, dit une autre voix derrière elle.

La jeune femme tourna la tête et reconnut le Dr Esmond, le médecin de sa grand-mère.

— Qu'est-ce que... ?

Elle avait l'esprit confus, la bouche pâteuse, et sa tête était douloureuse.

— Vous vous êtes évanouie, Carrie, intervint Nan en s'approchant à son tour. Vous étiez loin, du côté des haies. J'ai appelé le Dr Esmond. Et après ce qui s'est passé l'autre nuit avec votre grand-mère, j'ai aussi appelé la police.

— Je venais de rentrer au poste et c'est moi qui ai pris l'appel, ajouta Nicky. Vous pouvez nous expliquer ce qui s'est passé ? Que faisiez-vous, si loin ?

— Je...

Carrie fronça les sourcils, fouillant sa mémoire.

— C'est là que j'ai trouvé ma grand-mère. Ensuite...

Elle tenta encore de se redresser, mais Nicky chercha à l'en empêcher.

— Où est-elle ? s'écria-t-elle en le repoussant. Comment va-t-elle ?

— Elizabeth est dans sa chambre, répondit Nan avec gentillesse. Elle se repose. Ça va pour elle, Carrie. En fait, elle a réussi à se lever de son fauteuil roulant et à trouver une infirmière, quand vous vous êtes évanouie.

— Elle a réussi à se lever et... ? répéta Carrie, abasourdie. Vraiment ? Toute seule ?

— Absolument. Je crois que ça lui a pris un moment. Elle était un peu perdue et ne savait pas où elle allait. Son instinct a dû la guider. Mais que s'est-il passé ?

La jeune femme s'appuya contre les coussins du canapé. La tête lui tournait.

— Je ne sais pas, murmura-t-elle. Je me suis assise un moment avec elle. Mais il commençait à faire chaud et elle avait refusé de boire son verre d'eau. J'avais peur qu'elle se déshydrate, alors j'ai décidé de revenir dans le jardin. Je poussais son fauteuil roulant et nous avancions à travers les haies. Mais, d'un seul coup, tout est devenu bizarre.

Elle leva les yeux vers Nan.

— Quelqu'un l'avait poussée jusque-là-bas, dit-elle brusquement. Quelqu'un a laissé ma grand-mère toute seule sur cette langue de sable, à la merci de la marée montante.

Nan écarquilla les yeux.

— Vous êtes sûre ?

— Evidemment, s'exclama Carrie d'un ton irrité. C'est là que je l'ai trouvée, après vous avoir quittée. Bon sang, j'ai mal à la tête !

Elle regarda le Dr Esmond, qui venait de se pencher sur elle pour prendre son pouls.

— Qu'est-ce qui m'arrive ? demanda-t-elle.

— Eh bien, le diagnostic est malaisé, répondit le médecin en lâchant son pouls et en dirigeant le jet lumineux d'une petite lampe de poche dans ses yeux. Il faudrait un examen complet, afin d'éliminer un certain nombre d'hypothèses. Je ne peux donc que deviner.

— Eh bien, devinez, docteur !

Elle n'avait jamais aimé le vieux médecin traitant de sa grand-mère et se sentait moins disposée que jamais à faire des efforts pour se montrer courtoise.

Le médecin pinça les lèvres.

— Je pencherais pour une arythmie. Votre pouls est encore irrégulier et bien trop rapide.

— Une arythmie ? répéta Carrie.

— Vous avez déjà eu des problèmes de cœur ?

— Non.

— Evidemment, il fait très chaud, aujourd'hui. Il peut également s'agir d'un coup de chaleur, entraînant une carence en sodium et en potassium. Cela cause parfois un bref arrêt du cœur et expliquerait votre évanouissement.

Vous avez beaucoup de chance, mademoiselle Holt. Si votre grand-mère n'avait pas...

Mais Carrie ne l'écoutait plus. D'un coup, tout lui revenait. La neige. Les anges...

— Vous m'avez fait une prise de sang, avant que je revienne à moi ? demanda-t-elle brusquement.

Le Dr Esmond arqua les sourcils.

— Une prise de sang ?

— Vous avez bien dit qu'on ne pouvait être sûr de ce que j'ai sans faire un examen complet.

— Certes, mais cela ne me paraît pas nécessaire, en l'occurrence. Un simple coup de chaleur...

Carrie se tourna vers Nicky.

— Demandez-lui de me faire une prise de sang. Vous le pouvez, n'est-ce pas ?

— Hmm, oui, sans doute, fit Nicky avec circonspection.

Son regard se porta tour à tour sur la jeune femme et le médecin.

— Que se passe-t-il, Carrie ?

— J'ai été droguée, voilà ce qui se passe ! Et je veux pouvoir le prouver.

— Droguée ? s'exclama Nan. Vous êtes sûre ?

— Oui, je suis sûre ! riposta Carrie. Je n'ai pas passé six ans à l'université de Berkeley sans avoir appris quelques rudiments sur le sujet.

Elle songea brièvement qu'elle devait s'excuser d'être aussi désagréable, mais elle était à bout de nerfs. Tout paraissait avancer si lentement. Pourquoi les gens ne réagissaient-ils pas un peu plus vite ?

— Mademoiselle Holt, je pense que vous vous trompez, intervint le Dr Esmond. Il n'y a aucune raison de penser...

Mais Carrie l'interrompit de nouveau pour s'adresser à Nicky.

— On avait versé quelque chose dans le verre de ma grand-mère. Il était posé sur la table à côté d'elle et elle refusait d'y toucher. J'ai essayé de la faire boire et elle a pincé les lèvres. Elle savait qu'il y avait une drogue quelconque à l'intérieur. J'en suis certaine. Simplement, elle ne pouvait pas me le dire.

Nicky se tourna vers Nan.

— Qui a emmené Elizabeth à cet endroit ?

— Je n'en ai aucune idée, répondit Nan. J'ai vu une de nos aides-soignantes avec Elizabeth dans le jardin, juste avant l'arrivée de Carrie. Je peux l'appeler, si vous voulez. Mais notre personnel est très bien formé : aucun d'entre eux ne laisserait Elizabeth ou un autre patient dans un coin aussi éloigné. Surtout seul.

— Dites-lui de venir, s'il vous plaît.

Nan hocha la tête et décrocha le téléphone.

Nicky se tourna vers le médecin.

— En attendant, docteur Esmond, j'aimerais que vous fassiez une prise de sang et aussi un examen complet à Mlle Holt.

Carrie lui toucha le bras.

— Dites-moi, vous n'avez pas un laboratoire, à la police ?

Nicky la considéra d'un air perplexe.

— Nous avons quelqu'un qui est capable de faire des prises de sang et nous utilisons les services d'un laboratoire extérieur, qui nous fournit les résultats. Pourquoi cette question ?

— Je pense qu'il serait préférable de demander au Dr Esmond de faire la prise de sang et d'envoyer l'échantillon au laboratoire en passant par le département de police. C'est possible ?

Nicky jeta un bref regard au médecin, avant de répondre :

— Oui, bien sûr, si c'est ce que vous voulez. Docteur Esmond ?

Ce dernier se raidit, l'air furieux, mais il prit le matériel nécessaire dans sa trousse.

Carrie tendit son bras et Esmond y attacha un tourniquet en caoutchouc. Il tapota l'intérieur du coude de la jeune femme avec ses doigts, nettoya l'endroit qu'il avait choisi avec un peu d'alcool et préleva l'échantillon de sang qu'on lui demandait. Puis il tendit un coton propre à Carrie pour qu'elle le presse sur le point qu'il venait de piquer et donna le tube de sang à Nicky. Après quoi, il glissa ses affaires dans sa sacoche et se leva.

— Ce sera tout ?

— Oui. Merci, docteur, répondit Nicky.

Esmond considéra Carrie d'un air froid, l'espace d'un instant.

— Vous avez l'air d'aller beaucoup mieux, mademoiselle Holt. Je suggère que vous évitiez toute exposition au soleil et que vous buviez beaucoup de liquide, au cours des prochaines vingt-quatre heures.

Il se dirigea vers la porte et, arrivé sur le seuil, se retourna une dernière fois.

— Essayez donc de vous reposer, aussi. Cela devrait vous calmer. Vous en avez grand besoin.

La porte se referma et il y eut un silence. Finalement, Carrie laissa échapper un petit rire gêné.

— Ce brave Dr Esmond vient juste de remonter légèrement dans mon estime. J'ai été vraiment désagréable, n'est-ce pas ? Je m'en excuse.

— Je dois avouer que je n'ai jamais beaucoup aimé le Dr Esmond, dit Nan. En tant que personne, j'entends. Si votre grand-mère n'avait pas insisté pour qu'il continue de la traiter, j'aurais choisi quelqu'un d'autre.

— C'est sûrement la seule personne au monde qui connaît ses secrets les plus intimes, murmura Carrie. Ma grand-mère est le produit d'une époque où les femmes considéraient leur médecin comme un dieu. Elles lui racontaient tout.

Une voix d'homme crépita dans le talkie-walkie que Nicky avait posé sur la table basse. Il le prit aussitôt et se rendit à l'autre bout de la pièce, où il échangea quelques mots avec son interlocuteur. Au même moment, un autre homme, blond et large d'épaules, vêtu d'un T-shirt et d'un jean, entra dans la pièce. Nicky lui fit signe d'approcher et lui parla un instant. L'homme secoua la tête.

— Où étiez-vous exactement quand vous avez bu ce verre ? demanda Nicky, en revenant vers Carrie.

— Sur une langue de sable de l'autre côté des haies. Je ne sais pas précisément où. Je cherchais ma grand-mère et, d'un seul coup, je l'ai trouvée là. Il y a une grosse table de bois blanc et deux fauteuils. C'est juste au bord de l'océan.

— Je sais où c'est, intervint Nan. Les membres du personnel s'y rendent parfois pour leur pause. Ils y sont tranquilles pendant un moment, à l'écart de leurs patients.

Nicky leva les yeux vers le nouveau venu, qui hocha la tête.

— Si c'est l'endroit auquel je pense, j'y suis allé. Il n'y avait rien. Juste la table et les fauteuils. Pas de verre. Mais je dois dire que la marée montante avait déjà recouvert une bonne partie du sable.

— Vous n'auriez pas trouvé le verre, de toute façon, intervint Carrie. Je le tenais à la main quand j'ai commencé à pousser le fauteuil roulant de ma grand-mère. Je voulais le donner à une infirmière et demander qu'on apporte un verre propre et de l'eau fraîche. Et puis, tout a commencé à devenir bizarre et je me suis vue en train de faire des ailes d'ange dans la neige.

Nicky et Nan écarquillèrent les yeux tandis que Carrie haussait les épaules.

— Essaie de fouiller le coin où on l'a découverte, reprit Nicky en s'adressant à l'autre homme. Et ouvre l'œil. Je veux ce verre.

Le flic hocha la tête et quitta la pièce.

— C'est Hal, mon partenaire, expliqua Nicky. S'il y a quelque chose à trouver, il le trouvera.

— Mais supposons que les analyses révèlent la présence d'une drogue dans mon sang, cela suffira bien, non ? demanda Carrie.

— Ça dépend. La substance qu'on vous a fait avaler a peut-être déjà quitté votre corps sans laisser de trace. Alors que si on en trouve dans un verre portant vos empreintes digitales...

— Sans compter les empreintes digitales de la personne qui a versé cette drogue dans le verre, ajouta Carrie.

— Ça, je n'y compte pas trop. Le quidam en question a sûrement veillé à ne pas en laisser.

Carrie fronça les sourcils.

— Oui. Vous avez sans doute raison.

Elle réfléchit un instant.

— Quelque chose me turlupine. Cette drogue n'est visiblement pas mortelle, puisque je suis encore là pour en parler. Pourquoi, dans ce cas, avoir voulu la donner à ma grand-mère ? Même à son âge, elle y aurait probablement survécu...

— Eh bien, imaginez un instant que vous ne l'ayez pas découverte avant que la marée monte. Elle aurait pu se retrouver coincée, incapable de revenir. Ou s'aventurer seule dans l'océan.

— Il a raison, intervint Nan. A marée haute, cette langue de sable est presque entièrement noyée. On voit les traces laissées par le niveau d'eau sur la table et les chaises, chaque matin. C'est la raison pour laquelle nous y laissons les plus abîmées, qui sont aussi les plus lourdes, de sorte que la marée ne les emporte pas. Si Elizabeth, sous l'effet de la drogue, s'était levée de son fauteuil, qu'elle était tombée...

Nan s'interrompit et frissonna.

— Je n'avais pas pensé à ça, murmura Carrie.

— Et on n'y aurait vu que du feu, renchérit Nicky. Un cas classique de mort accidentelle.

Un silence tomba sur la pièce, tandis que chacun réfléchissait. Finalement, ce fut Carrie qui le rompit.

— Tout de même, je continue de ne pas comprendre comment ma grand-mère a pu se retrouver dans cette partie de la résidence, si loin des autres.

— Moi non plus, admit Nan. Mais nous allons peut-être le découvrir bientôt.

Au même moment, on frappa à la porte et une jeune fille entra dans le bureau.

Carrie reconnut Sharon Cook, pour l'avoir vue plusieurs fois, à la Résidence des Pins. Elle voulait devenir infirmière et, pendant les vacances, faisait des stages dans la maison de repos.

— Bonjour, fit-elle en entrant, un sourire timide aux lèvres.

Nan lui fit signe d'approcher.

— Asseyez-vous, Sharon. Nous voudrions vous poser quelques questions au sujet d'Elizabeth Holder.

La jeune fille se posa sur le bord d'une chaise et croisa les mains sur ses genoux.

— Sharon, je vous ai vue, au début de l'après-midi, pousser le fauteuil de Mme Holder dans le jardin. Pouvez-vous me dire où vous alliez ?

— A côté de la fontaine, répondit la jeune fille sans hésiter. Elle aime bien rester là et écouter le bruit de l'eau. Je l'ai encouragée à emporter son journal intime et continuer à écrire. Mais je crois qu'elle se contente de le relire.

— Vous l'avez laissée à cet endroit ? Seule ?

Sharon se mordit la lèvre.

— Je ne pensais pas que ça posait un problème. Je laisse souvent les patients seuls, un moment. Vous dites toujours qu'il faut les respecter et ne pas leur donner l'impression qu'on les surveille constamment.

— C'est vrai, acquiesça Nan. Et je ne vous reproche pas de l'avoir laissée près de la fontaine. Mais Mme Holder s'est retrouvée bien loin de là, de l'autre côté des haies, là où le personnel va se reposer pendant la pause, vous savez ? Elle était complètement isolée.

Sharon ouvrit de grands yeux.

— Je vous jure que je ne l'ai jamais emmenée là-bas. Je n'aurais jamais pris un risque pareil, encore moins pour la quitter quelques instants plus tard.

— Je vous crois. Mais vous n'avez pas une idée de la manière dont elle a pu s'y retrouver ? Vous n'avez vu personne l'approcher ? Quelqu'un qui n'aurait pas dû être là ?

Sharon secoua la tête.

— Non. Juste le personnel et les visiteurs habituels. Je me rappelle avoir vu le rabbin Silverstein. Oh ! et Chris, aussi.

Elle sourit.

— Christopher Breen ? s'écria Carrie.

— Oui, répondit Sharon. Je l'ai vu lui parler.

— Christopher Breen était ici ? Avec ma grand-mère ? Comment est-ce...

Nicky lui toucha l'épaule, doucement.

— Si nous laissions Sharon finir ce qu'elle a à dire.

— Non ! Je veux qu'on m'explique comment Christopher Breen peut entrer et s'approcher de ma grand-mère sans que personne ne trouve à redire. Nan, pourquoi ne m'en avez-vous jamais parlé ?

Nan ne répondit pas immédiatement. Elle la considérait d'un air interloqué.

— Carrie, la présence de Chris ici n'a rien d'inhabituel. Il rend visite aux patients régulièrement. Et depuis des années.

— Mais pourquoi ? Que vient-il faire ?

— Voir les membres de la paroisse qui sont malades, comme le pasteur Gillam avant sa retraite. Chris a endossé cette responsabilité en attendant qu'Anglesea trouve un nouveau pasteur. Nous lui en sommes extrêmement reconnaissants. Pourquoi ? Où est le problème ?

— Le problème, c'est que je ne veux pas qu'il approche de ma grand-mère, répondit Carrie avec colère. Vous devez absolument l'empêcher de l'approcher.

— Soit, répondit Nan, l'air de plus en plus confus. Si c'est ce que vous voulez. Mais je ne comprends toujours pas...

— Moi non plus, je ne comprends pas, intervint Nicky. Quand il y a eu cet incident, l'autre soir, nous avons envoyé un de nos officiers de police pour faire un rapport. Je me suis moi-même déplacé pour venir vous parler. Vous ne m'avez jamais rien dit au sujet de Breen.

— Nicky, j'ai dit à l'officier de police, et à vous aussi, que nous n'avions reçu aucune visite inhabituelle, ce soir-là ; seulement les personnes qui viennent voir nos patients régulièrement. Et Chris en fait partie. Son nom est sur la liste que j'ai donnée à votre collègue.

Carrie regarda Nicky, qui secoua la tête.

— Je n'ai pas vu cette liste.

— Sharon, reprit Nan en s'adressant à la jeune fille, avez-vous déjà vu M. Breen faire du mal à Mme Holder, d'une manière ou d'une autre ?

— Non, répondit Sharon. Il est toujours très gentil avec tout le monde.

Soudain, elle fronça les sourcils.

— Remarquez...

— Oui ? insista Nan.

— Eh bien, il y a une semaine, je crois, je l'ai vu dans la chambre de Mme Holder et, après son départ, elle pleurait. Je ne me suis pas posé de questions parce qu'il arrive que les patients se sentent déprimés et qu'ils pleurent. La famille leur manque, ils sont tristes, se sentent seuls... A la formation que j'ai suivie, on nous a dit de ne pas nous laisser trop bouleverser. Alors j'ai essayé d'oublier. Je suis désolée. J'aurais peut-être dû en parler.

— C'est bon, Sharon, vous n'avez rien fait de mal, lui dit Nan avec gentillesse.

La jeune fille se dandina sur sa chaise et regarda Carrie, qui se tenait très raide, sur le canapé.

— Je ne permettrais pas que qui que ce soit fasse du mal à votre grand-mère, mademoiselle Holt. Je vous le jure.

Carrie hocha la tête, la gorge nouée.

— Je n'en doute pas un instant, dit-elle d'une voix rauque.

— Est-ce que je peux retourner travailler, maintenant ? demanda Sharon. J'étais sur le point de donner son bain à Mme Cartwright, quand l'infirmière m'a appelée.

— Nicky ? demanda Nan.

Avant de répondre, Nicky considéra Sharon brièvement.

— Oui, bien sûr. Merci pour votre aide, Sharon.

La jeune fille se leva, lui sourit timidement, et quitta la pièce.

Personne ne parla, durant un long moment. Soudain, Nicky se leva et se planta devant Nan, les poings sur les hanches.

— Bon, ça suffit maintenant. Crachez le morceau.

Nan se renversa dans son fauteuil, les yeux écarquillés.

— « Crachez le morceau » ? Quel morceau ? De quoi parlez-vous ?

— De la véritable raison pour laquelle Christopher Breen peut aller et venir à sa guise ici, nom de Dieu !

Le sang monta au visage de Nan.

— Je vous prie de garder vos jurons pour vous, Nicky D'Amico. Je vous ai déjà dit que Christopher Breen rend visite à certains de nos patients au même titre qu'un prêtre ou un pasteur. S'occuper des malades fait partie de sa mission. Tout le monde le sait.

— Foutaises !

— Il n'y a pas de foutaises qui tiennent. J'exige une explication. De quoi m'accusez-vous exactement ?

— D'aller chercher vos relations au fin fond des égouts, pour le moins.

— Au fin fond des...

Nan s'étrangla.

— Mais enfin, qu'insinuez-vous ?

— Ne soyez pas aussi dur, Nicky, intervint Carrie. Je suis bien certaine que Nan n'a rien à voir là-dedans.

— Je ne comprends pas du tout de quoi vous parlez, tous les deux, déclara Nan sur un ton d'une extrême froideur. Rien à voir dans quoi ?

Nicky la dévisagea un instant.

— Vous n'avez vraiment pas la moindre idée de ce à quoi nous faisons allusion ?

— Mais enfin, de quoi parlez-vous ?

— Du fait que Christopher Breen est un malade qui abuse d'enfants ! s'écria Carrie.

Nicky se tourna vers elle et secoua la tête. Mais il était trop tard.

Nan les regardait fixement, l'un après l'autre, d'un air stupéfait.

— Je... je ne peux pas croire une chose pareille, murmura-t-elle finalement. Quelles preuves avez-vous ?

— Une enfant qui..., commença Carrie.

Mais Nicky lui jeta un regard d'avertissement et elle s'interrompit. Il avait raison. Elle n'avait pas le droit de mentionner Tess.

— Vous m'avez, moi, dit-elle enfin, sur un ton las. Vous m'avez, moi.

Nicky s'était assis à côté de Carrie, sur le canapé, tandis qu'elle racontait son expérience avec Breen. A un moment donné, elle éclata en sanglots, et il lui prit la main. Il continuait de la tenir fermement.

Carrie pensait qu'il serait dégoûté, qu'il la trouverait sale, marquée de stigmates, mais, apparemment, il n'en était rien. Et elle avait presque envie de pleurer, de soulagement, cette fois.

— Vous comprenez, maintenant, pourquoi Breen ne doit pas s'approcher d'Elizabeth. Maintenant que je l'ai affronté et même menacé, il essaie peut-être de m'atteindre en se servant d'elle. Car c'est forcément lui. Je ne vois pas qui d'autre pourrait en vouloir à ma grand-mère.

Nan leva les yeux qu'elle avait tenus longtemps fixés sur ses mains jointes. Ils étaient emplis de larmes.

— Je comprends tout à fait, bien sûr, répondit-elle d'une voix altérée par l'émotion. Je suis tellement désolée de ce qui vous est arrivé, Carrie. Dites-moi ce que je peux faire.

Carrie s'adossa au canapé et regarda Nicky, comme pour lui laisser la parole.

— Je crois qu'il nous faut partir du principe que c'est Breen qui a poussé le fauteuil d'Elizabeth jusqu'à cette langue de sable, déclara-t-il ; lui encore qui l'a abandonnée là, avec ce verre d'eau dans lequel il avait glissé un hallucinogène. C'est peut-être sa façon de lancer un avertissement à Carrie, d'essayer de la réduire au silence.

Il se tourna vers Carrie.

— Il y a un détail qui ne colle pas, cependant. Il ne vous a pas menacée directement, n'est-ce pas ? En général, on commence par là, avant de passer à l'acte.

Carrie haussa les épaules.

— Il m'a dit que personne ne me croirait. Qu'on le croirait, lui, plutôt que moi. Mais il n'a jamais mentionné ma grand-mère. Je ne pensais même pas qu'il se souvenait d'elle.

Nicky réfléchit quelques instants, avant de s'adresser de nouveau à Nan.

— Que savez-vous de Breen ? demanda-t-il. D'abord, comment se fait-il qu'il ait libre accès à cette résidence et que cela vous paraisse aussi naturel ? Je suis sûr qu'il existe une autre raison que celle que vous nous avez donnée.

Nan hésita.

— Nicky, je n'ai pas le droit d'en parler. Cela fait partie de notre accord.

— Quel accord ? demanda Carrie avec brusquerie.

— Eh bien... Oh, après tout, qu'est-ce que ça change ? Christopher Breen est notre donateur anonyme. L'argent qu'il nous donne depuis des années nous permet de nous occuper de nos patients. C'est grâce à cet argent, ajouta-t-elle en s'adressant à Carrie, que vous payez si peu pour les soins que reçoit Elizabeth. Un tiers de sa facture, comme de celle de nos autres patients, ici, est réglé directement par lui.

Carrie demeura bouche bée et regarda Nicky, qui avait l'air tout aussi stupéfait.

— Mais c'est de l'argent sale ! s'écria enfin la jeune femme sur un ton accusateur. De l'argent taché de sang ! Il fait cela pour apaiser sa conscience.

— Comment vouliez-vous que je le sache ? répliqua Nan. Pour l'amour du ciel, il trompe tout le monde depuis des années. Pourquoi pas moi ?

Carrie poussa un soupir.

— Vous avez raison, dit-elle. Je vous demande pardon.

Nan secoua la tête.

— Non, c'est moi qui vous demande pardon. Comment vous expliquer ? J'ai l'impression que tout mon univers vient de basculer. Avec les coûts des soins qui ne cessent d'augmenter, et le nombre de plus en plus grand de personnes en difficulté, dans cette ville, la participation financière de Breen n'était pas seulement une bénédiction, mais une nécessité absolue. Si nous ne pouvons plus compter dessus, nous serons forcés de fermer.

— A votre place, je commencerais tout de suite à chercher un autre bienfaiteur, commenta Nicky. Breen va se retrouver derrière les barreaux, une fois que j'en aurai terminé avec lui. Et pour de bon.

Il se leva.

— Ecoutez, je vais avoir besoin de votre aide. Je veux placer un de nos policiers en civil ici, afin de protéger Elizabeth durant les jours qui viennent. Il faudrait trouver une excuse pour expliquer sa présence ; vous pouvez prétendre qu'elle est en stage, ou que sais-je. Personne ne doit savoir qu'il s'agit d'un flic. Cela vous paraît possible ?

— Sans doute, mais pourquoi ne pas poster un gardien à la porte d'Elizabeth, tout simplement ?

— Parce que je ne veux pas alerter Breen. Il ne doit pas se douter que nous le soupçonnons. En attendant, il faudrait que vous réunissiez le personnel pour leur annoncer que Carrie est la seule personne autorisée à rendre visite à Elizabeth, jusqu'à nouvel ordre. Et veillez bien à ce que tout le monde comprenne que Breen ne jouit d'aucune permission exceptionnelle. Inutile d'en faire toute une histoire. Vous pouvez dire qu'Elizabeth a été particulièrement bouleversée par ce qui est arrivé à sa petite-fille, aujourd'hui, et qu'elle a besoin d'un repos complet. Aucun visiteur et aucune exception, à part Carrie, bien sûr. Vous pouvez faire ça ?

— Oui, bien sûr, répondit Nan. Mais... Et les autres patients ? S'ils courent le moindre danger, eux aussi...

— Cela m'étonnerait beaucoup. Quoi qu'il en soit, la personne que je vais envoyer se tiendra sur le qui-vive et elle aura ordre de me rapporter le moindre incident suspect.

Nicky se tourna vers Carrie.

— Il faut que je passe au poste pour régler tout ça. Vous voulez venir ? Je peux vous déposer à la maison. Vous n'aurez pas besoin de faire tout le trajet de retour à pied.

— Non, merci, répondit la jeune femme. Je veux aller passer un moment avec ma grand-mère.

— Je me sentirais plus rassuré si vous étiez avec moi, insista Nicky.

Elle sourit.

— Ça ira, ne vous inquiétez pas.

— Bon, fit Nicky avec un soupir. Promettez-moi au moins d'appeler un taxi pour rentrer. Je ne veux pas que vous marchiez seule sur la plage, à la nuit tombée.

Carrie lui adressa un petit salut moqueur.

— Oui, mon capitaine. Ou mon lieutenant. Je ne connais pas précisément votre grade.

Il leva les yeux au plafond et quitta la pièce.

Nan attendit que la porte se soit refermée pour remarquer :

— C'est bien qu'il s'occupe de vous ainsi.

— Oui, sans doute. Je le trouve quand même un peu autoritaire.

— C'est sa façon de vous faire comprendre qu'il tient à vous, répondit Nan, avec un rire.

Carrie haussa les épaules.

— Qu'il tient vraiment à vous, insista Nan.

— Oh, taisez-vous donc.

— Allons, ne me dites pas que vous êtes surprise.

— Je ne l'ai rencontré qu'il y a quelques jours, protesta Carrie. Nous nous connaissons à peine.

— Et alors ? Le destin a sa manière à lui de mettre certaines personnes en présence, aux moments les plus inattendus, et parfois dans des circonstances qui ne le sont pas moins. A votre place, je ne lutterais pas. La sagesse consiste souvent à se laisser porter par les événements. Je trouve que vous avez bien de la chance de vous être rencontrés, tous les deux.

— Et vous, vous souffrez d'une imagination trop fertile, riposta Carrie. Il ne se passe rien du tout entre Nicky D'Amico et moi.

— Bon, bon, fit Nan en souriant. Je vous souhaite quand même beaucoup de bonheur et d'avoir des tas d'enfants.

Assise au chevet de sa grand-mère, Carrie réfléchissait à ce que Nan venait de lui dire. Même si elle avait raison et que Nicky éprouvait des sentiments pour elle, le moment était vraiment mal choisi pour se lancer dans une relation — avec qui que ce soit, d'ailleurs. Elle avait trop de choses à régler, dans sa vie ; trop de choses à se rappeler... et à essayer d'oublier.

Sans compter qu'elle ne partageait pas les sentiments de Nicky. Ainsi qu'elle l'avait dit à Nan, elle le trouvait irritant et autoritaire. Oh, elle avait été touchée par son soutien silencieux, pendant qu'elle racontait son histoire avec Breen. Mais enfin, elle connaissait à peine cet homme ! Et puis, elle continuait de se demander ce qui s'était passé avec Sally, sa sœur, et pourquoi l'adolescente lui avait crié de la laisser tranquille, pourquoi elle avait dit à sa mère qu'elle le détestait. « Il a pratiquement tué un homme, avait dit Helen. Sally a peur de le voir de nouveau perdre le contrôle de lui-même. »

Nicky D'Amico était visiblement un homme beaucoup plus complexe qu'il le paraissait au premier abord.

D'ailleurs, en admettant qu'elle ressente une attirance pour lui — ce qui n'était absolument pas le cas —, elle devait faire preuve de prudence. C'était fini, l'époque où elle s'acoquinait avec des types qui n'étaient pas disponibles ou qui ne lui convenaient pas du tout. Fini, cette fâcheuse tendance qu'elle avait eue, pendant des années, à se jeter la tête la première dans des relations vouées à l'échec, et qui la laissaient toujours brisée, avec le sentiment que tous les hommes étaient des salauds, ou pire, qu'elle était incapable d'avoir une histoire avec qui que ce soit. Ses conversations avec Esther Gordon lui avaient permis de comprendre ce schéma destructeur et elle était bien déterminée à ne plus tomber dans le piège. Sa décision était prise : elle mourrait vieille fille, avec juste deux chats pour lui tenir compagnie.

Passant brusquement du coq à l'âne, elle se demanda si Elizabeth avait dépensé les vingt dollars qu'elle avait glissés dans le tiroir de sa table de chevet, quelques jours plus tôt. Ce serait bon signe, la preuve qu'elle avait eu envie de quelque chose, n'importe quoi. Hélas, quand elle ouvrit le tiroir, Carrie trouva le billet vert toujours à la même place, à côté du calepin et du stylo en or. Un soupir lui échappa. Que n'aurait-elle donné pour voir sa grand-mère redevenir la femme qu'elle avait été autrefois ! Comment serait-elle, à son réveil, après les événements de cet après-midi ?

Carrie se frotta le front.

« Faites qu'elle nous revienne, pria-t-elle silencieusement. Je vous en prie, faites qu'elle nous revienne. »

Elizabeth continuait de dormir profondément. L'infirmière s'était montrée rassurante, affirmant que sa grand-mère n'avait pas souffert de leur « aventure ». Mais à la regarder à présent, Carrie se demandait où cette petite femme si frêle avait pu puiser l'énergie pour fournir un tel effort — sans compter la lucidité nécessaire pour aller chercher de l'aide.

Sur la table de chevet, Carrie remarqua le volume qu'Elizabeth avait refusé de lui montrer, quand elle l'avait rejointe sur le sable. Il s'agissait en fait d'un de ces cahiers servant de journal intime — sans doute celui auquel Sharon avait fait allusion. Mais quelles sortes de secrets sa grand-mère y consignait-elle ? De qui pouvait-elle bien parler ?

Aucune des personnes qui avaient partagé sa vie n'était encore de ce monde. Toute la famille avait disparu.

Le journal était recouvert d'un tissu à fleurs taché et déchiré, et Carrie le tourna un instant entre ses doigts, songeant qu'elle pourrait l'emporter au Crest Inn pour le nettoyer et le réparer. Elizabeth n'y verrait pas d'inconvénient. Elle savait bien que sa petite-fille n'était pas du genre à fouiller dans les affaires des autres.

Pourtant, Carrie se devait d'admettre qu'elle était curieuse. Et si le journal renfermait des détails, des informations susceptibles d'expliquer les raisons qui avaient poussé Breen — ou toute autre personne — à essayer de droguer sa grand-mère, peut-être même la tuer ? C'était peu probable, conclut-elle avec un soupir. La vie d'Elizabeth avait toujours été parfaitement transparente, un modèle de vertu et de pureté.

Elle prit le journal et le glissa dans son sac.

Le réveil, sur la table de chevet, indiquait 16 heures.

Carrie étouffa un bâillement et s'étira. Elle ne savait que faire. Rester avec Elizabeth jusqu'à son réveil ? Ou bien rentrer au Crest Inn, faire une sieste et revenir après le dîner ?

Dans le deuxième cas, elle croiserait peut-être Nicky. Qui sait s'il n'aurait pas déjà reçu les résultats de la prise de sang ? Et puis, elle avait totalement oublié d'appeler Molly Blair pour l'informer qu'elle avait décidé de rester et de participer au festival, tout compte fait.

Le programme des manifestations débutait le lendemain. Et dimanche, le président des Etats-Unis désignerait officiellement Christopher Breen pour diriger un projet qu'il chérissait tout particulièrement : « L'Enfant du Millénaire ».

Décidément, il n'y avait pas de temps à perdre.

Carrie prit l'annuaire local des pages jaunes et chercha le numéro d'une compagnie de taxis. Puis elle décrocha le téléphone.

— Allô, les taxis jaunes ? dit-elle quand une voix lui répondit, à l'autre bout du fil. Je voudrais qu'on vienne me chercher à la Résidence des Pins. Je vais au Crest Inn.

Elle marqua une pause.

— Oui, très bien, je vous attends devant l'entrée. Merci.

Elle raccrocha et se pencha sur sa grand-mère pour l'embrasser sur le front.

— Ne t'inquiète pas, mamie, dit-elle avec douceur. J'ai laissé Breen me faire du mal, quand j'étais petite. Je n'ai rien dit. Mais cette fois, je ne me tairai pas. Je vais faire tout ce qui est en mon pouvoir pour l'arrêter. Et je te promets, je te promets que je ne permettrai jamais qu'il te fasse du mal à toi.

Avant de partir, elle alla trouver Nan, qui lui apprit que Nicky avait téléphoné. L'inspecteur de police dont il avait parlé — une femme — était attendue d'une minute à l'autre. D'ici à son arrivée, Nan promit de veiller sur Elizabeth.

Malgré tout, Carrie ne se sentait pas à l'aise en quittant la maison de repos — rongée qu'elle était par un mauvais pressentiment. Mettant cela sur le compte de la nervosité, elle tenta de se rassurer. Elizabeth était en sécurité. Il ne lui arriverait rien.

*
* *

Elizabeth se laissait porter. Elle était à l'orée de la forêt ; il faisait sombre, on y était à l'abri. Elle marchait tout doucement sur la mousse, pour essayer de le surprendre. Elle adorait ça. Il réagissait toujours avec un tel enthousiasme. C'est qu'il n'aimait rien tant que jouer. Un vrai petit garçon.

Comme le jour où il avait pris le grand chapeau de paille qu'elle portait, pour le lancer en l'air. Le chapeau avait plané en direction des champs de fleurs, ses rubans flottant à l'arrière, et il s'était précipité pour le récupérer en riant aux éclats. Mais il y avait un gros taureau, dans ce champ, et il était revenu bien vite, sans jamais cesser de rire.

Avec lui, Elizabeth avait dû réapprendre le bonheur si simple de jouer. Car on ne riait pas beaucoup, chez elle, durant son enfance ; son père et sa mère étaient toujours en train de critiquer sa joie de vivre, de prétendre que ce qu'elle ressentait était mal ou anormal. Et plus tard, il y avait eu Sam, son mari.

Elle était tenue de prier jour après jour. Oh, elle n'avait rien contre la prière. Mais Sam passait plus d'une heure à genoux près du lit, tous les soirs, avant de venir s'allonger à côté d'elle. Elizabeth l'attendait, les membres engourdis par le froid. Elle se demandait pourquoi leur étreinte était un acte si terrible que son époux devait demander l'absolution avant de se résoudre à la toucher. Puis, tout à coup, il disait « Amen » à voix haute, comme pour la prévenir, lui dire de se tenir prête. Il tirait les couvertures, laissant entrer l'air froid de la nuit, et se jetait sur elle, s'agitait fiévreusement sur son corps pendant quelques minutes. « Allons, chérie, faisons l'amour », disait-il.

Comme si elle pouvait y prendre du plaisir ! Le regard de Dieu était encore fixé sur eux.

Au début, les larmes jaillissaient de ses yeux sans qu'elle puisse les refouler, tandis qu'elle attendait Sam et la fin de sa prière. Puis, un soir, il y avait eu comme un déclic dans son cœur, et sa tristesse s'était brusquement muée en indifférence. A partir de ce moment-là, chaque fois qu'elle entendait le fameux signal, « Amen », Elizabeth faisait semblant de dormir.

Pauvre Sam. Il n'avait jamais compris. Pas plus qu'elle n'avait pu lui expliquer. Le sexe, le plaisir de la femme... On n'abordait pas de tels sujets, dans son monde. C'était tabou.

Mais son amant, lui, savait, sans qu'elle ait besoin de prononcer une seule parole. Avec lui, elle éprouvait des sensations totalement inédites. Il la faisait rire. Avec lui, surtout, elle se sentait femme. Il arrivait même à réveiller l'enfant en elle, à lui redonner envie de jouer. Après cet interminable hiver dans le Minnesota, alors qu'elle avait perdu tout espoir, il avait su la faire renaître à la vie. Pour la première fois, elle avait pu s'abandonner, confier ses espoirs et ses rêves, ouvrir son cœur.

Jusqu'à ce jour terrible où elle l'avait surpris — lui, son cher amant, son seul amour — avec *elle*. D'un seul coup, son univers avait basculé dans un abîme sans fond. Le choc l'avait anéantie au point qu'elle avait voulu en finir avec l'existence, au point qu'elle avait supplié Dieu de la laisser mourir.

Au lieu de ça, elle avait affronté le monstre. Elle avait redressé les épaules, levé le menton et déclaré d'une voix blanche :

— Je t'ai vu.

Il avait d'abord nié, bien sûr. Mais elle avait tenu bon, et il avait fini par avouer, à genoux. Elle lui avait fait promettre de ne jamais recommencer. Il avait même juré, au nom du Christ.

Cependant, elle avait refusé de le revoir.

Le temps avait passé et il était revenu, jurant, toujours au nom du Christ, qu'il avait changé, qu'il n'était plus le même homme. Mais Elizabeth n'avait plus confiance en lui. Pas après ce qu'elle avait vu. Elle l'avait surveillé, avait épié le moindre de ses gestes, la moindre de ses actions et, peu à peu, sa jeunesse s'en était allée. Sa peau s'était fripée. Son regard avait perdu de son éclat. Elle était devenue vieille. Et tous les moments qu'ils avaient connus, tout ce bonheur, avaient été emmurés, enterrés dans le passé.

Avaient-ils seulement existé ? se demandait-elle parfois, durant ses longues nuits d'insomnie. Ou bien s'était-elle leurrée depuis le début ? Leur histoire n'était-elle pas juste celle d'une femme d'âge mûr, une insensée, qui avait eu l'imprudence de tomber amoureuse d'un homme plus jeune qu'elle, un homme qui n'avait jamais été ce qu'il paraissait être ?

Avec le temps, les blessures s'étaient refermées ; le doute, les questions qu'elle se posait, sur elle comme sur lui, avaient cessé de la tourmenter. Elle avait continué de le surveiller et, ne remarquant rien, elle en était venue à croire qu'il avait respecté son serment.

Jusqu'à présent.

Elizabeth serra les poings si fort que ses ongles mordirent la chair de ses paumes.

Mais cette fois, elle allait vraiment l'arrêter. Pour de bon.

Elle en était capable. Physiquement, elle avait presque recouvré toutes ses forces. Et elle était beaucoup plus solide, plus consciente qu'ils le croyaient tous. Oh, elle était bien partie quelque part, pendant un moment ! Après sa fracture de la hanche et la guérison qui ne venait pas, elle avait cru, espéré que la fin était proche. A quoi bon continuer à vivre ? Il ne lui restait plus que la souffrance. La souffrance et le souvenir des péchés du passé.

C'était Carrie qui l'avait ramenée à la réalité, petit à petit, pas à pas. Carrie lui parlait. Elle lui rappelait les bons moments d'autrefois. Et Elizabeth avait fini par reprendre goût à la vie, ne serait-ce que pour faire plaisir à sa chère petite-fille.

Mais revenir n'était pas facile. Ce n'était pas aussi simple que de s'en aller. Elizabeth sentait bien qu'elle valsait entre les deux mondes. Les infirmières la soupçonnaient de faire souvent semblant de dormir et elles n'avaient pas tort. Ainsi, elle n'avait pas à répondre à des questions, ou aux attentes des uns et des autres.

Et puis, elle en apprenait beaucoup. Les gens abordent des sujets interdits, quand ils vous croient endormi. Des sujets si terribles qu'ils semblent sortis tout droit des entrailles de l'enfer. Elle avait entendu de telles horreurs, dernièrement, de la bouche de Carrie. Après cela, elle avait passé la nuit éveillée, en proie à une terreur sans nom, ne sachant que faire.

Et puis, cet après-midi, en voyant Carrie boire le verre d'eau qui lui était destiné et s'effondrer au sol, elle avait compris que le moment était venu de revenir pour de bon. Sa petite-fille avait besoin d'elle. Plus jamais elle ne permettrait qu'on lui fasse du mal, foi d'Elizabeth Holder.

Et si les forces venaient à lui manquer, elle prierait. Mais pas comme Sam le lui avait appris, songea-t-elle avec mépris. Pas de supplication à genoux ni d'appel à la pitié. Non. Sa prière serait adressée au Dieu de la vengeance. Elle lui dirait ce qu'elle savait, ce qu'elle avait toujours su durant toutes ces années, et ce Dieu de vengeance la soutiendrait, il lui donnerait les forces dont elle avait besoin pour accomplir sa mission.

Le soir tomba lentement et Elizabeth continua de faire semblant de dormir tout en forgeant son plan dans sa tête. A un moment, elle entendit un grand bruit en provenance de l'avant du bâtiment, puis des gens qui couraient, des éclats de verre. Elle en conçut une vague inquiétude, se demandant quelle était la cause de ce vacarme. Mais ce qu'elle avait prévu de faire ce soir-là était plus important que tout le reste et, lorsqu'une infirmière lui apporta son dîner, à la même heure que d'habitude, Elizabeth se dit qu'elle avait dû imaginer tous ces bruits et demeura parfaitement immobile. Un peu plus tard, la porte s'ouvrit de nouveau et quelqu'un entra, s'approcha discrètement du lit, avant de repartir sur la pointe des pieds. Puis le calme retomba sur la chambre.

Dehors, la nuit finissait de tomber. Quand il fit tout à fait noir, Elizabeth se redressa et posa ses pieds sur le sol. Elle éprouva une douleur familière à la hanche, mais n'y prêta pas grande attention — c'était son arthrose, qui la faisait souffrir depuis vingt ans.

Une fois debout, elle glissa ses oreillers sous ses draps, afin de faire croire que le lit était occupé.

Puis, toujours dans le noir, elle marcha à tâtons jusqu'à son armoire, où elle prit des vêtements et ses chaussures de marche. Elle les serrait contre elle pour les emporter, quand elle crut entendre un bruit. On aurait dit que quelqu'un respirait à côté d'elle.

Elle se figea, un frisson de peur courant le long de son dos. Il lui semblait sentir une présence dans la pièce, comme un déplacement d'air.

Mais non. C'était son imagination.

Elle inspira profondément et enfila le pantalon et le pull qu'elle avait pris dans l'armoire. Elle risquait d'avoir un peu chaud dans ces vêtements à cette époque de l'année, mais elle ne voulait pas allumer la lumière.

De nouveau, elle crut entendre comme une respiration.

— Il y a quelqu'un ? demanda-t-elle de sa voix la plus autoritaire, en dépit de sa frayeur. Est-ce qu'il y a quelqu'un ? Montrez-vous.

Il n'y eut plus aucun bruit et Elizabeth rit doucement de sa bêtise.

— Seigneur, je suis encore en train de devenir folle, murmura-t-elle. Comme l'autre nuit. Seigneur, je Vous en prie, aidez-moi.

Elle se tint un moment immobile, priant d'abord l'Archange Michel pour qu'il lui donne la force de continuer, puis son Dieu de la Vengeance, celui dont elle avait longtemps voulu croire qu'il n'existait pas, et qu'elle suppliait à présent de lui accorder le soutien dont elle avait besoin.

Elle marcha ensuite vers le téléphone à côté de son lit et essaya de se rappeler où était la touche qui commandait le rappel du dernier numéro. Après quelques instants de réflexion, elle pressa un bouton et attendit, le cœur battant. Quelqu'un décrocha, à l'autre bout de la ligne, et une voix d'homme répondit :

— Les taxis jaunes, je vous écoute.

Elizabeth poussa un soupir de soulagement.

— Oui, je voudrais un taxi, chuchota-t-elle tout doucement.

— Allô ? Qu'est-ce que vous dites ? Je ne vous entends pas.

— Je voudrais un taxi, reprit-elle plus fermement, en posant sa main autour de sa bouche pour essayer d'étouffer le son de sa voix.

— Votre adresse ?

— La Résidence des Pins. Mais je veux que vous me preniez sur la rue Greenhurst, au coin de la résidence.

— D'accord, répondit l'homme. Dans quinze minutes.

— Merci, dit Elizabeth, avant de reposer le combiné.

Elizabeth ouvrit tout doucement la porte de sa chambre et sortit dans le couloir. Il était plus de 21 h 30 et la plupart des patients étaient couchés. Quant au vacarme qu'elle avait entendu, tout à l'heure, quelles qu'en aient été les raisons, il avait totalement cessé. Un rai de lumière passait sous la porte de Ned Kelly. Aucun bruit n'était perceptible, mais Elizabeth connaissait les habitudes du vieux Ned. Journaliste à la retraite, il allait probablement passer une bonne partie de la nuit à écouter la radio. Ned avait toujours une opinion sur tous les événements de l'actualité et il distrayait les pensionnaires de la résidence, au cours du déjeuner, en leur racontant des histoires alarmistes de conspirations gouvernementales ou d'explosions solaires qui allaient ravager la terre et tuer des millions de personnes, quand il n'était pas question de tornades ou de tremblements de terre apocalyptiques.

Elizabeth sourit intérieurement en imaginant le vieux Ned assis dans son lit, les écouteurs de sa radio portable fixés à ses oreilles. Le monde pouvait bien s'écrouler autour de lui ; il n'entendrait rien.

Le couloir était silencieux. Même les infirmières, à leur poste, dodelinaient de la tête, luttant contre le sommeil.

C'était presque la fin de leur tour de garde, et elles commençaient à accuser la fatigue de la journée. Elles avaient l'air plus épuisé que jamais, ce soir, et l'une d'elles avait même posé sa tête entre ses bras croisés. Les deux autres bavardaient à voix basse en buvant du café. Elizabeth avait compté sur ce léger relâchement pour sortir sans se faire remarquer.

On croyait qu'elle n'était au courant de rien, mais les habitudes des uns et des autres ne lui étaient pas inconnues. Comme le vieux Ned et sa radio. Ou Gladys, au bout du couloir, qui hurlait régulièrement « au secours ! », alors que nul ne lui voulait de mal. Ou cette autre pensionnaire dont Elizabeth ignorait le nom et qui faisait irruption dans la salle à manger, jour après jour, nue comme un ver, avec juste une croix pour dissimuler son pauvre corps tout fripé. Elle avait été religieuse, si l'on en croyait les infirmières qui avaient évoqué le sujet en pensant qu'Elizabeth ne les entendait pas. Mais Elizabeth entendait bien plus qu'on ne l'imaginait. Et elle savait beaucoup, beaucoup de choses. Trop. Hélas, le mal était fait. Son seul espoir était de corriger la situation dans la mesure du possible. Le moment était enfin venu de s'occuper de l'infâme !

Pat Baley, l'inspecteur de police en civil que Nicky avait envoyé à la Résidence des Pins, n'arriva jamais à destination, en dépit du fait qu'elle avait quitté son domicile à 17 heures précises. Elle fut victime d'un grave accident, sur la route entre Holly Beach et la maison de repos, et sa voiture fut totalement écrabouillée. Par chance, elle s'en sortit sans une égratignure. Mais lorsqu'elle essaya d'appeler Nicky pour lui expliquer ce qui s'était passé, la batterie de son téléphone cellulaire choisit ce moment pour rendre l'âme. Retrouver sa radio au milieu des débris de la voiture banalisée se révéla impossible, et quand, sur ces entrefaites, l'ambulance arriva sur les lieux de l'accident, ils insistèrent pour la transporter à l'hôpital.

Elle commença par protester mais, soudain, sa vision se brouilla et elle dut s'incliner.

Nicky apprit la nouvelle de l'accident à la radio et il arriva quelques minutes à peine après les ambulances, le camion de pompiers et une douzaine de voitures de police. Le carambolage avait touché vingt-deux véhicules et la circulation fut bloquée dans les deux sens, pendant plusieurs heures. Nicky commit l'erreur de s'avancer trop et se retrouva bloqué dans ce bouchon. Quand il apprit enfin ce qui était arrivé à Pat Baley, il ne put que pester et essayer de joindre Nan. Celle-ci ne répondant pas sur sa ligne privée, il la fit appeler par une infirmière, qui eut le temps de lui expliquer qu'il y avait également une crise à la Résidence des Pins. Enfin, au bout de plusieurs minutes, la voix de la directrice résonna au bout du fil.

— C'est la pagaille, ici, déclara-t-elle sur un ton agité. Un patient a pris la voiture d'une de nos employées et il a trouvé le moyen de faire grimper le véhicule sur les marches de la véranda avant de l'écraser contre l'entrée du bâtiment. Ils finiront par me rendre folle...

— Où est Elizabeth ? l'interrompit Nicky.

— Elizabeth ? Je n'en sais rien. Je pensais que votre femme policier serait arrivée, à l'heure qu'il est. La dernière fois que je vous ai parlé, elle était en route.

— Merde, Nan, vous aviez dit que vous vous occuperiez d'Elizabeth entre-temps.

— Oui, eh bien, excusez-moi, mais j'étais un peu occupée, ces dernières heures. Il y a du verre brisé partout et plusieurs de nos patients n'ont rien trouvé de mieux que de marcher dessus, pieds nus, avant qu'on puisse les arrêter. Certains pleurent, d'autres sont complètement hystériques et pensent que c'est la fin du monde. Ned Kelly affirme à qui veut l'entendre qu'il s'agit d'un phénomène magnétique inhabituel, et nous avons un vétéran de la Seconde Guerre mondiale qui est convaincu que les Allemands attaquent.

— Bon, bon, désolé, dit Nicky. Mais il y a eu un énorme carambolage sur la route d'Ocean View. Pat Baley fait partie des accidentés. Rien de grave, mais elle doit se rendre à l'hôpital. Je vais tenter d'envoyer quelqu'un à sa place. En attendant, il faut absolument veiller sur la grand-mère de Carrie.

— Nicky, j'ai prévenu le personnel qu'elle ne devait recevoir aucune visite à l'exception de Carrie. J'ai été très claire. Tout le monde le comprend et les infirmières étaient déjà particulièrement attentives, après ce qui s'est passé cet après-midi. Mais enfin, nous sommes tous débordés à l'heure qu'il est. C'est une situation d'urgence.

— Nom de Dieu, Nan, je vous préviens, s'il lui arrive quoi que ce soit...

— Oh, pour l'amour du ciel, calmez-vous un peu ! s'exclama la directrice, visiblement excédée. Je vais m'assurer moi-même qu'elle va bien. Et j'essaierai de trouver quelqu'un. Ça vous va ?

Nicky coupa la communication et passa une main dans ses cheveux.

— Merde, merde, merde !

Il regarda autour de lui. Au milieu du spectacle désolant qu'offraient les carrosseries cabossées et les tôles froissées, des hommes et des femmes se tenaient debout ou assis, l'air confus, parfois choqué, se demandant visiblement ce qui était arrivé, et quoi faire, maintenant. Des jeunes étudiants et lycéens avaient proposé leurs services et déambulaient au milieu de la mêlée, offrant des couvertures et du café. Ici et là, les ambulanciers se frayaient un chemin avec leurs brancards, et plusieurs policiers étaient occupés à recueillir des témoignages pour leur rapport.

Il n'y avait pas grand-chose à faire, à part ajouter au chaos, se dit Nicky. En revanche, il pouvait sans doute se rendre utile en veillant sur la grand-mère de Carrie, au moins jusqu'à ce qu'il fasse venir quelqu'un pour remplacer Pat Baley.

Il déplaça sa voiture pour qu'elle ne gêne pas les dépanneuses, verrouilla la portière, accrocha sa radio à la ceinture de son jean et fit savoir à un des policiers où le trouver le cas échéant. Puis il descendit sur la plage et s'éloigna en direction de la Résidence des Pins. La nuit tombait mais, avec un peu de chance, il serait arrivé d'ici à une heure.

24.

Elizabeth quitta la Résidence des Pins sans être vue et, tout en murmurant des prières, elle parvint à rejoindre la rue Greenhurst sans encombre.

Le taxi arriva avec près de dix minutes de retard et, en l'attendant, elle dut se dissimuler derrière un arbre chaque fois qu'elle voyait approcher des phares. A plusieurs reprises, elle sursauta en pensant qu'on l'avait repérée, qu'on avait déjà découvert sa disparition et lancé quelqu'un à sa poursuite. Mais il n'y avait personne et elle mit son erreur d'appréciation sur le compte de sa nervosité.

Le trajet en taxi fut tout aussi éprouvant. Le chauffeur dut passer par des petites rues, déclarant qu'il y avait eu un énorme carambolage sur la route principale. « Une sacrée pagaille », commenta-t-il.

Enfin, elle arriva à destination.

Tous les efforts qu'elle avait fournis pour s'habiller, appeler le taxi et se glisser hors de la résidence l'avaient laissée faible et tremblante. De plus, son esprit lui jouait des tours. Elle avait beau se concentrer, se répéter que la configuration des lieux avait changé, elle continuait de se les représenter tels qu'ils étaient autrefois, et elle perdit du temps à pousser les mauvaises portes, à longer des couloirs qui ne la menaient pas là où elle voulait se rendre. Elle était de plus en plus fatiguée et ses forces l'abandonnaient. Mais elle le trouverait, se répétait-elle. Même si cela devait prendre toute la nuit. Et elle continuait de prier. « Aidez-moi, Seigneur. Aidez-moi en me montrant le chemin. »

Enfin, Elizabeth se retrouva dans l'aile qui abritait les salles audiovisuelles. Il était plus de 22 h 30 et le centre était plongé dans l'obscurité. Seul un rai de lumière filtrait sous une porte, au bout du couloir.

Elizabeth était morte de peur. Elle avançait en tâtonnant, avec l'impression que des esprits malfaisants se cachaient dans le noir, prêts à bondir sur elle. Mais c'était son imagination qui lui jouait des tours, bien sûr. Le seul esprit malfaisant, en ces lieux, se tenait derrière cette porte.

Elle tourna la poignée, tout doucement, le cœur battant, et se retrouva au milieu de tables, de téléphones, d'équipements audiovisuels et d'ordinateurs. Mais il n'y avait personne dans la pièce. Elle s'enfonça dans le centre audiovisuel, poussant une porte après l'autre, prise d'effroi à l'idée qu'elle s'était trompée. Mais, soudain, ses efforts furent récompensés et elle atterrit dans une petite salle dont un pan de mur était occupé par un écran de projection.

Il était là ! Installé dans un fauteuil pivotant, en train de prendre des notes en visionnant une cassette du Christopher Show.

Il était tellement absorbé par son travail qu'il n'entendit pas Elizabeth entrer et refermer doucement la porte.

Elle s'appuya contre le battant, les jambes flageolantes, le cœur battant à tout rompre dans sa frêle poitrine. Puis, tâtant la poche de son pantalon, elle referma ses doigts sur un objet dur et métallique.

Breen avait les yeux fixés sur l'écran, mais il pensait à tout autre chose. Depuis le jour où Carrie Holder — Carrie Holt, maintenant — était venue le trouver, il ne parvenait plus à la chasser de son esprit. La jeune femme avait été très claire. Elle allait dévoiler leur secret, elle allait crier à la face du monde qu'il l'avait... qu'il l'avait touchée alors qu'elle n'était qu'une enfant.

Cette pensée le hantait. Car il avait fallu qu'elle prononce les mots, qu'elle l'accuse comme elle l'avait fait, pour qu'il prenne brutalement conscience de la gravité de ses actes. Jusqu'alors, il avait toujours considéré son comportement comme immodeste, tout au plus.

Il était profondément attristé par le tour que prenaient les événements. Il se revoyait, petit garçon de sept ans, un jour qu'il devait rendre des devoirs qu'il n'avait pas faits. Il avait été convoqué dans le bureau du directeur et ce dernier, remarquant sa frayeur, l'avait pris sous son aile. Il lui avait expliqué comment parler aux gens sans avoir l'air intimidé, sans montrer sa peur. Il lui avait enseigné l'art de narguer l'adversité.

Puis, le directeur lui avait enseigné d'autres choses — des choses terribles qu'aucun petit garçon ne devrait connaître. Mais au milieu de tout cela, Chris avait appris à se débrouiller dans la vie ; il avait appris à se faire aimer et accepter. Puis, devenu jeune homme, il avait essayé de transmettre cet enseignement aux enfants avec lesquels il était amené à être en contact. Des enfants comme Carrie, par exemple. Vraiment, il avait fait de son mieux…

Jusqu'au jour où Elizabeth l'avait surpris.

Elle l'avait très mal pris, interprétant ses actions sous un jour impur, tout comme Carrie aujourd'hui.

Ils avaient eu une scène épouvantable et il avait dû quitter la ville. C'était la condition à laquelle l'avait soumis Elizabeth. Et il avait dû lui faire des promesses pour qu'elle garde le silence. Des promesses qu'il avait lutté pour tenir — avant d'oser se représenter devant elle, d'oser revenir.

Il ne s'était jamais marié. En fait, il s'étonnait parfois d'être toujours célibataire. Mais il préférait continuer à jouer son rôle d'enfant, auquel il était prédestiné. Et puis, il trouvait plus facile de se sentir responsable du monde entier, comme c'était de plus en plus le cas, que d'une seule personne.

Depuis son retour à Holly Beach, il avait fait de son mieux pour mener une vie respectable. Il avait travaillé dur et s'était forgé une réputation et une carrière dont il était fier. Il faisait don d'une grande partie de ses revenus à de bonnes causes. Le centre d'Anglesea, pour des raisons évidentes, avait largement bénéficié de sa générosité ; c'était la base de ses opérations. Quant au soutien financier qu'il offrait à la Résidence des Pins, c'était en grande partie parce que sa mère avait souffert d'une longue maladie, avant de mourir, quand il n'avait que douze ans. Si elle avait eu les moyens de recevoir les soins requis, il ne se serait peut-être pas retrouvé tout seul, dans la vie. Les choses auraient peut-être été différentes.

Quoi qu'il en soit, il n'avait jamais travaillé pour gagner de l'argent. Il se moquait bien d'être riche. Ce qu'il voulait, c'était être respecté, et... aimé.

Et il avait réussi. Tout se passait très bien, jusqu'à ce que Carrie réapparaisse. Quand il avait appris, quelques mois plus tôt, qu'elle était sur la liste des invités au festival, il avait fait tout son possible pour qu'elle soit écartée. Il s'était adressé directement au comité de sélection, déclarant qu'il vaudrait mieux inviter quelqu'un de plus connu, qui attirerait plus de publicité. Mais il était trop tard. Les invitations étaient parties deux jours plus tôt.

Et maintenant, ces deux malheureux petits jours étaient en train de faire basculer tout son univers.

Elizabeth se racla la gorge et Christopher Breen pivota sur son fauteuil. Le choc qu'il ressentit à sa vue se peignit sur son visage.

— Lizzie ! Seigneur ! Que fais-tu là ?

Elle s'approcha, une main dans la poche.

— Je suis venue te voir, répondit-elle. Ou plutôt non. Je suis venue pour débarrasser la terre d'une vermine.

Il se leva lentement.

— Je ne comprends pas. Comment es-tu arrivée jusqu'ici ?

— Tu veux dire, comment ai-je fait pour survivre à toutes les pressions psychologiques que tu m'as fait subir, ces derniers mois, pour me convaincre d'empêcher Carrie de venir ? Quand je pense que les infirmières te croyaient en visite chez les malades !

— Mon Dieu, j'étais persuadé que tu ne m'entendais pas. Pour l'amour du ciel, assieds-toi. Tu as une mine affreuse.

Elizabeth eut un sourire amer.

— Ce n'est pas ce que tu disais, autrefois. « Lizzie, tu es la plus belle femme du monde. Lizzie, je ne me lasse pas de te regarder. Lizzie, je t'aime... »

Elle leva brusquement la main et l'abattit sur la joue de Breen. Elizabeth était affaiblie et la gifle ne claqua pas bien fort, mais Breen n'en recula pas moins d'un pas, visiblement stupéfait.

— Et ne m'appelle pas Lizzie, reprit-elle avec colère.

Breen avait porté une main à sa joue, les yeux écarquillés. Le Christopher Show continuait de défiler sur le grand écran, le chœur des enfants accompagnant la scène qui se déroulait dans le bureau de Breen. La mélodie amplifiée par l'orgue se répercutait dans les oreilles d'Elizabeth, comme les rires de millions de diables, et elle abattit sa main sur la télécommande posée sur la table, à côté de Breen. Le bruit cessa immédiatement, mais le film continua de dérouler ses images, avec Christopher Breen en gros plan, une main posée sur la tête d'une petite fille.

— Lizzie...

Elizabeth le gifla de nouveau. Cette fois, cependant, il prévint son geste et lui saisit le poignet.

— Mais, enfin, qu'est-ce qui t'arrive ? s'exclama-t-il. Tu es devenue complètement folle ?

— Pas plus que je ne l'étais quand je t'ai permis de revenir dans cette ville et de te faire un nom, espèce de monstre. J'aurais dû dire à tout le monde ce que tu es vraiment, au lieu de me taire. Comment ai-je pu être assez bête pour croire un seul mot... ?

— Je t'ai dit la vérité, Elizabeth, l'interrompit-il en la prenant par les bras et la secouant légèrement. Tu m'as demandé de partir et j'ai tenu ma promesse. Je me suis fait soigner. J'ai fait amende honorable. Je me suis racheté. Je te jure que je n'ai jamais plus touché une enfant depuis le jour où tu m'as surpris avec... avec elle. Je te le jure.

— Avec elle ? répéta Elizabeth, avec mépris. Elle ? Tu ne te rappelles même pas son nom, n'est-ce pas ? Eh bien, moi si. Janey. Janey Pearce. Et elle avait dix ans. Elle avait confiance en toi et tu l'as touchée avec tes mains sales.

Elle se dégagea.

— Elle et combien d'autres, hein ? Combien d'autres petites filles innocentes ?

Elle voulait qu'il avoue, elle voulait l'entendre dire ce qu'elle n'avait pas su voir, à l'époque, mais elle savait maintenant... que Carrie faisait partie des victimes, elle aussi.

— Elizabeth, nous avons déjà eu cette conversation. Et je te jure que je n'ai plus jamais touché une enfant, après ça. Enfin, souviens-toi, tu avais menacé de me dénoncer.

— Je n'aurais pas dû me contenter de te menacer. J'aurais dû le faire.

— Mais tu avais une excellente raison de t'abstenir, pas vrai ? fit-il avec douceur.

Elizabeth se rappelait cette voix si douce et le pouvoir qu'elle avait de la faire fondre, corps et âme, de lui donner l'impression, à elle, une femme de cinquante ans, qu'elle était jeune de nouveau.

— Oh, tu as très bien su me manipuler, en effet, rétorqua-t-elle. Si je t'avais dénoncé, toi aussi tu aurais pu dévoiler notre liaison. Le scandale aurait éclaté et il aurait rejailli sur Carrie, qui m'en aurait voulu, qui aurait eu honte de moi. Tu savais bien que je ne le supporterais jamais.

— Lizzie, je n'aurais pas dévoilé notre liaison, tu le sais. Quant à Carrie, tu étais la seule personne vers qui elle pouvait se tourner. Alice était incapable de la protéger. Et son père...

— Son père était un alcoolique. Je sais. Comme s'il était possible de l'ignorer, malgré tous les efforts d'Alice pour le cacher.

— Lizzie, ma Lizzie, murmura Breen. C'est donc tout ce que tu savais ?

Elizabeth plissa les yeux.

— Que veux-tu dire ?

Il secoua la tête, sans répondre.

— De quoi parles-tu ? insista Elizabeth, haussant le ton.

— Je parle de ton fils, Jack... et de ce qu'il faisait à Carrie.

Elle pâlit et recula d'un pas.

— Quel mensonge monstrueux es-tu encore en train d'inventer ?

— C'est la stricte vérité, Lizzie. Jack a abusé de Carrie pendant des années.

— Menteur, fit-elle dans un souffle rauque. Sale menteur.

Mais elle croisa son regard et, dans ses yeux, elle retrouva la lueur de vérité d'autrefois, celle de l'époque où il la tenait dans ses bras et lui disait qu'il l'aimait. Elle avait appris à la reconnaître et même à compter sur elle, aussi sûrement qu'elle avait appris, plus tard, à reconnaître les mensonges.

Il ne mentait pas, en cet instant. D'autant que son affirmation réveillait une scène dans son esprit : Carrie, assise à côté d'elle, quelques heures plus tôt, devant la mer. « Mamie, de quoi te souviens-tu ?... Savais-tu les... les choses qu'il faisait ?... Je ne peux pas croire que tu savais »...

Elizabeth avait cru qu'elle parlait de l'alcoolisme de Jack.

— Comment peux-tu être au courant ? demanda-t-elle, la gorge gonflée de larmes.

— Carrie me l'a dit. Il y a des années. Elle me l'avait dit, à l'époque.

— Elle te l'avait dit et tu n'as rien fait ? s'écria Elizabeth.

— Je...

Breen s'interrompit, pris dans un piège qu'il n'avait pas prévu.

— Tu n'as rien fait parce que, toi aussi, tu abusais d'elle, reprit Elizabeth, d'une voix rauque, horrifiée.

— Je n'ai jamais...

— Ne mens pas ! hurla-t-elle en se jetant sur lui pour le frapper de ses poings serrés. Ne mens pas. Carrie m'a dit ce que tu lui as fait. Tu l'as touchée, tu as abusé d'elle, comme de Janey Pearce. Et tu continues. Tu continues...

Breen l'entoura de ses bras et la serra contre lui, tandis qu'elle sanglotait à fendre l'âme.

— Je suis tellement désolé, Lizzie, murmura-t-il. Je ne voulais pas que ça se passe comme ça. Je te le jure. Je t'aimais. Je t'aimais plus que tout au monde. Mais j'avais besoin... j'avais besoin d'autre chose. Et Carrie te ressemblait tellement.

— Mon Dieu, gémit Elizabeth, se laissant glisser au sol et enfouissant son visage dans ses mains. C'est ma faute. Tout est ma faute.

Il s'agenouilla devant elle et prit ses mains dans les siennes.

— Ce n'était pas ta faute, Lizzie. Cela n'a jamais été ta faute. Tu ne pouvais pas deviner ce que Carrie ne voulait pas que tu saches. Elle avait trop bien appris à le cacher.

— C'est sûrement à cause du bébé, poursuivit Elizabeth, comme si elle ne l'avait pas entendu. Quand j'ai perdu mon bébé, dans le Minnesota...

— C'était le mien, aussi, murmura-t-il avec douceur, en essuyant les larmes qui coulaient sur les joues d'Elizabeth.

— J'ai cru que la vie s'arrêtait, que j'étais condamnée à la pire solitude jusqu'à la fin de mes jours. Et Sam a découvert que c'était ton enfant, non le sien...

— Et tu es rentrée. Tu es venue me retrouver. Nous avions besoin l'un de l'autre, Lizzie. Nous n'avions personne d'autre sur qui compter.

Elizabeth fut tout près d'acquiescer. En dépit de tout, elle ressentait de nouveau cette intimité et, l'espace d'un instant, elle s'abandonna au délice de sentir cette main sur sa joue, sur ses cheveux. L'espace d'un instant, elle voulut succomber au désir de se pencher en avant pour baiser ces lèvres qu'elle avait tant aimées. Elle voulait éprouver le même bonheur, la même plénitude qu'autrefois.

Mais, soudain, elle reprit ses esprits et le repoussa.

— Faut-il que je sois bête ! s'exclama-t-elle en se relevant. Encore un peu et j'oubliais qui tu es vraiment. Tu es tellement doué pour manipuler les gens, n'est-ce pas ? Mais je ne suis plus si naïve.

Elle fourra sa main dans la poche de son pantalon, avant d'enchaîner :

— Une dernière chose. Tu n'as jamais su comment Sam était mort. Personne ne l'a su, puisque le Dr Esmond n'a rien dit.

— Ton mari est mort d'une crise cardiaque, déclara Breen.

— Mon mari s'est suicidé. Il a avalé un tube de comprimés parce qu'il ne supportait plus de vivre avec le poids de mes péchés. Il lui a fallu des années pour arriver à cette extrémité, des années passées à prier pour le salut de mon âme, sans pouvoir effacer le souvenir de ma trahison, jusqu'à ce qu'il n'ait plus la force.

Breen s'était relevé et il la considérait d'un air atterré.

— Mais c'est fini, conclut Elizabeth. Tout est fini. Tu ne feras plus jamais de mal, ni à moi, ni à ceux que j'aime. Et tu ne toucheras plus jamais une petite fille avec tes mains dégoûtantes.

Ses doigts se refermèrent sur l'objet métallique enfoui dans sa poche, et elle fit un pas en avant.

25.

En quittant la Résidence des Pins, Carrie se rendit directement au Crest Inn. Là, elle frappa à la porte de la cuisine des D'Amico. Elle voulait leur emprunter du Scotch ou de la colle pour réparer le journal de sa grand-mère.

— Carrie ? Par ici, lui répondit une voix depuis l'atelier.

La jeune femme arriva dans la pièce juste comme Helen couvrait d'un drap la toile sur laquelle elle travaillait.

— Il m'a bien semblé vous voir passer, dit-elle en se tournant vers Carrie. Comment va votre grand-mère ?

— Ça va. Nicky vous a raconté ce qui s'était passé ?

— Pas du tout. En fait, je ne l'ai pas vu de la journée. Qu'est-il arrivé ?

Carrie poussa un soupir.

— C'est une longue histoire. Vous permettez que je vous la raconte une autre fois ?

— Evidemment. Vous n'êtes même pas tenue de me la raconter, si vous n'en avez pas envie. Je ne voulais pas me montrer indiscrète, ajouta Helen avec un sourire.

— Oh, je n'en doute pas une seconde. En fait, je suis touchée que vous ayez posé la question, dit Carrie sincèrement. Mais je suis tellement fatiguée. Et je voudrais réparer le journal de ma grand-mère pour pouvoir le lui rapporter, tout à l'heure. Je me demandais si vous aviez du Scotch à me prêter ?

— Bien sûr. J'ai tout ce qu'il faut, dans ce tiroir, répondit Helen en se dirigeant vers un gros buffet. Je garde ça depuis l'époque où les enfants allaient à l'école. Un peu par nostalgie. Attendez, je crois que j'ai exactement ce qu'il vous faut.

Elle prit un tube de colle à tissu et un rouleau de Scotch, qu'elle tendit à Carrie.

— Merci, fit la jeune femme. Je vais dans ma chambre. Si jamais Nicky rentre, pourriez-vous lui dire que j'ai besoin de lui parler ?

— D'accord.

Une fois installée devant le petit secrétaire ancien de sa chambre, elle ouvrit le journal de sa grand-mère à la première page, qui était déchirée. Tout en travaillant, elle grignota le contenu d'un paquet de M&M qu'elle venait de piocher au fond de son sac. Elle s'avisait brusquement qu'elle avait faim. Elle n'avait presque rien mangé depuis des jours et se sentait faible, tant de corps que d'esprit. En fait, son dernier repas remontait au hot dog qu'elle avait acheté la veille, quand elle était en promenade avec Tess.

Et d'ailleurs, où était Tess, à l'heure qu'il était ? se demanda-t-elle aussitôt. Qu'avait-elle fait, aujourd'hui ? Tout en y réfléchissant, elle s'efforçait de réparer la page du journal intime. Mais ses mains tremblaient et le Scotch ne cessait de s'enrouler autour de ses doigts avant qu'elle ait le temps de le fixer au papier.

Soudain, elle s'aperçut que la page déchirée ne l'était plus. Elle avait été réparée, comme par miracle. Une page miraculeuse.

Carrie sourit. Elle aimait bien les miracles. Elizabeth lui avait toujours affirmé que la vie est pleine de miracles, qu'il suffit de regarder autour de soi. Carrie regarda autour d'elle et ses yeux glissèrent sur la page, s'arrêtant sur les mots tracés à l'encre bleue.

« A ma chère petite-fille, Carrie. Quand je serai partie, je veux que tu apprennes toute la vérité. »

Et voilà. Un autre miracle. Quelqu'un qui disait la vérité.

Le regard de Carrie voyagea jusqu'au bas de la page, puis sur la suivante. Se montrait-elle indiscrète ? Elle n'aurait jamais imaginé qu'elle serait un jour capable de lire le journal d'une autre personne — à son insu. Mais elle tenait tant à comprendre... Elle espérait tellement découvrir qui avait pu vouloir faire du mal à sa grand-mère... Ce n'était pas de la curiosité malsaine. Il y avait un autre mot pour cela... mais il lui échappait.

Sa lecture l'absorba au point qu'elle en oublia sa faiblesse ou le tremblement de ses mains. De temps à autre, elle secouait la tête pour éclaircir sa vision qui tendait à se brouiller et, quand cela ne suffisait pas, elle fermait les yeux, l'espace de quelques secondes.

Soudain, elle eut un rire ravi. Sa grand-mère racontait une histoire. L'histoire d'un homme et d'une femme fous amoureux l'un de l'autre. Le récit était si captivant, si bien écrit, que Carrie pouvait presque les imaginer dans le champ de fleurs qu'Elizabeth décrivait : l'homme courait après un chapeau emporté par le vent, avant de détaler pour échapper à un taureau qui s'était lancé à sa poursuite. Il revenait en riant vers la femme qu'il aimait et la prenait dans ses bras, l'embrassant passionnément...

C'est alors que Carrie eut une autre vision. C'était le même homme, la même femme, mais ils étaient dans un lit et ils faisaient l'amour...

Carrie se tenait de l'autre côté de la porte. Elle était juste montée demander si elle pouvait manger de la glace et elle avait surpris cette scène. La brise soulevait les voiles blancs accrochés aux fenêtres. Les jambes de la femme étaient enroulées autour des hanches de l'homme, dont Carrie ne voyait que le dos. Elle avait pensé qu'il s'agissait de ses grands-parents.

Elle l'avait cru très longtemps.

Mais elle s'était trompée. C'était bien sa grand-mère, mais l'homme n'était pas son grand-père. C'était quelqu'un d'autre.

Carrie écarquilla les yeux et porta une main à sa bouche. C'était sa grand-mère, et lui, l'homme aux cheveux blonds, l'homme qui courait après le chapeau, dans le champ de fleurs.

Sa grand-mère avait eu une liaison avec un homme. C'était merveilleux !

Carrie parcourut les pages suivantes avec avidité. Mais aucun prénom n'était évoqué. Seulement des pronoms : « lui », « il ».

C'était ainsi que faisait Carrie. Elle l'appelait toujours « lui » ou « il ». Elle ne prononçait jamais son nom, même dans son esprit. Parce que c'était un secret. Un secret qu'elle devait garder.

Comme sa grand-mère.

Carrie essaya de se rappeler ce nom, tenta de le faire remonter à la surface de sa mémoire. Elle savait presque de qui il s'agissait, savait presque de qui sa grand-mère avait été amoureuse. Elle reconnaissait le visage qu'Elizabeth décrivait, page après page, au fur et à mesure que l'histoire se déroulait.

Il ne manquait plus que le nom.

Et soudain…

Evidemment… Evidemment ! Elle connaissait ce nom.

C'était… c'était… La pièce devint noire et Carrie glissa au sol, inconsciente.

Lorsqu'elle revint à elle, Helen était penchée sur elle et la secouait doucement.

— Carrie ! Carrie, réveillez-vous ! Dieu merci. J'ai frappé à votre porte et insisté. Que s'est-il passé ?

Carrie avait l'esprit et le corps gourds. La tête lui tournait et, lorsqu'elle voulut se redresser, elle perdit l'équilibre et retomba contre Helen. « Je suis malade, se dit-elle en s'accrochant au bras de la femme. Je dois être malade. »

— Je vais appeler un médecin, déclara la mère de Nicky.

Mais Carrie secoua la tête. Elle venait de se rappeler les événements de l'après-midi, le verre d'eau, les anges dans la neige.

— Non, attendez.

Elle eut un rire nerveux et secoua la tête. Ses forces lui revenaient.

— Je crois que j'ai eu comme un flash-back. Mais ça va, maintenant.

— Un flash-back ? répéta Helen, les sourcils froncés.

— Ce sont les restes de l'hallucinogène. J'ai bu un verre dans lequel on avait glissé une drogue quelconque, cet après-midi. On m'a fait une prise de sang et Nicky a porté l'échantillon au laboratoire.

Helen se frappa le front.

— Nicky ! J'ai failli oublier. Il est au bout du fil. Il vous appelle de la Résidence des Pins. C'est au sujet de votre grand-mère.

Carrie bondit sur ses pieds mais, aussitôt, elle se prit le front entre les mains. Sa tête était sur le point d'éclater.

Helen se leva à son tour et alla décrocher le combiné du téléphone. Carrie le saisit d'une main tremblante.

— Nicky ? Que se passe-t-il ?

— Carrie, je suis vraiment désolé, mais je ne vais pas y aller par quatre chemins. Il y a eu un problème, à la résidence. Rien à voir avec votre grand-mère mais, au milieu du vacarme, elle a réussi à s'enfuir.

— S'enfuir ? répéta Carrie. Comment ça, s'enfuir ? Je croyais que vous deviez envoyer quelqu'un pour veiller sur elle ?

— Oui. Pat était en route. Elle a été prise dans un carambolage sur Ocean View. On l'a transportée à l'hôpital pour s'assurer qu'elle n'avait rien. Quand je l'ai appris, je me suis rendu moi-même à la Résidence des Pins mais, le temps que j'arrive, votre grand-mère était déjà partie. Je suis vraiment désolé.

— Elle est blessée ? demanda Carrie d'une voix étranglée, tandis que des larmes jaillissaient de ses yeux.

— Non, non, ce n'est pas ce que je voulais dire. Nous ignorons si elle va bien ou pas. Nous ne savons même pas où elle est. J'ai envoyé une équipe pour fouiller les alentours et j'ai donné son signalement. Tous les flics de la ville la cherchent. Et nous sommes en train d'appeler les compagnies de taxis. Vous savez si elle avait de l'argent ?

— Oui, répondit Carrie. J'avais laissé vingt dollars dans le tiroir de sa table de nuit.

— Je vais aller voir s'ils y sont encore. A part ça, vous n'avez pas une idée de l'endroit où elle a pu se rendre ?

Carrie réfléchit un instant, essayant de mettre un peu d'ordre dans son esprit.

— Sa maison et sa ferme ont été vendues, dit-elle. Je ne pense pas qu'elle y soit allée. A moins qu'elle ait oublié...

Soudain, elle fronça les sourcils. Elle venait de repenser à quelque chose. Une pensée fugace, liée à ce qu'elle avait lu juste avant de s'évanouir. Mais qu'était-ce donc ? Si seulement elle n'avait pas aussi mal à la tête.

— Nicky, donnez-moi quelques minutes. Je vous rappellerai.

— D'accord, répondit-il. Et ne vous inquiétez pas. Nous allons la retrouver.

Carrie raccrocha. Helen était toujours là, assise au bord du lit. Elle se leva.

— Je ne voulais pas vous laisser sans m'assurer que ça va mieux. Vous n'avez besoin de rien ?

— Non, merci, Helen. Vraiment, je vous remercie.

Helen hocha la tête.

— Pas de problème. Je ne veux pas que vous souffriez davantage, c'est tout, dit-elle d'une voix soucieuse.

Carrie la considéra un instant, ne sachant que répondre. Et soudain, des images se bousculèrent dans son esprit. Des images de sa grand-mère. Un champ de fleurs. Un lit. Et quelqu'un d'autre. Un homme...

Soudain, la vision devint d'une précision incroyable, terrifiante, et le visage de cet homme lui apparut dans ses moindres traits.

Elle attrapa son sac et se rua hors de la pièce, abandonnant Helen debout près du lit, l'air plus inquiet que jamais.

Carrie savait très bien où sa grand-mère s'était rendue. Elle était allée trouver Christopher Breen — l'homme qu'elle avait aimé tant d'années auparavant, aussi incroyable que cela puisse paraître.

A moins... à moins que l'histoire qu'elle croyait avoir lue dans le journal d'Elizabeth ne fût une autre manifestation du délire provoqué par l'hallucinogène, quelque chose qu'elle aurait imaginé.

Mais non. Elle avait les idées claires, maintenant. Et les passages du journal intime lui revenaient par phrases entières, comme s'ils s'étaient gravés dans sa mémoire. Et par-dessus tout, elle revoyait l'image de Breen dans le grand lit, avec Elizabeth.

Une bouffée de rage froide l'envahit. Comment avait-il trompé sa grand-mère au point de s'en faire aimer, de la pousser à tromper son mari ? Elizabeth ne savait donc pas à qui elle avait affaire ?

« Bien sûr que non, puisque je ne lui ai rien dit, à l'époque », se dit Carrie en roulant à tombeau ouvert en direction de l'extrémité nord de l'île. Et puis, elle se sentait seule, comme elle l'avait écrit dans son journal. Elle se sentait seule et s'était tournée vers Breen. Aveuglée par l'amour, elle n'avait pas vu qui il était vraiment.

« Mais elle le sait, maintenant. Elle a tout compris depuis que je lui ai parlé, quand je la croyais endormie ou partie dans cet ailleurs inaccessible. C'est pour ça qu'elle est allée le trouver. »

Carrie écrasa la pédale d'accélérateur, terrifiée à l'idée de ce dont Breen était capable si Elizabeth menaçait de le dénoncer. Il la tuerait. Il avait trop à perdre.

Le coup de feu partit à l'instant où Carrie bondissait de sa voiture et mettait pied à terre dans le parking d'Anglesea. Le bruit fut légèrement étouffé par le grondement des vagues et on aurait pu croire qu'un pot d'échappement venait d'éclater, mais Carrie, qui avait pris des leçons de tir plusieurs mois plus tôt, ne s'y trompa pas.

Elle traversa le parking en direction de l'aile droite du bâtiment, d'où provenait la seule lumière visible, et poussa une porte. Elle se retrouva dans un couloir sombre, passa devant d'autres portes et, tout au bout, elle aperçut un rai de lumière sous l'une d'elles.

Carrie vola littéralement vers la source lumineuse et courut à travers une enfilade de pièces encombrées de matériel audiovisuel. Soudain, elle entendit des sanglots.

Elle poussa un dernier battant et trouva sa grand-mère agenouillée près d'un corps inerte. C'était Breen, pâle comme un linge. Elizabeth murmurait des prières, entre deux hoquets, un revolver entre les mains. Sur un écran géant, défilait le Christopher Show.

La jeune femme courut rejoindre sa grand-mère.

— Mamie... Mon Dieu, que s'est-il passé ?

Elizabeth la regarda d'un air atterré, sans lâcher le revolver.

— Je l'ai tué, dit-elle d'une voix rauque. Je l'ai tué.

Carrie glissa un bras autour de ses épaules et, de sa main libre, voulut récupérer l'arme.

— Donne-moi ça, dit-elle avec douceur.

Elizabeth abandonna le revolver sans protester et Carrie le posa à côté d'elle. Puis elle regarda Breen, qui gisait dans une mare de sang.

— Que s'est-il passé ? demanda-t-elle encore.

Elizabeth secoua la tête, les joues baignées de larmes.

— Je ne sais pas... Je ne sais pas. On parlait. Je lui ai dit d'écrire... d'écrire... et puis il y a eu ce bruit terrible et il s'est écroulé. Et je me suis retrouvée avec ce revolver...

Elle enfouit son visage entre ses mains.

— Mon Dieu, Carrie, je l'ai tué.

— Chut, dit la jeune femme en la serrant contre elle. Où t'es-tu procuré ce revolver ?

— Je... je ne sais pas.

— Tu l'as apporté avec toi ?

— Je ne me souviens plus, bégaya la vieille dame, avant d'éclater en sanglots. Au même moment, Breen remua. Il poussa un gémissement.

Carrie, sans vraiment savoir ce qu'elle faisait, fourra le revolver dans son sac et se pencha sur le blessé.

— Lizzie ? chuchota Breen. Lizzie ?

Carrie chercha son pouls, qui était faible et irrégulier. Prenant Breen par les épaules, elle le souleva légèrement, pour essayer de localiser sa blessure. Le dos de sa chemise était trempé de sang et le liquide rouge et visqueux continuait de couler abondamment.

— Ne bougez pas, lui dit-elle. Je vais appeler une ambulance.

Mais il était trop tard. Breen remua encore les lèvres, sans parvenir à prononcer les mots. Il écarquilla les yeux et un souffle tremblant s'échappa de ses lèvres. La seconde d'après, il était parti.

Carrie prit sa tête sur ses genoux et le berça doucement, ne voyant plus en lui le monstre qui lui avait dérobé son enfance, mais une âme sur le point de quitter le monde des hommes.

C'est cette âme qu'elle berça, pendant que sa grand-mère levait une main veinée de bleu et fermait doucement les yeux du mort.

Ainsi, les deux femmes restèrent ensemble auprès de celui qu'elles avaient tant méprisé, durant toutes ces d'années. Immobile, Carrie vit se dérouler devant ses yeux la tragique existence de cet homme, et la sienne, aussi... Une tragédie ancienne, dont elle n'avait plus aucune raison d'avoir peur.

26.

La police avait envahi les lieux et condamné l'accès à la pièce où Breen était mort en fixant des bandes jaunes en travers de la porte. Nicky s'entretenait avec deux inspecteurs de la criminelle et le médecin légiste venait d'arriver.

Carrie et sa grand-mère étaient assises sur un vieux banc, dans l'ancienne église. Nicky leur avait demandé d'attendre là. Les lumières rouges des voitures de patrouille clignotaient à travers les vitraux et l'écho des voix qui crépitaient dans les radios des policiers se répercutait jusque dans la nef.

Carrie tenait sa grand-mère contre elle, caressant ses cheveux blancs. La vieille dame ne pouvait plus s'arrêter de parler. C'était comme si un barrage avait cédé, brusquement.

— Je ne voulais pas lui faire de mal, Carrie. Je lui ai juste demandé d'écrire une lettre d'aveux. Je voulais la porter à la police. C'était le seul moyen de l'empêcher de nuire une fois pour toutes. Mais je n'avais pas l'intention de le tuer. Je te le jure.

— Je sais, mamie, répondait Carrie, essayant de son mieux de la calmer.

Que pouvait-elle dire d'autre ?

Elizabeth était en état de choc. Elle avait l'esprit confus. On n'avait retrouvé aucune lettre.

— Ecris, lui ai-je dit. Ecris. Et il répétait : « Non, Lizzie. Non. » Il me suppliait. Je me suis fâchée et je lui ai dit de ne pas m'appeler Lizzie. Je lui ai ordonné d'écrire. Mais il m'a dit qu'il ne comprenait pas pourquoi je faisais ça maintenant, pourquoi j'étais si sûre qu'il avait recommencé. Je lui ai répondu que je savais. Que *tu* savais.

Elizabeth attrapa le bras de Carrie.

— Mais il m'a juré que c'était faux. Qu'il n'avait plus jamais abusé d'une petite fille.

Elle regarda Carrie dans les yeux.

— Il mentait, pas vrai ? Tu le sais, toi, qu'il continue, qu'il a encore abusé d'une petite enfant...

— Oui, mamie, répondit la jeune femme. Je le sais.

— J'ai été tellement aveugle, reprit Elizabeth. Comment ai-je pu être aussi aveugle ? Je suppose que c'était plus facile. Mais comment aurais-je pu deviner ? Si j'avais su qu'il agressait des enfants, surtout toi, Carrie... Mon Dieu, tu me crois quand je te jure que je l'ignorais, dis ? enchaîna-t-elle d'une voix agitée. Tu me crois ?

— Oui, mamie. Je te crois. Je sais combien tu m'aimais.

Pourtant, Carrie ne pouvait s'empêcher de se poser des questions. Comment Elizabeth elle-même pouvait-elle en être sûre ? L'esprit humain est capable de tant de ruse par amour, par dépendance.

Au même moment, Nicky les rejoignit.

— Je me suis débrouillé pour que vous puissiez rentrer, maintenant, dit-il en s'accroupissant devant elles. Mais vous devrez faire une déposition, sans doute demain. J'ai déclaré être entré dans le bâtiment au moment où Breen était abattu, et avoir vu quelqu'un s'enfuir par l'arrière. Ce n'est pas tout à fait vrai, puisque je ne suis arrivé qu'après mais, dans la mesure où nous n'avons trouvé aucune arme, je ne vois pas d'autre explication. Quelqu'un est venu de l'extérieur, a tiré sur lui et s'est enfui.

Il considéra Elizabeth, puis Carrie.

— Car, enfin, si l'une d'entre vous l'avait tué, il aurait fallu que vous dissimuliez le revolver avant mon arrivée. Je ne vous imagine pas, madame Holder, en train de courir dans le jardin pour jeter l'arme dans un buisson. Et si vous l'aviez trouvée, vous me l'auriez donnée, n'est-ce pas ?

Il marqua une pause, avant de répéter :

— Vous me l'auriez donnée, n'est-ce pas, Carrie ?

La jeune femme ne put répondre. Le revolver pesait soudain plus lourd dans son sac.

— Carrie ? insista Nicky.

— Laissez-la tranquille, jeune homme, intervint Elizabeth, en se redressant de toute sa taille. Ce n'est pas la peine de lui poser davantage de questions. C'est moi qui l'ai fait. Je l'ai tué.

Nicky la considéra d'un air interloqué.

— Pardon ?

— Vous m'avez très bien entendue. C'est moi qui l'ai tué. Et je m'en réjouis.

— Elle ne sait pas ce qu'elle dit, intervint Carrie avec un rire nerveux. Voyons, mamie, ne raconte pas n'importe quoi.

— Mais, le revolver..., insista Elizabeth.

Carrie lui prit la main et la serra très fort.

— Tu n'avais pas de revolver. Rappelle-toi. Il n'y avait pas de revolver.

— Hé ! Une seconde, intervint Nicky. Elizabeth, qu'essayez-vous de dire ?

— Vous voyez bien qu'elle est encore sous le choc, s'exclama Carrie. Un moment, elle est lucide, et l'instant d'après, elle ne l'est plus. Elle ne sait pas de quoi elle parle.

— Et vous le savez, vous ?

— Absolument, répondit la jeune femme, en réfléchissant à toute vitesse. J'étais là, avec elle, quand le coup de feu a éclaté. Vous avez raison. Quelqu'un a tiré depuis le couloir et s'est enfui.

Nicky la regarda droit dans les yeux.

— Je me suis porté garant pour vous et pour votre grand-mère, Carrie. J'espère que vous ne me décevrez pas.

— Mais non, soyez sans crainte, déclara Elizabeth. En fait, Breen s'est mis en tête que j'avais un revolver. J'avais gardé la main dans la poche de mon pantalon et j'ai bien vu la peur dans ses yeux. Il a cru que j'allais l'abattre.

Elle pinça les lèvres.

— Voilà ce que j'avais dans ma poche, enchaîna-t-elle en exhibant un stylo en or.

Carrie reconnut le stylo qu'elle avait vu dans le tiroir de la table de chevet de sa grand-mère. Elle vit aussi, pour la première fois, les initiales qui y étaient gravées. CJB.

— Christopher J. Breen ? murmura-t-elle, incrédule. Comment se fait-il que tu aies le stylo de Breen ?

— Il l'a laissé dans ma chambre, un jour qu'il me rendait une de ses visites impies. Une infirmière l'a glissé dans mon tiroir, croyant qu'il m'appartenait. Je m'en suis souvenue ce soir, et je l'ai pris avec moi. Je voulais qu'il écrive la lettre avec son propre stylo, conclut-elle d'un air satisfait. Cela me paraissait juste.

D'un coup d'œil, Nicky interrogea Carrie, qui eut un haussement d'épaules.

— Il n'y avait pas de lettre. Je crois qu'elle est en train de tout imaginer.

En entendant ces paroles, Elizabeth la fusilla des yeux, et Carrie eut l'impression de faire un bond en arrière, de retrouver l'époque où sa grand-mère lui lançait un regard noir chaque fois qu'elle disait une bêtise ou un gros mot.

— Je n'imagine rien du tout, mon enfant. Tu crois peut-être que je suis sénile ?

Et elle tira une feuille de papier de sa poche. Quand elle la déplia, Carrie vit l'en-tête du centre d'Anglesea.

— Tenez, déclara la vieille dame en la tendant à Nicky. Voilà la lettre.

Nicky la prit et lut les premières lignes à voix haute.

— Ce qui suit est l'aveu des crimes que j'ai commis contre des enfants. Je soussigné, Christopher Jamson Breen, confesse par la présente...

Nicky interrompit sa lecture et leva des yeux ébahis vers Carrie, puis vers Elizabeth.

— Il a écrit ça ? C'est son écriture ?

— Puisque je vous le dis, répondit Elizabeth avec hauteur. Et avec son propre stylo. C'est signé, en plus.

Nicky secoua la tête.

— Mais je ne comprends pas. S'il a vu que l'objet dans votre poche était un stylo, et non un revolver, comment avez-vous pu le convaincre d'écrire une telle lettre ?

— Par la pression, bien sûr, répondit Elizabeth. Je l'ai menacé de dévoiler toute l'histoire, depuis le début. C'était son pire cauchemar, vous comprenez : tout ce qu'il avait réussi à construire, à force de travail, durant toutes ces années, risquait de s'écrouler.

Elle serra la main de Carrie.

— Je ne veux même pas imaginer ce qu'il aurait pu faire pour te détruire, Carrie, si jamais tu avais parlé. Mais il ne pouvait rien contre moi. A part me tuer. Et Chris avait beau être un monstre, sous certains aspects, il n'était pas un meurtrier. En fait, je crois qu'il était plutôt lâche.

— Lâche ? s'exclama Carrie.

Elizabeth poussa un soupir et lui tapota la main.

— Ma chère enfant, qui d'autre jouerait de son pouvoir pour abuser d'un enfant ? Il était incapable d'avoir une vraie relation avec une femme. Oh, il était charmeur, drôle, si facile à aimer...

Elle fronça les sourcils et se mordit la lèvre.

— Mais ce n'était qu'une façade. Dans le fond, je crois que Chris avait peur des femmes. C'était une sorte d'adolescent attardé pour qui les femmes étaient avant tout des mères, des mères qui finissaient toujours par l'abandonner.

— Quand bien même, remarqua Nicky, je ne vois toujours pas l'intérêt qu'il avait à écrire cette lettre. Il aurait pu vous laisser parler à la police et tout nier.

Elizabeth haussa les épaules.

— Je l'ai persuadé qu'en confessant spontanément ses péchés et en se livrant, en quelque sorte, au jugement de ses fans, qui étaient nombreux, il avait des chances de s'attirer l'indulgence générale. Il n'aurait pas été le premier à bénéficier des retombées d'une confession publique. Combien de politiciens ont utilisé cette tactique ? La plupart ont écrit des livres qui se sont vendus comme des petits pains et dont on a même tiré des films pour la télévision ou le cinéma !

Nicky sourit.

— Madame Holder, vous êtes vraiment une femme incroyable. Vous savez ce que vous avez fait ?

— J'ai débarrassé la terre d'un ignoble personnage. Beaucoup trop tard, malheureusement. Mais au moins, c'est fait.

Son visage s'assombrit.

— Cela dit, je ne voulais pas le tuer. Je voulais juste qu'il aille en prison. Je voulais être sûre qu'il ne recommencerait plus jamais.

Nicky la regarda droit dans les yeux.

— Vous l'avez donc tué ? demanda-t-il doucement.

Elizabeth secoua la tête.

— Je n'en sais rien, mon ami. Dieu m'est témoin que je n'en sais rien du tout.

27.

Le festival des arts fut annulé. Les participants qui étaient déjà arrivés se virent offrir la possibilité de rentrer chez eux ou de passer le week-end dans un hôtel, sur la plage, aux frais de la princesse — en l'occurrence le comité directeur du centre d'Anglesea. Les enfants, quant à eux, réagirent de diverses manières. La plupart furent choqués par la nouvelle de la mort de Christopher Breen. Les autres, souvent trop petits pour comprendre ce qui se passait, furent juste déçus. A tous, on promit d'organiser un autre festival, six mois plus tard. Anglesea élut rapidement un nouveau directeur et les organisateurs, encore sous le choc, se lancèrent dans les préparatifs de cette nouvelle manifestation. Ils comptaient sur la publicité qui accompagnerait l'événement pour effacer le mauvais souvenir de cette sombre journée. A Holly Beach, la vie avait brusquement basculé dans le cauchemar.

Les parents, surtout, étaient atterrés. Certains, ne pouvant se résoudre à admettre qu'ils se soient trompés à ce point, refusèrent de croire la nouvelle au sujet de Breen. Mais ils ne pouvaient se voiler la face indéfiniment, et les commérages allaient bon train par-dessus les clôtures des maisons ou devant les écrans de télévision, le soir. Après tout, Christopher Breen avait laissé une lettre écrite de sa main dans laquelle il avouait avoir abusé d'enfants. Certes, il disait avoir commis ces actes terribles quand il était très jeune, et plus jamais depuis. Mais le choc ressenti par tous n'en était pas moins terrible.

Le plus bouleversé de tous était son assistant, Ron Devereaux. Il avait accepté de continuer à travailler au centre jusqu'à la rentrée de l'université, à l'automne, et le comité directeur lui avait même demandé de revenir, l'année suivante, pour essayer de poursuivre le travail de Breen. Car chacun reconnaissait que, en dépit de tout, Breen avait beaucoup fait pour la cause des enfants à travers le pays. Même le Président fit une déclaration, par l'intermédiaire de son porte-parole, bien sûr, pour témoigner de sa tristesse et de son indignation. Les médias, alléchés par l'odeur du scandale, prirent d'assaut la station balnéaire. Dans le même temps, des femmes se mirent à appeler les journaux, les chaînes de télévision, et jusqu'au poste de police de Holly Beach, déclarant avoir été abusées par Christopher Breen durant leur enfance. L'une d'elles était du Nebraska, deux autres de Californie, et trois vivaient désormais dans l'Illinois et l'Ohio. Toutes avaient habité ou passé leurs vacances à Holly Beach, lorsqu'elles étaient petites. A l'exception d'une, toutes se révélèrent sincères et uniquement motivées par le désir de partager leur histoire, pour mieux dépasser leur traumatisme, et aussi pour aider les victimes qui n'osaient pas encore se montrer — pour leur dire qu'elles n'étaient pas seules.

Bizarrement, toutefois, aucune des victimes les plus jeunes de Breen ne s'était manifestée auprès des médias ou de la police. Etaient-elles trop jeunes pour comprendre, trop accablées de honte pour avoir la force et le courage de se montrer ainsi à la face du monde ? Bon nombre d'entre elles ne parleraient jamais. Et qui pouvait les blâmer ? songeait Carrie. Après tout, Breen était mort. A quoi bon s'exposer désormais ? Avec le temps, elles trouveraient peut-être une autre manière de panser leurs blessures.

Trois jours avaient passé depuis la mort de Christopher Breen, quand vint l'anniversaire de Mario, le père de Nicky. A cette occasion, Helen avait organisé un pique-nique sur la pelouse du Crest Inn et Carrie était allongée dans l'herbe, au soleil. Une brise légère soufflait depuis l'océan, soulevant légèrement la nappe fleurie sur laquelle Helen avait disposé des gros plats contenant de la salade, des pâtes et des desserts. Il y avait aussi des pichets de thé glacé, du vin rouge tiré des plants de vigne de l'oncle Mike et des boissons gazeuses. En cette joyeuse circonstance, chacun était tombé d'accord pour ne pas parler, ni même penser aux événements qui avaient secoué la petite communauté de Holly Beach.

Dans quelques heures, Carrie irait chercher Tess pour l'emmener de nouveau sur la promenade. Elles s'étaient parlé au téléphone et la petite avait eu l'air ravie par le projet. En attendant, Carrie profitait de cette belle journée, de l'ambiance gaie et conviviale qui régnait chez les D'Amico, et surtout de la présence de sa grand-mère, installée à côté d'elle dans une chaise longue. C'était la première sortie d'Elizabeth depuis son arrivée à la Résidence des Pins — si l'on ne comptait pas son excursion à Anglesea, trois jours plus tôt.

Elizabeth s'était assoupie — du moins en avait-elle l'air.

Carrie sourit en son for intérieur, songeant que nul ne savait jamais quand son astucieuse grand-mère était consciente ou non — comme maintenant. Malgré tout, depuis la mort de Breen, elle paraissait éprouver un énorme besoin de dormir. Peut-être pour esquiver les questions, songeait Carrie avec compassion. Elle repensa au revolver qu'elle avait fourré dans son sac, lequel reposait maintenant au fond d'un tiroir, dans sa chambre. Elle ne savait pas quoi en faire. Le cacher un peu mieux ? S'en débarrasser ?

Elle avait été stupide de l'emporter, bien sûr. C'était un acte instinctif, dicté par le seul besoin de protéger sa grand-mère. Un acte stupide, néanmoins. Comment avait-elle pu croire un instant que l'arme appartenait à Elizabeth ? Où diable sa grand-mère l'aurait-elle trouvée ? Comment aurait-elle pu s'en servir ? Et abattre un homme par-derrière — puisque c'était la conclusion à laquelle était parvenu le médecin légiste. Les balles avaient pénétré le dos et touché une des artères principales. En d'autres termes, Breen avait saigné à mort, en l'espace de quelques minutes.

Non, Elizabeth n'avait pas pu tuer Christopher Breen de sang-froid. Le fait qu'elle l'ait forcé à écrire cette confession ne prouvait-il pas qu'elle n'avait jamais eu l'intention de le tuer, mais bien de le voir payer pour ses crimes en prison ?

A l'heure qu'il était, nul ne pouvait affirmer s'ils connaîtraient un jour la vérité. Il faudrait pour cela que la police découvre un autre suspect — un suspect qui, pour incroyable que cela paraisse, avait réussi à entrer dans la pièce, à abattre Breen et à s'enfuir, tout cela sous les yeux d'Elizabeth, et sans qu'elle le voie ou parvienne à se rappeler quoi que ce soit.

Et si la police décidait d'accuser Elizabeth ? Carrie montrerait le revolver à Nicky. Elle effacerait les empreintes de sa grand-mère et endosserait la responsabilité du meurtre de Breen. Elle était prête à risquer la prison, si cela pouvait épargner sa grand-mère.

Pour l'instant, ni l'une ni l'autre n'avaient eu à se rendre au poste de police pour y faire une déposition. Nicky s'était porté garant pour elles, ce dont Carrie lui était profondément reconnaissante. Mais le répit ne durerait pas. Tôt ou tard, il leur faudrait affronter les inspecteurs de la brigade criminelle et leurs questions. Surtout, et c'était presque plus important pour elle, Carrie devrait délivrer Nicky de la responsabilité qu'il avait endossée spontanément, mais qui semblait lui peser de plus en plus, à mesure que le temps passait. Elle le voyait à la manière dont son visage s'assombrissait, et à l'expression de ses yeux, aussi, qui semblaient la suivre partout et lui demander, en silence, si elle n'avait pas assassiné Christopher Breen.

Oh, il ne voulait pas le croire ! Mais il ne pouvait pas non plus s'en empêcher.

Carrie regarda du côté de Mario et Helen, qui étaient assis à quelques mètres, dans des fauteuils de jardin. Ils se tenaient la main. Mario, un homme de petite taille au teint mat et au regard aussi tranquille que celui de son fils était tourmenté, paraissait tout gêné d'être le centre de l'attention générale. Depuis un moment, sa fille, Sally, insistait pour qu'il ouvre ses cadeaux et, finalement, il accepta. Il dut ensuite essuyer les taquineries habituelles de ses enfants sur son grand âge. Il finit par rétorquer qu'il était le petit dernier des seize enfants de ses parents et qu'il était aussi fort qu'un bœuf. D'ailleurs, ajouta-t-il, ils n'avaient qu'à regarder son frère Mike, qui était encore en pleine forme, à quatre-vingt-deux ans. Et puis, s'il n'était pas là, ajouta-t-il encore, le toit du Crest Inn ne serait jamais réparé, les moustiquaires aux fenêtres jamais repeintes, et la pelouse jamais tondue. Il était aussi efficace que trois jeunes hommes réunis et il défiait quiconque de prétendre le contraire.

Nicky lui rappela qu'il participait, lui aussi, aux travaux de la maison, et Mario quitta aussitôt son air bourru.

— Ça, c'est tout à fait vrai, fiston. Tu as toujours beaucoup participé. Mais tu m'as manqué, ces derniers temps.

Nicky vint s'agenouiller près de son père et enroula un bras autour de ses épaules.

— La semaine prochaine, je finirai de peindre la clôture que j'ai laissée à moitié terminée, et nous essaierons de replanter la pelouse. D'accord ?

— Oublie la clôture et la pelouse, lui répondit son père. C'est toi qui m'inquiètes.

— Je vais bien, papa. Je t'assure. Et pour le prouver...

Il se redressa et lança à la cantonade :

— Je vais organiser un match de soft-ball et réunir une équipe qui va démantibuler tous ceux qui seront assez fous pour se mesurer à nous.

Sally, qui avait la bouche pleine, bondit sur ses pieds et attrapa le bras de Carrie.

— Youppie ! cria-t-elle. Vous allez voir, Carrie, rien ne vaut un match de soft-ball chez les D'Amico. Nous allons leur mettre la pâtée !

Et elle l'entraîna dans une petite cabane qui servait de remise, au fond du jardin, pour y chercher des battes, des gants, des casquettes et des balles.

— Attendez de voir à qui vous avez affaire ! lança Nicky, avant de se diriger vers sa jeep noire.

— Oh, non, grommela Sally.

— Qu'y a-t-il ? demanda Carrie.

— Je sais exactement ce qu'il va faire. Il va chercher la Machine Infernale.

— La quoi ?

— C'est son équipe de soft-ball. Il entraîne l'équipe du département de police et aussi une bande de petits délinquants au langage le plus grossier que vous puissiez imaginer. Il ne nous reste plus qu'à faire le tour du voisinage pour essayer de trouver quelques bons éléments. Filles contre garçons. On va voir ce qu'on va voir.

Tout en parlant, elle fourrait toute sorte d'équipement dans les bras de Carrie.

— Nicky est vraiment affreux, vous savez, enchaîna-t-elle. Il ne supporte pas de perdre. C'est son pire défaut.

Mais elle avait prononcé ces paroles en souriant d'un air affectueux et Carrie se demanda, pour la énième fois, comment réconcilier l'adoration évidente qu'elle portait à son frère avec la scène dont elle avait été témoin, quelques nuits plus tôt. A l'égard de son frère, l'adolescente paraissait osciller entre l'amour et la haine.

Le match fut mémorable et, ainsi que Sally l'avait prédit, ce furent les filles qui « donnèrent la pâtée » aux garçons. L'adolescente était douée et Carrie excellait au soft-ball ; enfin, elles avaient pu réunir une drôle d'équipe, complètement disparate, mais qui, une fois sur le terrain, se donna sans compter. Carrie s'amusa comme une folle et, pendant quelques heures, elle réussit presque à oublier les événements de ces derniers jours.

Après le match, elle s'écroula sur l'herbe, à bout de souffle, mais contente. Helen était allée s'asseoir près d'Elizabeth, et elles écoutaient des vieux disques en sirotant du thé glacé. Au bout d'un moment, Nicky rejoignit Carrie dans l'herbe.

— Je peux m'asseoir avec vous ? demanda-t-il.

— Bien sûr, répondit la jeune femme. Mais j'aimerais vous poser une question.

Il poussa un soupir et s'installa en tailleur à côté d'elle.

— Je vous écoute.

— Ce ne sont pas vraiment mes affaires, alors ne vous sentez surtout pas obligé de me répondre.

— Comptez sur moi.

Carrie réfléchit un instant, se demandant comment formuler sa question. Finalement, elle décida d'aller droit au but.

— J'ai entendu Sally, l'autre nuit, quand elle a dit qu'elle vous détestait.

Nicky hocha la tête.

— Je sais.

— Elle a l'air d'aller bien, maintenant. Mais elle paraissait alors vraiment bouleversée.

— Elle a des moments avec, et des moments sans.

— Vous pouvez me dire ce qui s'est passé ?

Nicky poussa un soupir.

— Après tout, elle semble bien vous aimer. Je ne pense pas qu'elle m'en voudrait de vous parler de tout cela.

Il marqua une pause, avant de reprendre :

— Une de nos voisines, une femme que ma mère connaissait depuis des années, est morte, l'été dernier. Maman a commencé à envoyer Sally porter de la nourriture à son mari. Des plats, des soupes... Nous avions confiance en lui et nous voulions juste l'aider à se remettre de la perte de son épouse.

Nicky crispa les mâchoires.

— Pour s'en remettre, il s'en est remis. Il a violé Sally.

— Violé Sally ? répéta Carrie en ouvrant des yeux horrifiés.

Il haussa les épaules.

— Bon, Sally pensait qu'elle était amoureuse de lui. Mais le type avait trente-cinq ans et Sally seulement quinze. Au regard de la loi, c'est du viol.

— Vous voulez dire que Sally a eu volontairement des rapports sexuels avec cet homme ?

— C'est ça. Ou du moins, c'est ce qu'elle a prétendu. Mais comment une gosse de cet âge peut-elle prendre, seule, une décision pareille ?

Carrie regarda Sally, qui se trouvait de l'autre côté de la pelouse, en train de bavarder avec un des garçons de l'équipe de soft-ball de Nicky. Elle avait l'air mûre pour son âge, sûre d'elle. Et elle était vraiment jolie, avec ses boucles brunes et ses grands yeux marron. Presque une femme.

En même temps, on la sentait encore très jeune, fragile.

— Qu'avez-vous fait ? demanda Carrie.

— Je suis devenu fou. Le soir où j'ai appris la vérité, j'ai battu ce salopard comme plâtre. Après ça, je l'ai jeté en prison. Il a été jugé et reconnu coupable de viol.

— Et Sally continue de croire qu'elle aime cet homme et elle vous en veut d'être intervenu et de l'avoir fait condamner.

— C'est à peu près ça. Enfin, certains jours. Parce que le reste du temps, tout se passe bien entre nous. Nous sommes tous en thérapie familiale, depuis. Pas seulement à cause de ce qui est arrivé entre Sally et ce type, mais aussi à cause de ce que j'ai fait, cette nuit-là.

— Parce que tout le monde a eu peur de votre réaction, n'est-ce pas ? fit Carrie, se rappelant sa conversation avec Helen. Peur de cette violence.

Il la regarda entre ses yeux plissés.

— Je sais ce que c'est, renchérit-elle. Moi aussi, j'ai affreusement peur de la violence physique.

Nicky hocha la tête.

— Bien sûr. Pour tout vous avouer, personnellement, ça me fait peur. Cette nuit-là fut la pire de toute ma vie. Et la pire que ma famille ait vécue. Je ne m'étais jamais comporté comme ça, avant, et c'est ce qui les a effrayés le plus. C'est comme s'ils ne me reconnaissaient plus, d'un seul coup.

Il marqua une pause, avant de reprendre :

— Vous savez ce qui me tourmente le plus ? Je sais que j'ai eu tort de le tabasser. Il n'y a pas de doute là-dessus. En fait, j'ai eu de la chance de ne pas être poursuivi pour coups et blessures. Il en a été question, pendant un moment. Mais le plus terrible est de ne pas savoir si j'ai eu raison de le jeter en prison. Etait-ce un viol ou de l'amour ? Est-ce qu'une gosse de quinze ans peut aimer un homme de trente-cinq et réciproquement ? Parfois, je me pose la question.

— Je suppose qu'il y a eu un procès, remarqua Carrie.

— Bien entendu.

— Et un jury a décidé qu'il était coupable de viol ?

— Oui.

— Alors ce n'est pas vous qui l'avez jeté en prison, Nicky. C'est le tribunal. Le système.

Elle considéra Helen, qui était toujours assise à côté d'Elizabeth, à quelques mètres de là.

— Votre mère n'était pas au courant de ce qui se passait entre Sally et cet homme ?

— Non. Nous avions noté que Sally avait changé, mais nous pensions tous qu'elle faisait sa crise d'adolescence. Après tout, c'est l'âge où on devient expert dans l'art de tout garder pour soi — et dans celui de mentir, aussi. « Désolée d'être en retard, maman, mais la voiture de Tracy est tombée en panne et on a dû attendre la dépanneuse. Comment ça, pourquoi je n'ai pas appelé ? Il n'y a pas de téléphone, sur cette route, maman, tu le sais bien ! J'ai appelé dès que j'ai pu. » Et n'oublions pas la touche finale : « Oh, bon sang, pourquoi est-ce que tu ne me fais jamais confiance ? »

Carrie ravala un sourire. Elle aussi avait tenu ce genre de propos à sa mère, à l'âge de Sally. Soudain, le *bip* de Nicky sonna et il vérifia le numéro qui l'appelait, avant de consulter sa montre.

— Désolé, dit-il, je dois passer un coup de fil.

Il entra dans la maison pour téléphoner et revint un moment plus tard, l'air soucieux.

— Il faut que j'y aille. Une urgence.

— Aujourd'hui ? s'exclama Carrie. Vous travaillez le jour de l'anniversaire de votre père ?

— Je n'ai pas le choix, répondit-il sur un ton bref.

Il alla dire quelques mots à Mario, à sa mère, et les embrassa tous les deux. Puis il monta dans sa voiture et s'éloigna.

Carrie le suivit des yeux, se demandant où il se rendait. La petite Tess vint éclipser cette question dans son esprit. L'après-midi touchait à sa fin et elle avait promis de passer prendre la fillette. Plus qu'une petite demi-heure et elle devrait y aller. En attendant, elle paressait dans l'herbe, lorsque Sally l'appela depuis la cuisine.

— Carrie ? Vous avez un coup de téléphone. C'est de la part de Tess.

— Tess ?

Carrie se redressa et jeta un coup d'œil à sa montre. Etait-elle en retard ? Non, pourtant.

Elle se leva et traversa la pelouse, en proie à un étrange pressentiment.

— Allô, Tess ?

— Mademoiselle Holt ?

— Oui, c'est moi, Carrie. Ça va ?

— Mmoui. Mais je ne peux pas aller sur la promenade avec toi. Tu m'as dit de téléphoner, si je ne pouvais pas venir.

— Oh ! J'en suis bien désolée. Il y a un problème ? Tu préfères que je passe te prendre un peu plus tard ?

— Non. Je...

L'enfant, au bout du fil, parut hésiter.

— Je dois aller quelque part.

— Que se passe-t-il, ma chérie ?

De nouveau, il y eut un silence, comme une hésitation.

— Je n'ai pas le droit de le dire, répondit enfin la petite fille, d'une toute petite voix. Tu sais. C'est un secret.

— Un secret ? répéta Carrie, interloquée.

— Oui. Comme je t'ai dit l'autre fois.

— L'autre fois... ? Le jour où nous avons passé l'après-midi ensemble ?

— Oui.

Carrie eut presque envie de sourire.

— Mais, ma petite Tess, tout cela est fini, maintenant.

— Oh, non. Il faut que j'aille le voir.

— Qui donc ?

— Tu sais. Lui.

Carrie sentit un frisson lui parcourir la colonne vertébrale.

— Tess, Chris est mort. Il est mort l'autre soir. Tu ne te rappelles pas ?

— Si.

— Alors il n'a pas pu te demander d'aller le voir.

— Pas Chris. Lui. Je dois y aller. Il m'attend dans son bureau.

Carrie demeura bouche bée, l'espace d'un instant. Qu'est-ce que la gosse pouvait bien vouloir dire ? Et, brutalement, elle sut.

— Tess, attends ! cria-t-elle dans le combiné.

Mais la petite avait déjà raccroché.

Carrie lâcha le téléphone et se rua dehors.

— Sally ! fit-elle en voyant l'adolescente, à quelques pas de l'entrée de la cuisine. Savez-vous comment je peux joindre Nicky ?

— Non, répondit l'adolescente. Enfin, vous pouvez essayer de l'appeler au poste de police. Le numéro est sur la liste à côté du téléphone.

Sally la rejoignit à l'intérieur et lui montra le numéro.

— Quelque chose ne va pas ? demanda-t-elle, tandis que Carrie pressait les touches du combiné téléphonique.

Une voix d'homme répondit, à l'autre bout de la ligne, et Carrie demanda à parler à Nicky.

— Nicky D'Amico ? Il est en congé, aujourd'hui.

— Mais...

Où était-il passé ?

Elle raccrocha.

— Carrie, que se passe-t-il ? demanda Helen, depuis le pas de la porte.

— C'est Tess, répondit la jeune femme, d'une voix tremblante. Je devais l'emmener sur la promenade, mais elle a annulé.

Puis elle enchaîna, sans transition :

— Vous pouvez vous occuper de ma grand-mère, s'il vous plaît ? J'ai quelque chose à faire.

— Oui, bien sûr, mais...

Carrie n'entendit pas la fin de la réponse. Elle gravissait déjà deux par deux les marches menant à sa chambre. Là, elle prit son sac et ses clés de voiture.

« Ne l'abandonnez pas, Seigneur, priait-elle intérieurement. Je Vous en supplie, veillez sur cette petite fille. »

28.

Nicky réfléchissait aux événements qui s'étaient déroulés ces dernières semaines. Depuis le suicide tragique de Debra Stanley, il n'avait eu de cesse de coincer Christopher Breen pour viol et détournement de mineure. Après ce qui était arrivé à Sally, l'année précédente, c'était même devenu une véritable obsession. Il y avait trop d'hommes, dans cette ville, qui pensaient avoir tous les droits sur les enfants. Et tous invoquaient de parfaites excuses pour justifier leurs actes ; ils « aidaient » le ou la gosse, ils voulaient « devenir son ami », ils n'avaient « pas réfléchi », avaient « été pris par leurs émotions »... On assistait à une véritable épidémie d'abus d'enfants, un peu partout, et Holly Beach ne faisait pas exception à cette règle.

Le problème était que, en dehors de Hal, son équipier, Nicky ne savait plus alors à qui il pouvait faire confiance pour mener son enquête. Breen avait pris beaucoup trop de pouvoir dans cette ville, et la moitié de la police comptait pour survivre sur les revenus supplémentaires qu'il leur assurait à l'occasion des diverses manifestations organisées à Anglesea. Autrement dit, à l'exception de Hal, Nicky n'avait pas d'allié.

Sans compter le caractère délicat de l'enquête. Debra morte, Nicky pouvait seulement espérer prendre Breen en flagrant délit, autrement dit en train de maltraiter une autre enfant. Il pourrait alors lui arracher des aveux complets. Mais l'art du flagrant délit n'est pas sans danger et il n'était pas question de faire courir des risques non calculés à la prochaine victime. Car il y en aurait une, cela ne faisait pas de doute. C'est toujours ainsi qu'opèrent ces monstres. En l'occurrence, la proie que visait Breen pouvait très bien être la propre sœur de Debra, Tess ; l'enfant participait beaucoup aux activités du centre et à l'émission de télévision et, si Debra avait gardé le silence, Breen penserait sans doute que Tess saurait se montrer tout aussi discrète.

Partant de là, Nicky et Hal avaient filé Christopher Breen pendant des semaines. En vain. Soit ce dernier n'avait rien à se reprocher, soit il avait choisi d'adopter un profil bas.

Puis, un jour, Breen avait emmené Tess manger une glace, sur la promenade.

Le moment était venu d'agir. Pour commencer, Nicky avait placé une de ses amies, Rosemary Lambert, dans le centre d'Anglesea, afin qu'elle y joue les espionnes ; tout en s'occupant des enfants, elle pouvait garder un œil sur Breen. Rosemary était l'architecte qui avait dessiné les plans de sa maison. Elle avait du temps libre et Nicky lui faisait confiance.

Puis, la semaine précédente, il avait obtenu du juge Newton, un autre ami, un permis pour installer un système d'écoute dans une des pièces qui servait de débarras, au sous-sol de l'église. La manière dont ils s'étaient introduits dans le bâtiment n'était pas des plus réglementaires, mais l'avantage, avec Hal, était qu'il ne voyait pas d'inconvénient à crocheter une serrure, du moment que c'était pour la bonne cause. Et si l'affaire arrivait devant les tribunaux, ils pourraient toujours dire que la porte était ouverte.

Ils avaient donc installé leur équipement dans une pièce qui n'avait manifestement pas été utilisée depuis des années, à en croire la poussière et les toiles d'araignées qui régnaient partout. Ils avaient planté leurs micros dans la salle de classe où avaient lieu les cours de catéchisme, ainsi que dans la cuisine, au sous-sol, et dans le petit bureau à côté du bassin baptismal. Si Breen avait l'intention de se livrer à ses cochonneries sur la petite Tess, il ne le ferait sûrement pas au centre, où il y avait tant d'allées et venues, mais plutôt dans l'église, qui était plus isolée.

Malheureusement, cette surveillance s'était révélée inutile. En tout cas jusqu'à ce que Carrie fasse irruption dans le bureau de Christopher Breen, une semaine plus tôt, en l'accusant d'avoir abusé d'elle quand elle était enfant.

En écoutant l'enregistrement de cette scène, Nicky avait repris espoir. S'il pouvait faire parler Carrie, il réussirait peut-être à la convaincre de témoigner devant le tribunal.

Et la jeune femme avait parlé. Il ne restait plus qu'à la tenir à l'écart, pendant encore un jour ou deux. Grâce à leur surveillance, Nicky et Hal savaient que Breen passait de plus en plus de temps avec la petite Tess. Forcément. D'après les nombreuses recherches que Nick avait faites sur le sujet, les hommes qui abusent des petits enfants, s'ils sont capables de se tenir tranquilles pendant de longues périodes, semblent généralement incapables de lutter contre leur monstrueux penchant dès qu'ils sont soumis à un stress important. La scène avec Carrie avait dû jouer les catalyseurs et pousser Chris à retomber dans son vice. Seulement, Nicky ne voulait pas que Carrie soit mêlée à tout cela.

Puis, trois nuits plus tôt, Breen avait été assassiné. Nul ne s'attendait à un tel rebondissement, mais tous avaient poussé un profond soupir de soulagement. Tess, comme les autres victimes probables de ce pervers, ne risquaient plus rien. C'était tout ce qui comptait.

Jusqu'à aujourd'hui.

Après le meurtre de Breen, Nicky et Hal avaient cessé d'écouter les cassettes quotidiennement. A quoi bon ? Tout était fini, désormais. Puis, cet après-midi, Hal était venu démonter leur installation. Et comme il n'avait rien de particulier à faire, il avait écouté les dernières minutes de la dernière cassette.

Un moment plus tard, il était au téléphone avec Nicky. Quelqu'un avait passé un coup de fil depuis le petit bureau jouxtant le bassin baptismal et donné rendez-vous à Tess Stanley. En fait de rendez-vous, l'homme avait exigé de la petite fille qu'elle vienne le retrouver.

Hal ignorait de qui il s'agissait. Il n'avait pas reconnu la voix. Mais lorsque Nicky le rejoignit et écouta la cassette, il sut immédiatement.

A présent, il était assis sur le sol en terre battue du débarras, le dos appuyé contre des vieilles caisses poussiéreuses, un casque sur les oreilles. Leur magnétophone ne se mettait en route que lorsqu'il y avait du bruit, et il avait été activé, un peu moins d'une heure plus tôt, par le cours de catéchisme. Si quelqu'un entrait ou parlait dans l'une ou l'autre des pièces placées sur écoute, une lumière s'allumerait sur la console et ils n'auraient plus qu'à allumer un autre micro.

— Ça va durer encore combien de temps ? demanda Hal, tout à coup. Je demande pardon au roi David mais, franchement, je commence à en avoir marre des Psaumes.

Nicky consulta sa montre.

— Encore une quinzaine de minutes, répondit-il. Puisqu'il a ensuite son rendez-vous avec Tess.

— Elle est au cours de catéchisme, tu crois ?

— Je n'en sais rien. Je n'ai pas entendu prononcer son nom, pour l'instant.

Hal se mit à faire les cent pas, le casque vissé sur les oreilles.

— Je ne sais pas comment tu te débrouilles pour avoir l'air aussi tranquille, reprit-il au bout d'un moment. Tu ressembles à un mec défoncé à un concert de rock, pas à un flic sur le point de se livrer à une arrestation.

— Il faut apprendre à se détendre quand on en a l'opportunité, répondit Nicky. Comme ça, on accumule un peu d'énergie pour le moment où on en a le plus besoin.

— Comme quand on se prive de sexe avant un match important ? commenta Hal.

— C'est un peu ça, oui, admit Nicky avec un sourire.

— T'en es où, alors, avec cette nana ? La petite Holt ?

— J'aimerais bien que tu ne parles pas de Carrie comme ça, déclara Nicky.

— Oh, toutes mes excuses, fit Hal en haussant les épaules.

Et il se remit à faire les cent pas.

Mais Nicky se posait à peu près la même question environ trois millions de fois par jour. Qu'éprouvait-il exactement pour Carrie Holt ? De la compassion ? Sans aucun doute. Carrie avait été une victime, et Nicky avait toujours eu un faible pour les victimes.

Mais ce n'était pas tout. Sa profession l'avait amené à croiser beaucoup de femmes qui avaient souffert. Ce qu'il avait éprouvé, alors, ne pouvait en aucun cas se comparer à ce qu'il ressentait pour Carrie Holt.

D'abord, il l'admirait d'avoir réussi, envers et contre tout, et alors qu'elle ne pouvait parler à quiconque de ce qui lui était arrivé. Quelques nuits plus tôt, il avait lu son livre, *La Fin de l'hiver*, d'une seule traite, incapable de s'interrompre avant la dernière page. Il en ressortait que Carrie partageait bon nombre de ses opinions, sur des sujets comme l'injustice du monde et la tendance actuelle des êtres humains à se désolidariser les uns des autres pour prôner une sorte d'individualisme outrancier. Il aimait aussi le mélange de force et de vulnérabilité qui émanait de la jeune femme. En fait, il se disait qu'ils pourraient devenir amis. Quant à savoir si cette amitié avait des chances d'évoluer vers un sentiment amoureux, seul le temps pouvait le dire. Et pour commencer, il fallait en finir avec cette affaire.

Il se demandait parfois si Carrie avait un homme dans sa vie. Il en doutait. Si homme il y avait, n'aurait-il pas dû se trouver ici, avec elle ? Ce qu'elle traversait en ce moment était tellement important. Carrie ne l'aurait-elle pas appelé pour lui demander de venir la soutenir ?

Probablement pas. En fait, elle était en train d'éprouver une série de chocs qui la ramenaient dans le passé, lui faisant revivre les abus qu'elle avait subis dans son enfance. Si elle parvenait à sortir de ce cycle et à obtenir de l'aide, elle ne serait plus jamais la même personne, en tout cas dans sa manière de gérer ses relations avec les autres. Mais pour l'instant, elle n'avait pas la disponibilité d'esprit et de cœur nécessaire pour partager quoi que ce soit avec qui que ce soit.

Nicky était anxieux de voir comment les choses allaient évoluer, anxieux de voir ce qu'elle allait devenir, une fois qu'elle cesserait de traîner son terrible passé comme un boulet attaché au pied. Heureusement, tout serait bientôt fini.

Et aujourd'hui, il n'avait pas à s'inquiéter pour elle. Il l'avait laissée au Crest Inn, en sécurité avec sa mère et sa famille. En partant, il avait demandé à Helen de veiller à ce qu'elle ne bouge pas — en tout cas, à ce qu'elle ne quitte pas la maison toute seule. Il l'imaginait, allongée dans l'herbe, telle qu'il l'avait vue cet après-midi, riant et plaisantant avec les uns et les autres. C'était la première fois qu'elle semblait un peu détendue, depuis son arrivée à Holly Beach.

— Nicky.

Hal lui fit signe et augmenta le volume du magnétophone. La classe de catéchisme venait apparemment de prendre fin et on percevait des bruits de chaises qu'on remue et des voix d'enfants se préparant à rentrer chez eux.

— Tout le monde a quelqu'un pour le raccompagner ou faire le chemin avec lui ? demanda Rosemary Lambert.

Les réponses fusèrent et Rosemary enchaîna :

— Bon. A demain, alors. Rentrez bien.

On entendit les pas des enfants qui couraient dans le couloir et dévalaient les marches menant à la cour. Quand ils furent partis, il y eut encore des bruits de chaises qu'on déplace. Puis une porte se ferma. Dans le silence relatif qui suivit, un des micros retransmit le bruit d'un robinet d'eau qui coule, dans la cuisine. Hal baissa légèrement le son.

Et ils attendirent. Les trois micros étaient allumés, à présent, et le silence se prolongea durant un temps qui leur parut interminable.

Enfin, une porte s'ouvrit et se referma. Dans le même temps, une lumière rouge clignota sur la console d'enregistrement. Hal augmenta le volume pour mieux suivre ce qui se déroulait dans le petit bureau près du bassin baptismal. Il y eut des bruits de pas, une chaise ou un fauteuil qu'on tire, un tiroir qu'on ouvre et un bruit de papiers qu'on trie.

Hal et Nicky échangèrent un regard et le premier coupa les deux autres micros. Ils entendaient tout ce qui se passait dans le bureau, aussi clairement que s'ils y étaient.

Nicky se leva et ce fut son tour d'arpenter le réduit, le casque toujours vissé sur sa tête. Son estomac faisait des nœuds et il respira profondément, en essayant de se détendre. Comme toujours, dans ce genre de situation, il craignait que le micro ne tombe en panne. Ou qu'on ne le découvre !

Soudain, il entendit un petit coup, comme si quelqu'un venait de frapper à la porte. Une voix d'homme répondit :

— Entre.

La porte grinça.

— Je suis là.

— Oui, bonjour, Tess. Approche.

Il y eut un bruit de pas, léger, et celui d'une chaise qu'on tire.

— Attends, je vais t'aider, reprit la voix de l'homme. Viens t'asseoir à côté de moi. Voilà.

Silence.

— Qu'est-ce que tu voulais me dire ? demanda la petite voix de Tess, au bout de quelques instants.

— Tu le sauras dans un moment. Ce n'est pas si important. J'aimerais mieux qu'on parle de toi. Qu'est-ce que tu deviens, ma petite Tess ? Il y a longtemps que je ne t'ai pas vue.

Silence.

— Tess ?

— Je ne sais pas, répondit l'enfant. Je suis allée sur la promenade, l'autre jour.

— Vraiment ? Avec ton papa et ta maman ?

— Non. Avec Carrie.

— Oh, oui, je me souviens.

— C'est mon amie, maintenant.

— C'est bien, ça. Mais moi aussi, j'aimerais être ton ami.

Pas de réponse.

— Tu comprends ce que je veux dire ?

Toujours pas de réponse. Nicky avait presque l'impression d'entendre Tess déglutir.

— On pourrait se retrouver ici, mettons… une fois par semaine ? Pour bavarder.

— Je ne sais pas…, murmura Tess d'une voix étranglée.

— Tu es drôlement jolie, aujourd'hui, tu sais. J'aime bien la manière dont tu as coiffé tes cheveux, avec ces jolies boucles qui tombent sur tes épaules.

— Merci, répondit Tess sur un ton hésitant.

— Ta robe…

La voix de l'homme se fit plus basse et, aussitôt, Hal tourna un bouton sur la console. On entendait comme une respiration saccadée, irrégulière.

— J'aime bien ta robe. Les boutons sont jolis… Mais tu devrais ouvrir celui-là, tout là-haut…

Nicky crispa les mâchoires.

— Là, continua la voix. C'est mieux comme ça, non ? Tu es si jolie. Tu es vraiment une jolie petite fille, Tess. Ta peau est si blanche, si pâle…

On entendit Tess pousser un soupir tremblant.

— Non, ne t'en va pas. Je ne vais pas te faire de mal. J'aime bien te sentir contre moi, comme ça.

Nicky jeta un regard horrifié à Hal, qui eut une moue dégoûtée.

— Ça y est, chuchota le premier. Cette fois, ça y est.

— Si tu t'asseyais sur mes genoux, poursuivait la voix. Là. C'est mieux comme ça. Une si jolie petite fille.

— Je peux descendre, maintenant ? demanda Tess, dont la voix tremblait de plus belle. Je veux descendre.

— Pas encore. Pas encore.

Nicky arracha son casque.

— Ça suffit, décréta-t-il.

— Non, attends, répondit Hal. Il n'en a pas dit suffisamment. Encore une minute.

Soudain, il leva la main, les yeux écarquillés.

— Ecoute !

On percevait le bruit d'une porte qui s'ouvre.

— Quelqu'un d'autre est là ! enchaîna Hal.

Et en effet, une voix résonna, claire et froide, presque détachée.

— Vous n'auriez jamais dû faire ça, dit-elle.

Nicky se figea, incrédule.

C'était Carrie.

29.

— Nom de Dieu ! s'écria Nicky. Qu'est-ce que...

Il s'interrompit car la voix de Carrie poursuivait :

— Tess, va dans l'église et attends-moi, d'accord ?

Pas de réponse.

— Tess ?

— Oui, mademoiselle Holt, fit l'enfant.

Il y eut des bruits de pas, rapides, et la porte se referma.

— Espèce de salopard !

— Carrie, ce n'est pas ce que vous...

— Taisez-vous ! Je sais ce que c'est, Ron Devereaux. L'apprenti du monstre a décidé de reprendre le flambeau de son maître.

— Mais, enfin, qu'est-ce qui se passe ? s'exclama Hal.

— Chut ! répondit Nicky. Monte le son.

— Merde, elle est en train de tout foutre en l'air.

— Ecoute, je te dis.

Carrie parlait toujours. Elle avait haussé le ton.

— Je croyais que vous étiez tout le contraire de lui. Bon. Innocent.

— Carrie, je vous assure que ce n'est pas ce que vous croyez. Je vous jure...

— Ne perdez pas votre temps. Je vous ai vu. Vous étiez en train de la tripoter. Vous aviez les mains sur sa poitrine nue, pour l'amour du ciel ! Il y en a eu combien, à part elle ?

Silence.

— Répondez-moi ! Combien ? Et Tess, c'était la première fois, aujourd'hui ?

Comme Ron demeurait muet, on entendit un bruit de papiers et de dossiers qui tombaient par terre, et aussi un verre qui se brisait.

— Répondez ! hurla Carrie. Il y a Tess et qui d'autre ? Sa sœur, sans doute ! Seigneur, c'était vous, tout ce temps, pas vrai ? C'est pour ça que Breen a refusé d'admettre qu'il avait abusé des enfants, récemment. C'était vous, pas lui !

— Non ! Vous ne comprenez pas. Ce n'est pas ce qui s'est passé avec Debra. J'ai juste essayé de l'aider. Elle était... elle courait après tous les garçons et ses parents le savaient. Ils l'enfermaient. J'ai voulu lui montrer que je tenais à elle, voilà tout.

— Elle était enceinte. C'était de vous ?

— Non, je vous jure que non. C'était d'un garçon avec qui elle avait couché, au printemps. Elle avait peur de la réaction de ses parents et elle est venue me voir pour que je l'aide.

— Et vous avez abusé de sa confiance. Vous avez abusé d'elle alors qu'elle n'avait personne vers qui se tourner, alors que sa famille était déjà contre elle et qu'elle était au bout du rouleau...

La voix de Ron résonna, presque geignarde.

— Puisque je vous dis que ce n'est pas comme ça que ça s'est passé. J'étais juste son ami. Mais Chris nous a surpris en train de parler et il a tout interprété de travers. Il a menacé de me renvoyer chez moi. Je l'ai supplié, je lui ai juré que je n'avais touché à aucun enfant, pas comme il le croyait.

— Et qu'est-ce qu'il a répondu ?

— Il n'a pas voulu m'écouter, au début. Mais je lui ai dit que je mourrais si je ne pouvais pas travailler avec lui. Que c'était ce que je voulais le plus au monde. Il a fini par me croire. Mais il me surveillait tout le temps, comme s'il n'avait plus confiance en moi.

Carrie garda le silence, un instant.

— Et Debra, reprit-elle finalement. Parlez-moi d'elle.

— Chris est allé trouver ses parents et il leur a donné de l'argent pour qu'elle aille accoucher quelque part, en secret. Il voulait juste l'aider, comme il aidait des tas de gens. Mais le père de Debra a gardé l'argent pour lui, et elle... elle ne savait plus quoi faire.

— Alors elle s'est suicidée. Seigneur...

— Je n'ai rien fait, gémit Ron. Je vous assure que je n'ai rien fait.

Il y eut comme un bruit — quelqu'un qui bougeait —, puis Ron se remit à parler, plus vite, plus fort, mais sur un ton incertain.

— Je suis désolé. Il faut que j'y aille maintenant. Je dois revoir le script pour l'émission de dimanche.

Le rire de Carrie éclata, grinçant.

— Le script pour l'émission de dimanche ? répéta-t-elle. Vous n'avez rien compris, n'est-ce pas ? Il n'y aura pas d'émission, dimanche. Le seul endroit qui vous attende, c'est la prison.

— Non ! cria-t-il, avant de reprendre, plus doucement : Je vous en supplie, Carrie, je ne peux pas aller en prison. Je dois continuer le travail de Chris.

— Et continuer à abuser de petites filles comme Tess, par la même occasion ? Vous êtes fou ?

— Je vous ai dit que je n'avais rien fait.

— Et je vous ai répondu que je vous avais vu ! Je vous ai vu, de mes propres yeux, en train de la tripoter avec vos sales pattes. Ce que j'ignore encore, c'est si c'était la première fois. Alors ? C'était déjà arrivé, oui ou non ?

Ron garda le silence.

— Répondez-moi ! cria Carrie. Répondez-moi ou je vous jure que je vous étrangle de mes mains.

Nicky et Hal échangèrent un regard inquiet. A en croire le ton de la jeune femme, elle en était parfaitement capable.

— Oui, c'était la première fois, fit Ron d'une voix lasse, résignée. Je ne sais pas... j'ai l'impression de devenir fou depuis la mort de Chris. Il était l'unique personne qui comptait vraiment pour moi. Et d'un seul coup, il n'est plus là et tout a l'air de s'écrouler. Je... j'avais besoin de Tess, aujourd'hui. Je n'ai jamais eu beaucoup d'amis, Carrie. Encore moins des femmes. Comme je vous l'ai déjà dit, je ne sais pas leur parler. Je souffrais de ma solitude. J'avais besoin de me sentir proche de quelqu'un.

— C'est ce que vous appelez être proche de quelqu'un ? s'exclama Carrie. Abuser d'une petite fille de sept ans ?

— Je n'ai pas abusé d'elle. Je vous répète que je tiens sincèrement à elle. Je vous ai même encouragée à devenir son amie.

— Ça, j'avoue que je ne le comprends pas. Vous n'aviez pas peur qu'elle se confie à moi ? Mais non, que je suis bête ! Vous lui avez dit de se taire, pas vrai ? Que c'était votre petit secret à tous les deux. C'est ce que vous faites tous, n'est-ce pas ? Vous les forcez à garder le silence.

— Je ne l'ai jamais forcée, répondit Ron sur un ton désespéré. Ce n'est pas moi qui lui ai couru après. C'est elle qui est venue vers moi. Vous ne savez pas dans quel état elle était, le jour où sa sœur est morte. Elle est venue me voir en pleurant toutes les larmes de son corps et je... je l'ai prise dans mes bras. Elle a enroulé ses bras autour de mon cou et c'était si bon de pouvoir la réconforter. Elle était tellement fragile. Elle est terriblement maigre, vous savez. Ils ne la nourrissent pas comme il faut. Et puis, plus tard, elle est revenue...

— Je pourrais vous tuer, dit Carrie d'une voix rauque.

Mais Ron continua, comme s'il ne l'avait pas entendue :

— Elle est comme vous sur beaucoup de points, vous savez. Son père boit...

— Comment savez-vous cela ? l'interrompit Carrie.

— Chris me l'a dit.

— Chris ?

— Oui. Il m'a tout raconté sur vous. Il m'a dit que c'est pour ça que je devais faire très attention avec les enfants dont je m'occupe. Parce que le mal qu'on fait à un petit enfant, il ne s'en remet jamais vraiment. Il m'a dit qu'il s'était rendu coupable d'actes odieux, lui aussi, et qu'un jour, il avait promis à quelqu'un de ne plus jamais recommencer. Et qu'il avait tenu parole. En fait, il a passé le reste de sa vie à essayer de racheter ses fautes de jeunesse.

— Et malgré cela, vous avez quand même appelé Tess ? Vous étiez en train de lui faire vivre une expérience dont vous saviez par Breen qu'elle pouvait la marquer à tout jamais ?

— Non !

— Que Dieu vous vienne en aide, Ron Devereaux. Parce que personne d'autre ne vous défendra. Il est temps que les enfants et les parents de cette ville sachent qui vous êtes vraiment.

— Qu'est-ce que vous faites ? s'écria Ron, manifestement au comble de la panique.

— J'appelle la police.

— Non ! Non, je vous en prie, arrêtez. Vous ne comprenez pas. Ils veulent me garder, ici. Je pourrai continuer le travail de Chris. Si vous faites ça, vous risquez de tout gâcher.

Une chaisc fut repoussée, des pas se firent entendre, puis un bruit de lutte.

— Lâchez-moi, dit Carrie d'une voix sourde.

— Non, il faut m'écouter. Vous devez comprendre. Les gens sont faibles. C'est ce que Chris répétait toujours et il avait raison. Ils ne savent pas ce qui est bien pour eux et notre mission est de les guider. C'est tout ce que j'ai essayé de faire.

— Vous êtes fou !

— Ne luttez pas, Carrie. Nous pouvons nous entendre. Si vous ne répétez pas ce que vous avez vu, je ne dirai pas que j'ai vu votre grand-mère tuer Chris.

— Lâchez-moi, reprit la voix de Carrie, plus faible, haletante. Vous me faites mal. Je n'arrive plus à respirer.

— Vous allez ruiner toute mon action, poursuivit Ron. Si vous appelez la police, ça paraîtra dans les journaux, comme pour Chris, et je ne pourrai plus jamais travailler avec des enfants...

— Lâchez-moi...

Ron poussa un cri et il y eut un bruit de bousculade.

— Non, Carrie ! hurla-t-il. Pas ça.

Nicky entendit un déclic — un bruit métallique qu'il reconnut immédiatement. Ses cheveux se dressèrent sur sa tête.

— Merde, elle a un flingue ! hurla Hal. Elle va tuer ce petit salopard ! Nicky...

Mais Nicky se ruait déjà sur la porte.

— Ne bouge pas, ordonna-t-il. Ne permets à personne d'approcher de cette cassette !

Il gravit quatre à quatre les marches menant au rez-de-chaussée. Son cœur cognait dans sa poitrine et il n'avait qu'une seule pensée. « Je dois arriver avant qu'il ne soit trop tard. Je dois arriver avant qu'elle ne fasse une bêtise. Je ne peux pas permettre qu'elle gâche sa vie pour une merde comme ce Ron Devereaux. »

— Nom de Dieu de nom de...

La porte qui donnait sur l'église était fermée. Et pas moyen de l'enfoncer. Elle était en fer, conçue pour arrêter les incendies.

Nicky sortit en courant et traversa la cour, avant de faire le tour de l'église à toutes jambes. Il repéra une porte qui accédait au petit bureau depuis la rue. Pourvu qu'il n'arrive pas trop tard ! songea-t-il, alarmé. Il imaginait Carrie en train de pointer un revolver sur Devereaux. Mais où avait-elle trouvé un flingue ? Et si elle avait déjà tiré... ? Non, il aurait entendu les coups de feu.

Il croisa quelques passants qui s'écartèrent instinctivement pour le laisser passer et, enfin ! il arriva devant les marches étroites. Il tira son arme du holster attaché à son épaule et bondit vers la porte. Elle était fermée, elle aussi, mais il se jeta dessus de tout son poids, une fois, deux fois, trois fois, jusqu'à ce que le bois cède dans un craquement assourdissant, jusqu'à ce qu'il jaillisse dans la pièce, revolver au poing.

Il vit Carrie.

Il l'entendit hurler : « Non ! »

L'espace d'un instant fatal, il se figea, essayant d'accommoder son regard à la pénombre qui régnait dans le bureau. Puis il croisa le regard de Carrie, et son sang se glaça.

Elle ne le reconnaissait pas. En fait, il y avait dans ses yeux une expression de terreur profonde, comme si elle était déconnectée du présent, comme si elle venait de replonger dans un passé qui la terrifiait.

Nicky tendit les bras, mais Carrie se mit à secouer la tête avec violence, et elle recula d'un pas.

— Ne me touche pas ! cria-t-elle.

Et elle tira. Un coup. Puis un autre. Et encore un autre.

Nicky sentit les balles perforer sa chair, mais il n'éprouva aucune douleur. Seulement un choc profond. Et plus rien. Il s'effondra.

Pourtant, juste avant de sombrer dans l'inconscience, il crut voir sa mère et Sally, sur le seuil, leur visage déformé par l'horreur. Et il entendit les paroles d'avertissement qu'Helen avait si souvent prononcées : « Tu t'impliques trop, Nico. Tu t'impliques trop. » Seigneur, pourquoi ne l'avait-il pas écoutée ? Il allait mourir, maintenant. Et il était trop tard...

30.

Carrie était assise sur un lit de camp, dans une cellule mal éclairée. Dans un coin, il y avait une cuvette de W.-C. qui coulait constamment et, à côté, un lavabo qui fuyait, laissant une traînée brunâtre sur la porcelaine blanche. Des voix émanaient des cellules voisines.

Mais Carrie ne remarquait rien de tout cela. Elle avait l'esprit engourdi et comme branché sur une autre dimension : rattaché au passé — un passé récent.

Elle revoyait Nicky défonçant la porte du bureau. Sauf que ce n'était pas Nicky qu'elle avait vu jaillir tout à coup. C'était son père, qui avait réussi à ouvrir la porte de la salle de bains où elle s'était réfugiée, toute tremblante, recroquevillée entre la baignoire et la cuvette des W.-C. Il était entré et il allait recommencer à la toucher, à faire courir ses grandes mains sur elle, à lui souffler au visage son haleine qui sentait la bière...

Et brusquement, il s'était produit comme un déclic dans son esprit. Une bouffée de rage l'avait étouffée. Elle n'avait plus qu'une seule pensée. « Je ne serai pas une victime. Pas cette fois. Plus jamais. Je ne veux plus jamais être une victime. »

Et le monde avait explosé.

Qu'avait-elle fait ? Seigneur, qu'avait-elle fait ? Pas seulement à Nicky, mais à toute la famille D'Amico, se disait-elle aujourd'hui en gémissant doucement.

Helen et Sally étaient là aussi. Elle se rappelait, maintenant. Et quelqu'un hurlait. Il y avait du sang partout. Du sang qui jaillissait des blessures de Nicky. Le sang de sa vie...

Puis quelqu'un avait appelé une ambulance. L'instant d'après, l'église était envahie par des hommes en uniforme.

On avait allongé Nicky sur un brancard. Un policier s'était approché d'elle et l'avait fouillée, avant de lui passer les menottes. Ensuite, on l'avait fait monter dans une voiture de patrouille et on l'avait amenée ici.

La jeune femme enfouit son visage dans ses mains. Elle avait fait du mal à des personnes qui avaient été bonnes avec elle ; des personnes qui ne méritaient pas ça ; des personnes à qui elle s'était sincèrement attachée, même si c'était à sa manière tellement inapte.

Mais elle ne pouvait pas y penser. Pas pour l'instant. Sous peine de se briser en mille morceaux. Elle avait déjà été bien près de franchir une sorte de frontière invisible, de basculer définitivement de l'autre côté de la raison. Ce qui était perdu ne reviendrait plus, de toute façon.

Elle s'allongea sur le lit de camp et regarda le plafond, raide, les bras le long du corps. Elle se perdit dans la contemplation des motifs que dessinait le plâtre, comme lorsqu'elle était enfant, dans son lit. Et son esprit partit à la dérive.

Elle se revit, à peine adolescente, en train de crier à son père : « Un jour, je te tuerai ! » Etrange. Elle avait complètement oublié cette scène jusqu'à aujourd'hui. Le souvenir venait de rejaillir, brusquement.

Puis elle entendit la voix de Jake Sharley, à Berkeley.

— Les revolvers donnent du pouvoir aux gens, lui avait-il dit un jour. Ils peuvent vous protéger, vous aider à vous défendre contre des personnes qui, autrement, vous feraient du mal.

Ils peuvent aussi tuer les gens qu'on aime.

Et maintenant, le revolver qui avait tué Breen, ce revolver qu'elle avait dissimulé dans son sac, au mépris de la loi, ce même revolver venait de servir à abattre Nicky...

Hélas, comment pourrait-elle survivre en sachant ce qu'elle avait fait ?

C'était impossible.

Une sensation de nausée l'envahit. Elle avait l'impression de tituber au bord d'un gouffre sans fond. Que fait-on, quand on a tué un frère, ou un fils adoré ? On demande pardon ? Comment peut-on demander pardon d'avoir commis un acte aussi terrible ?

Comment un simple « pardon » pouvait-il suffire ? Ce même « pardon » qu'on utilise quand on a fait un rot ou renversé du lait, quand on a marché sur le pied de son cavalier ou, en état d'ivresse, renversé un enfant qui traversait la rue.

L'église ancienne avait bien compris que cela ne suffisait pas, lorsqu'elle encourageait ses fidèles à se frapper la poitrine en répétant : « *mea culpa, mea culpa*... c'est ma faute, ma très grande faute. » Une formule qui devait être assortie d'un acte symbolique d'abnégation et d'humilité, puisqu'on devait rester immobile sur un sol de pierre glacé pour faire pénitence. Le pécheur demandait ainsi le rachat de ses fautes, jusqu'à ce qu'on le relève : il était alors « ressuscité », même si son péché, quand il était très grave, devait peser sur son cœur jusqu'à la fin de ses jours.

Carrie se rappelait une phrase en latin : « *Haeret lateri letalis arundo.* Le fer a pénétré son âme. »

Oui, les anciens savaient.

Et Carrie aussi.

« Pardon » ne suffirait jamais à l'absoudre de ce qu'elle avait fait à Nicky D'Amico. A Helen et à Sally. A Mario. Elle avait vu son crime sur le visage d'Helen, l'avait entendu dans les cris de Sally. A l'instant où elle avait appuyé sur la détente, le fer avait pénétré son âme.

Mieux valait mourir, désormais. Que pouvait-elle faire d'autre ?

Elle se tourna sur le côté, ramena ses genoux contre sa poitrine, et se mit à sangloter.

Un bruit l'arracha à son désespoir. Un bruit métallique. Une porte qu'on ouvre.

Carrie se força à ouvrir les yeux. Des gens venaient d'entrer dans sa cellule. Helen. Sally.

Elle poussa un cri rauque et se détourna contre le mur.

Alors, elle sentit une main sur son épaule, une main qui la forçait doucement à se retourner vers elle. Elle vit le visage d'Helen, pâle, strié de larmes, et attendit le coup fatal.

Mais il ne vint jamais.

— C'est Nicky qui nous envoie, dit Helen.

Et elle sourit.

TROISIÈME PARTIE

Épilogue

Holly Beach, New Jersey, Janvier 2000

Bien sanglée dans une parka rouge vif, Carrie marchait sur le sable dur de la plage. En mer, la tempête faisait rage. La pluie tombait en diagonale à la surface de l'eau, formant des grands murs de plomb au-delà des balises flottantes. Le soleil, très pâle, avait du mal à percer, mais il se laissait deviner par mille petits reflets d'argent, ondoyant comme autant de minuscules poissons qui sautilleraient par-dessus les vagues pour tenter de rejoindre la terre ferme.

Carrie avait lutté de la même façon, au cours des cinq derniers mois. Elle s'était jetée dans une psychothérapie — individuelle et de groupe — avec le même acharnement perfectionniste et presque obsessionnel qu'elle avait déployé, toute sa vie durant. Et si Esther Gordon fronçait parfois les sourcils devant tant d'intensité, elle finissait généralement par hausser les épaules en disant avec un sourire : « Après tout, tant que ça marche... »

Carrie n'était pas complètement tirée d'affaire. Elle avait lu quelque part qu'il fallait pleurer pendant au moins mille cinq cents heures avant d'espérer se remettre d'un traumatisme sexuel remontant à l'enfance. Cependant, la jeune femme ressentait déjà les effets du travail qu'elle avait entrepris sur elle-même. Elle avait moins peur des gens, en général, et elle se sentait plus maîtresse de sa vie. De plus, elle savait où trouver du soutien, quand elle traversait des moments de doute.

Elle écrivait régulièrement à Tess et envoyait de l'argent pour elle. Les parents de la petite fille s'étaient séparés et, pendant que sa mère essayait de trouver un travail et d'économiser de quoi prendre un appartement dans lequel elle pourrait s'installer avec Tess, la fillette vivait chez les D'Amico. Carrie avait fait le voyage, entre autres, pour venir passer un peu de temps avec elle.

— Elle va beaucoup me manquer, quand elle s'en ira, lui avait avoué Helen au téléphone. Quand vous m'avez demandé si je voulais bien la prendre, j'ai un peu hésité, mais maintenant...

Carrie se pencha pour examiner un gros morceau de bois flotté et, dessous, elle trouva une conque en parfait état. Elle avait dû arriver directement des Caraïbes, portée par le souffle d'un ouragan. La jeune femme décida de la rapporter au Crest Inn. Elle montrerait à Tess comment la tenir contre son oreille pour écouter la mer.

La petite Tess n'était pas la seule raison pour laquelle Carrie venait de faire le voyage depuis San Francisco. Ron Devereaux était en prison et son procès devait commencer le lendemain. Carrie avait été convoquée pour témoigner. Cette fois, il n'y aurait sans doute pas de victime de la dernière heure. D'après les résultats de l'enquête, Tess avait vraiment été la première enfant dont Devereaux avait essayé d'abuser. La jeune femme remerciait chaque jour le ciel qu'il n'ait pas eu le temps de faire plus de mal à sa petite protégée.

Pour ce qui concernait le sort de Devereaux, Carrie était partagée. L'avocat du jeune homme allait certainement invoquer des troubles d'ordre psychiatrique et Ron se retrouverait dans un hôpital ou un asile, au lieu d'aller en prison. Il en sortirait très vite et Carrie ne cessait de se demander s'il ne recommencerait pas aussitôt. S'il parvenait à couvrir son passé, qui pourrait le soupçonner ? Car c'était bien le problème. Les personnes coupables d'abus sexuel ressemblent rarement à des monstres. Bien souvent, ce sont même des hommes délicieusement charismatiques, des hommes qui, sous un masque engageant, sont capables de commettre les actes les plus effroyables.

Hélas, qui pouvait protéger les enfants de ces charmeurs ?

Un peu plus loin, sur la plage, Carrie aperçut une silhouette qu'elle reconnut immédiatement. Elle accéléra le pas et la silhouette, haute, solide, se rapprocha. Aussitôt, la jeune femme sentit que ses épaules étaient allégées d'un poids. Elle se mit à courir.

— Nicky !

Elle se jeta dans ses bras.

— Je suis tellement contente de vous voir.

Puis, très vite, elle se dégagea et rougit. Mais Nicky souriait.

— Maman m'a dit que vous étiez partie marcher.

— Vous... vous avez une mine superbe.

— Pas grâce à vous, hein ? la taquina-t-il, avant d'enchaîner : vous avez raison, je suis en pleine forme. Vous aussi vous avez bonne mine. Comment se passe la thérapie ?

— Bien. Vraiment bien.

— Vous avez reçu ma lettre ? demanda-t-il, une lueur inquiète au fond des yeux.

— Oui, répondit Carrie, écartant une mèche de cheveux de son visage. Je ne pouvais pas y répondre, Nicky. J'avais besoin de vous voir, besoin qu'on parle.

— Venez, marchons un peu.

Il lui prit la main, et ils se dirigèrent vers le sud, tournant le dos à la ville. La plage était déserte, à l'exception d'eux et d'une jeune femme qui promenait son chien. L'animal était drôle, tandis qu'il poursuivait des petits crabes dans l'eau, creusant le sable de ses courtes pattes lorsque sa proie s'y enfonçait.

Carrie réfléchit, avant de prononcer les mots qui exprimeraient ce qu'elle ressentait.

Jamais elle n'oublierait ce que Nicky avait fait pour elle ; il lui avait rendu la liberté alors même qu'il gisait, blessé, sur un lit d'hôpital. Il avait persuadé le procureur du district de ne pas porter plainte contre elle, affirmant qu'il s'agissait d'un accident, une conséquence de la confusion qui avait suivi son altercation avec Ron Devereaux et de l'agression physique à laquelle ce dernier l'avait soumise. Sans lui, elle serait en prison, à l'heure qu'il était.

Nicky, cependant, persistait à déclarer qu'il s'était contenté d'utiliser, au mieux, le système judiciaire.

— Vous n'avez jamais eu l'intention de me tirer dessus, Carrie, disait-il encore maintenant, comme s'il devinait les pensées de la jeune femme. J'ai vu votre visage, quand j'ai fait irruption dans le bureau. Vous aviez fait un bond dans le passé.

Elle le savait, aujourd'hui. Mais, au moment des faits, sa colère et sa haine étaient si fortes, si violentes, qu'elle n'aurait pu le jurer. Toute cette rage n'avait-elle pas débordé au point d'éclabousser Nicky ?

On appelait cela une manifestation de stress posttraumatique, avait-elle appris, depuis. Ce stress pouvait hanter la vie d'une femme qui avait été abusée sexuellement dans son enfance, en tout cas si elle n'avait pas géré le problème sur le plan psychologique. Et surtout, il pouvait se manifester à n'importe quel moment.

— Tout de même, rien ne vous obligeait à faire ce que vous avez fait pour moi, répondit-elle. Vous êtes flic. Votre travail consiste à faire respecter la loi.

— Je préfère penser que mon travail consiste à préserver la paix. Et puis, ce n'est pas comme si vous alliez récidiver. Je me suis servi de la loi pour protéger l'innocent. Et c'est bien à cela qu'elle devrait servir avant tout. D'ailleurs, vous étiez dans un sale état. Vous aviez besoin qu'on vous protège, pas qu'on vous punisse ou qu'on vous enfonce davantage.

Malgré tout, comme le système ne pouvait admettre qu'un policier soit blessé impunément, Nicky et le procureur avaient conclu un accord. Carrie serait libérée et autorisée à retourner à San Francisco à la condition expresse qu'elle accepte de suivre une psychothérapie et donne mille heures de son temps dans le cadre d'une mission d'intérêt général.

— Je travaille dans deux centres qui s'occupent d'enfants victimes d'abus sexuels, dit la jeune femme. Un en ville, un autre à Berkeley.

— Mille heures, ce n'est pas peu.

— Non, mais ça me fait du bien. Parfois, je me dis que c'est moi qui devrais les remercier de me permettre de travailler pour eux. J'ignorais qu'il y avait tant d'abus d'enfants, Nicky. C'est effrayant.

Elle secoua la tête.

— Quoi qu'il en soit, je suis heureuse de pouvoir me rendre utile. J'ai l'impression d'avoir eu beaucoup de chance, dans cette histoire. Et je sais que c'est grâce à vous.

Elle marqua une pause.

— Nous avons eu de la chance, aussi, que le laboratoire médico-légal trouve les empreintes de ce garde du corps sur le canon du revolver. Sans ça, ma grand-mère serait peut-être en prison pour le meurtre de Breen, à l'heure qu'il est.

Nicky secoua la tête.

— Je n'aurais jamais laissé faire une chose pareille. D'ailleurs, qui oserait arrêter votre grand-mère ? Elle fusillerait du regard quiconque oserait l'approcher et ils battraient tous en retraite.

Carrie sourit.

— Je suis tellement heureuse de l'avoir retrouvée telle que je me la rappelle. Elle n'a plus eu d'absence, depuis ces événements. Elle s'est même souvenue de tout ce qui s'était passé, le soir du meurtre de Breen. Tout comme elle se rappelle que c'est Petrelli qui a poussé son fauteuil roulant et l'a abandonnée sur le sable, avant de mettre de la drogue dans son verre d'eau.

— Je sais. Je suis allé lui rendre visite, la semaine dernière. Elle adore l'appartement dans lequel vous l'avez installée. Il faut dire qu'il est parfait : clair, fonctionnel, confortable...

— N'oubliez pas la vue, renchérit Carrie avec un sourire. Elle adore la vue qu'elle a de ses fenêtres.

Ils venaient d'arriver près d'une petite dune et Nicky dit :

— Asseyons-nous quelques minutes. Nous ne dînons pas avant 18 heures. Cela nous laisse un petit moment.

Carrie s'installa à côté de lui, sur le sable, et ils contemplèrent l'océan en écoutant le bruit des vagues.

Finalement, Carrie reprit :

— Tout semble avoir été résolu, aussi, en ce qui concerne les raisons pour lesquelles Breen a été tué.

— Oui. Du jour où le sénateur Weiss a fait sa déposition dans laquelle il impliquait le député Tanner et Petrelli, tout est devenu clair. Une enquête sur Petrelli a permis de découvrir qu'il n'était pas seulement garde du corps, mais aussi un ancien tueur de la mafia. D'après Weiss, trop de gens commençaient à parler du passé de Breen. Tanner a cédé à la panique et décidé de réduire au silence toute personne susceptible de parler. Ils avaient mis des micros dans le bureau de l'église, eux aussi, et du coup ils avaient entendu votre conversation avec Breen, le jour où vous êtes allée le trouver. Autrement dit, il fallait vous supprimer. Et Elizabeth aussi, puisqu'elle était proche de vous. Petrelli a donc versé cette drogue dans son verre d'eau mais, comme ça n'a pas marché, il a dû la suivre au centre d'Anglesea, cette nuit-là, peut-être pour faire une autre tentative. Pourquoi il a décidé, finalement, d'abattre Christopher Breen... ?

Nicky secoua la tête.

— Nous n'en savons rien. Petrelli refuse catégoriquement d'expliquer ou d'avouer quoi que ce soit. Mais, d'après Weiss, il n'est pas très malin et il aurait été connu pour ne pas suivre les ordres qu'on lui donnait, ou en tout cas pour les adapter à sa façon. Il a peut-être décidé, d'un seul coup, que le meilleur moyen de régler cette histoire était d'éliminer Breen, puisqu'il était la cause de tous les problèmes.

— Mais pourquoi avoir laissé le revolver entre les mains de ma grand-mère, au lieu de disparaître discrètement ? demanda Carrie. Il prenait un risque considérable.

Nicky haussa les épaules.

— Il a peut-être pensé que personne ne l'écouterait — une vieille femme en maison de repos, connue pour avoir des absences. Une chose est sûre : il ne devait pas s'attendre à ce que Weiss dévoile le pot aux roses.

— Ce qui était drôlement courageux de sa part. Il s'est retrouvé au beau milieu d'une histoire peu glorieuse.

— Oui, mais il n'a pas été arrêté. A mon avis, il a pris un risque calculé. « Je parle avant d'être interrogé. » Ça fait toujours très bon effet. Ces politiciens sont loin d'être bêtes, vous savez.

— La question, à présent, est de savoir si cela suffira à inculper Petrelli pour le meurtre de Breen.

— Il y a du nouveau, à ce sujet. Nous disposons d'un autre témoignage.

— Vraiment ? s'exclama la jeune femme. Qui donc ?

— Ron Devereaux, figurez-vous. Il a admis, récemment, qu'il marchait dans les jardins du centre, la nuit du meurtre, quand il a entendu un coup de feu. Il a couru jusqu'à une fenêtre, et a juste eu le temps de voir Petrelli glisser le revolver entre les mains de votre grand-mère.

— Et c'est seulement maintenant qu'il le dit ?

— Il prétend qu'il avait peur que Petrelli le retrouve et lui fasse sa fête, si jamais il parlait. Apparemment, il aurait eu une entrevue secrète avec Weiss et Tanner, quelques jours avant le meurtre, et ils lui ont fait une peur bleue. Et puis, quand vous l'avez surpris avec Tess et avez menacé d'appeler la police, il a bluffé en déclarant qu'il avait vu votre grand-mère tirer sur Breen.

Carrie secoua doucement la tête.

— Quelle histoire ! Il y a vraiment des jours où je me demande comment j'ai pu me tromper à ce point, tant sur Devereaux que sur Breen. Apparemment, Breen n'avait plus touché à une petite fille depuis des années — depuis qu'il avait fait cette promesse à ma grand-mère, précisément. Au contraire. Il paraît même qu'il a laissé énormément d'argent à la Résidence des Pins.

— Il n'en demeurait pas moins responsable des actes qu'il avait commis dans le passé. Il avait fait trop de mal, à trop de gens, et il a fini par le payer. Mais je comprends ce que vous voulez dire, enchaîna Nicky. Moi non plus, je ne suis plus si catégorique, quand il s'agit de décider ce qui est bien et ce qui est mal. Rien n'est jamais tout à fait noir ni tout à fait blanc.

Il hésita, un instant.

— En fait, je me demande même si je suis vraiment fait pour être flic.

— Ah oui ? s'exclama Carrie, stupéfaite.

Nicky eut un haussement d'épaules.

— Je me suis trompé si souvent, ces derniers temps. Si j'avais été plus malin, ou plus attentif, j'aurais soupçonné Devereaux avant qu'il ne soit trop tard et il n'aurait jamais eu l'opportunité de s'approcher de Tess. Et si je n'avais pas perdu tout contrôle de moi-même, le jour où j'ai appris l'histoire de Sally avec notre voisin, la famille n'aurait pas eu tous les problèmes qu'elle a eus, depuis.

— Nicky, votre famille vous adore ! Vous ne pouvez pas passer le reste de votre existence à vous reprocher cet incident. D'ailleurs, vous suivez une thérapie ensemble. Vous faites tout ce qu'il faut pour essayer de réparer le mal qui a été causé.

Carrie posa une main sur son bras.

— Vous savez, j'ai beaucoup réfléchi à Sally, depuis que j'ai commencé à travailler avec des enfants victimes d'abus. Et je crois que vous avez eu raison de faire condamner cet homme pour viol. Un type de trente-cinq ans qui séduit une gamine de quinze, fondamentalement, ce n'est pas normal — même si la jeune fille pense qu'elle est consentante. Une adolescente de cet âge n'a pas suffisamment d'expérience dans la vie pour prendre une telle décision. Quant à Devereaux, personne n'a été capable de le percer à jour. Pourtant, s'il y a quelqu'un qui aurait dû sentir quelque chose, c'est bien moi.

Nicky s'appuya sur ses coudes et hocha la tête. Il était plus que prêt à changer de sujet. Après tout, il n'avait pas vu Carrie depuis plusieurs mois. Et elle n'avait toujours pas parlé de la lettre qu'il lui avait envoyée.

Dans ces quelques pages qu'il avait eu tant de mal à rédiger, Nicky avait essayé d'exprimer les pensées et les sentiments qui l'avaient traversé, lorsqu'il courait comme un fou autour de l'église, le cœur dans la gorge, essayant désespérément de la rejoindre avant qu'il ne soit trop tard. Il avait eu si peur de la perdre. Il lui avait écrit qu'il tenait à elle et que cela ne changerait jamais, quelle que soit la tournure que prendraient les événements. Oh, il ne voulait pas lui mettre la pression ! Mais il fallait bien qu'elle sache où il en était et ce qu'il éprouvait pour elle.

— Au sujet de la lettre que je vous ai envoyée..., dit-il, tout à coup.

Carrie baissa la tête et tira sur une herbe folle qui poussait sur la dune. Puis elle se frotta la joue — habitude qu'elle avait prise durant les sessions de thérapie de groupe, comme celle de se ronger les ongles. Elle n'avait jamais été capable d'aborder de tels sujets avec un homme. C'était comme si, soudain, elle avait du coton dans la bouche ; pire, comme si on lui versait du plomb dans les mâchoires. Elle fit un effort, cependant, et se jeta à l'eau, maladroitement.

— Nicky, je vais beaucoup mieux. J'ai presque envie de dire qu'à quatre-vingt pour cent, je vais plutôt bien. Mais les vingt pour cent qui restent...

Elle poussa un soupir et ouvrit brusquement les mains, en un geste exaspéré.

— Dieu, que j'ai horreur de ça !

Nicky ne répondit rien. Il comprenait ce qu'elle voulait dire. Le suspense était en train de le rendre fou.

— Les vingt pour cent qui restent concernent les relations, reprit Carrie. Je m'aperçois encore à quel point j'ai peur, pas seulement de souffrir, d'être blessée, mais aussi de faire du mal à une personne que j'aime, simplement parce que je suis encore si maladroite, si... inapte. Esther, ma psychothérapeute, dit que... C'est-à-dire... elle sait combien je vous suis reconnaissante...

— Reconnaissante, répéta Nicky, ravalant une grimace.

C'était précisément ce qu'il avait craint.

— Et combien j'adore votre famille...

— Ma famille.

— C'est pour ça que j'ai tellement peur d'admettre ce que je ressens.

Nicky garda le silence, l'espace d'un instant. Il commençait à désespérer. Mais, soudain, il remarqua l'étrange expression sur le visage de Carrie. Elle avait l'air d'une adolescente paniquée.

— Ce que vous ressentez ? dit-il avec lenteur. Qu'est-ce que vous ressentez ?

Carrie rougit de plus belle.

— J'ai l'impression d'être une gamine de seize ans avec un énorme béguin. Je n'ai jamais vraiment eu d'adolescence, vous savez.

Un énorme béguin. Nicky n'osait en croire ses oreilles.

— Je n'arrête pas de parler de vous, reprit Carrie. Que ce soit en thérapie de groupe ou avec Esther, c'est Nicky par-ci, Nicky par-là. Esther dit...

— Que dit Esther ? demanda Nicky, comme elle s'interrompait.

— Que je dois prendre mon temps. Que les choses qui valent vraiment la peine méritent qu'on les attende. Ce genre de clichés agaçants.

— Vous savez ce que dit mon oncle Mike, au sujet des clichés ? s'écria Nicky, qui ne s'était pas senti aussi bien depuis des mois.

Carrie sourit.

— Non. Que dit-il ?

— Qu'ils sont des morceaux de vérité en conserve. Comme le bon vin qui vieillit bien.

Carrie éclata de rire.

— Il a sûrement raison. Vous savez, j'aimerais beaucoup l'interviewer pour mon prochain livre. Je veux essayer d'établir un parallèle entre les vies intérieures des personnes âgées et celles des enfants. Nous vivons dans une société qui ne favorise plus les contacts entre générations, comme dans le passé, et je voudrais démontrer à quel point les vieilles personnes, mais aussi les enfants, en souffrent. Je...

Elle se tut brusquement et sourit.

— Mais peu importe cela. Vous savez, Nicky, je me sens tellement bien en cet instant. Je le sens jusque dans mes os. Une bonne joie bien solide que je n'avais encore jamais connue.

Nicky la considéra un instant, profondément ému.

— Vous me rappelez Sally, quelquefois. Elle aussi a ce genre de réflexions, par moments. Elle ne fait plus de cauchemars, vous savez. Et elle a commencé à sortir avec des garçons. Je me dis souvent que vous y êtes pour quelque chose. Comme si tous les événements de ces derniers temps, la scène avec Devereaux, le fait de me voir blessé, de s'occuper ensuite de vous, l'avaient forcée à puiser dans des réserves qu'elle ignorait posséder. Elle est beaucoup plus sûre d'elle.

— Elle m'a toujours paru plutôt sûre d'elle.

— Pas autant que maintenant. Elle a vraiment beaucoup mûri, ces derniers mois.

Ils se turent, quelques instants. Puis, se penchant légèrement, Carrie posa la main sur le pull-over bleu marine de Nicky, un peu au-dessus de sa ceinture, sur la droite.

— Je suis tellement désolée, Nicky, dit-elle avec douceur. Ça continue de vous faire souffrir ?

La balle s'était logée dans la chair. Une blessure sans gravité. Il avait surtout perdu du sang.

— On ne peut pas faire beaucoup de mal, par là, dit-il. Vous auriez aussi bien pu me jeter des pierres.

Mais Carrie ne sourit pas, et il renchérit :

— Sincèrement, Carrie, cela ne me fait mal que lorsque je ris. Mais, vous savez, mes genoux aussi. Je crois que c'est l'âge. A propos d'âge, ma maison est terminée. Je m'installe dans deux semaines.

— Vraiment ? C'est merveilleux.

— Oui, je suis content. Le moment est venu de quitter mes parents pour aller vivre chez moi.

— Je vous envie d'être resté si proche de votre famille, vous savez.

— C'est vrai que j'ai de la chance.

Il hésita, avant de reprendre :

— Vous, vous pouvez vivre n'importe où, n'est-ce pas ? Il vous suffit d'avoir un ordinateur.

— Oui.

— Mais vous n'avez sûrement pas envie de quitter San Francisco.

— A vrai dire, je ne m'y suis jamais sentie très à l'aise...

Elle s'interrompit et rougit, comprenant brusquement ce qu'il venait d'insinuer.

— Bon, moi non plus, je ne suis pas forcé de passer le reste de mes jours à Holly Beach, déclara-t-il vivement. J'ai l'impression que l'univers dans lequel j'évolue depuis des années se rétrécit. Il faut savoir faire preuve de souplesse, dans la vie.

— Mais maintenant que vous avez enfin votre maison...

— Ce serait dommage de la quitter, c'est sûr.

— Est-ce que je peux la voir ?

Le visage de Nicky s'éclaira d'un large sourire.

— Avec plaisir. On pourrait y aller après dîner. Attendez de voir les cheminées que j'ai fait installer, et la fenêtre de serre, dans la cuisine.

— Je suis sûre que c'est très beau.

Elle croisa le regard de Nicky. Après tout ce qui s'était passé, tout ce qu'il savait sur elle, il était encore là.

Elle lui sourit et Nicky, se levant, lui tendit la main pour l'aider à se relever.

— Je suis content que vous soyez venue, dit-il en écartant une mèche de cheveux du visage de Carrie.

— Moi aussi, je suis contente, répondit-elle.

Il l'attira dans ses bras et la souleva, la serrant très fort contre lui. Puis, comme il tardait à la reposer par terre, elle éclata de rire.

— A quelle heure est-ce qu'on dîne, déjà ?

— Je ne me souviens plus.

— Quelle heure est-il, maintenant ?

— Je n'en sais rien.

Il déposa un baiser sur le nez de la jeune femme.

— Tout ce qui compte, c'est le moment présent. Et celui-ci me convient parfaitement. Qu'en pensez-vous, Carrie Holt ?

— Je suis tout à fait d'accord.

DANS LA MÊME COLLECTION
Par ordre alphabétique d'auteur

BARBARA BRETTON	*Le lien brisé*
JASMINE CRESSWELL	*La Manipulatrice*
JASMINE CRESSWELL	*Le secret brisé*
WINSLOW ELLIOT	*L'innocence du mal*
LYNN ERICKSON	*Le Prédateur*
TESS GERRITSEN	*Présumée coupable*
HEATHER GRAHAM	*L'invitation*
HEATHER GRAHAM	*L'ennemi sans visage*
HEATHER GRAHAM	*Le complot*
HEATHER GRAHAM	*Soupçons*
GINNA GRAY	*Le voile du secret*
KATHRYN HARVEY	*La clé du passé*
CHRISTIANE HEGGAN	*Miami Confidential*
CHRISTIANE HEGGAN	*L'Alibi*
GWEN HUNTER	*Faux diagnostic*
GWEN HUNTER	*Virus*
PENNY JORDAN	*De mémoire de femme*
PENNY JORDAN	*La femme bafouée*
R.J. KAISER	*Qui a tué Jane Doe ?*
ALEX KAVA	*Sang Froid*
ALEX KAVA	*Le Collectionneur*
ALEX KAVA	*Les âmes piégées*
ALEX KAVA	*Obsession meurtrière*
RACHEL LEE	*Neige de sang*
RACHEL LEE	*Le lien du mal*
CARLA NEGGERS	*L'énigme de Cold Spring*
MEG O'BRIEN	*Le piège*
MEG O'BRIEN	*En lettres de sang*
MEG O'BRIEN	*Pluie de sang*
MEG O'BRIEN	*La déchirure*

.../...

DANS LA MÊME COLLECTION

Par ordre alphabétique d'auteur

EMILIE RICHARDS	*Le refuge irlandais*
EMILIE RICHARDS	*Mémoires de Louisiane*
EMILIE RICHARDS	*Le testament des Gerritsen*
EMILIE RICHARDS	*L'héritage des Robeson*
EMILIE RICHARDS	*L'écho de la rivière*
HELEN R. MYERS	*Mortelle impasse*
NORA ROBERTS	*Le cercle brisé*
NORA ROBERTS	*Possession*
NORA ROBERTS	*Et vos péchés seront pardonnés*
NORA ROBERTS	*Tabous*
NORA ROBERTS	*Coupable innocence*
NORA ROBERTS	*Maléfice*
NORA ROBERTS	*Enquêtes à Denver*
NORA ROBERTS	*Crimes à Denver*
FRANCIS ROE	*L'engrenage*
FRANCIS ROE	*Soins intensifs*
JOANN ROSS	*La femme de l'ombre*
ERICA SPINDLER	*Rapt*
ERICA SPINDLER	*Black Rose*
ERICA SPINDLER	*Le venin*
ERICA SPINDLER	*La griffe du mal*
ERICA SPINDLER	*Trahison*
ERICA SPINDLER	*Cauchemar*
ERICA SPINDLER	*Pulsion meurtrière*
ERICA SPINDLER	*Le silence du mal*
CHARLOTTE VALE ALLEN	*L'enfance volée*

6 TITRES À PARAÎTRE EN JANVIER 2006

MIRA

Composé et édité par les
éditions Harlequin
Achevé d'imprimer en octobre 2005
par
LIBERDÚPLEX

Dépôt légal : novembre 2005
N° d'imprimeur : 00000 — N° d'éditeur : 11671

Imprimé en Espagne